英 国
历史小说
源 流

陈礼珍　著

商务印书馆
The Commercial Press

本书系国家社科基金青年项目
“英国摄政时期历史小说叙事伦理研究”
（15CWW018）结项成果

目　录

绪 论

本书围绕英国摄政时期(1795~1837)的历史小说展开讨论。"摄政时期"(Regency period)是史学界用来指称英国 19 世纪前期特殊阶段的专有称谓,狭义上专指 1811 年至 1820 年,此间,乔治三世因健康问题由长子威尔士亲王乔治·奥古斯塔斯·弗雷德里克(George Augustus Frederick,即后来的乔治四世)代理政务;而其最广义则指从 1795 年摄政王结婚并进入政坛到 1837 年维多利亚女王登基之间的那段历史时期。在英国历史小说研究领域,最引人注目的无疑是匈牙利马克思主义批评家卢卡奇缔造的那座巍然耸立的丰碑《历史小说》(1937)。卢卡奇的这本批评专著是历史小说研究领域影响力最大的作品,是任何后世研究历史小说的学者都无法绕过的学术高峰,对"历史小说"这一文学次类型研究的纵深发展起着奠基作用。卢卡奇在正文第一句就开门见山:"历史小说兴起于 19 世纪初期,在此前后恰逢拿破仑倒台(司各特的《威弗莱》出现于 1814 年)。"[①] 他不仅将沃尔特·司各特(Walter Scott,1771~1832)正式定为英国历史小说的创始人,还引出了一个学界广为接受的观点:历史小说的兴起与拿破仑战争带来的民族意识觉醒和民族身份问题有着密切联系。无独有偶,

_____

① Georg Lukács, *The Historical Novel*, trans. Hannah and Stanley Mitchell. London: Merlin Press, 1989, p. 19. 本书引文中,小括号括注内容为原文所有,中括号括注内容为笔者所加,下同,不再一一说明。

诺曼·费希尔也指出欧洲思想史和文学史的一条重要交线：司各特历史小说于 1814~1832 年风行英国和欧洲，其间恰逢黑格尔的政治和历史伦理学同时兴盛于德国乃至欧洲。费希尔从政治和历史伦理学兴盛的角度考察历史小说在英国的勃兴原因：“司各特的小说同黑格尔的政治与历史伦理一道成为后拿破仑时代欧洲文化的象征，前者表现出想象性质的政治，后者则为直接的伦理政治。”[①] 司各特和黑格尔完全是生活在同一时代的同龄人。当时，司各特的历史小说不仅风靡英伦三岛，在欧洲大陆同样红极一时。黑格尔就拥有一套德文版的司各特小说集，且在 1822~1823 年的《世界史哲学讲演录》等作品中多次提到过司各特及其作品。[②] 然而，在比较司各特历史小说中的历史意识和黑格尔的历史哲学理念时，我们仍需将考察限制在当时的实际历史语境之中。如果从思想史、观念史、文化史或哲学史的角度解释历史小说为何突然在 1814 年左右兴起于英国，我们会发现存在无数条路径可以趋近这一历史现象，其数量之多、关系之驳杂均远超人们的想象。卢卡奇曾告诫我们不要将司各特历史小说中的历史观念同黑格尔的“精神史”（Geistesgeschichte）联系在一起：“有一点是确凿无疑的，司各特并不知道黑格尔的哲学，即便他真的接触过，或许也会不知所云。”[③] 卢卡奇的《历史小说》选择了一个恰如其分的切入点对司各特及其引领的历史小说流派进行研究。卢卡奇贯彻了他在《历史与阶级意识》等作品中的批评立场，从主观和客观以及辩证法的角度

---

① Norman Arthur Fischer, "The Modern Meaning of Georg Lukács' Reconstruction of Walter Scott's Novels of Premodern Political Ethics", in Michael J. Thompson (ed.), *Georg Lukács Reconsidered: Critical Essays in Politics, Philosophy and Aesthetics*. London and New York: Continuum International Publishing Group, 2011, p. 128.

② Georg Wilhelm Friedrich Hegel, *Lectures on the Philosophy of World History*, vol. 1. Oxford: Clarendon Press, 2011, p. 75.

③ Georg Lukács, *The Historical Novel*, p. 30.

对历史小说进行阐释，高度评价了司各特等人的历史小说中个体与历史之间的能动关系，指出历史的本质在于它是人类历史实践的客观过程，为后世的历史小说研究搭建了阶级—民族—国家—历史这个宏大而厚重的理论框架。卢卡奇的论断经受住了时间的考验，他划定的政治历史思维模式影响深远，让后世学者无法回避与忽视。在卢卡奇之后，历代学者都围绕他提出的这些重要议题进行发掘和推进，取得丰硕的成果。概而言之，如果我们重新审视这个理论框架，充分考虑到历史实际情况的复杂性，或许我们可以从另一个角度解释历史小说在19世纪初期兴起的真正原因——历史小说在摄政时期的勃兴，既不是简单对拿破仑战争以及民族身份等外部问题的回应，也不仅仅是浪漫主义文学发展过程中审美理念发展变化的内部需求，而是司各特等英国人对当时英国面临的政治与审美问题的伦理混成。真相总是错综复杂的。文字丛林深处的迷雾往往容易让人产生错觉，在学术史追寻确定源头的路途中，经常布满了意义的迷踪与陷阱。要想较为系统地考察历史小说在英国崛起过程的来龙去脉，殊非易事。要想追溯英国历史小说兴起的源流，那就得从它诞生所在的摄政时期说起。

　　所谓摄政，通常都是特殊历史时期——君主出现严重疾病，或即位时过于年幼、无法亲自统管朝政，因而设置代理人代为处理政务。英国历史上签署过多个《摄政法案》（Regency Act），由王后、王储或权臣摄政。在所有这些摄政王中，名气最大的无疑是汉诺威王朝乔治三世的王储乔治·奥古斯塔斯·弗雷德里克。乔治三世中年时代就出现精神异常的症状，后来情况越发恶化，1788年11月的一次重度发作更是引起政治危机，时任首相小威廉·皮特（William Pitt the Younger）和查尔斯·詹姆斯·福克斯（Charles James Fox）力主推出拟由王储摄政的《摄政法案》，1789年2月提交下议院讨论，正准备将法案提交上议院之时，乔治三世日渐康复，因而半途而废。乔治三世的精神疾病在接下来的 1795 年、1801 年和 1804 年多次严重发作，视力也每况愈下，到了 1811 年 2 月，他完全失去了正常行动能力。《摄政法案》修订后经议会批准通过，王储乔治·奥古斯塔斯·弗雷德里克开始摄政。1820 年 1 月 29 日，乔治三世驾崩，摄政王即位，是为乔治四世。这位摄政王正式统治英国的时间有二十年，但是在此之前，个性鲜明的他就对英国社会产生重要影响。在英国 18 世纪后二十年和 19 世纪前三十年之间将近五十年时间里，他都是英国极具影响力之人。摄政王在民间的口碑并不好，他生性放纵，挥霍无度，沉迷于声色犬马，极尽骄奢淫逸之能事，尤好美酒、建筑与文艺。摄政王将个人生活风格烙印于他的时代，在他的带领下，英国社会上下也兴起了同样的生活方式，道德规范变得松弛，社会风气趋于浮华奢靡。

在文学史上，这段历史时期通常被称为"浪漫主义时期"。这块文学版图上最为人所知的地标是华兹华斯（William Wordsworth）、柯勒律治（Samuel Taylor Coleridge）、拜伦（George Gordon Byron）、雪莱（Percy Bysshe Shelley）和济慈（John Keats）等人领衔的浪漫主义诗歌。实际上，这段历史时期产生的文学作品是极其丰富多彩的，学界一直在强调"浪漫主义"标签下不同作家和不同作品的巨大差异，既有浪漫主义风格的作家与作品，也有现实主义色彩的作家与作品，同时还有新古典主义文学的余韵，现代主义文学的种子在此时也萌发了。史学家早就告诉我们，生活在"浪漫主义"时代的作家从未将自己视为浪漫主义作家，"直到 19 世纪 60 年代，人们才普遍接受将'浪漫派'作为一个集合名词来概括布莱克（Blake）、华兹华斯、柯勒律治、司各特、拜伦、雪莱和济慈等，才开始对'英国浪漫主义诗人'

究竟是什么样子有了某种公论"。① 生活在18世纪末19世纪初的英国作家们，只知有"乔治王时期"（Georgian Period）或"摄政时期"，而不知有"浪漫主义时期"。

摄政时期是英国小说发展史上的重要阶段。英国小说在16世纪约翰·黎里（John Lyly）的《尤弗伊斯》（*Euphues*，1579）、菲利普·西德尼（Philip Sidney）的《阿卡迪亚》（*Arcadia*，1594）和托马斯·纳什（Thomas Nashe）的《不幸的旅行者》（*The Unfortunate Traveller*，1594）等作品中就萌发了雏形，经由17世纪约翰·班扬（John Bunyan）和阿芙拉·贝恩（Aphra Behn）的发展，在18世纪作家丹尼尔·笛福（Daniel Defoe）、塞缪尔·理查森（Samuel Richardson）和亨利·菲尔丁（Henry Fielding）等人的引领下迅速崛起。② 经过数十年的流变与演进，到18世纪末汇成了浩浩汤汤的洪流，在小说文类自身形式的完善度、作家从业群体和文学市场培育方面均有巨大进步，积蓄了势能，这为英国小说在维多利亚时期的大繁荣奠定了基础。彼得·加赛德（Peter Garside）指出："1800～1830年，小说的产出量毫无疑问地超过了诗歌，小说这种新型体裁获得了新的尊重认可。"③ 到了摄政时期，小说的体量超过诗歌，其社会影响力也远超以往年代，成为极受欢迎的叙事形式。小说这种文学体裁在摄政时期前后迅猛发展，历史小说正是在这一波澜壮阔的历史境况下应运而生的。

摄政时期英国小说界的双子星是沃尔特·司各特和简·奥斯丁（Jane Austen）。在哥特小说、情感主义小说、反讽小说和成长小说等

---

① 玛里琳·巴特勒：《浪漫派、叛逆者及反动派：1760—1830年间英国文学及其背景》，黄梅、陆建德译，辽宁教育出版社/牛津大学出版社1998年版，第1页。

② 参见侯维瑞、李维屏：《英国小说史》，译林出版社2005年版，第1～2页。

③ Joel Faflak and Julia M. Wright（eds.）, *A Handbook of Romanticism Studies*. Malden：Wiley Blackwell, 2016, p. 161.

诸流并行的情况下，奥斯丁引领的温婉细腻的婚恋小说和司各特引领的雄健壮阔的历史小说脱颖而出，成为摄政时期英国小说的两大主流。奥斯丁的文学声誉在后世文学史中不断提升，她被利维斯赞为"英国小说伟大传统的奠基人"，如今已是世界文学正典中的核心作家。[①] 实际上，奥斯丁在世时并没有被读者和批评界充分认可，她的小说要么以"一位女士著"匿名出版，要么以"《理智与情感》《傲慢与偏见》作者著"冠名出版。除了家人和朋友之外，并没有多少人知道奥斯丁的文学成就。相同题材的婚恋小说充斥着市场，她对同时代其他作家也没有多少影响力。相比之下，反而是司各特引领的历史小说大放异彩，成为19世纪前期最时兴的文学潮流。司各特的历史小说对英国小说和欧美其他诸国小说在19世纪的走向有着重要塑形作用，深刻影响了查尔斯·狄更斯（Charles Dickens）、威廉·梅克比斯·萨克雷（William Makepeace Thackeray）、詹姆斯·费尼莫尔·库柏（James Fenimore Cooper）、大仲马、雨果和巴尔扎克等人。司各特写作的时代是浪漫主义思潮最兴盛的时期，他的作品也体现出复古思想，但是我们不能简单地把他称为"浪漫主义作家"。卢卡奇在《历史小说》中就告诫过这种做法大错特错，原因在于司各特将小说围绕"中人之姿"（middling）的主人公展开。[②] 司各特沿袭了英国小说兴起以来专注描写普通人故事的传统，除了个别例外，他的二十多部作品都有一个共同特点，就是用一个能力一般的名义上的主人公搭配一个可以载入历史，甚至改变历史的大英雄。这种明暗对照的写法适宜于让作者从合适的角度描写历史和介入历史，以普通人的有限认知能力

---

①　F. R. 利维斯：《伟大的传统》，袁伟译，生活·读书·新知三联书店2009年版，第10页。

②　Georg Lukács, *The Historical Novel*, p. 33.

理解历史，避免让小说成为历史伟人的个人传记，从而失去历史的质感与真实度。

　　司各特在《威弗莱》(*Waverley*, 1814)等前几部小说中描写的主人公都只是普通人物，他们在历史事件中都只是参与者和芸芸大众，根本谈不上引领时代，甚至谈不上影响时代。司各特在小说中用历史的眼光考察人物和事件，他的成功很大程度上在于其作品中的人间尘土。司各特小说中的主要人物都是有血有肉、有七情六欲的俗人。他似乎无意让这些小说名义上的主人公做出改变历史的壮举，只是让他们参与历史和见证历史。[①] 无论是威弗莱、盖伊·曼纳令、艾凡赫还是昆廷·杜瓦德，他们都只是小人物，不是改变历史进程的超级英雄，在面对诱惑与威胁时，都会保持道德的底线，却也并非完人。难怪哈里·肖在其专著《历史小说的形式：司各特爵士及其继承者》中专辟一章，取名为"司各特小说的形式：作为工具人的主人公(The Hero as Instrument)"。[②] 司各特在以主人公名字命名的小说，如《威弗莱》、《盖伊·曼纳令》(*Guy Mannering*, 1815)、《艾凡赫》(*Ivanhoe*, 1819)等作品中，都塑造了一个气场更强、更具英雄气概的人物，如查尔斯·爱德华·斯图亚特、哈里·波特兰、"狮心王"理查一世。《红酋罗伯》(*Rob Roy*, 1818)的同名主人公以苏格兰民间劫匪的故事作为底本，故事则大都是司各特自己虚构出来的。即便如此，罗伯在小说中出现的时间很晚，篇幅也不多，全书真正的主人公是毫无英雄气概的弗兰克。

---

　　① 关于司各特小说主人公的工具属性，参见 Harry E. Shaw, *The Forms of Historical Fiction: Sir Walter Scott and His Successors*. Ithaca and London: Cornell University Press, 1983, pp. 150–211。

　　② Harry E. Shaw, *The Forms of Historical Fiction: Sir Walter Scott and His Successors*, pp. 150–211.

　　与其他国家差不多，在英国文学史的早期，构成文学正典的故事主人公大都是王侯将相或者宗教人物。从古英语时代的《贝奥武甫》到亚瑟王与圆桌骑士、罗宾汉、霍恩王（King Horn）、奥菲厄王（Sir Orfeo），皆为如此。甚至到了莎士比亚时代，他关注的对象也无外乎是丹麦王子哈姆雷特、李尔王、奥赛罗将军、麦克白将军、亨利四世、凯撒大帝，或者出身维罗纳两大世家的贵族青年男女罗密欧与朱丽叶等一众权贵。当然，以民间故事、市井乡村生活和普通人物为主题的作品在历史上任何时期肯定都多如牛毛，浩如烟海，如现存最早的古英语诗篇就有《远行客》（*Widsith*）、《行吟者的悲叹》（*Deor's Lament*），中世纪有《农夫皮尔斯》等佳作，但是就知名度和艺术成熟度而言，通常远逊于以王侯将相和英雄人物为主人公的作品，很难趋近文学史版图的中央位置。英国文学之父乔叟算是用宗教的外衣在《坎特伯雷故事集》里以诗歌形式讲述了二十多个充满人间烟火气的芸芸众生的故事。出于宗教伦理和共情原则，约翰·班扬的《天路历程》将主人公定为"基督徒"，这实际上是在向读者们劝善，让他们懂得人人皆可通过信仰和修行到达幸福天国的道理。等到小说在 18 世纪兴起之后，普通人物才真正进入文学史成为主人公。从笛福到菲尔丁和理查森，其作品中虚构的主人公都是普通中下层人物，他们与普罗大众的不同之处在于具有异于平庸现实生活的传奇经历，这就是他们在文学市场的卖点。

　　到了司各特和他写作历史小说的时代，"主人公"在英国文学中的降格效应继续发挥作用，这与法国大革命带来的民众力量的觉醒有关，此外，中产阶级日益崛起并走向政治权力中心也是一大重要因素。施米特指出："浪漫运动的担纲者是新兴市民阶级，其纪元始于18 世纪"，"新的浪漫派艺术与民主和新兴市民阶级的公众品味同步发展，它觉得传统的贵族风格和古典章法是矫揉造作的模式，它需要真实而自然的东西，所以经常致力于彻底破坏一切风格"。① 作为英国浪漫主义文学思潮在小说领域的主流形式，历史小说不约而同地契合了普通民众是历史参与者和创造者的马克思主义理念。无论是司各特、玛利亚·埃奇沃思（Maria Edgeworth，1767~1849）、詹姆斯·霍格（James Hogg，1770~1835）还是爱德华·布尔沃-利顿（Edward Bulwer-Lytton，1803~1873）等人，他们笔下的主人公都不是罗曼司②文学中无所不能的英雄，讲述的主题也不是中世纪文学中广为世人推崇的宫廷阴谋与爱情。历史小说自从崛起之时就承载着现代性的思维，具有历史学的科学精神与认识论基因，即便描写的是中世纪甚至是古希腊、古罗马时期发生的故事，它也对遥远的年代和久远的往事进行祛魅，消去了超自然光环和宗教迷雾。历史小说将虚构叙事嫁接到真实历史之中，展示的是普通人在真实历史境遇中可能遇到的各种伦理困境，讨论他们所做的伦理选择可能对自身命运以及其他人造成何种结果。马克思阅读过大量司各特的作品，"他读出了一个将历史视为全球危机和大变动的司各特，这种大变动将过去的连续性切割开来，但同时也揭示了在当下广阔的地缘政治之间存在着相互关联"。③ 司各特的二十余部小说就是采取横截面的方式切入历史的连续性之中，断续地呈现出国家和民族的历史记忆。

历史小说在摄政时期流行的婚恋小说、哥特小说、反讽小说、成长小说等多种小说类型的重重包围下脱颖而出，异军突起地在文学消

---

① 卡尔·施米特：《政治的浪漫派》，冯克利、刘锋译，上海人民出版社2004年版，第11~12页。

② 罗曼司（Romance），又译"传奇"。

③ Richard Maxwell, *The Historical Novel in Europe, 1650—1950*. Cambridge：Cambridge University Press, 2009, p.59.

费市场上占据了压倒性优势。在司各特创造历史小说的 1814 年前后，另一位英国文学史上极为耀眼的明星奥斯丁同样正处于人生巅峰时刻——她在 1811 年出版了《理智与情感》，1813 年出版了《傲慢与偏见》，1814 年有《曼斯菲尔德庄园》，1816 年是《艾玛》，1818 年则有遗作《诺桑觉寺》和《劝导》面世。司各特和奥斯丁这两位英国摄政时期文学的双子星几乎在同一时刻迸发出最为绚丽的光芒。司各特早年以诗歌闻名，在向小说创作转型之前，他已经凭借收集整理《苏格兰边区歌谣集》（*Minstrelsy of the Scottish Border*，1802）和写作《玛密恩》（*Marmion*，1808）、《湖上夫人》（*The Lady of the Lake*，1810）等诗歌作品在英国文坛享有盛名。1814 年 7 月《威弗莱》匿名出版以后，不少文学圈内人士根据题材和语言风格猜出作者就是司各特，比如说奥斯丁在 9 月 18 日致侄女安娜的信中就对司各特转行写小说一事表达出复杂情绪："司各特不应该写小说啊，尤其是好小说。这不公平。作为诗人他已经名利双收，不应该再从别人嘴里抢食了。我不喜欢他，可是我真的没法不喜欢《威弗莱》。"[1] 从奥斯丁颇带嫉妒的语气里可以看出司各特转行写作小说给同行们带来的巨大压力。奥斯丁的文学天赋极高，著名批评家肖瓦尔特曾用"勃朗特峭壁"（the Brontë cliffs）、"艾略特山脉"（the Eliot range）、"伍尔夫丘陵"（the Woolf hills）和"奥斯丁巅峰"（the Austen peaks）描绘英国女性小说家版图的四大地标。[2] 伟大的奥斯丁尚且如此，历史小说圈内作家从司各特那里得到的压迫感和被支配感，可想而知会有多么强烈。奥斯丁生前已获得赞誉和认可，在文学市场上却一直瑟缩在司各特和历史小说宽

---

① Jane Austen, *Letters of Jane Austen*, vol. 2. Lord Brabourne (ed.), London: Richard Bentley & Son, 1884, p. 317.

② Elaine Showalter, *A Literature of Their Own: British Women Novelists from Brontë to Lessing*. Princeton: Princeton University Press. 1977, p. vii.

广无垠的阴影之下——她的小说印数大都在几百册，基本是存货，数年还无法清盘，比如《曼斯菲尔德庄园》在 1816 年启动了第 2 版印刷，印数为 750 册，过了 5 年才售出 252 册。[1]

　　哥特小说的高潮在 19 世纪初已经消退，但是玛丽·雪莱（Mary Shelley）的《弗兰肯斯坦》（*Frankenstein*，1818）和约翰·威廉·波利多里（John William Polidori）的短篇小说《吸血鬼》（"The Vampyre"，1819）确属神来之笔，都是文学史上殿堂级作品。这个时期最为著名的哥特小说家是安·拉德克里夫（Ann Radcliffe），她在 1826 年被司各特赞为"第一位写浪漫虚构小说的女诗人"。[2] 拉德克里夫的代表作是《尤道弗的秘密》（*The Mysteries of Udolph*，1794），在 1794~1806 的 12 年里，这部 4 卷本小说的销量为 3600 册。相比之下，且不提司各特动辄首发上万册，仅看当时并非一线历史小说家的简·波特（Jane Porter，1775~1850），她的《华沙的撒迪厄斯》（*Thaddeus of Warsaw*，1803）和《苏格兰酋长》（*The Scottish Chiefs*，1810）都曾多次印刷，一次印数就有近千册，甚至是两千册。[3] 埃奇沃思、西德尼·欧文森（Sydney Owenson，1776~1859）等名气更大的历史小说家随随便便就可以卖出数千册作品。摄政时期的历史小说能够在销量上力压所有其他类型的小说，必然有着非常实际的历史因缘际遇。

　　历史小说早在 18 世纪下半期就已在英国文坛零星出现，涌现出克拉拉·里夫（Clara Reeve）和霍勒斯·沃波尔（Horace Walpole）等写

---

　　① Brian Hamnett, *The Historical Novel in Nineteenth-Century Europe: Representations of Reality in History and Fiction*. Oxford: Oxford University Press, 2011, p. 45.

　　② Dale Townshend and Angela Wright, "Preface", in Dale Townshend and Angela Wright (eds.), *Ann Radcliffe, Romanticism and the Gothic*. Cambridge: Cambridge University Press, 2014, p. viii.

　　③ Brian Hamnett, *The Historical Novel in Nineteenth-Century Europe: Representations of Reality in History and Fiction*, pp. 27, 73.

作历史题材小说的作家，但是学界一般认为严格意义上的历史小说始于司各特在 1814 年出版的《威弗莱》。历史小说并没有发端于英格兰或者欧洲大陆，而是兴起于边陲之地苏格兰和爱尔兰。司各特活跃在文学市场的最前沿，他写作的"威弗莱"系列历史小说是那个时代最畅销的文学作品。从文学市场的流通情况来看，历史小说毫无疑问地垄断了 19 世纪初期英国小说出版市场。据文学史家威廉·圣克莱尔考证，在 19 世纪 10 年代中期到 30 年代中期这二十年左右的时间里，在所有新写的小说和罗曼司中，司各特的《盖伊·曼纳令》销量约 5 万册，① 《威弗莱》销量约 4 万册，《红酋罗伯》销量约 4 万册，其余二十余部"威弗莱"系列小说各 1 万~3 万册；相比之下其他作家的销量都很黯淡，最多的是弗朗西斯·伯尼（Frances Burney）的《卡米拉》（Camillia），约 4000 册，然后是约翰·高尔特（John Galt）、威廉·戈德温（William Godwin）、玛利亚·埃奇沃思、简·波特、安·拉德克里夫等人，每人数千册，然后是奥斯丁的《傲慢与偏见》2000~3000 册、《艾玛》约 2000 册，玛丽·雪莱《弗兰肯斯坦》约 1000 册，詹姆斯·霍格《罪人忏悔录》（The Private Memoirs and Confessions of a Justified Sinner）约 1000 册。② 这些作家之中，除了司各特之外，高尔特、埃奇沃思和简·波特也都以历史小说闻名。由此可见，历史小说成为横扫 19 世纪初期英国文坛的洪流，而这股洪流的源头正是司各特于 1814 年 7 月匿名发表的《威弗莱》。

国外学界对英国历史小说的研究源远流长。"文献、学术、思想，可以看成是学术史研究的三个核心词。在此研究框架里，文献史

---

① 此处数据均不包括全集、进出口和盗版。

② William St. Clair, "Publishing, Authorship and Reading", in Richard Maxwell and Katie Trumpener（eds.）, *The Cambridge Companion to Fiction in the Romantic Period*. Cambridge and New York: Cambridge University Press, 2008, p. 41.

料学、学术史与思想史形成一个交互作用的阐释网络，最大限度地发挥学术史研究的学术传承及现实启示价值，以史为鉴、他者之镜的意义才得以充分显现。"① 乔治·圣茨伯里（George Saintsburry）的《历史小说》（The Historical Novel，1895）和赫伯特·巴特菲尔德（Herbert Butterfield）的《历史小说论》（The Historical Novel: An Essay，1924）是重要的标志性研究成果。在卢卡奇之后也有不少学者关注历史小说研究，产出了高质量的成果，比如说较为知名的是阿夫罗姆·弗莱什曼（Avrom Fleishman）1972 年出版的《英国历史小说：从司各特到伍尔夫》（The English Historical Novel: Walter Scott to Virginia Woolf），该书是首部集中论述英国历史小说的专著，涉及司各特和其他摄政时期历史小说家作品中的文学叙事和历史叙事的关系，主要从哲学角度进行论述。自 20 世纪末期以来，西方批评界在摄政时期历史小说研究方面有重要推进。在研究内容的覆盖广度方面，安妮·史蒂文斯（Anne H. Stevens）、哈罗德·奥雷尔（Harold Orel）和玛丽亚德尔·博卡尔迪（Mariadele Boccardi）分别完成了《历史小说研究：前司各特时代》（Historical Novel Before Scott，2010）、《历史小说研究：从司各特到萨巴蒂尼》（The Historical Novel from Scott to Sabatini，1995）和《当代英国历史小说》（The Contemporary British Historical Novel，2009）。这三部著作互为掎角，各自衔接，基本形成一条完整的时间链条，以历史小说的集大成者司各特为分水岭，对英国各个时期的历史小说进行了较为系统的梳理研究。戴安娜·华莱士（Diana Wallace）2004 年出版的《20世纪英国女历史小说家》（The Woman's Historical Novel: British Women Writers, 1900-2000）则专门从女性作家的角度研究这一庞大的群体在

———————

① 余晴、葛桂录：《外国文学学术史研究的视野层面与方法路径》，《外国语言文学》2023 年第 4 期。

一个世纪的历程中对历史小说的推进与演绎。近年来，关注英国摄政时期小说伦理问题的有吉尔·海德-史蒂文森（Jill Heydt-Stevenson）等人于 2010 年出版的《再辨浪漫主义小说：不列颠小说的新历史，1780~1830》（*Recognizing the Romantic Novel: New Histories of British Fiction, 1780-1830*），论述该时期历史小说的形式实验、伦理因素和政治文化，发掘出很多以往被学界忽视的细节问题，但伦理仅仅是其中一个维度，并没有成为贯穿该书始终的主线。同年，杰尔姆·戴格鲁特（Jerome de Groot）出版了《历史小说》（*The Historical Novel*），不仅讨论了历史叙事与身份问题、虚构叙事与历史现实之间的关系，还涉及历史小说写作与阅读的伦理问题，为历史小说研究提供了新的视角。布赖恩·汉姆内特（Brian Hamnett）于 2012 年出版了《19 世纪欧洲历史小说研究：历史与小说中的现实再现》（*The Historical Novel in Nineteenth-Century Europe: Representations of Reality in History and Fiction*），区分了历史小说和历史罗曼司这两种文学叙事模式，将司各特等人开创的历史小说叙事传统同民族性建构和历史编纂等文化问题联系起来进行讨论。这部著作正确评估了 19 世纪英国历史小说的文化意义，还涉及了历史小说在史实叙述和文学想象之间的伦理选择问题，但这并不是全书重点所在，因此没有进行系统论述。从上述研究动态可以看出，进入 21 世纪以来，国外学界在历史小说研究领域掀起了新的热潮，不同著作从不同角度展开研究，新发现与新进展不胜枚举。

　　我国对司各特译介与研究的历史源远流长。司各特是西学东渐以后最早被译介进入中国的作家之一，1905 年林纾将司各特的代表作 *Ivanhoe* 译为《撒克逊劫后英雄略》出版并为其作序，在当时造成轰动效应。众所周知，19 世纪英国小说是我国外国文学研究领域重镇，但是我国学界存在重视维多利亚时期（1837~1901）小说而忽视摄政时期小说研究的状况，对历史小说研究亦不太充分。就司各特的研究专著而言，文美惠在 1982 年出版了《司各特研究》，除此之外，还有数本关于司各特的传记或简介性质的专著，总体而言，相关研究的广度和深度都有待增强。张和龙及李翼发表过《中国司各特研究的百年流变》，①对近百年来的发展脉络与动态进行了概括，在此不再赘述。我国学界关于摄政时期历史小说的研究成果分布非常不均衡，司各特的历史小说研究一枝独大。相比之下，关于埃奇沃思、简·波特、西德尼·欧文森和弗朗西斯·伯尼等另外一些重要作家的研究却成果寥寥。进入 21 世纪以来，我国在英国历史小说领域的研究取得了长足进展。万信琼（2004）、武雁飞（2007）、李晚婷（2007）、王弘源（2020）等人的硕士论文均从叙事理论或伦理学批评角度分析司各特历史小说。以司各特和历史小说为研究对象的博士论文有高灵英的《苏格兰民族形象的塑造：沃尔特·司各特爵士的苏格兰历史小说主题研究》（2007）、张耀平的《瓦尔特·司各特"苏格兰小说"叙事修辞研究》（2012）和罗晨的《程序诗学视阈下英国历史小说文类的发展与嬗变》（2014）。在对 19 世纪前期英国经典历史小说研究方面较有代表性的论文有韩加明《司各特论英国小说叙事》（2003）、郭宏安《历史小说：历史和小说》（2004）、张箭飞《风景与民族性的建构：以华特·司各特为例》（2004）、曹莉《历史尚未终结：论当代英国历史小说的走向》（2005）、高继海《历史小说的三种表现形态：论传统、现代、后现代历史小说》（2006）、刘洪涛与谢丹凌《19 世纪英国历史小说简论》（2009）、石梅芳《婚姻与联盟：〈威弗莱〉的政治隐喻》（2011）、苏耕欣《美学、感情与政治——司各特小说的平衡与回避笔

---

① 张和龙、李翼：《中国司各特研究的百年流变》，《外语研究》2014 年第 1 期。

法》(2013)、赵鹏《〈红酋罗伯〉中的如画美学与现代英国社会变革问题》(2018)、张秀丽《创伤、遗忘与宽恕：论〈威弗利〉的记忆书写》(2018)和《"斯图亚特神话"的建构与解体：论〈威弗利〉中的苏格兰情感共同体书写》(2020)、陈彦旭《重读〈艾凡赫〉：一个"王权"的视角》(2016)和《〈海盗〉中的北欧文化书写：司各特的英国国家身份建构观》(2020)、孟令维《从苏格兰到"司各特王国"：司各特与十九世纪苏格兰旅游发展》(2020)、吴凤正《苏格兰性的扬弃：司各特〈威弗利〉中的民族叙事》(2021)、张欢《司各特的文类辩证法：苏格兰帝国罗曼司的生成与逆写》(2022)、赵国新《洞见与矛盾：〈双城记〉开白得失谈》(2023)等。

　　有鉴于此，本书主要关注1795~1837年英国摄政时期历史小说发展的整体图景，阐释英国历史小说在18世纪末19世纪初快速兴起时的动向与面貌，对英国摄政时期最经典历史小说家的作品展开研究，形成一个研究英国摄政时期历史小说整体状况的意义场域。这样我们可以更清晰地发现历史小说在英国摄政时期萌芽、发展过程及其蔚为壮观的流变与脉络，进而观察此过程如何反映和契合这一时期英国社会文化风尚由早期内敛平和转向中期奢靡优雅、后期动荡不安的趋势。

第一章
历史小说的勃兴

历史小说是事实（facts）和虚构（fiction）的混合物，植根或依附于发生过的真实历史事件，通过虚实相生的方式将文学虚构杂糅在历史事实之中。历史小说的首要特征是带有虚构和想象性质的"小说"。为了增强戏剧冲突的真实效果，历史小说将文学虚构依附于历史真实，以提升小说可信度，获得历史厚重感，但着眼之处并不在此，而在虚构的事与人之中。历史小说的这种属性特征明显不同于报告文学、纪实文学或历史文献，也不同于完全凭想象力虚构的文学作品。在进入英国历史小说诞生的历史语境之前，我们先来考察一下历史小说的前世今生。

第一节　历史小说的历史由来

何为历史小说？学界众说纷纭，难有定论。要趋近这个复杂的问题，我们可以从以下几个角度展开思考。第一，从定性角度来看，历史小说应该含有较为明显的"历史"含量，而且虚构的故事应该符合常理常情，是可能发生的事情。哈里·肖对历史小说的定义延续了亚里士多德《诗学》中的或然性（probability）理念，他认为"历史小说是那些历史或然性在结构上达到一定明显程度的作品"。① 我们可以对历史或然性做出判定，却无法把握它应该在结构上达到何种程度才能造就历史感。第二，从定量角度而言，历史小说必然涉及时间，讲述的是发生于过去的故事，小说故事发生时间应该是已成为历史的过去，且距离小说写作和发表时间点有一段时空间隔。苏格兰的巴克卢公爵（Duke of Buccleuch）理查德·司各特（Richard Scott）于 2010 年创立了"司各特历史小说奖"（Walter Scott Prize for Historical Fiction），纪念司各特在历史小说领域的巨大贡献，并以此为契机激励当代英国的历史小说创作。该奖项判定历史小说的标尺是小说故事主体发生时间为距今 60 年。阿夫罗姆·弗莱什曼等人则认为 40～60 年（两代人）的时间距离是判定历史小说的定量标准。② 这个标准看似具有可操作性，实际上以此为尺度并不准确。比如说维多利亚中后期不少作家都喜欢以 1832 年《改革法案》前后作为故事发生背景，如乔治·艾略特（George Eliot）的《激进分子菲利克斯·霍尔特》（Felix Holt, the Radical, 1866）、《米德尔马契》（Middlemarch, 1872）等。虽然也有三四十年的时间距离，批评界却一般不把它们视为历史小说。有一个问题值得注意：人们对"历史小说"概念的理解，在不同历史时期会有变化。比如说乔纳森·尼尔德（Jonathan Nield）在 1902 年写作的《最佳历史小说与故事概览》（A Guide to the Best Historical Novels and Tales）就将乔治·艾略特的《米德尔马契》和萨克雷的《名利场》（Vanity Fair, 1847～1848）都定义为历史

---

① Harry E. Shaw, *The Forms of Historical Fiction: Sir Walter Scott and His Successors*, p. 22.

② Avrom Fleishman, *The English Historical Novel: Walter Scott to Virginia Woolf*. Baltimore and London: Johns Hopkins Press, 1971, p. 3; Kathleen Tillotson, *Novels of the Eighteen-Forties*. Oxford: Oxford University Press, 1954, p. 99.

小说。① 可见维多利亚人对历史小说的理解并不局限于上述范围，而是有更加宽泛的标准。第三，历史小说涉及的内容必然与书中所写历史的质料有关，通过虚构叙事营造一种类似历史事实的真实感。曼佐尼将历史小说视为"通过事实和人物描绘一种社会的既定状态，它们与现实如此相似，以至于人们会误认为自己接触到的是真实历史"。② 此种定义抓住了历史小说的现实主义特质，但是历史小说还包括哥特、罗曼司、悬疑等多种风格，难免以偏概全。同时，此种定义也无法揭示具有现实主义风格的历史小说和非历史小说的合理分野。第四，我们可以从小说对历史上标志性事件的描述进行考察。一般而言，历史小说都会将故事时间框架设定在一个已经成为国家或民族记忆的重要时间点，围绕这个时间点铺陈情节和设计人物。理查德·马克斯韦尔指出："历史小说通常以过去为背景……大部分被称为历史小说的作品都按照时间顺序围绕一系列广为熟知的事件构成：战争、朝代更替、政治纷争或自然大灾难。"③ 然而，以历史上重大事件为时代背景的小说，未必就是历史小说。如若以此为准绳，将所有时间背景设置在重大历史事件前后的小说都称之为历史小说，那历史小说就会被泛化，这个范畴的外延就会膨胀，从而失去实质意义。比如说萨克雷1847~1848年创作的《名利场》以1815年滑铁卢战役为背景，但是学界一般并不将其视为历史小说。从历史

---

① 参见 Tom Bragg, *Space and Narrative in the Nineteenth-Century British Historical Novel*. London and New York：Routledge, 2016, p. 5。

② 转引自 Sandra Bermann, "Introduction", in Alessandro Manzoni, *On the Historical Novel*, trans. Sandra Bermann. Lincoln and London：University of Nebraska Press, 1984, p. 12。

③ Richard Maxwell, "The Historical Novel", in John Kucich and Jenny Bourne Taylor (eds.), *The Oxford History of the Novel in English*, vol. 3. Oxford：Oxford University Press, 2012, p. 59.

小说研究的批评史来看，要对"历史小说"进行精确定义殊为不易。

　　要讨论历史小说，就不得不先追寻"历史小说"生成与发展的历史。英伦三岛与欧洲大陆隔海相望，但在文化上并未孤悬天外。英国盎格鲁–撒克逊民族的历史以及英国文化从肇始到发展壮大，从兼容并包北欧文化、意大利文化和法国文化，再到成为席卷全球的浩浩汤汤的大不列颠文明，体现的都是民族大融合和文化大融合的过程。在文学史上，英国在相当长一段时期内都跟在西班牙、意大利和法国身后，深受欧陆文学的影响。英国文学是欧洲文学的一部分，同时跟欧洲其他国家文学传统之间是互为影响、互为竞争又互相裨益的关系。历史小说的产生历程概莫能外。要理解历史小说在英国的崛起，必须将其置于欧洲小说发展史的整体走向之中，才能更好地理解这一历史现象产生的真实境况。

　　自小说这种体裁随着《堂吉诃德》（*Don Quixote*，1605～1615）兴起以来，近代欧洲各国大都零星有涉及历史的小说出现，其中法国发展得最为兴盛，有拉法耶特夫人（Madame de Lafayette）的《蒙特庞西埃王妃》（*La Princesse de Montpensier*，1662）和《克莱芙王妃》（*La Princesse de Clèves*，1678）、圣里尔（César Vichard de Saint-Réal）的《唐·卡洛》（*Don Carlos*，1672）以及普雷沃（Antoine François Prévost）的《克利夫兰传》（*The English Philosopher or History of Mr. Cleveland*，1731～1739）。到了18世纪晚期，法国的历史小说"通过威廉·戈德温和索菲亚·李（Sophia Lee）等人传到了英格兰"。① 索菲亚·李出版过《幽屋》（*The Recess*，1783～1785），在当时英国小说界颇有先锋意味。戈德温是著

---

　　① Richard Maxwell, *The Historical Novel in Europe, 1650-1950*, p. 3.

名的哲学家、史学家和文学家，不仅写过《圣莱昂》(*St. Leon*，1799)
和《曼德维尔》(*Mandeville*，1817)，还著有《论历史与罗曼司》("Of
History and Romance"，1797)。历史小说跨越英吉利海峡从法国文化
移植到英国以后，与本土蓬勃发展的小说潮流和浪漫主义文学思潮交
错融合在一起，形成推力，对18世纪末19世纪初的英国小说发展走
向产生了重要影响。

　　自从小说在18世纪兴起以来，它一直都被视为比诗歌更低级的
文类。亚里士多德的《诗学》影响深远，人们认为文学的不同文类间
存在着一种天然的等级秩序：居于金字塔顶端的是史诗，然后是悲剧
和喜剧。在18世纪下半期席卷英国乃至欧洲的新古典主义思潮基本
沿袭了这一区分模式，德莱顿和约翰逊都在这方面有过相关论述，并
逐步发展出文类和题材相匹配的"合宜"(decorum)理念，有着宏大
和严肃主题的史诗、悲剧和历史被归为高文类(high)，长于幽默、表
述琐碎日常主题的喜剧、讽刺诗、哑剧则被归为低文类(low)。① 英
国小说家们当然不会轻易地任人贬低自己的职业，他们想了很多办法
提高小说的地位，比如说菲尔丁在《约瑟夫·安德鲁斯的经历》(*The
History of the Adventures of Joseph Andrews, and of His Friend Mr. Abraham
Abrams*，1742)的序言中就将自己的小说称为"散文体的喜剧史诗"
(comic-epic in prose)。自从笛福、理查森、菲尔丁以来，众多18世纪
小说家在为小说取名时都喜欢为自己的虚构故事带上"史"(history)
和"传"(life)的厚重意味。不唯英国如此，小说在其他国家的情况
也差不多。黑格尔就曾将小说称为"现代资产阶级的史诗"(the

---

① Richard Rutherford, *Classical Literature: A Concise History*. Malden：Blackwell, 2005,
pp. 9–10.

modern bourgeois epic）。① 自古希腊以降，出于对文类和题材之间相匹配的合宜得体程度的考虑，史诗都事关民族兴衰、大国战争、人类命运等宏大主题。史诗通常描写英雄人物的英勇壮举，"它的情节通常关注单一人物或英雄的事迹，他们经常得到神的帮助或阻挠"。② 小说从诞生之日起也沿袭了这个传统，关注单一人物。《堂吉诃德》、《鲁滨逊·克鲁索》（*Robinson Crusoe*, 1719）、《摩尔·弗兰德斯》（*Moll Flanders*, 1722）、《帕梅拉》（*Pamela*, 1740）、《克拉丽莎》（*Clarissa*, 1748）、《汤姆·琼斯》（*Tom Jones*, 1749）都以小说主人公名字命名，以他们的经历为线索展示一段虚构的叙事。这些作品当然大多会涉及古代历史或当代历史，但这些以历史为背景的小说并不是历史小说。卢卡奇曾这样精要地概括司各特之前小说与历史的关系："司各特之前所谓的历史小说缺乏的恰恰是历史具体性，就是说人物的个性来源于他们所在时代的特殊性。"③ 因为各种文类的程式和传统规约问题，卢卡奇所说的历史特殊性与人物个性的结合，在英国文学传统中不同历史时期程度不一。司各特的历史小说事业从 1814 年出版《威弗莱》开始，到 1819 年写作《艾凡赫》时，他使用"罗曼司"作为副标题，并且接连为随后好几部小说都做出这样的安排，由此司各特的历史小说为罗曼司小说开创了一个极其重要的分支——历史罗曼司（historical romance）。

到了司各特写作历史小说所在的 19 世纪前期，以家庭题材小说和

---

① 参见 Ritchie Roberson, "Thomas Mann (1875-1955): Modernism and Ideas", in Michael Bell (ed.), *The Cambridge Companion to European Novelists*. Cambridge: Cambridge University Press, 2012, p. 343。

② P. S. Costas and T. V. E. Brogan, "Epic", in Stephen Cushman et al. (eds.), *The Princeton Encyclopedia of Poetry and Poetics*. Princeton and Oxford: Princeton University Press, 2012, p. 439.

③ Georg Lukács, *The Historical Novel*, p. 19.

婚恋小说为主体的罗曼司小说已经在英国蔚为壮观，主要描写浪漫的婚恋故事。凯·马塞尔指出："罗曼司小说主要写女子，她会经历爱情和求婚，并通常以婚姻告终。"①历史小说是对罗曼司小说的继承与发展，而现代婚恋主题的罗曼司小说又与中世纪讲述骑士历险故事的罗曼司（传奇）文学有密切联系。弗莱指出："罗曼司对英雄主义和纯洁性有着严重理想化倾向，其社会属性是贵族特质的。它在浪漫主义时期有过复兴，是当时对古代封建主义、英雄崇拜和理想化的原欲（libido）浪漫化倾向的组成部分。"②中世纪罗曼司是一种讲述骑士为追求荣誉和美德而历险的叙事类型，充满瑰丽的想象，经常涉及传奇人物和超自然因素，其中大多会安排一个骑士追求已婚贵族女子的情节框架。司各特曾指出："骑士与已婚贵族女子之间的情爱关系得到了尊重与荣誉，被世人（有时甚至包括丈夫）视为一种高度抗压的柏拉图式情感，涉事双方的品行不会有任何损伤。"③中世纪罗曼司既有诗歌形式，也有散文形式，其重要特征是突出骑士主人公在行动上的英勇无畏，在政治上的忠诚，在道德上的诚实，在品格上的高洁，在情感上的炽热。浪漫主义时期对中世纪罗曼司英雄美人故事的再次痴迷有着深刻的时代背景，随着拿破仑战争以后历史意识在欧洲各国的觉醒，人们产生了重温和了解过去岁月的渴望。向后回望过去时，最容易引起注意的就是历史上曾经发生过的重要事件或者历史上曾经活跃过的著名人物。对这些历史进行重温和追寻，其实是对自己身份进行重新界定的有效途径。知道自己从哪里来，才能真正理解现在是

---

① Kay Mussell, *Women's Gothic and Romantic Fiction*. Westport, CT: Greenwood Press, 1981, p. xi.

② Northrop Frye, *Anatomy of Criticism: Four Essays*. Princeton: Princeton University Press, 2020, p. 306.

③ Walter Scott, *The Miscellaneous Prose Works of Sir Walter Scott, Bart*, vol. 6. Edinburgh: Robert Cadell, 1834, pp. 89–90.

怎样的状况，才能认识到将来去往何方。司各特创造的历史小说就是往后看，回望遥远时代远去的背影，追寻过去事件对现在产生的意义，并且在追寻过程中淬炼出完美的道德和英勇的行动，为主人公找到身份和归宿的真正意义，这与罗曼司的内在精神是完全一致的。"从某种意义上讲，罗曼司是历史小说的最佳载体。比尔[Gillian Beer]在《罗曼司》[Romance, 1970]一书中写道：'罗曼司求助于过去或者遥远的社会'，由此可见，罗曼司和过去其实是一种绑定的关系。此外，按照西蒙·拉伍德[Simon Loveday]的说法，'罗曼司最经典的故事是追寻叙述，它最典型的表现方式是一个年轻人追寻新娘的历险'。如果我们把比尔和拉伍德的说法结合起来，那么，罗曼司最简便的界定就是关于过去的追寻叙述。"① 罗曼司和历史小说在人物设置上有很大的不同——罗曼司通常以英雄人物为主人公，而司各特创造的历史小说则往往设置一个没有英雄气概的人物作为主人公。虽然它们二者都诉诸想象力，为小说主人公设计出各种历险，但是罗曼司往往描写不同寻常的非凡经历，超脱出平庸生活给人设定的各种束缚，叙事风格天马行空，而历史小说则以真实发生的历史为底本，保持冷静客观的态度，试图用虚构和真实掺杂并进的形式解释历史并进行演义。

凯蒂·特朗朋纳曾对罗曼司小说、民族故事（national tale）和历史小说的谱系和发展脉络做出过重要论述。她将苏格兰历史小说发展的雏形与爱尔兰的民族故事放到一起考察，认为民族故事脱胎于18世纪90年代的小说，而历史小说又脱胎于民族故事，这个传承关系在

---

① 王卫新：《苏格兰小说史》，商务印书馆2017年版，第63页。

19 世纪初的小说身上有迹可循。① "民族故事"这个术语源自西德尼·欧文森的小说《狂野的爱尔兰姑娘：民族故事》(*The Wild Irish Girl: A National Tale*, 1806) 的副标题。英国文坛已有埃奇沃思的《拉克伦特堡》(*Castle Rackrent*, 1800) 等类似题材的作品珠玉在前，该书的副标题是"爱尔兰故事"(An Hibernian Tale)。欧文森在埃奇沃思的基础上更进一步，为"民族故事"正式命名，此举为英国文学界创造了一个甚为流行的小说类型，一直沿用至今。"民族故事"实质上是"地方小说"(regional novel) 的一种变体，通常以爱尔兰作为故事发生地，描写爱尔兰人的政治与社会生活。爱尔兰与英格兰之间分分合合，数百年间恩怨纠葛从未消歇，期盼独立的民族主义情绪一直在民间盛行。欧文森等人描写爱尔兰生活的"民族故事"没有回避这一政治难题，而是直面爱尔兰人民生活中的敏感话题，以文学叙事话语的形式参与爱尔兰人争取民族权力和福祉的历史进程。"民族故事"题材广泛，涉及政治、宗教、文化等话题，有的作品如《狂野的爱尔兰姑娘》还会设计一个跨文化和跨民族的婚姻叙事框架，以婚姻的形式象征性地表达作家们想要平息英格兰和爱尔兰民族冲突、达成政治和解的政治愿景。埃奇沃思和欧文森等爱尔兰作家通过创作小说的方式加入当时英国社会的政治议题探讨和文化进程。当然，历史小说对民族故事并非简单取而代之。在历史小说出现以后，民族小说仍然存在，二者并行不悖地发展，既有联系与重合，又有各自独立的脉络，对后世小说产生重要影响。

凯蒂·特朗朋纳指出："作为文类，民族故事和历史小说一样，都依赖于一种概念框架，它源自启蒙运动的比较政治分析模式，从孟

---

① Katie Trumpener, *Bardic Nationalism: The Romantic Novel and the British Empire*. Princeton: Princeton University Press, 1997, p. 132.

德斯鸠的比较文化地理学到苏格兰启蒙运动提出的社会发展的'四阶段论'历史模式。"① 民族故事尤其重视营造地域空间特质感，历史小说则擅长通过时间变化展示失去和成长的情节，表征的是线性史观。② 从纯理论角度而言，凡是历史小说必然涉及"时空体"（chronotope）的范畴。文学批评意义上的"时空体"概念于 1938 年由巴赫金在长篇论文《小说的时间形式和时空体形式：历史诗学札记》（"Forms of Time and of the Chronotope in the Novel: Notes Toward a Historical Poetics"）中提出。布赖恩·理查森指出了巴赫金"时空体"概念的初衷在于"试图将叙事形式的研究进行历史化"，它是"具有某一历史时期典型特征的时间运动、空间背景和叙事形式的统一体"。③ 巴赫金将原本应用于数学和物理领域的"时空体"概念应用到文学领域，本义为"时间空间"（time space），用以指称"文学中艺术表达出来的时间与空间内在相连的关系"，用以强调"时间与空间不可分割的特性（时间作为空间的第四维度）"。④ 巴赫金在这篇关于"时空体"的论文中大量论及司各特等人的历史小说，他指出："历史小说的特质在于一种积极倾向的现代化力量、对时空边界的消除、在过去之中识出永恒的现在。"⑤ 过去与现在之间对立统一的辩证问题是历史小说研究必然涉及的核心问题。浪漫主义运动的一个明

---

① Katie Trumpener, "National Character, Nationalist Plots: National Tale and Historical Novel in the Age of Waverley, 1806–1830", *ELA*, vol. 60, no. 3 (1993), p. 691.

② Katie Trumpener, *Bardic Nationalism: The Romantic Novel and the British Empire*, p. 131.

③ Brian Richardson, "Introduction", in Brian Richardson (ed.), *Narrative Dynamics: Essays on Time, Plot, Closure, and Frames*. Columbus: The Ohio State University Press, 2002, p. 10.

④ M. M. Bakhtin, *The Dialogic Imagination: Four Essays*, ed. Michael Holquist, trans. Caryl Emerson and Michael Holquist. Austin: University of Texas Press, 1981, p. 84.

⑤ M. M. Bakhtin, *The Dialogic Imagination: Four Essays*, pp. 365–366.

显倾向是返古主义，对古希腊罗马和中世纪文化有着强烈兴趣。海因里希·海涅(Heinrich Heine)将浪漫主义定义为"对中世纪生活和思想的复兴"。[①] 19世纪前期，英国历史小说并不是简单复活中世纪生活和思想，而是结合当时政治与意识形态需求，重新审视英国人无法摆脱的历史记忆。《威弗莱》是司各特开创历史小说传统的基石，它"彻底重新定义了个人与历史之间的关系，并不是邀请读者关注主人公和历史之间的关联，而是通过叙事来分析时间的本质，激发读者的记忆，借此将他们引入到历史如何从时间和记忆的相互关联处显露的历程之中"。[②] 历史小说这一文类的标志特征就是故事发生在过去，故事世界的参照时间距离小说写作年代有一定间隔。至于这个间隔应有多长，学界一直没有确定结论。司各特在《艾凡赫》中将故事设置在12世纪，间隔六百余年。《庞贝末日》(The Last Days of Pompeii, 1834)更是将故事时间设定在公元79年，间隔一千七百余年。司各特对时间有着一种执迷，这从《威弗莱》对时间顺序小心翼翼的描述，以及小说副标题可以看出。发表于1814年的《威弗莱》依托的历史背景是"摄政王"查尔斯·爱德华在1745年领导的苏格兰詹姆斯党人叛乱，正如小说副标题"往昔六十年"所明示，间隔也有六十年以上。

纵观司各特的历史小说写作生涯，《艾凡赫》是重要转折点。《威弗莱》故事发生时间是1745年前后，《盖伊·曼纳令》是1750年前后，《古董家》(The Antiquary, 1816)是1798年前后，《黑侏儒》(The Black Dwarf, 1816)是1708年前后，《修墓老人》(Old Mortality, 1816)是

---

① 转引自 William Lyon Phelps, *The Beginnings of the English Romantic Movement: A Study in Eighteenth Century Literature*. Boston: Ginn & Company, 1893, p. 1。

② Marilyn Orr, "Real and Narrative Time: *Waverley* and the Education of Memory", *Studies in English Literature, 1500-1900*, vol. 31, no. 4 (1991), p. 715.

1679 年左右，《红酋罗伯》是 1715 年前后，《中洛辛郡的心脏》(*The Heart of Midlothian*, 1818，又译《爱丁堡监狱》)是 1736 年前后，《沼地新娘》(*The Bride of Lammermoor*, 1819)是 1700 年前后，《蒙特罗斯传奇》(*A Legend of Montrose*, 1819)是 1645 年前后。可以发现司各特在这些小说中对故事时间的设定基本维持在 17 世纪中期到 18 世纪中期。到了《艾凡赫》，他来了一个五百年的大后撤，将故事时间向后回溯到 1194 年前后，从 18 世纪瞬间扎进中世纪。随后的《修道院》(*The Monastery*, 1820)、《修道院长》(*The Abbot*, 1820，又译《女王越狱记》)、《城堡风云》(*Quentin Durward*, 1823，又译《昆廷·杜瓦德》《惊婚记》)、《珀思丽人》(*The Fair Maid of Perth*, 1828)、《盖厄斯坦的安妮》(*Anne of Geierstein*, 1829)等作品均将时间设定在 15、16 世纪。到了写作生涯末期的《危险城堡》(*Castle Dangerous*)则回到了更为久远的 14 世纪初，最后一部长篇小说《巴黎的罗伯特伯爵》(*Count Robert of Paris*，与《危险城堡》于 1831 年 12 月 1 日同时发表)则选择了 1090 年前后作为时代背景，是他所有"威弗莱"系列小说中故事时间最早的作品。考察司各特历史小说创作的时间变化轨迹，可以发现他在时间轴上行进的是一趟逆向之旅。他的第一部小说《威弗莱》以苏格兰詹姆斯党人 1745 年叛乱中的"卡洛登战役"为起点，直面苏格兰和英格兰两个民族交融历史上最难愈合的伤痛。第二部小说《盖伊·曼纳令》和第三部小说《古董家》依次按照时间顺序描写发生在 18 世纪后半期的故事。司各特用 26 部"威弗莱"系列小说以点带面地建构起一段具象的历史时空，从晚近的 18 世纪末一直延绵到久远的 11 世纪末，时间跨度长达七百年。历史小说与其他小说类型最大的区别在于它以已经发生的历史事实为底本，整体而言，根据司各特历史小说发表的先后顺序及其各自故事世界使用的时代背景，司各特笔下的历史小说在时间设定上构成了"ΛΛΛ"形的锯齿状走向——《艾凡赫》（1194）、《约婚夫妻》（*The Betrothed*，1187）和《巴黎的罗伯特伯爵》（1090）分别构成了距离写作时间最遥远的上端三个顶峰，《古董家》（1798）和《圣罗南的泉水》（*St. Ronan's Well*，1800）则构成了距离写作时间最晚近的下端谷底。①

　　司各特的历史小说生涯开始时，他在故事时间上选择了微幅下沉，用虚构叙事将读者带入距离当时约半个世纪的历史时光中。半个世纪的时空间隔是讲述历史故事的优化选择，此时已有足够的距离让当代读者对过去产生神秘感，但是它和当下又还有些许联系，当初目睹和经历这些历史事件的人仍有健在者，日渐凋零的老一辈人无言地诉说着正在远去的往事，但是这些活生生的亲历者又让历史与现在之间产生若即若离的关联。这个合适的时空距离仍保留一些鲜活的生活感受，不会因为过于遥远而使人产生陌生感，也不会因为完全跟当下没有任何直接的时空关联而退化成干枯的旧时往事，被供奉在"历史"高大的庙堂之上仅供瞻仰，或成为野史和茶余饭后供人任意消遣的谈资。

　　摄政时期是英国小说走向成熟的时期，上承 18 世纪小说兴起，下启 19 世纪中后期的维多利亚时期现实主义小说高峰。学界有一种较为流行也较为符合普通认知的观点，认为司各特历史小说的突出特征是史诗性质，"在对阶级、政治、民族、经济文化等复杂的社会矛盾冲突进行反思的过程中运用描写广阔社会的方式，力图将时代和社会的全貌描绘出来，从而将时代的本质特征及历史发展总趋势全面揭

---

　　①　具体可参见本书《附录 I：司各特历史小说年表》。

示出来"。① 这种观点由来已久，其实是在重述卢卡奇在《历史与阶级意识》和《小说理论》中反复提及的"总体性"（totality）观念。② 司各特历史小说的重要特征是在历史的实践进程中把握主体和客体的统一关系。无论是威弗莱还是艾凡赫、昆廷·杜瓦德、罗伯·罗伊等人，他们都是历史进程中的见证者和参与者，也是历史事实的塑造者。正因为在小说虚构叙事中与历史时空和历史人物发生具体关联，他们才一步一步走向属于自己的结局，他们的命运轨迹是由历史决定的，同时又是他们自己伦理选择的行动结果。

卢卡奇在研究历史小说时高度关注历史小说与戏剧等其他文类之间的关系，而且将文学形式放在资产阶级现实主义的危机、民主人文主义等维度上综合考虑。"对卢卡奇来说，历史小说这种作品同时描绘黑格尔所谓的伦理性实体（Sittlichkeit），即置身于社会和历史中的伦理实践，以及浸泡在这个伦理性实体之中的个体。"③ 历史小说中的人物，以及他们在故事世界中的行动都是小说虚构故事世界的一部分，他们与其中的各种人物和社会力量产生关联，是历史整体的一部分。作为主体，他们是历史的实践者和改造者，对社会关系、政治体制和文化精神等历史活动的客体进行影响与塑形。历史小说中虚构或以事实为依据的人物具有能动作用，同时，他们在把握历史的过程中形成认识主体和认识客体之间的辩证互动。司各特开创的历史小说融合了欧洲文学传统的不同流脉，在19世纪前期英国历史的特定形势

---

① 李昆峰：《从司各特〈艾凡赫〉看小说的史诗性》，《长春工业大学学报（社会科学版）》2014年第26卷第1期。

② 关于卢卡奇的总体性概念，可参见郭军：《总体》，载赵一凡、张中载、李德恩编：《西方文论关键词》，外语教学与研究出版社2006年版，第911～922页。

③ Norman Arthur Fischer, "The Modern Meaning of Georg Lukács' Reconstruction of Walter Scott's Novels of Premodern Political Ethics", p. 130.

下激发起对过往历史的好奇心，将文学想象力和史实细节结合在一起
进行美学创造。他用历史小说的形式作为容器，其中蕴含了文学想象
力、历史质料、意识形态、政治愿景等因素，表达了摄政时期英国人
对历史与现状的认知，然后运用伦理之力混合形成当时历史条件下的
新诉求。

第二节　历史小说的崛起之路

　　如果非要给"历史小说"（historical novel）找一个确定的源头，
那无疑是司各特在 1814 年发表的《威弗莱》。这已经成为学界的高度
共识。批评界在评估司各特对历史小说的历史贡献时会使用不同词
语，其中理查德·马克斯韦尔的表述很有见地，他认为司各特是
"重新发明"（reinvention）了历史小说。[1] 马克斯韦尔所谓重新发明，
意在说明司各特笔下的历史小说相较于之前的历史小说所取得的开拓
性贡献。司各特的"威弗莱"系列小说在 19 世纪前期以暴风骤雨的
模式横扫英国摄政时期文坛，成为时代的高标和全民追捧的文化热
点。司各特的小说经常几本一起结集出版，取名叫作《历史罗曼司
（Historical Romance）：〈威弗莱〉作者著》。[2] "威弗莱"系列小说势如
破竹，风光无两，以无与伦比的销量独霸小说界，成为近乎神迹一般
的存在。作为首部真正意义上的历史小说，《威弗莱》给读者带来了
耳目一新的感觉和冲击力，造就了历史小说的高光时刻，但历史小说
的真正源头并不在此。

---

[1]　Richard Maxwell, *The Historical Novel in Europe, 1650-1950*, p. 59.

[2]　John Gibson Lockhart, *Memoirs of the Life of Sir Walter Scott, Bart*, vol. 6. Edinburgh:
Robert Cadell/London: Houlston and Stoneman, 1848, p. 420.

正如凯蒂·特朗朋纳指出的，在卢卡奇和埃德温·缪尔（Edwin Muir）等人影响下，大部分现当代批评家都把《威弗莱》视为独立于文学传统的存在物；实际情况并非如此，司各特的小说深深植根于英国小说的历史土壤之中，因为"那些被归于司各特的概念创新，绝大部分在1814年［发表《威弗莱》之时］早已是英国小说中司空见惯之举"。① 司各特的首部小说《威弗莱》绝非诞生于司各特个人想象力的真空里，它并不是英国小说史上的天外来物，亦不能脱离英国文化特性和文学传统而独立存在。《威弗莱》只是历史小说登上世界文学舞台的正式宣言书，是历史小说这条源远流长的水系正式汇聚成河的起点。在它之前，历史小说的源泉早已在英国文学的深处和远处生出股股涓涓细流，蓄势待发。在1814年《威弗莱》的飓风席卷英伦三岛之前的很多年，就有作家发表了多部历史题材小说，历史小说洪流的蝴蝶翅膀早已开始扇动。

理查德·马克斯韦尔曾列举过司各特开创历史小说新传统时继承的文学传统——"'威弗莱'系列小说取法于莎士比亚的历史剧，法国马德琳·德·肖特里（Madeleine de Scudéry）、普雷沃神父、索菲·科坦（Sophie Cottin），爱尔兰世家小说（中世纪文学中它最贴近历史小说）、民族故事中的浪漫类型以及好古风尚传统等等诸如此类"。② 马克斯韦尔梳理出司各特历史小说中驳杂的来源，既有法国舶来的历史散文与小说，也有数百年的英国历史剧传统，还有距离当时较为晚近的爱尔兰地域风格的文学形式。法国小说传统和英国戏剧传统当然对历史小说的诞生起着重要推动作用，但它们都是较为远端的源脉，暂

---

① Katie Trumpener, *Bardic Nationalism: The Romantic Novel and the British Empire*, p. 130.

② Richard Maxwell, "Historical Novel", in Peter Melville Logan et al. (eds.), *The Encyclopedia of the Novel*. Malden, MA: Wiley-Blackwell, 2011, p. 384.

且不展开引申，我们将讨论范围聚焦在更为直接的英国本土小说传统之上。要准确追溯历史小说在英国文学中的真正起点，或许是一件难以完成的任务。早在小说这种体裁在 18 世纪英国兴起之时，小说与历史就难解难分地纠缠在一起。安妮·史蒂文斯认为，暂且抛开法国的英雄罗曼司、笛福的历史叙事和英法两国围绕宫廷和贵族展开的"秘史"小说(secret histories)不谈，英国历史小说的真正先驱是托马斯·利兰(Thomas Leland，1722~1785)的《隆斯沃》(*Longsword, Earl of Salisbury: A Historical Romance*，1762)和霍勒斯·沃波尔的《欧权托城堡》(*The Castle of Otranto: A Gothic Story*，1764)。[1] 这两部具有历史小说雏形与风格的小说将故事发生背景置于中世纪——前者为亨利三世时期(1207~1272)，后者为 11~13 世纪两次十字军东征时期，假托历史人物演绎虚构的故事。这两部作品发表的时间间隔不远，一部偏向历史罗曼司，一部侧重哥特风格，副标题恰如其分地点出了它们与历史小说之间的关联。自此之后，英国文坛陆续有历史题材小说出版，在 1814 年的《威弗莱》出现之前，至少有近百部作品载入史册，大部分均由不太知名的小作家创作，有的甚至连姓名都已不可考。[2] 当然，其中也有克拉拉·里夫(《美德捍卫者》[*The Champion of Virtue: A Gothic Story*]，1777)、威廉·戈德温(《伊默锦》[*Imogen: A Pastoral Romance, from the Ancient British*]，1784)和安·拉德克里夫(《阿思林堡和邓贝恩堡》[*The Castles of Athlin and Dunbayne: A High-land Story*]，1789)这样的知名人士。到了 18 世纪 90 年代，历史小说出版的频次加快，成为较为重要的文学思潮。这些历史小说的先行者

---

[1]　Anne H. Stevens, *British Historical Fiction Before Scott*. Houndsmill：Palgrave Macmillan, 2010, p. 25.

[2]　具体参见本书《附录 II：英国早期历史小说年表(1762~1813)》。

在社会上制造了历史与小说的文学话题，引起了社会关注，也培养了一批读者，为司各特时代的到来和历史小说的狂飙积蓄了势能。

大风起于青蘋之末，历史小说大潮并未兴起于伦敦这个全国经济、政治和文化中心，而是在边陲之地的爱尔兰和苏格兰率先崭露头角。1790~1829 年，爱尔兰涌现了玛利亚·埃奇沃思、西德尼·欧文森、托马斯·莫尔（Thomas Moore）等优秀小说家，他们将文学形式推陈出新，使得"民族故事"和历史小说发扬光大。① 凯蒂·特朗朋纳指出："民族故事这种体裁最早由一群女作家所创，她们从一开始就关注文化特殊性（cultural distinctiveness）、民族政策（national policy）和政治分裂主义（political separatism）。"② 可以看出，由于与英格兰之间长期分分合合的政治纠葛，爱尔兰作家记述历史之时都不约而同地涉及爱尔兰本土文化特性、调节民族关系的政治策略、独立或反叛的政治话题。经历了漫长的 18 世纪以后，小说这种文学体裁在摄政时期渐趋成熟，进入新的发展阶段。在这一时期，小说的文学特性得到进一步巩固，类型分支虽然没有后来的维多利亚时代那么细致繁复，却也表现出几股较为明显的主流趋势：奥斯丁引领的情感与婚恋小说、玛丽·雪莱（Mary Shelley）和约翰·波里多利（John Polidori）引领的哥特小说、奥斯丁和托马斯·洛夫·皮科克（Thomas Love Peacock）引领的反讽小说、弗朗西斯·伯尼引领的成长小说、司各特引领的历史小说等等，不一而足。就当时的销量和影响力而言，历史小说无疑是英国浪漫主义时期小说领域内最为主流的文学样式。历史小说承载着浪漫主义文学流派的重要特征，打上了它的文化烙印。

---

① Claire Connolly, *Cultural History of the Irish Novel, 1790-1829.* Cambridge: Cambridge University Press, 2002, p. 1.

② Katie Trumpener, *Bardic Nationalism: The Romantic Novel and the British Empire*, p. 132.

历史小说在 19 世纪前期的兴起与当时的反工业化思潮密切联系在一起。随着以蒸汽机为标志的工业革命在 18 世纪迅速推进，英国社会的面貌发生了飞速变化。"在英格兰，司各特（甚至是勃朗特姐妹）的罗曼司是诺森布里亚复兴（Northumbrian Renaissance）的一部分，是对英格兰中部新工业主义进行的一种浪漫化抵制。华兹华斯和彭斯的诗歌，还有卡莱尔的哲学，都是这一思潮的产物。"① 对工业化的抵制并非浪漫主义文学思潮所独有。工业化给英国带来翻天覆地的变化，城市化进程加速，随着越来越多的工厂建起来，农村的地形地貌发生了不可逆转的改变。在摄政时期末的 1830 年，曼彻斯特至利物浦的铁路正式开通，它是世界上首条铁路。至此，铁路成为侵入美好田园生活的工业怪物，从 19 世纪初的华兹华斯到中期的伊丽莎白·盖斯凯尔（Elizabeth Gaskell）和乔治·艾略特，再到后半期的约翰·罗斯金（John Ruskin）等人，不少文学家对铁路象征的工业化力量一直耿耿于怀，要么拒绝它进入湖区，要么在小说中将它描写为毁坏性的力量。施米特指出，浪漫派在 18 世纪末的兴盛具有深刻的原因："政治的浪漫派似乎要'遁入过去'，赞美属于遥远过去的古代状态，要回归传统。这反过来又导致了另一种概括：凡没有无条件地认为现在比过去更美好、更自由、更进步的人，就被贴上浪漫派的标签。"② 法国大革命给英吉利海峡另一侧的英国社会带来恐慌，在法国大革命之后，英国保守力量占据了上风。英国政坛的执政力量非常明显地以 1789 年法国大革命为分水岭，在此之前相当长的时间内基本是辉格党执政。法国大革命之后，随着辉格党的分裂，英国迎来历史上保守

---

① Northrop Frye, *Anatomy of Criticism: Four Essays*, p. 306. 诺森布里亚王国（Kingdom of Northumbria, 约 6~10 世纪）是中世纪盎格鲁人建立的王国，位于英格兰北部和苏格兰东南部。

② 卡尔·施米特：《政治的浪漫派》，第 9 页。

党连续执政时间最长的阶段。从小威廉·皮特 1783 年上台，一直到 1830 年威灵顿公爵下台，除了 1806~1807 年有过短暂的辉格党联合内阁以外，将近五十年间都是由奉行保守主义的托利党执政。这段时期正好是浪漫主义最为兴盛的时代，也正是历史小说勃兴的时间窗口。

对现有文化机制和文学程式进行叛逆，这本身就是文学内在创新的动力，后代文学家既要继承前辈的文学遗产，又必须摆脱他们巨大的阴影，走出属于自己的文学道路。这种求新求变的内在驱动力从古至今都在推动不同时代的文学家破旧立新，后来者时刻想方设法地对前人进行误读，想要摆脱前人影响，生发出同传统决裂的心态，就是布鲁姆说的"影响的焦虑"。① 18 世纪后半期最为盛行的情感主义小说和哥特小说在格局上都显得狭隘拘谨，过于关注内心世界与室内空间：要么纠结于各种细腻情感与道德考量，得之则喜，失之则悲，自怜自艾；要么渲染恐怖颓废氛围，在装满各种机关暗门的古堡里上演恶棍折磨美女的艳俗故事。② 英国读者在相当长的时间内对这些一再重复的主题乐此不疲。到了 18 世纪末期，事情终于起了变化，这类小说不再受读者欢迎。约翰·马伦指出，18 世纪很多小说都在扉页上写"情感小说"，到了七八十年代打着这个牌号的小说数量尤其多，但是到了 18 世纪末，这个词"已经从赞许变成了贬义"。③ 取而代之的是哥特小说，它在此时突然蓬勃发展，到 18 世纪 90 年代"达

---

① 参见哈罗德·布鲁姆：《影响的焦虑》，徐文博译，生活·读书·新知三联书店 1989 年版。

② 18 世纪情感小说和哥特小说当然也对西方现代性的发展具有推动作用。参见金雯：《情感时代：18 世纪西方启蒙思想与现代小说的兴起》，华东师范大学出版社 2023 年版。

③ John Mullan, "Sentimental Novels", in John Richetti（ed.）, *The Cambridge Companion to the Eighteenth-Century Novel*. Cambridge：Cambridge University Press，1996, p. 236.

到最高峰"，① 随后势头便逐渐减弱。到了司各特构思和写作《威弗莱》的 19 世纪 10 年代时，就小说这个文类本身的发展状况而言，它已经有了蜕变的内在需求。布莱克、彭斯、詹姆斯·麦克弗森（James MacPherson）、托马斯·珀西（Thomas Percy）等浪漫主义先驱者已经为后来者开拓出一条新路，那就是向历史进发，向想象力进发，向自然进发。

　　最先感应到时代新风气和新动向的是司各特。他以诗人形象走上文坛，中年才向小说家转型。在成为小说家之前，作为诗人的司各特已经享誉文坛。关于他为何要放弃"高雅"诗歌，投身更有烟火味和世俗气的小说，学界长期以来流传着一种说法——司各特在诗歌上无法与拜伦匹敌，因而放弃诗歌，开始写小说。这一说法有据可考，那是司各特 1832 年初在意大利参观庞贝古城遗址时亲口向威廉·盖尔（William Gell）承认的。司各特在庞贝古城诗兴大发，提及自己又想转回诗歌创作，被盖尔问及当年为何放弃诗歌转而写小说时，司各特说道："因为拜伦胜过了我（Byron beat me）……他在描写强烈情感和洞悉人心深处方面胜过了我，于是我那时就放弃了诗歌。"② 其实司各特的自谦之词，不可不信，亦不可全信。司各特做出评语时，在英国文坛名噪一时的拜伦在八年前已经英年早逝，司各特和拜伦惺惺相惜，他更知道威廉·盖尔是拜伦的挚友，因此他这个自谦的论断不足以成为事实定论。不管司各特是否真的因为竞争不过拜伦而转行写小说，除了满足考据癖之外，其实个中真实原因并没有太大意义。司

---

① George E. Haggerty, "Queer Gothic", in Paula R. Backscheider and Catherine Ingrassia (eds.), *A Companion to the Eighteenth-Century English Novel and Culture*. Malden：Wiley Blackwell, 2009, p. 383.

② John Gibson Lockhart, *Narrative of the Life of Sir Walter Scott, Bart*, vol. II. Edinburgh：Robert Cadell, 1848, pp. 351-352.

各特在 1814 年左右从国内一线诗人突然摇身一变成为小说家，表面看来这都是他个人的选择，实际上情况却并非如此简单。司各特不仅继承了前辈作家的文学遗产，更重要的是他感受到了时代的召唤，敏锐地捕捉到当时最劲的文学风口，从而主动开始转型。

　　卢卡奇认为历史小说在 19 世纪初期的兴起与欧洲各国反拿破仑战争引起的民族自觉、民族独立意识和民族主义思潮有关。① 批评界一般认为司各特写作《威弗莱》的初衷在于调和苏格兰和英格兰之间的民族矛盾，构建刚刚成立的大不列颠及爱尔兰联合王国（1801）作为大一统民族国家的身份。关于这个问题，司各特已经表明了立场。他在《威弗莱》最后一章"本该作为序言的附言"中提到此书的写作深受爱尔兰女作家埃奇沃思的影响："我的宗旨一向是根据人物的习惯、风貌和感情，而不是画漫画似的，夸张地运用民族方言来描写这些人物，为的是约略模仿埃奇沃思小姐所描绘的那些令人赞赏的爱尔兰人的形象；这些形象远远不同于那些浅薄的爱尔兰人，长久以来，戏剧和小说中就充斥着这些一家人似的彼此十分相似的人物。"② 在《自传》中，他也明言自己受到埃奇沃思小说的启发写作《威弗莱》，在 1805 年写作之初就意在描写故乡苏格兰，"用比以前更加正面的形象描写那里的人民，将他们介绍给姊妹王国，为他们的美德和缺陷赢得同情与包容"。③ 司各特在 1829 年出版"威弗莱"系列小说的"巨著"版本时同样用了很长一段话讲述此事（*Waverley* 388～389）。除了

---

　　① Georg Lukács, *The Historical Novel*, p. 25.

　　② Walter Scott, *Waverley: or 'Tis Sixty Years Since*. Oxford and New York: Oxford University Press, 1986, p. 376. 后文出自《威弗莱》的引文，将随文标出该著名称首词和引文出处页码，不再另注。译文主要参考司各特：《威弗莱》，石永礼译，人民文学出版社 1987 年版。部分地方略有改动。

　　③ Walter Scott, *Autobiography of Sir Walter Scott*. Philadelphia: Carey & Lea, 1831, p. 71.

埃奇沃思之外，他还同时提到另外两部作品——汉密尔顿夫人（Elizabeth Hamilton）的小说《格伦伯尼的乡民》（*The Cottagers of Glenburnie*，1808）和格兰特夫人（Anne MacVicar Grant）的民族志研究著述《论苏格兰高地人的迷信》（*Essays on the Superstitions of the Highlanders of Scotland*，1811）。司各特如此概括自己写作此小说的初衷："我相信，读者不会觉得前面讲的故事毫无趣味。它可以使老年人回想起年轻时熟悉的情景与人物，使青年人对祖辈的风习略有所知。"（*Waverley* 389）

司各特早年以诗歌成名，1805 年就开始构思写作《威弗莱》，写了七章之后将它束之高阁，直到 1810 年才决定进行修订和续写，最终于 1814 年匿名出版，一举获得巨大成功。① 在正式续写《威弗莱》之前，司各特已经以中世纪为题材写了长诗《玛密恩》和《湖上夫人》，年轻有为的出版商约翰·默里（John Murray）从销售这两本书开始便通过书商阿奇博尔德·康斯坦布尔（Archibald Constable）与司各特建立业务关系。根据默里请求，司各特于 1807～1808 年续写了已故古文物学家兼文学家约瑟夫·斯特拉特（Joseph Strutt）的遗稿——中世纪骑士传奇小说《呼后庄园》（*Queen-hoo Hall: A Romance*）。该作品描写亨利六世（1421～1471）期间发生的故事，发表之后销量和反响并不太好。司各特对此书失败原因的总结如下：语言太过古奥以及古文物知识过于泛滥，殊为"作茧自缚"。② 于是，他告诫自己写作时在语言方面要"避免此种错误"，在内容上认定"更为晚近的事情定然比骑士故事更受欢迎"，此时他便想起了自己数年前写了几章就弃置的

① 具体参见拙文《市场经济中的司各特：文学出版业与历史小说的兴起》，《英美文学研究论丛》2018 年第 1 期。

② Walter Scott, *Autobiography of Sir Walter Scott*, pp. 72-73.

小说《威弗莱》。① 《呼后庄园》是司各特和默里之间的首次单独合作，这不仅将司各特的创作精力转移到散文写作中，而且促发和引导司各特重启他的历史小说《威弗莱》写作计划。从这个意义上来说，《呼后庄园》是司各特从诗歌创作向小说创作转型的关键节点。

司各特在《自传》中讲述了《威弗莱》一书的创作缘起，最初的设想是将其写作成沃波尔的《欧权托城堡》样式，铺设众多苏格兰边境人物和超自然事件。② 《威弗莱》是司各特的首部小说，从一开始他就在谋求突破，要同先前流行小说传统决裂，这从他对书名兼主人公名字"威弗莱"——那个"没有被玷污"（uncontaminated）的词以及副标题"往昔六十年"（'Tis Sixty Years Since）的缘起可以看出来。③ 《艾凡赫》是司各特历史小说生涯中的辉煌顶点，自此以后，新出小说的销量就开始递减。在 1919 年 7 月 19 日写给出版界友人约翰·巴兰坦（John Ballantyne）的信中，司各特提道："第一卷基本完成，全本将在 9 月第一周或第二周竣工。"④ 在写作《艾凡赫》的这段时间里，司各特经历了人生中的黑暗时光：他的健康状况很糟糕，因胆结石引起腹绞痛卧病在床，无法执笔写字，曾一度病入膏肓，甚至交代好了遗言；⑤ 不仅如此，他还接连遭受失去亲人的痛苦——母亲、舅舅、阿姨和多位亲朋好友接连在此书写作过程中和出版前夕去世，给他带来沉痛打击。正如他自己所言，这些家庭不幸，让他"再无人陪伴"（make me bankrupt in society）。⑥ 这时的司各特满心酸楚。正是在这

---

　　① Walter Scott, *Autobiography of Sir Walter Scott*, p. 73.

　　② Walter Scott, *Autobiography of Sir Walter Scott*, p. 69.

　　③ Walter Scott, *Waverley*. Oxford：Oxford University Press, 2015, p. 3.

　　④ John Gibson Lockhart, *Memoirs of the Life of Sir Walter Scott, Bart*, vol. 6, p. 104.

　　⑤ John Gibson Lockhart and Henry Irwin Jenkinson, *Epitome of Lockhart's Life of Scott*. Edinburgh：Adam and Charles Black, 1873, p. 150.

　　⑥ John Gibson Lockhart, *Memoirs of the Life of Sir Walter Scott, Bart*, vol. 6, p. 170.

样艰难悲痛的境况下，他基本靠口述完成了《沼地新娘》《蒙特罗斯传奇》和《艾凡赫》，这三部作品都在 1819 年内出版，堪称奇迹。这是司各特个人天赋的明证，同时也是历史小说的高光时刻。司各特的文学才能不仅让他赚得了巨额稿费，也让他的社会身份发生了巨大变化。1818 年底，司各特接到时任内政大臣亨利·阿丁顿（Henry Addington）正式通知，摄政王将册封他为准男爵。司各特原计划 1819 年复活节前后就前往伦敦进行准男爵册封仪式，后来因病以及家人亡故，不得不推迟到 1820 年 3 月才得以完成。据传乔治四世曾说："能将即位以后的第一个爵位授予司各特，吾心甚慰。"不仅如此，乔治四世还让御用画师托马斯·劳伦斯为司各特画像，挂在温莎堡中。他是文人和科学家中首位获此殊荣之人。① 此时的司各特，风光无限。

司各特引领的历史小说潮流在 19 世纪初期兴起于英国，这一历史事件背后存在着市场和资本的强大推力。卢卡奇在《历史小说》中曾提到经济学与历史小说兴起之间的关联，并对詹姆斯·斯图亚特（James Steuart）和亚当·斯密的经济学理论与历史小说兴起之间的关系做了简要分析。卢卡奇从马克思主义观出发，批评斯图亚特和斯密的资本与劳动理论，认为这些经济学家"以直觉准确观察到了，然而却忽视了存在于实践之中的历史感的重要意义，也忽视了从当下历史具体性中做出可能的归纳概括，我们所讨论的那些以前的伟大的英格兰社会小说面临同样的情形"。② 卢卡奇认为斯图亚特等人的缺点在于"没有清楚地将历史视为一种过程，将历史视为形成当下的具

① Donald Macleod, *Life of Sir Walter Scott*. New York: Charles Scribner, 1852, pp. 178-179.

② Georg Lukács, *The Historical Novel*, p. 21.

体先决条件"。① 在卢卡奇看来，斯密和斯图亚特等人的经济学理论
对历史的理解尚未达到司各特等历史小说家的高度。作为马克思主义
理论家，卢卡奇极为重视小说艺术形式与经济和社会之间的共生关
系，或许出于主题与篇幅原因，他并没有深入论述斯密等人关注的市
场经济力量对英国历史小说在 19 世纪的勃兴起到怎样的推动作用。
自卢卡奇之后，凯瑟琳·萨瑟兰和伊恩·邓肯等人顺着这个脉络进一
步论述了斯密等人的经济学理论对司各特的影响；同时，威廉·圣克
莱尔以及马修·罗林森等人从出版业与货币角度研究了司各特所在时
代的整体图景，这些研究都深化了人们对司各特历史小说文本的认
知。② 在考察英国历史小说兴起的源流之时，我们无法忽视这一重要
历史现实问题，需要关注市场经济体制下文学出版业如何助力历史小
说的迅速发展，引导甚至孵化司各特等人的历史小说写作，进而参与
历史小说生产的实践过程。将司各特历史小说的生产和流通过程作为
切入点，才能真正认识到历史小说兴起与当时文学出版市场之间的合
力关系以及小说思潮背后的资本力量。

　　市场经济体制下的英国文学和出版市场让司各特赢得了名誉和巨
额财富，然而他没能有效保持家政和投资业务的收支平衡，建造庄园
宅邸等事项的开销给他带来巨大经济压力，最终压垮他的是 1825 年
爆发的世界历史上的首次经济危机。这次经济危机产生的背景是产能

---

　　①　Georg Lukács, *The Historical Novel*, p. 21.

　　②　参见 Kathryn Sutherland, "Fictional Economies: Adam Smith, Walter Scott and the Nineteenth-Century Novel", *ELH*, vol. 54. no. 1 (1987), pp. 97-127; Ian Duncan, *Scott's Shadow: The Novel in Romantic Edinburgh*. Princeton: Princeton University Press, 2007, pp. 70-95; Matthew Rowlinson, *Real Money and Romanticism*. Cambridge: Cambridge University Press, 2010; William St. Clair, "Publishing, Authorship and Reading", in Richard Maxwell and Katie Trumpener (eds.), *The Cambridge Companion to Fiction in the Romantic Period*. Cambridge and New York: Cambridge University Press, 2008, pp. 23-46。

过剩以及金融市场系统崩溃。1825 年底，司各特入股的巴兰坦印刷厂在大规模的金融危机冲击下宣告破产，他背负了约 11.7 万镑的巨额债务，这使司各特陷入人生中最大的经济困境。12 月 18 日晨，巴兰坦登门将确切消息告诉司各特。当天，司各特用平静的语气在日记里记了一句："我大限已至。"（My extremity is come.）①司各特此时健康状况已大不如前，可是他在这个问题上表现出令人敬佩的道德勇气，没有通过宣布破产躲债，而是公开表态自己将继续写作，卖文还债。司各特加大了写作的劳动强度，继续写作历史小说、历史教科书以及各式文学评论文章，加重了身体的负担。1832 年 9 月 21 日，司各特在爱丁堡南郊的阿博茨福德家中逝世，一段传奇生涯自此结束。

司各特是历史小说领域当之无愧的领军人物，或许是他光彩太过耀眼，备受青睐，与他同时代的历史小说家们状况并不算太好。与司各特生活在同一时代，既是幸运，又是不幸，在他无与伦比的光环下做一名历史小说家，需要勇气。当时的著名文学评论家威廉·黑兹利特在散文集《时代精神》里专辟一章讨论司各特，给司各特和其他历史小说家下的评语是："司各特爵士真的就可以让我们餍足，其他模仿者让人觉得恶心。"②

威廉·哈里森·安斯沃思（William Harrison Ainsworth，1805～1882）凭借《洛克伍德》（Rookwood，1834）和《杰克·谢泼德》（Jack Sheppard，1839～1840）等作品，成为继司各特之后"最早真正持续成功的历史小说家"，在司各特逝世以后的二十年间，他和布尔沃-利顿、乔治·詹姆斯（George Payne Rainsford James，1799～1860）三人是

---

① Walter Scott, *The Journal of Sir Walter Scott*, vol. 1. Edinburgh: David Douglas, 1890, p. 51.

② William Hazlitt, *Lectures on English Poets & The Spirit of the Age*. London, Toronto and New York: J. M. Dent & Sons, 1910, p. 228.

英国最为知名且多产的历史小说家。① 此时经典英国历史小说已经走过了一个完整的生命周期，从最早的地下运行，到涓涓细流，再到汇成江河奔腾而下，蔚为壮观，最后又汇入文学史浩瀚的海洋，完成历史使命，它繁衍的后代子嗣继续生长。

① Richard Maxwell, "The Historical Novel", in John Kucich and Jenny Bourne Taylor (eds.), *The Oxford History of the Novel in English*, vol. 3, p. 61.

第二章
历史小说的发源：
埃奇沃思的"地方小说"

　　历史小说诞生于多种文学传统的汇融，既有世界文学外部力量的催生，又有英国文学内部的传承。按照批评界的共识，司各特 1814 年出版的《威弗莱》是历史小说诞生的原点标志。暂且抛开德、法等其他民族文学和英国文学传统中那些较为久远与间接的因素不谈，为这个原点提供直接催生动力的文学流脉得数爱尔兰小说家埃奇沃思发扬光大的"地方小说"和西德尼·欧文森创立的"民族故事"。在英国历史小说萌芽与发展的过程中，爱尔兰人和爱尔兰文学走在了时代的最前列。

　　爱尔兰原住民的血脉源于凯尔特人，所用语言为爱尔兰盖尔语，属于印欧语系中的凯尔特语族。以 1603 年"九年战争"结束为标志，英国政府的强势军事介入实现了爱尔兰在政治上的统一，英语也成为爱尔兰的主要语言。由于特殊的历史渊源，爱尔兰文学主要由两部分构成：盖尔语文学和英语文学。苏格兰的文化源脉情形同样如此，司各特在 1814 年首创历史小说《威弗莱》时就是围绕盖尔文化和高地氏族传统展开历史叙事，带领读者来了一趟时光上的逆向之旅，在文化上展示出古老的苏格兰高地盖尔文化与众不同的一面。18 世纪下半叶，威尔士和苏格兰产生了轰轰烈烈的凯尔特文化复兴，而爱尔兰却

不见多大动静。① 与苏格兰盖尔文化同根同源的爱尔兰，在历史小说
主题和风格的选择上，走上了一条不尽相同的道路。埃奇沃思和欧文
森是 19 世纪前二十年间爱尔兰小说界占据领导地位的两位主将，她
们的写作精力主要放在具有爱尔兰地方特色的小说之上，共同推动了
爱尔兰民族故事的蓬勃发展。她们二人在小说虚构叙事中处理爱尔兰
题材的风格不同，在现实生活中也有很大差异。要了解历史小说在爱
尔兰的起源，只有将埃奇沃思和欧文森放置在一起，才能更好地发现
历史小说在爱尔兰起源阶段存在的多重生态样貌。

第一节　两江并流：来自爱尔兰的源头

　　埃奇沃思和欧文森都曾在爱尔兰和英格兰居住，但是她们的人生
轨迹似乎正好相向而行。埃奇沃思于 1768 年出生于英格兰东南部牛
津郡的布莱克伯顿（Black Burton），父亲是爱尔兰后裔。5 岁时，埃
奇沃思随父亲搬回位于爱尔兰中西部的朗福德郡埃奇沃思镇（Edge-
worthtown），② 仅仅几个月后就被送到英格兰接受教育，1782 年返回
爱尔兰生活，自此以后基本就没有再离开。她与父亲、继母和十多个
兄弟姐妹一起居住在祖宅里，终身未嫁，除了写作就是操持家务，过
着普通爱尔兰家庭妇女平凡而略显沉闷的生活。欧文森则恰恰相反，
她生性外向活泼，喜欢标新立异，有过多段情史，是摄政时期和维多
利亚时期的文化名人，活跃于都柏林和伦敦的上层社会。欧文森自幼

---

　　① 爱尔兰文化终于在 19 世纪末到 20 世纪 20 年代出现了强势复兴，产生了叶芝、
乔伊斯、萧伯纳、约翰·米林顿·辛格（John Millington Synge）、乔治·威廉·拉塞尔
（George William Russell）等著名作家。

　　② 此地原名为 Meathas Troim，意为"老树下"，1583 年埃奇沃思家族就在那里居
住生活。为纪念埃奇沃思家族，后改名为埃奇沃思镇。

在爱尔兰长大，青年时代就得到阿伯康侯爵约翰·汉密尔顿（John
Hamilton, Marquis of Abercorn）等人赏识，在英国乃至欧洲各地游历甚
广，50 岁时随丈夫一起移居伦敦。这两位性格和人生经历迥异的爱
尔兰作家在 19 世纪初不约而同地将目光转向描写爱尔兰往昔历史，
用小说虚构叙事的形式向英格兰推介爱尔兰历史与文化。欧文森
1806 年的《狂野的爱尔兰姑娘》是第一部"民族故事"小说，开创了
一个重要的小说分支。埃奇沃思则更早一步，在 1800 年就开风气之
先，创立了以爱尔兰世家历史为题材的地方小说写作传统。《拉克伦
特堡》具有浓郁的爱尔兰风格，是"英国第一本地方小说"和世家小
说。① 在历史小说的开拓贡献方面，埃奇沃思和欧文森各有千秋。这
两位作家不仅极具创新意识，在小说创作体量上也蔚为壮观，完成了
一系列高品质小说，组成了爱尔兰小说界两条并行的脉络，成为英国
历史小说发展历程中的重要源头。

埃奇沃思和欧文森都向外界展示了爱尔兰独具特色的风土人情，
但是对于爱尔兰原住民盖尔文化的式微并没有过多伤感。这两位爱
尔兰作家比司各特等苏格兰历史小说家更具政治野心，要的也不是司各
特孜孜以求的民族融合，而是与之相反的民族独立。欧文森早年是支
持爱尔兰天主教解放运动和民族独立的积极分子。欧文森的政治姿态
是旗帜鲜明的，她在《弗洛伦斯·麦卡锡：爱尔兰故事》（*Florence
Macarthy: An Irish Tale*，1818）、《奥布赖恩一家和奥弗莱厄蒂一家：
民族故事》（*The O'Briens and the O'Flahertys: A National Tale*，1827）等
一系列作品中都对爱尔兰的立法独立和政治独立给予热情讴歌。正如
诺曼·万斯所言，欧文森的小说表征了爱尔兰人在 19 世纪初的种种

---

① Brian Hollingworth, *Maria Edgeworth's Irish Writing: Language, History, Politics*. New
York: Macmillan, 1997, p. 1.

民族主义激情与冲动，她"提供了诸多憧憬，让凯尔特情感和民族主义情感被整合成民族独立政治运动之前的凯尔特民族主义欲望得以实现"。① 在文学史上，欧文森因为刻意隐瞒和捏造出生信息而闻名。她通过各种途径散布关于身世的传奇故事：自己是在横渡英格兰和爱尔兰之间的爱尔兰海时出生的。从欧文森有意制造这种传奇故事可以看出她对自己英爱混血身份的微妙态度，既不愿意出生在爱尔兰土地上，也不想出生在英格兰土地上，而是希望将自己生命开始的瞬间锚定于二者之间。欧文森用这种隐喻意味极强的传奇故事表明自己的立场。欧文森对爱尔兰的热爱是发自内心的，她的政治姿态与简·波特、埃奇沃思等人并不完全相同。正如伊恩·丹尼斯所言："简·波特的政治愿景只是认同现状，很显然欧文森志不在此。她为爱尔兰遭受的冷落感到怒不可遏，发现由此造成的社会和经济问题。她想要所有人，包括英格兰人、英格兰-爱尔兰人和所有爱尔兰人，都对爱尔兰表达尊重和热爱……"② 1837年欧文森接到英国首相墨尔本子爵授予的荣誉与特殊津贴，再加上对爱尔兰泛起的民粹主义思潮产生不满，便离开都柏林，远去伦敦。尽管如此，她对爱尔兰的热情终生未变。由于欧文森在政治姿态和文学价值判断上表现出鲜明的爱尔兰民族主义倾向，她的言行和作品经常引起广泛争议。

与欧文森相比，埃奇沃思在政治立场上则更加温和。作为常住爱尔兰的爱尔兰人，埃奇沃思固然对家乡有很深的情感，但是"很少主张独立或天主教民族主义"，其写作的"《拉克伦特堡》《在外地主》和《奥蒙德》都表明了爱尔兰在一八〇一年前后'联合法'实行的年

① Norman Vance, *Irish Literature Since 1800*. London and New York：Routledge, 2002, p. 54.

② Ian Dennis, *Nationalism and Desire in Early Historical Fiction*. Houndmills：Macmillan, 1997, p. 59.

月里那种变化不定的复杂性，都探索了爱尔兰社会中的历史裂痕"。① 埃奇沃思在作品中表达的价值判断和情感立场都更为中性，既表达对爱尔兰的热爱，又客观地呈现它在当时历史条件下面临的问题。埃奇沃思和欧文森对爱尔兰的文学表征是有明显差别的："莫根［欧文森］笔下的爱尔兰是一种景色自然的、浪漫的、有着竖琴和圆顶塔的爱尔兰，是一个凯尔特复兴时代的世界，而埃奇沃斯［埃奇沃思］笔下的爱尔兰却是一个破落不堪的地方，需要 18 世纪欧洲启蒙运动来进行具体的改造。"② 从埃奇沃思和欧文森的文字可以明显感受到她们赋予作品的历史纵深感。欧文森笔下的爱尔兰古老而浪漫，埃奇沃思小说里的爱尔兰已经落伍，被如火如荼的现代化进程甩在了后面。欧文森的几部代表作展示的是爱尔兰历史和文化的静态美，它对英格兰人来说具有原始蛮荒的浪漫诱惑。而埃奇沃思的小说则往往展现出一种历史向前发展的动感：爱尔兰正在变化，而且必须变化。

在对待爱尔兰独立的问题上，欧文森和埃奇沃思政治立场的差异源于多种因由，其中一个重要因素或许是家庭身世的不同。西德尼·欧文森的母亲简·希尔是英格兰新教徒。她的父亲罗伯特·欧文森是爱尔兰天主教徒，原名为麦克欧文（MacOwen）——来自盖尔语，极具爱尔兰风格，青年时代到英格兰的牛津求学，之后将名字改为英语化的欧文森。他在都柏林经营的剧院生意兴隆，却遭到英国政府的打压而关闭，导致家庭经济陷入困顿，以至于大女儿西德尼·欧文森不得不靠当家庭教师和写作补贴家用。埃奇沃思则出生于英格兰南部的牛津郡，幼年和少年时期大部分时间都在英格兰度过。但是早在两百多

---

① 安德鲁·桑德斯：《牛津简明英国文学史》下册，高万隆等译，人民文学出版社 2000 年版，第 546 页。
② 陈恕：《爱尔兰文学》，云南人民出版社 2011 年版，第 93 页。

年前的亨利八世时期，埃奇沃思家族的先祖就在爱尔兰中西部地区的
朗福德郡安家。幼年时的玛利亚·埃奇沃思随父亲搬迁到爱尔兰的祖
居，后又多次往返英格兰。埃奇沃思和欧文森的小说都是从文学角度
对爱尔兰社会状况做出的回应，但是对爱尔兰复杂的民族冲突和宗教
纠纷有着各具特色的解读。她们在爱尔兰民族主义情怀问题上都是坚
定不移的，对当时的社会政治形势却又有不同的理解。爱尔兰人追求
独立的愿望从未停歇，政治请愿和暴力起义一直都在发生。1800 年
的《联合法案》在形式上宣告了爱尔兰正式成为英国的一部分，但是
表面上的政治和谐并未从根源上解决横亘在英爱两个民族之间的深层
次问题。在如何对待亲英格兰的新兴特权阶层问题上，埃奇沃思和欧
文森的态度很不相同。正如陈恕所言，"埃奇沃斯［埃奇沃思］在她的
小说中，试图说明如果那些新贵们如能革新洗面，那种领导权还是可
能保持住的。而莫根夫人［欧文森］在她的小说里无意识地表明了他
们要保持这一领导权为什么是不可能的"①。

埃奇沃思比欧文森年长十余岁，出道也更早。在欧文森正式创建
"民族故事"这个小说分支之前，埃奇沃思的《拉克伦特堡》(1800)已
经让她在爱尔兰闻名遐迩。欧文森的系列民族故事在 19 世纪初渐成
气候，她凭借《狂野的爱尔兰姑娘》等民族故事小说成为爱尔兰文坛
最受欢迎的女性小说家。埃奇沃思也加入进来，陆续又创作了多部小
说，涉及爱尔兰的主要有《烦恼》(*Ennui*, 1809)、《在外地主》(*The
Absentee*, 1812)和《奥蒙德》(*Ormond*, 1817)。长期以来，埃奇沃思在
文学史上享有的地位要高于欧文森，"虽然欧文森最为知名的《狂野
的爱尔兰姑娘》常被认为是第一部'民族故事'小说，但她从未得到

---

① 陈恕：《爱尔兰文学》，第 74 页。

过和埃奇沃思一样的好评”。① 要论为何埃奇沃思的文学成就高过欧
文森，任何简单的解释都难免以偏概全。如果抛开批评界给这两位爱
尔兰作家的各种标签与断语，直面她们各自的作品，或许可以得出合
宜的解释：埃奇沃思的叙事风格更加温婉而节制，情感浓烈却不泛
滥，作品丰富又精细雕琢。正如凯瑟琳·柯克帕特里克所言，《拉克
伦特堡》博采众长，又创立了众多文学类型和次类型，不拘泥于任何
一种，它“有创新，有预见力，艺术上技艺精湛”。② 下面先来考察
埃奇沃思的第一部历史小说《拉克伦特堡》。既然司各特在《威弗莱》
“本该作为序言的附言”中说，他写作此书是直接受到埃奇沃思的启
发，那就让我们到《拉克伦特堡》中来探寻英国历史小说兴起的直接
源泉。

第二节　爱尔兰世家的颓败史

埃奇沃思是英国文学史上经常被低估的作家。她久居爱尔兰偏僻
的乡下，但是在写作话题上并不保守，视野也并不狭窄，这在她后来
的写作生涯中可以得到证明。她自始至终都知道如何裁剪作品和突出
重点，在题材和风格上做到高度统一，凝聚起文学形式和内容的力
量，给读者留下深刻印象。埃奇沃思之所以会成为英国最早写作历史
题材的小说家之一，并不是她心血来潮或偶然得之，而是经过了深思
熟虑。早在 1795 年，她就出版了颇为行销的散文集《女作家必读信》

---

① Clara Tuite, "Historical Fiction", in M. Spongberg, A. Curthoys and B. Caine (eds.) ,
Companion to Women's Historical Writing. Houndmills：Palgrave Macmillan, 2005, p. 244.

② Kathryn J. Kirkpatrick, "Introduction", in Maria Edgeworth, *Castle Rackrent.* Oxford：
Oxford University Press, 1995, p. vii.

（*Letters for Literary Ladies*）。她在里面旗帜鲜明地提到了"女性文学"（female literature），在此书第 2 版的序里声明此书就是为了"更明确地伸张女性文学的权利"。[1] 随着 18 世纪后半期女小说家数量的快速增长，埃奇沃思已经敏锐地察觉到这个群体潜在的能量。在《拉克伦特堡》中，埃奇沃思用女作家特有的细腻情感，讲述了一个极具爱尔兰风情的古老世家的故事，关注一直纠缠英格兰和爱尔兰两个民族的融合与分离问题。从现存史料来看，埃奇沃思只是想记录下自己在英格兰和爱尔兰两地生活的直观感受，向世人展示出一些值得记录的爱尔兰历史上的人和事。埃奇沃思父女一直想用小说对青年读者进行道德教育，这在埃奇沃思文学生涯的早年表现得尤其明显。除此之外，她还想用写小说的方式介入政治。在《拉克伦特堡》首版序言结尾，她指出，今人看古人的荒谬之事，将会一笑置之，因此，"爱尔兰与英格兰合并之后会失去自己的身份，爱尔兰将带着温雅又自鸣得意的微笑来看待之前存在过的孔蒂爵士和基特爵士之流"。[2] 每个人都是历史大潮中的微尘，无法从自己生活的时代与历史中抽离出去，身不由己地卷入时代的旋涡，与民族同呼吸，同国家共命运。埃奇沃思出生于 19 世纪 60 年代末，在 80 年代开始正式写作，90 年代趋于成熟，主要作品都发表在 19 世纪前二十年。在这段历史时期内，大英帝国内整国务，外抗强敌，日益强大，走到了世界政治舞台的最中央。

　　到了 18 世纪末，与英国隔海相望的欧洲大陆动荡不安。拿破仑在 1799 年完成雾月政变，独揽军政大权，此时的法国刚刚从血腥的大革命中缓过神来。次年 4 月，拿破仑越过阿尔卑斯山入侵意大利，

---

[1]　Maria Edgeworth, *Letters for Literary Ladies*. London: J. John & Co., 1814, p. viii.

[2]　Maria Edgeworth, *Castle Rackrent*. Indianapolis/Cambridge: Hackett Publishing Company, 2007, p. 5. 本节与下一节所引《拉克伦特堡》均源自此版本，以下仅随文标出页码，不再一一出注。

6月击败奥地利军队。由此，英、俄、奥斯曼帝国和神圣罗马帝国不得不签署合约，宣告解散第二次反法同盟。英国的海外殖民政策已经处于收缩状态，殖民霸主权威之前已经因美国独立战争（1775～1783）遭到打击，英国在北美和欧陆的控制力开始下降。与此同时，英国国内各派政治力量也在涌动，爱尔兰与大不列颠岛的合并成为举国关注的大事。在这个历史转折的关键节点，《拉克伦特堡》问世了。1800年1月，英国文学市场上出现了这部小说，它是一个小薄本，作者不详，但内容别出心裁，描写了爱尔兰古老世家几代继承人纸醉金迷的颓败生活，引起了举国上下的热议。这本书选定了一个再合适不过的时间节点来出版，在大不列颠王国和爱尔兰合并的敏感时刻赶上了时代的风口，立即受到批评界的关注，《每月评论》（*Monthly Review*）和《不列颠批评家》（*British Critic*）都刊载了相关书评。有报道称，乔治三世十分喜欢此书，读后说道："我现在也了解我的爱尔兰臣民了。"① 3月28日，《联合法案》在大不列颠王国和爱尔兰的议会得到通过。8月1日，乔治三世签署法案，宣布大不列颠王国与爱尔兰王国正式合并，法案于次年生效。困扰英国多年的爱尔兰问题终于用法律条文的形式得以解决，这是英国历史上继1707年英格兰与苏格兰宣布合并之后的又一里程碑。在这个重要的历史时刻，篇幅不长的《拉克伦特堡》以粗糙阴郁的风格向不列颠岛人呈现了一幅展现爱尔兰三代世家故事的宏大历史画卷。人们后来得知作者的名字是玛利亚·埃奇沃思。

　　玛利亚·埃奇沃思是天才型作家，年轻时从事教育研究，与父亲理查德·埃奇沃思合作撰写教育著述。《拉克伦特堡》是她转型当作

---

① Susan B. Egenolf, *The Art of Political Fiction in Hamilton, Edgeworth, and Owenson*. Farnham and Burlington: Ashgate Publishing, 2009, p. 45.

家后出版的首部小说，一经发表就震撼了世人，成为英国文学史上具
有里程碑意义的著作。埃奇沃思以这部短小精悍之作在史上留名，它
创造了多个第一："第一部地方小说、第一部社会历史小说、第一部
爱尔兰小说、第一部'大宅小说'（Big House novel）、第一部世家小
说。"①《拉克伦特堡》是英国最早描写爱尔兰古代历史和世家故事的
小说之一，为当时文坛带来新气象。它给人留下最深刻印象的是浓郁
的爱尔兰文化气息和古老世家的颓败历史。实际上这部小说篇幅较
短，除去"序言"（preface）和"术语汇编"（glossary），全书正文不
到100页。埃奇沃思于摄政时期初年完成《拉克伦特堡》的写作。该
书不仅是埃奇沃思的第一部小说，而且由她本人独立创作，完好地保
持了她的个人风格——众所周知，她在创作上受父亲影响很深，多部
作品都经由父亲润色和增删后出版。埃奇沃思自幼喜爱文学，博学多
闻，在儿童文学、教育和小说创作方面都颇有建树。她道德观念严
肃，往往通过作品传达出鲜明的道德教诲声音。据埃奇沃思的传记作
家玛里琳·巴特勒（Marilyn Butler）考证，《拉克伦特堡》大部分写作
于1793～1796年。② 埃奇沃思并未采用当时常见的书信体或第三人称
全知叙述，而是运用第一人称叙述的模式来构造《拉克伦特堡》的故
事，延续了笛福《摩尔·弗兰德斯》（*Moll Flanders*，1722）和阿芙拉·
贝恩《奥奴努克》（*Oroonoko*，1688）的文学脉络。小说的叙述者叫萨
迪·夸克，讲述了祖辈流传已久和自己目睹的故事，引出了一段爱尔
兰大地主拉克伦特家族如何挥霍败家的往昔岁月。此书最引人入胜的

①　Kathryn J. Kirkpatrick, "Introduction", in Maria Edgeworth, *Castle Rackrent*, p. vii.
"大宅小说"是具有爱尔兰地方特色的小说形式，新兴的新教贵族在爱尔兰各处圈地建
房，高墙大院将他们与外面贫穷的爱尔兰天主教徒们隔开，是阶级分化的文化符号。
"大宅小说"都以这些乡间大宅为故事背景。

②　Susan Kubica Howard, "Introduction", in Maria Edgeworth, *Castle Rackrent*. Indian-
apolis/Cambridge：Hackett Publishing Company, 2007, p. ix.

情节莫过于拉克伦特家族的产业最后落入萨迪·夸克的儿子之手。萨迪·夸克成为拉克伦特家族利益的直接相关人，而他关于拉克伦特家族历代主人的叙述直接影响了自己儿子产业的合法性。现实中毕竟是他儿子夺取了这个古老家族的产业，因此叙述者萨迪·夸克既缅怀这个家族古老的历史和荣光，在一定程度上又要为儿子进行情感和道义上的辩护。由此可见，埃奇沃思创造了一个生活在历史和现实夹缝之间、被情感左右着的叙述者。

埃奇沃思在《拉克伦特堡》出版时配了序言和术语汇编，目的就是预先告知读者，叙述者萨迪·夸克可能存在情感上的偏颇。序言中有大量篇幅讨论了忠实叙述历史可能面临的难题，并强调叙述历史时须持诚朴的姿态。从序言中可得知，该故事的"作者"萨迪·夸克是"一个不识字的老管家"，"拉克伦特家族是生他养他的地方，因此难免有些偏袒家族"。(5)埃奇沃思借序言的叙述者之口直言："读者很容易就可以发现这点。"(5)这是读者能轻而易举把握的显在事实。埃奇沃思在序言中对偏袒家族的问题似乎说得比较委婉，在小说开篇她更是直接让叙述者萨迪·夸克为自己撇清了与儿子之间的利益关联。萨迪·夸克在小说开篇说的第一句话就是："出于对这个家族的情谊，我愿意出版这部拉克伦特家族的回忆录。很久很久以来他们一直给我和我的家人以生计，不胜感激。"(8)紧接着，叙述者调转语锋说道："看着我，你很难想象老萨迪我是地产商夸克的父亲；他是一个上等绅士，一年赚的可不止 1500 英镑，他把老萨迪的话当作耳边风，打心底瞧不起老萨迪；他的所作所为跟我一点不相干，我活是拉克伦特家的人，死是拉克伦特家的鬼。"(8)很显然，萨迪·夸克意在第一时间就表明心迹，誓死效忠旧主，切割自己与杰森·夸克的父子关系。在忠于旧主和祖护儿子这个关键矛盾上，读者似乎看见

了一个秉持中立的叙述者——他不会为了维护儿子夺取产业的合法性
而故意抹黑拉克伦特家族。换言之,叙述者萨迪·夸克的初衷是避
嫌,因而在小说伊始就主动言明立场,打消读者的疑虑。不过,萨
迪·夸克还是在小说开篇时隐藏了儿子夺取拉克伦特家族产业这个重
要信息。此时,不知内情的读者只看到他不明不白地说了上文那一段
话,强调自己跟儿子并非同道中人,尚不清楚他为何有此突兀的
一说。

　　萨迪的自述显示,他无比忠诚于拉克伦特家族,从未掺和儿子
"篡夺"旧主家业一事。然而,从叙事进程中的大量细节来看,他似
乎并非如自述所说的那么正直。这样的叙述让人疑窦丛生,引发的各
种阐释差异极大。叙述者萨迪·夸克的叙事是否可靠?他的人品是否
正直?学界对此类问题一直存在分歧。20世纪后期之前的主流观点
认为他是一个"本质上透明的人物","忠守并热爱拉克伦特家族的
荣誉","珍视自己与家族之间感伤的友谊"。[①] 那么,叙述者萨迪是
否真的"透明"呢?情况恐怕有些复杂。《拉克伦特堡》通篇经由萨
迪之口叙述,因此理解本文的关键就是他的叙述是否可靠。根据萨迪
所言,拉克伦特堡家族是"王国内最古老的几个家族之一"(8),自
己为他们感到无比骄傲。然而,在追溯拉克伦特家族渊源的时候,他
特地指出,他们家世代服侍的拉克伦特家族并不是源于纯正血统,而
是一次意外事件让他们获得了名位和家业的双丰收:拉克伦特家族的
主人塔利胡·拉克伦特在打猎中不幸去世,其名号和产业便由表弟帕
特里克·奥沙林爵士继承。老萨迪在小说一开始就披露了这段有瑕疵

　　① Michael Neill, "Mantles, Quirks, and Irish Bulls Ironic Guise and Colonial Subjectivity in Maria Edgeworth's *Castle Rackrent*", *The Review of English Studies*, vol. 52, no. 205 (2001), p. 76.

的家族历史，颇为耐人寻味。更加糟糕的是，从帕特里克爵士开始的四代拉克伦特家族主人均暴戾成性、挥金如土、花天酒地，都不是真正意义上的好人。帕特里克爵士本人甚至死于纵酒寻乐。而在关于帕特里克爵士之死的叙事中，老萨迪的价值判断并不公允。除了带着爱戴之心讲述帕特里克爵士如何在宴会上暴饮暴毙，老萨迪认为"他受穷人和富人的共同爱戴"，"爱戴的程度在本国过去从没有、现在也没有任何绅士可以超越他"，"他的葬礼是本郡空前绝后的盛事"。(10)接下来，他充满激情地讲述远近的民众如何争相观看他的灵柩并以此为荣的场面。不料，萨迪的语气随即急转直下，告诉读者有一群债主闯入，企图抢夺灵柩来逼债。上述关于帕特里克爵士逝世和葬礼的叙事看似是一种不经意的"客观"呈现，但其实是出自一个深谙听众和读者心理的叙述者之口。他用热情洋溢的语气不停地褒扬旧主以示忠心，从而非常巧妙地避免对旧主进行任何个人化的负面评价。同时，他在叙述过程中又吐露了许多旧主的丑事(如上文债主抢夺灵柩一事)，留下读者自行判断帕特里克爵士的为人处世，觉察其中的荒谬与无稽。后面的三位继承者一代不如一代，越发穷奢极欲，言行乖张，家境则每况愈下，入不敷出。最后，拉克伦特堡的败家子孔蒂爵士不得不将整个家业转让给萨迪的儿子杰森·夸克。面对拉克伦特家族的伦理失范行为，萨迪为了尊重和维护旧主，并未做出直接批评。他在叙述过程中语气冷静，产生的实际效果是让读者目睹一幅幅拉克伦特家族历代主人荒淫无度的图景，并且在不知不觉间对他们做出负面的价值判断。我们不难发现爱尔兰庄园主拉克伦特家族几代继承人挥霍无度、道德低劣的真相。老萨迪的叙述实为釜底抽薪，与自称效忠自己东家的初衷背道而驰，——拆卸了拉克伦特家族的外在荣耀，为儿子杰森·夸克抢夺拉克伦特家族产业的行为制造了合法性。

　　老萨迪的叙述过程充满了各种矛盾与断裂，形成了多个伦理结。"伦理结是文学作品结构中矛盾与冲突的集中体现。伦理结构成伦理困境，揭示文学文本的基本伦理问题。在通常情况下，伦理结属于文学文本的横向结构，文学文本的伦理结只有同伦理线结合在一起，才能构成文学作品叙事的伦理结构。"① 下一小节将考察老萨迪叙述过程中的伦理结如何形成了伦理线，并对小说叙事进程的构型产生影响。

第三节　历史小说的伦理构型

　　在《拉克伦特堡》这本带有鲜明时代特色的小说中，埃奇沃思始终致力于营造逼真的印象，使读者相信这是一本讲述真实故事的作品。埃奇沃思曾在书信中提到，叙述者萨迪"取材于真实生活的人物"，"是一个老管家"。② "我第一次来爱尔兰，就被他的方言和个性所吸引，我对他熟悉得很，可以毫不费力地模仿他的口吻，出于好玩就用他的语气写了一个家族的历史故事，就像他在我身边口述，我执笔抄录一样。"③ 小说的序言又以编辑的口吻说明小说如实地记载了爱尔兰人的生活方式，并未加以夸张和渲染。这样做的初衷是"在英格兰读者眼前展示或许不为他们所知晓的典型风俗和人物。爱尔兰人的家庭习俗也许是所有欧洲民族中最不为英格兰人所了解的。这种状况直到最近几年才略有改善"（64）。小说以第一人称形式叙述故

---

① 聂珍钊：《文学伦理学批评导论》，北京大学出版社2014年版，第258~259页。
② 转引自 Emily Lawless, *Maria Edgeworth*. New York：Macmillan, 1904, p. 88。
③ 转引自 Emily Lawless, *Maria Edgeworth*, p. 88。

事，叙述者萨迪·夸克开门见山，称自己有个外号叫作"老实人萨
迪"（honest Thady），意在告诉读者，自己说话是真实可信的。毫无
疑问，埃奇沃思使用了反讽手法。随着叙事进程的推进，读者可以发
现萨迪远非一个真正的老实人。叙事进程是情节展开的轨道。进程是
一个能动经验的叙事概念，指"一个叙事借以确立其自身前进运动
逻辑的方式，而且指这种运动自身在读者中引发的不同反应"，进程
可以通过在故事层引入不稳定性（人物之间或内部的冲突关系）而产
生，也可以通过话语层引入张力（作者与读者或叙述者与读者之间的
冲突关系，它涉及价值、信仰或知识等方面的差异）而产生。①《拉克
伦特堡》的叙事进程就涉及话语层中作者、读者、叙述者之间复杂的
冲突关系，而且与小说伦理线的构型密切关联。在文学伦理学批评视
野下，"伦理线是作品的骨骼，伦理结是作品的血肉"。② 伦理线是
"文学文本的线形结构"，它的作用是"把伦理结串联起来，形成错
综复杂的伦理结构"，"在文学文本的伦理结构中，伦理线的表现形
式就是贯穿在整个文学作品中的主导性伦理问题"。③《拉克伦特堡》
的读者不可能领会不到小说的主要命题——爱尔兰的蒙昧文化和地主
阶级奢侈腐化的生活方式。小说的主导性伦理问题则是拉克伦特家族
的没落和萨迪儿子巧取豪夺成为拉克伦特堡主人的过程，即小说的伦
理主线。

《拉克伦特堡》完美地体现了埃奇沃思的写作伦理取向。埃奇沃
思曾坦言，叙述者萨迪是"《拉克伦特堡》中唯一取材于真实生活的

---

① 詹姆斯·费伦：《作为修辞的叙事：机巧、读者、伦理、意识形态》，陈永国
译，北京大学出版社2002年版，第63页。
② 聂珍钊：《文学伦理学批评导论》，第259页。
③ 聂珍钊：《文学伦理学批评导论》，第265页。

人物"，此外所有人物都是"虚构的"。① 这也是埃奇沃思的写作理念。正如她在 1834 年 9 月 6 日写给斯塔克夫人（Mrs. Stark）的一封长信中所言，她自年轻时代就拒绝将真人故事带入小说创作，即使要用真人真事也会进行艺术加工，有意制造差异。同时，她还尤其强调小说的教诲作用，提到寓教于乐的小说创作理念："大善大恶激起强烈的热情和恐惧，但其实我们该劝诫或警醒世人的实例并不在此，而在于一些更小的过错。"② 她认为世人不容易犯下大错，读者中一般也很少有大奸大恶之人，但是在一些小问题上容易逾越道德的红线，因此作家要"让他们看到一条陡峭的路，开始只是稍有倾斜，一步步朝下而去，他们便会胆战心惊"。③《拉克伦特堡》就是讲述了古老而显赫的拉克伦特家族在数代之后一败涂地的故事。

在《拉克伦特堡》的叙事进程中，埃奇沃思围绕主人们的荒唐事编织出一系列的伦理结，它们在叙事进程中属于横向发展结构。叙事涉及拉克伦特家族的四任主人：帕特里克爵士、穆塔爵士、基特爵士、孔蒂爵士。萨迪围绕这四位主人展开叙述。他们每个人都看似具有贵族的英雄气概，实际上道貌岸然，腐化堕落到极点。通过串联这四个人的故事，小说形成更为复杂的伦理结构，纵向发展为全文的伦理线——拉克伦特家族日益腐朽，最终日暮途穷，消失在历史长河之中。从首任主人帕特里克爵士意外继承家业到最后一任主人孔蒂爵士葬送家业，《拉克伦特堡》的故事形成了一个值得探究的对照。穷途末路的孔蒂爵士将家中仅剩的一百几尼全部拿去跟别人赌博。同时，

---

① 转引自 Emily Lawless, *Maria Edgeworth*, p. 88。

② Maria Edgeworth, *The Life and Letters of Maria Edgeworth*. Cambridge, Boston: The Riverside Press, 1895, p. 606.

③ Maria Edgeworth, *The Life and Letters of Maria Edgeworth*, p. 607.

他手握曾祖父帕特里克爵士留下的巨大牛角杯，倒满酒，一口饮下，当场就醉倒在地，不省人事，支撑了不到一周后就孤单离世，当时陪伴在他身边的只有萨迪。他留下的遗言是"孔蒂爵士做了一辈子傻瓜"（63）。如果说帕特里克爵士和穆塔爵士生活的年代久远，跟萨迪交情不深，那么萨迪侍奉了孔蒂爵士一辈子，彼此之间接触时间最长，感情理应最为深厚。然而奇怪的是，萨迪还是摆出一以贯之的冷淡姿态，并没有过多评价孔蒂爵士，只是在讲述完孔蒂爵士的遗言之后，轻轻地说了一句："他的葬礼确是很寒酸。"（63）回望小说开头，萨迪眼中的帕特里克爵士享受了前所未有的隆重葬礼。拉克伦特家族两任主人的葬礼氛围差异反映了整个家族从辉煌走向寂寥的没落与酸楚。

　　埃奇沃思无疑非常关切小说的真实与虚构问题。在《拉克伦特堡》的序言伊始，她就这样阐述小说与历史的问题："人们最好轶事趣闻，却为想要拥有更高智慧品格的批评家们所不齿；如若理性地看待，要证明当时的良好理智与哲思兴味则非这一爱好莫属。"（3）埃奇沃思正是带着这种理念创作了《拉克伦特堡》。作为拉克伦特家的仆人，老萨迪家世代亲历并见证了百余年的家族历史，知道大量不为外人所知的秘密和轶事。萨迪讲述拉克伦特家族四代主人的生死故事，一箭双雕，既满足了读者偷窥上流家庭隐私的癖好，也将拉克伦特家族描写成了一个堕落荒唐的怪物。在此基础上，整部小说的伦理线慢慢成形，支撑起整部小说的叙事。

第四节　《拉克伦特堡》的写作史

　　《拉克伦特堡》涉及英国对爱尔兰的占领和历史纠葛问题，因而爱尔兰历史是一个无法回避的话题。不少评论家从后殖民角度解读这部小说。这部小说全盘经由老管家萨迪之口被叙述出来，被有的学者称为"奴隶叙事"（slave narrative）。[①] 詹姆斯·纽卡麦指出："真正的萨迪反映了被损害的爱尔兰农民的智慧和力量，以后几代人爱尔兰农民将会不断揭竿而起。要说萨迪愚昧无知倒不如说他有手腕，与其说他多愁善感还不如说他冷漠无情，与其说他迟钝还不如说他精明，与其说他糊涂还不如说他清醒，与其说他听信别人还不如说他自有心计。我们认为真正的萨迪可爱之处较少，但现在我们却应对他有几分钦佩。"[②] 在 18~19 世纪，英国的大部分小说都有一个冗长的副标题，《拉克伦特堡》也不例外——"一个源于事实和 1782 年爱尔兰乡绅风俗的爱尔兰传说"。从副标题可以看出，1782 这个特殊年份被有意凸显。倘若要理解 1782 年在英格兰和爱尔兰历史上的特殊地位，需寻踪追源。1171 年，英格兰统治者首次踏足爱尔兰的土地。当时金雀花王朝的缔造者亨利二世亲率大军横渡海峡征讨爱尔兰，四年后签订《温莎条约》，迫使爱尔兰承认英国的最高宗主地位。1542 年，《爱尔兰王位法案》通过，都铎王朝的亨利八世成为爱尔兰王国的国王，强化了对爱尔兰的控制。此后两百余年间，英格兰与爱尔兰之间的恩怨纠葛不绝于耳，大小起义和各种冲突不胜枚举。1641 年爱尔兰爆发了一次大规模起义，1649 年克伦威尔亲率大军远征爱尔兰，镇压叛乱。此次冲突持续十余年之久，双方均损失惨重。18 世纪后半期欧美革命浪潮迭起。在美国独立战争和法国大革命的驱动下，爱尔兰的民族独立意志高涨。1782 年爱尔兰议会争取到独立的立法权，被准

---

① Kate Cochran, "'The Plain Round Tale of Faithful Thady': *Castle Rackrent* as Slave Narrative", *New Hibernia Review*, no. 5 (2001), p. 57.

② 转引自陈恕：《玛利亚·埃奇沃思》，载钱青主编：《英国 19 世纪文学史》，外语教学与研究出版社 2012 年版，第 110 页。

许部分自治，从此进入爱尔兰独立立法和英王派总督行政管辖的共治时期。1782 年的这个政治事件对爱尔兰人具有重要意义，它"重新带来希冀，有望为爱尔兰带来一个强大而有尊严的民族身份"。① 在此期间，爱尔兰人组建了规模数万人的志愿军，原是为了抵抗法国和西班牙的入侵，后来转而对抗英国政府。英国政府为此做出让步，采取一些经济方面的绥靖政策，如允许爱尔兰扩大贸易自主权，与北美殖民地进行贸易往来。然而，这阻挡不住爱尔兰人民族情绪的持续发酵。爱尔兰本地人大都属于凯尔特人后裔，信仰天主教，民族意识强烈，与英格兰文化格格不入，各种反抗和起义此起彼落。英格兰始终未能有效控制爱尔兰，影响力基本局限在都柏林一带。

1798 年 5 月，爱尔兰都柏林一带群起反抗大不列颠王国的统治，密集的起义转向公开的武力叛乱。时任君主乔治三世和首相小皮特为此事忧心不已。乔治三世是英国历史上在位时间最长的国王，在精神失常前，尚受拥戴。乔治三世 1760 年登基时，英国正在向成为最大殖民帝国的道路上大步前进。当时英法对决的"七年战争"（1756～1763）局面已经明朗，英国将获全胜，压倒欧洲各国。但不久之后，乔治三世统治下的英国在海外殖民地问题上遭受重大挫折。1775～1783 年的美国独立战争严重打击英国的殖民雄心和乔治三世的自尊心。较之于远在天边的北美殖民地的失利，此次近在眼前的爱尔兰叛乱则完全有可能在政治和军事上动摇英帝国的本土根基。

对埃奇沃思本人而言，《拉克伦特堡》副标题提及的 1782 年也是一个重要年份，那年她 15 岁，完成学业后，从英国来到爱尔兰。埃奇沃思的父亲多才多艺，身兼数职，既是作家又是发明家，在 1798

---

① Susan Kubica Howard, "Introduction", in Maria Edgeworth, *Castle Rackrent*, p. xvi.

年还当选为议员。1798 年 5 月，埃奇沃思一家正在筹备埃奇沃思先生续弦的婚礼。婚礼于月底在都柏林的圣安妮教堂举行。此时正是上述爱尔兰叛乱爆发之时。据新娘鲍福特小姐记载，她们一家在去教堂的路上还遇到了叛军的伏击，目睹了叛军施行绞刑的恐怖情形。① 现存的埃奇沃思书信中，1798 年 6 月至 10 月的书信不多，但讨论的也都是叛乱之事。在这个硝烟四起的年代，埃奇沃思并未停止写作。她不仅从哲学和科学角度讨论儿童教育，并与父亲合作出版了《实用教育》(Practical Education, 1798)一书，而且还筹划出版自己的《拉克伦特堡》。苏珊·霍华德注意到，"1798 年埃奇沃思为出版《拉克伦特堡》做修订。就在此时，爱尔兰叛乱爆发了。埃奇沃思身历其境，感受到国家政局的动荡。9 月 4 日，人们传言叛军在法国支持下抵达了[他们居住的]埃奇沃思镇，埃奇沃思一家仓皇逃往数英里外的朗福德避难"。② 埃奇沃思的书信记载了她的切身体会。在次日写给姑母的信中，她依然惊魂未定，一开始就告诉姑母，全家刚刚幸运地躲过了两次叛军扫荡，避开了一次运输军火车辆的爆炸事故。③ 9 月至 10 月写给表妹苏菲的三封信则都在报平安，字里行间满是死里逃生后的喜悦。

　　1782 年之前，埃奇沃思基本在英格兰生活。当她再次回到爱尔兰埃奇沃思镇的庄园时，这样描写自己当时最直观的感受："屋里屋外满眼尽是一片潮湿和颓败之象。墙漆、玻璃、房顶、篱笆等诸多地方都常年失修。门前院后到处是游手好闲的人和随从，以及前来申冤的人。各类佃户、车夫和代理人都等着接见，个个满腹牢骚，心怀叵

---

① Maria Edgeworth, *The Life and Letters of Maria Edgeworth*, pp. 54-55.
② Susan Kubica Howard, "Introduction", in Maria Edgeworth, *Castle Rackrent*, p. xviii.
③ Maria Edgeworth, *The Life and Letters of Maria Edgeworth*, p. 58.

测，相互指责不休。庄园主身兼土地主和地方治安官，不得不面对无休无止的各种抱怨投诉、口角争论与含糊言辞，根本没法得到真相，也不能做到公平。"① 比起文明程度较为开化、经济较为发达的英格兰，此时爱尔兰给埃奇沃思的印象是蛮荒和落后。这个印象被烙印在《拉克伦特堡》中。玛里琳·巴特勒指出，埃奇沃思在《拉克伦特堡》中过于凸显爱尔兰的愚昧和落后。或许因为对这一做法心怀内疚，埃奇沃思在 1802 年出版的《爱尔兰佬》(Irish Bulls) 一书中，特意宣扬爱尔兰本土语言文化中活泼生动的一面。②

　　作为描写一个爱尔兰贵族家庭四代生活经历的世家小说，《拉克伦特堡》着眼历史，从拉克伦特家族百年间由盛转衰的故事切入，呈现爱尔兰民族和大英帝国之间更加宏广的恩怨纠葛。《拉克伦特堡》描写爱尔兰的地域文化和往昔历史，制造了政治上的应景，也提供了新颖的文学题材。因此，小说不仅成为当时英国文坛的流行作品，还被翻译成法语和德语，登上更大的欧洲文坛。更为重要的是《拉克伦特堡》在英国小说史上具有里程碑式地位，成为英国历史小说的重要源头，直接影响了司各特的历史小说创作——司各特在他的首部历史小说《威弗莱》的附言中直接提到自己受埃奇沃思爱尔兰世家故事小说的影响。

---

① Maria Edgeworth, *Memoirs of Richard Lovell Edgeworth*, vol. 2. London: R. Hunter, 1820, p. 2.

② 参见 Susan Kubica Howard, "Introduction", in Maria Edgeworth, *Castle Rackrent*, p. 1。

第五节　《奥蒙德》历史背后的伦理旨归

在《拉克伦特堡》之后，埃奇沃思的创造力持续爆发，次年出版了《贝琳达》（*Belinda*，1801）和5卷本的《青年道德故事》（*Moral Tales for Young People*，1801）。顾名思义，《青年道德故事》一如既往地展示了埃奇沃思对文学作品寓教于乐的高度重视。她在第1卷的序言中就开门见山引用约翰逊博士的名言，随后又接着指出，写作适宜于青年人的故事很难，"要展示道德的榜样，不要将青年人引入歧途"。① 《贝琳达》以婚恋为主题，被有的批评家称为埃奇沃思"最有野心、最精致复杂"的作品，② 在当时颇受好评。奥斯丁在《诺桑觉寺》里就通过叙述者提道："只有《塞西莉亚》，或《卡米拉》，或《贝琳达》，简而言之，只有那些作品才能展示心灵最伟大的力量，那里有人性最透彻的知识，有丰富人性最愉悦的描绘，洋溢着生动的智慧和幽默，所有这一切都通过最精当的语言传达给世界。"③ 在奥斯丁眼里，跟《贝琳达》并列的是弗朗西斯·伯尼的两部作品。埃奇沃思通常被认为是连接伯尼和奥斯丁之间的重要桥梁，然而她和同时代小说家之间的互动与关联远不止于此。

埃奇沃思的作品对道德教诲有很深的执念。为了贯彻自己的写作

① Maria Edgeworth, *Moral Tales for Young People*, vol. 1. London: J. Johnson, 1806, p. v.

② George Saintsbury, *A History of Nineteenth Century Literature (1780–1900)*. London: Macmillan, 1906, p. 127.

③ Jane Austen, *Northanger Abbey: An Annotated Edition*. Cambridge, Massachusetts: The Belknap Press of Harvard University Press, 2014, p. 102.

理念，她在很多作品中都不厌其烦地一再强调，道德说教的文风充斥着《烦恼》等小说，故而遭到批评。① 《贝琳达》也没有幸免，学界一直对它过于直白的说教表示反感，从小说扉页直接引用与道德相关的诗歌，到正文前的"广告词"（advertisement）——"下面这部作品以道德故事的形式供读者阅读"。② 埃奇沃思似乎还怕读者们无法注意到她对道德的极度重视，于是干脆把小说副标题取名为"道德故事"（A Moral Tale）。《贝琳达》从风格、题材、思想到叙述技巧都是一部相当具有现代意识的作品，但是埃奇沃思在里面"误入歧途地、欣然而毫不遮掩地进行道德说教"。③ 约翰逊博士等人引领的新古典主义思潮深刻地影响了英国 18 世纪文学的走向与构成，作家在作品中进行道德说教并不鲜见，这甚至还成为读者和批评界评判一部作品好坏的重要标准。埃奇沃思对文学道德教诲功能无比重视，本无大错，但是她每次均跳出艺术层面，以居高临下的方式对读者进行说教，这种叙事风格对 19 世纪及以后的读者来说难以接受。

　　幸好有一部作品与众不同，那就是历史小说《奥蒙德》。它是埃奇沃思创作盛年时期的最后一部作品（在此之后，她沉寂了 17 年，没有小说面世④）是爱尔兰题材小说中的压轴之作。"《奥蒙德》是埃奇沃思最被忽视的爱尔兰小说，或许因为它追随了司各特和奥斯丁的脚步，他们二人受到埃奇沃思的影响是无法估量的，在文学史上他们却

---

　　① A. Norman Jeffares, "Introduction", in Maria Edgeworth, *Ormond*. Shannon：Irish University Press, 1972, p. vii.

　　② Maria Edgeworth, *Belinda*. Oxford：Oxford University Press, 2020, p. 3.

　　③ Kathleen B. Grathwol, "Maria Edgeworth and the 'True Use of Books' for Eighteenth-Century Girls", in Julie Nash（ed.）, *New Essays on Maria Edgeworth*. Aldershot：Ashgate, 2006, p. 84.

　　④ 1834 年才出版了最后一部小说《海伦》（*Helen*）。

又远胜于她，让她黯然失色。"① 《奥蒙德》在英国文学史上并未造成太大的轰动效应，却是小说写作和传播历史上一个极好的样本，从中可以看出埃奇沃思与奥斯丁和司各特等其他作家之间相互影响、互为裨益的踪影。奥斯丁和司各特从埃奇沃思那里汲取了家庭婚恋小说或历史小说的写作灵感，待到这二人在各种领域均有大成之后，又倒过来反哺当初给他们提供学习榜样的埃奇沃思。在真实的生活和历史上，同时代知名作家之间的影响都是互相的，很少存在一种单线程或无反馈的影响。欧文森、埃奇沃思、简·波特、霍格和司各特等人投身历史小说写作事业的时间有早晚，独创思维的发生也有先后，但英国历史小说正是在他们互相学习、相互借鉴的过程中被发扬光大。

《奥蒙德》与埃奇沃思其他绝大部分作品不一样的地方在于她并没有急于在小说中进行道德说教，而是采取了另外一种策略。埃奇沃思的父亲在 5 月 31 日写作的序言《致读者》中专门提及，"这个故事的道德意义不会立刻显现，因为作者特别留意不让它突兀地展现在读者眼前"。② 一直在作品中跃跃欲试地向读者灌输道德原则的埃奇沃思，这次有所收敛，想要给读者展示一种不同的写作风格。《奥蒙德》在 1817 年 6 月出版时，跟另一部讨论犹太文化主题的作品《哈灵顿》（*Harrington*）一起装订成当时流通图书馆（circulating libraries）最为流行的三卷本形式。与早年的《拉克伦特堡》相比，《奥蒙德》在谋篇布局上更加舒展从容，人物刻画上也更加饱满，它放弃了《拉克伦特堡》的第一人称叙述声音，采用了全知型第三人称叙述。埃奇沃思在

---

① Joseph Rezek, *London and the Making of Provincial Literature: Aesthetics and the Trans-atlantic Book Trade, 1800–1850*. Philadelphia: University of Pennsylvania Press, 2015, p. 73.

② Richard Edgeworth, "To the Reader", in Maria Edgeworth, *Harrington*. Peterborough: Broadview, 2004, p. 67.

《奥蒙德》中竭力避免以前过于说教的叙事风格，她付出了努力，也取得了一定效果。但是对已经适应了她叙事风格的读者来说，未必所有人都喜欢她的这种转型。《爱丁堡评论》曾刊出理查德·特伦奇夫人的遗稿，她在 1817 年 7 月《奥蒙德》刚刚出版时在日记中留下了这段读后感：“爱丁堡的评论家们可算是把她坑苦了，在她将爱尔兰一切有别于英格兰的幽默、悲痛或异乎寻常的东西都写完之后，先是说服她可劲儿写沼泽地，后来又对她过于明显的道德论调指手画脚。现在她写的东西跟以前那些道德文章比起来逊色一半还不止。”① 由此可见，埃奇沃思已经通过自己的系列作品在文学市场中培养了一批忠实的拥趸，读者们对道德说教的作品仍然有期望，这些人的阅读欲望一旦被培养并塑造为定势，短期内很难改变。

　　实际上，《奥蒙德》也是埃奇沃思恪守伦理规范的极佳范例。埃奇沃思于 1817 年开始写作《奥蒙德》，此时，她的父亲已经病重。为了能赶在父亲生日那天亲手送上出版的作品，她日夜赶工，以极快的速度写作，终于在父亲弥留之际得以完成。“全家人都拥在父亲房间里，听她把写完的每一章读出来。”② 父亲还为小说写了一篇序言，在其中对女儿的孝心和取得的成绩感到极其欣慰。③ 遗憾的是，1817 年 6 月 13 日，74 岁的理查德·埃奇沃思寿终正寝，而《奥蒙德》在 8 天后才在伦敦面世，他并未亲眼见到小说出版。埃奇沃思的父亲曾四度成婚，共生育了 22 个儿女，玛利亚·埃奇沃思是老三。作为家里年长的姐姐，她很早就肩负起照顾弟弟妹妹的责任。理查德·埃奇沃思既是发明家又是文学家和社会活动家，还当过本地议员。理查德·

---

　　① Richard Trench, "The Remains of Mrs. Richard Trench", *Edinburgh Review*, vol. 82, no. 116 (1862), p. 257.

　　② Maria Edgeworth, *The Life and Letters of Maria Edgeworth*, p. 255.

　　③ A. Norman Jeffares, "Introduction", in Maria Edgeworth, *Ormond*, pp. viii-ix.

埃奇沃思并不是一个出色的文学家，在他的家长制权威下，女儿埃奇沃思虽然更具文学天赋，但是写出来的文字都得经过父亲的审核。埃奇沃思早年的作品要么跟父亲合作，要么是写好之后由父亲把关修改。一个最常被批评界诟病的例子就是《贝琳达》，理查德·埃奇沃思坚持要让小说以大团圆结尾，造成小说艺术上的缺憾。父亲去世后，埃奇沃思在情感上受到很大打击，在当年6月、7月和9月写给亲人和朋友的书信中一再哀叹父亲的离世，将《奥蒙德》和《哈灵顿》称为"遗腹子"或"孤儿"。① 从这个意义上说，《奥蒙德》也是埃奇沃思渴望亲情的产物与表征。埃奇沃思5岁丧母，一直跟父亲一起生活。埃奇沃思先生又是一位教育家，他将自己提倡的以孩子为中心的理念言传身教，深受子女敬重。

埃奇沃思终生生活在父亲的影响之下，并且将这种无处不在、无法摆脱的影响带到了自己的小说创作之中。埃奇沃思家族称不上世家，但是到玛利亚·埃奇沃思时已经有两百多年的悠久历史。据埃奇沃思的传记作家玛里琳·巴特勒考证，《拉克伦特堡》描绘的爱尔兰世家四代人的故事有些内容就源于埃奇沃思家族。② 埃奇沃思不断将家族和家庭的历史带入到自己虚构的历史小说之中，《奥蒙德》同样如此。埃奇沃思曾在书信中言明，《奥蒙德》的一些素材源于真实生活，比如说小说中的孔利王是爱尔兰黑岛岛主，就是源自她曾经听过的爱尔兰真人真事。③《奥蒙德》谈不上有明显的自传色彩，但是里面涉及的细节跟埃奇沃思的真实生活经历还是有些许相似。《奥蒙德》

①　Susan Manly, "A Note on the Text", in Maria Edgeworth, *Harrington*. Peterborough: Broadview, 2004, p. 63.

②　Marilyn Butler, *Maria Edgeworth: A Literary Biography*. Oxford: Clarendon Press, 1972, p. 16.

③　Anne Thackeray Ritchie, "Introduction", in Maria Edgeworth, *Ormond: A Tale*. London: Macmillan & Co., 1895, p. viii.

的男主人公哈里·奥蒙德4岁丧母，父亲远在印度，音讯全无。奥蒙德的养父尤利克爵士有三次婚姻和一大堆亲戚。叙述者还这样调侃奥利克爵士的婚姻经历："且只谈他婚姻内部的爱情，他一共有过三任太太，每个都曾爱得死去活来。第一任，他所爱，结婚不明智也难怪，为了爱，那时年方十七。第二任，他所喜，结婚很明智，为了雄心与理想，那时年纪刚三十。第三任，他所恨，无奈而结婚，为了钱，那时已经四十五。"① 从奥蒙德和尤利克爵士的身上，我们似乎隐约可以看到玛利亚·埃奇沃思和父亲的影子。作为历史小说，《奥蒙德》在历史和虚构的融合中展开叙述，经常跨越二者之间的明确疆界，因此"《奥蒙德》中的历史让步于虚构形式的双重结构，比小说拥有更不确切的表征力量，在表征再现的心理能力上更加短暂"。② 或许正是出于这个原因，埃奇沃思选择了在小说中加入更多的传记因素，用已知而且可以掌控的事实因素抵消历史小说可能带来的虚无。

　　哈里·奥蒙德成为孤儿以后，生活没了着落，幸好他得到了尤利克爵士的帮助。尤利克爵士是奥蒙德父亲的好友，他把小孩接到家中抚养，并对其百般宠爱。尤利克在奥蒙德的教育上出了问题，他把自己的儿子马尔库斯送到学校读书，却把奥蒙德留在家中任其玩闹调皮(11)。他的理由是儿子将来要继承家产，需要接受有产阶层的绅士教育，而奥蒙德无家业可继承，也就无须此类教育，而应该发扬他的自然天性(natural genius)。尤利克爵士放纵奥蒙德在家野蛮生长，教育无方，造就了他性格上的缺点："没什么人可以约

① Maria Edgeworth, *Ormond*, Shannon: Irish University Press, 1972, p.4. 本节所引《奥蒙德》均源自此版本，以下仅随文标出页码，不再一一出注。

② Peter Cosgrove, "History and Utopia in *Ormond*", in Heidi Kaufman and Christopher J. Fauske (eds.), *An Uncomfortable Authority: Maria Edgeworth and Her Contexts*. Newark: University of Delaware Press, 2004, p.68.

束他，粗鲁，蛮横无理，飞扬跋扈，甚至有点卑鄙下贱。"（12）埃奇沃思在这里又把个人道德品行的缺陷归结于教育问题了，这或许可以解释她为什么如此执着地在自己的教育学专著和小说中一再强调教育在青年人成长过程中起到的无可替代的作用。

　　埃奇沃思终其一生都在尝试通过小说对读者进行道德教诲，正因为专注于此，所以她在写作中才会在此方面精心筹划，着墨甚浓。正如诺曼·杰弗斯所言，《奥蒙德》展示了男主人公在道德行为上变得更加符合伦理规范的成长过程，"小说真正让人感兴趣的是，极具洞察力地描述了一个反复无常的年轻人的成长历程以及他逐渐增长的自我约束力"。①《奥蒙德》是埃奇沃思所有作品中最别具一格的一部。它在情节设计上汲取了英国小说传统中的众多经典元素，比如说架构上就采用了养子和亲子家庭争斗的叙事套路。"《奥蒙德》经常被视为浪漫主义故事和成长小说，里面那个鲁莽轻率的男主人公慢慢学会将情感和理智结合在一起，从而赢得了机会跟品德高尚的女主人公终成眷属。它是爱尔兰版的《汤姆·琼斯》。"②无疑埃奇沃思从菲尔丁那里学到了这种家庭内部争斗的情节设置会带来的优势，至于埃奇沃思为何会偏执地认为个人道德上的缺陷源于学校教育的缺乏，我们不必追问。除了她本身持有的教育理念以外，就小说艺术而言，这也是一种常见的叙事套路。埃奇沃思要将这部小说写成历史小说和成长小说，因此必须在故事开始时，就用简短的概况或者通过细节描写，给男主人公一个比较固定的人设。她的重点是男主人公的成长和发展变化，而不是故事开始时的现状。《奥蒙德》在情节构架上并没有超出菲尔丁的高度，但是她成功地将这个内斗和婚恋争夺的故事，从英格

---

① 　A. Norman Jeffares, "Introduction", in Maria Edgeworth, *Ormond*, p. xviii.

② 　B. Hollingworth, *Maria Edgeworth's Irish Writing: Language, History, Politics*, p. 184.

兰西南部萨默塞特郡乡绅家庭移植到爱尔兰，后半部分还远去法国，为这个俗套的故事增添了浪漫色彩和异国风情。

孤儿奥蒙德在非典型的家庭环境中长大，在道德教育上存在很大问题。埃奇沃思在《奥蒙德》中让爱尔兰的各种势力轮番出场，既有新兴的新教徒阶层，也有爱尔兰天主教徒，还有古盖尔文化代言人。细读文本可以发现，埃奇沃思实际上将奥蒙德青少年时代养成的道德缺陷归结于三个人："猎场看护人、猎人和尤利克爵士的一位号称自己是黑岛岛主的表兄弟［孔利王］，这三位仁兄主要负责对他［奥蒙德］进行教育。"（11）埃奇沃思在这里一贯用了俏皮话，意在说明奥蒙德整天沉迷于打猎玩耍，没接触过任何正规教育。此话在客观上达到的实际效果是使得我们认为奥蒙德的道德缺陷与爱尔兰中下层人民以及盖尔文化有关。到了埃奇沃思发表《奥蒙德》之时，她早已成为爱尔兰文化和爱尔兰文学的代言人，"在《奥蒙德》中，埃奇沃思对潜在的凯尔特文明，或对选择性回归的古老的爱尔兰观念很少表现出羡慕之情，但是她在自己所拥护的进步文明的社会中的确表明了新产生的一种对抗性的东西"。① 埃奇沃思对世代居住的爱尔兰抱有的复杂情感早在《拉克伦特堡》等作品中就一览无余。她信奉的是启蒙运动以来的进步思想，爱尔兰本土的凯尔特文明或古盖尔文化终究将被历史边缘化。无论是《拉克伦特堡》颓废堕落的四代人还是《奥蒙德》中的黑岛岛主孔利王，埃奇沃思笔下的爱尔兰本土的古代遗脉都是毫无活力，摇摇欲坠。

《奥蒙德》全书32章，孔利王在第16章结尾就去世了，此时小说刚刚过半，而尤利克爵士是在第31章结尾时去世的。叙述者对他们

---

① 安德鲁·桑德斯：《牛津简明英国文学史》下册，第547页。

二人的去世都做了较为详细的描述，语气冷峻得可怕。孔利王是在打猎时猎枪炸膛，受伤而死，尤利克爵士则是病逝。当时奥蒙德跟孔利王等人外出打猎，满载而归，快到家时孔利王又发现猎物，便追了出去，一声枪响之后，奥蒙德过去时发现他已经躺在血泊中，脑部受伤。同行的莫里亚蒂"试着扶起他的头，孔利王说了几个字，只听清了奥蒙德三字。他的眼睛盯着奥蒙德，但是光已经没有了。他抓着奥蒙德的手，不久以后孔利王的手就绵软无力了"（193）。孔利王生性开朗善良，狂野奔放，他以这种暴烈和意外的方式离世着实让人唏嘘。孔利王象征的盖尔文化传统受到外部力量打击后骤然而止，相比之下尤利克爵士的病逝就是典型的中产阶级模式了，其中透出温文尔雅和平庸到极致的人间烟火气："尤利克爵士很善解人意，将诺顿夫人送到她别的朋友那里。那晚他突然觉得不适，感觉头部剧痛。他一直在写作，很辛苦。于是到床上躺下，再也没有起来。第二天早上，仆人邓普西发现他死了，肯定是死于心脏病发作。"（389）除此之外，埃奇沃思不愿多置一语。

孔利王和尤利克爵士在《奥蒙德》中代表爱尔兰文化不同阶层的家长制力量，都将孤儿奥蒙德视如己出。奥蒙德在他们的庇护下成长起来，汲取了两人的优点，长大后又超越了他们阶级的局限。正如伊格尔顿所言："《奥蒙德》进行了一个对比，一边是行将瓦解却热心肠的孔利政权，他是岛上传统的盖尔文化里拉伯雷式的家长，另一边是尤利克爵士代表的精于算计的实用主义，他们的和蔼友好只是浮于表面。"① 孔利王和尤利克爵士因为角色分工的区别，在篇幅着墨上有差距，但是埃奇沃思在谋篇布局时对于这两个阶层的未来展望其实已

① Terry Eagleton, *Heathcliff and the Great Hunger: Studies in Irish Culture*. London and New York: Verso, 1995, p. 163.

经有了鲜明的态度——孔利王的女婿克纳尔无力经营黑岛，尤利克爵
士之子马尔库斯也败光了产业，他们二人最后只能写信向奥蒙德求
助，奥蒙德当然不会置之不理。埃奇沃思并没有给奥蒙德一个非此即
彼的伦理困境，而是让他离开爱尔兰，去了法国巴黎。在这座现代化
大都市里，奥蒙德再也不用纠结如何在爱尔兰本地盖尔文化和外来新
兴新教阶层之间做抉择了，在爱尔兰黑岛所在盖尔文化中度过的那些
岁月已经变成了"美好的回忆"，如今他在巴黎生活特别潇洒，"头
在凡尔赛宫，心在菲罗牌赌场"（399）。爱尔兰古老的盖尔传统文化
和新兴的新教乡绅精英文化最后都输给了巴黎的繁华。

第三章
历史小说的支脉：
欧文森的"民族故事"

    文学史上通常将英国小说的兴起归功于笛福、理查森和菲尔丁，真实的历史图景远比文学史的抽象和简化更为纷繁复杂。女性作家在这个进程中起了重要作用，在18世纪的英国小说界，她们占据了数量上的优势。著名的文学期刊《每月评论》在1773年2月刊发文章，评论了一部模仿理查森名著《帕梅拉》的仿作，指出它可能出于一位女性作家之手，然后接着说："文学行当里的这一分支[小说]，现在似乎完全被女人们垄断（entirely engrossed by the Ladies）。"① 整体而言，18世纪英国文学市场上的小说产量并不高。约翰·费瑟曾对18世纪英国小说的产量进行过量化统计，他指出18世纪70年代英国文学市场上出版的小说数量年均在30部左右，80年代为40部左右，90年代为70部左右，到1800年约为80部。② 从费瑟的统计可以看出，英国小说在18世纪下半叶总体趋势是在逐步增加的，尤其是80年代以后增幅明显。与此相应，女小说家的产量增长几乎也是同步相随。

---

    ① Anonymous, "Comment on *The History of Pamela Howard*", *Monthly Review*, vol. 48 (1773), p. 154.

    ② John Feather, "The Book Trade, 1770–1832", in J. A. Downie (ed.), *The Oxford Handbook of the Eighteenth-Century Novel*. Oxford: Oxford University Press, 2016, p. 292.

据谢里尔·特纳统计，英国女小说家每年创作的小说数量在 18 世纪 20~30 年代有过一次小高峰，年均总量最高达到 10 部，随后便萎缩回到个位数。18 世纪的前八十年间，年度总产量都未超过 10 部。到了 1785 年左右开始激增，1790 年达到 25 部，1800 年超过 35 部。[①] 这些女性作家中，活跃着不少爱尔兰人，她们在历史小说版图上占据了重要地位。除了埃奇沃思之外，另一个值得一提的爱尔兰历史小说家是西德尼·欧文森。欧文森发表了一系列围绕爱尔兰民族故事展开的历史题材小说，在 19 世纪英国历史小说萌发和演进的过程中起了重要的推动作用，和司各特正式创立历史小说有着源脉上的传承与发展关系。[②] 下面我们考察欧文森的《狂野的爱尔兰姑娘》、《圣道明修道院的初学修女》(*The Novice of St. Dominick*，1806) 和《传教士》(*The Missionary*，1811)。这几部小说有着不同的命运轨迹：《狂野的爱尔兰姑娘》是红遍英伦三岛的作品，名噪一时；《传教士》在当时颇受好评，至今依然得到认可；《圣道明修道院的初学修女》发表之初就没有引起太大反响，如今还是籍籍无名，早已隐入历史的帷幕之后。认真审视欧文森的这几部作品，有助于我们更加真实立体地看待历史小说在 19 世纪前期的存在与发展境况。

第一节 书信里的“爱尔兰姑娘”

西德尼·欧文森的父亲罗伯特·欧文森是爱尔兰具有较高知名度

---

① Cheryl Turner, *Living by the Pen: Women Writers in the Eighteenth Century*. London and New York：Routledge, 2002, p.35.

② 参见拙文《文明的冲突与融汇：从“民族故事”看历史小说源流》，《山东社会科学》2024 年第 9 期。

的演员，曾一度在伦敦戏剧圈活动，跟文学家奥利弗·哥尔德斯密斯（Oliver Goldsmith）以及当时著名演员戴维·加里克（David Garrick）等人往来密切。西德尼·欧文森 13 岁丧母，年轻时做过家庭教师，25 岁开始发表诗歌作品，后专注于小说创作，1812 年嫁给摩根爵士（Sir Charles Morgan）后，她便被尊称为摩根夫人。西德尼·欧文森是爱尔兰第一个职业女作家，因文学方面的卓著贡献，她在 1837 年被英国政府授予每年 300 镑恩俸（pension），是第一个获此优厚待遇的女作家。这两份殊荣为欧文森的文学贡献做了极好的背书——她的文学影响力和贡献在当时都首屈一指。欧文森夫妇于 1837 年移居伦敦，成为上流时髦社会的红人，也经常因为一些政治上有争议的话题被人们竞相批评。欧文森一生著述丰富，不仅在 18 世纪前期的英国文坛极负盛名，在北美和欧洲其他地区也广为人知。学界通常认为欧文森的首部书信体小说《圣克莱尔》（St. Clair, 1802）受歌德《少年维特的烦恼》（Die Leiden des jungen Werthers, 1774）和卢梭《新爱洛漪思》（Nouvelle Héloïse, 1761）影响很深。1806 年是欧文森的奇迹之年，她在那年出版了历史哥特小说《圣道明修道院的初学修女》和具有爱尔兰地方小说特征的《狂野的爱尔兰姑娘》两部作品。《狂野的爱尔兰姑娘：民族故事》开启了欧文森的民族故事叙事传统，此后她出版了一系列以"民族故事"或"爱尔兰故事"为副标题的小说，如《奥唐奈尔：民族故事》（O'Donnel: A National Tale, 1814）、《弗洛伦斯·麦卡锡：爱尔兰故事》、《奥布赖恩一家和奥弗莱厄蒂一家：民族故事》。由此可见欧文森对爱尔兰生活题材和民族主义问题的关注是一以贯之的。欧文森的文学产量颇为丰盛，一生中共写作了 70 卷作品，[①] 她不仅写

---

① Kathryn Kirkpatrick, "Introduction", in Sydney Owenson, *The Wild Irish Girl: A National Tale*. Oxford: Oxford University Press, 1999, p. ix.

小说，还涉猎诗歌、传记、散文、音乐剧、游记等多种其他著述。《传教士》和《奥唐奈尔》等作品得到批评界的充分认可，但客观而言，无论是欧文森所在时代还是后世，她的民族故事《狂野的爱尔兰姑娘》都更有知名度，被公认为代表作。欧文森的文学天赋确有过人之处，她凭借《圣道明修道院的初学修女》和《传教士》等时兴历史题材小说跻身最受欢迎的作家行列。

　　学界近年来对欧文森在英国文学史上的地位进行了重新评估，她的"民族故事"系列小说对历史小说传统的开拓贡献受到越来越多的认可，她在 19 世纪初期英国文坛的重要地位也被再度还原。安妮·史蒂文斯曾对英国 18 世纪末 19 世纪初的 42 家提供租借服务的流通图书馆所藏书目进行了统计，发现在 1814 年《威弗莱》诞生以前，藏书覆盖面最广的前十部历史小说中，有两部是西德尼·欧文森所写——第 5 位的《圣道明修道院的初学修女》和第 8 位的《传教士》，拥有这两部作品的图书馆分别占总量的 66.7% 和 61.1%。埃奇沃思仅有《拉克伦特堡》比这两部作品更受欢迎，占比为 70.4%，排名第 4；最受欢迎的是来自英格兰的波特姐妹的书：姐姐简·波特的《苏格兰酋长》(*The Scottish Chiefs*, 1810) 以 85% 的比例排名第 1，妹妹安娜·波特 (Anna Maria Porter, 1778~1832)《塞巴斯蒂安传》(*Don Sebastian*, 1809) 以 65% 排名第 7。在前十席位中仅有一位男作家携作品入选，那便是以 71.4% 占有率排名第 3 的霍勒斯·沃波尔和他的《欧权托城堡》。[①] 若以此试做客观评判，至少可看出两个事实：其一，在历史小说萌芽阶段的英国文学市场上，女作家拥有前十席位中的九席，占据了绝对主流；其二，西德尼·欧文森堪称当时影响力最大的

————————

① Anne H. Stevens, *British Historical Fiction Before Scott*, p. 69.

爱尔兰裔历史小说家。

　　欧文森的一生漫长而精彩，写作生涯长达六十年。她在文学创作中善于运用女性特有的细腻和委婉，特别会把握时代风向，在人生不同阶段尝试过多种不同的文学类型。欧文森被称为"爱尔兰的斯塔尔夫人"①，她创作的大量小说都是深受当时读者追捧的畅销作品："欧文森的《传教士》等大多数作品广为流传，为人们熟知，结果有人甚至创造了一个名词叫'欧文森帮'（Owensonian school）。"② 在1814年司各特带着《威弗莱》横空出世之前，欧文森是英国文坛颇有盛名的女作家，更是历史题材小说的重要引领者，她以精湛的文学作品安身立命，得到拜伦、雪莱、司各特、首相威廉·皮特等人的高度评价。即便后来的司各特在小说销量和人气上比欧文森高出不少量级，她的多部历史小说仍然凭借着自身特点在历史小说领域内占有一席之地。司各特深耕苏格兰和英格兰的民族冲突与融合，欧文森则以她的爱尔兰民族主义情怀写作了一系列爱尔兰故事，在英国历史小说的发展进程中创造了一方天地，为历史小说的萌发与生长提供了强大滋养力。《圣道明修道院的初学修女》印刷于1805年，正式发行于1806年，是欧文森的第二部作品，之前她在23岁当家庭教师时就已经写了书信体小说《圣克莱尔》。欧文森为《圣克莱尔》选择了爱尔兰主题，故事主要发生于爱尔兰西北部小镇斯莱戈。这两部作品都略显生涩，在技巧上没有达到成熟境界，在销量上也没有太多惊喜。欧文森在积蓄力量，等待爆发。

---

　　① Rictor Norton, *Gothic Readings: The First Wave, 1764-1840*. London and New York：Leicester University Press, 2000, p. 36. 斯塔尔夫人（Madame de Staël），法国著名文学家、批评家，在法国乃至欧洲有着极高声望，是当时的社会名流和传奇人物。

　　② 转引自 Julia M. Wright, "Introduction", in Sydney Owenson, *The Missionary*. Peterborough：Broadview, 2002, p. 11.

她没有等太久——第三部作品《狂野的爱尔兰姑娘》凭借爱尔兰盖尔文化题材和高超的叙事能力爆红于英伦三岛。小说女主人公戈洛维娜受到众人追捧，欧文森也因此一夜成名，被人们亲昵地称为"戈洛维娜"或"狂野的爱尔兰姑娘"，欧文森跟她的小说人物合为一体了。这部作品在爱尔兰流传极广，1808 年，爱尔兰作家查尔斯·马图林(Charles Robert Maturin)还趁势出版了《狂野的爱尔兰小伙》(*The Wild Irish Boy*)。欧文森有着浓厚的爱尔兰民族主义情怀，始终关注爱尔兰问题，她的《狂野的爱尔兰姑娘》"是一部关于起源的小说。它写作于爱尔兰国会与英格兰国会合并之后，在看似身份已经缺失的历史时刻，西德尼·欧文森的作品试图为独立的爱尔兰身份提供一个谱系"。① 欧文森的小说涉及了她关心的众多爱尔兰问题：民族身份、爱尔兰天主教、民族独立、民族故事、历史编撰等。凯蒂·特朗朋纳认为，正是在《狂野的爱尔兰姑娘》出版后不久，虚构历史编撰就发生了文类变化，它由前现代的民族故事向现代的历史小说转向，触发这个变化的是司各特的《威弗莱》。② 欧文森的爱尔兰民族故事不仅是历史小说这个文类发展过程中的重要组成部分，③ 还是民族故事这个支流与历史小说主流交汇处的重要地标。

《狂野的爱尔兰姑娘》延续了欧文森喜欢引经据典的写作风格，开篇就引用了 14 世纪作家乌波提(Fazio Delli Uberti)的《爱尔兰游记》(*Travels Through Ireland*)："这里的人，看似蒙昧/这里的山，峰峦也

---

① Kathryn Kirkpatrick, "Introduction", in Sydney Owenson, *The Wild Irish Girl: A National Tale*, p. vii.

② 转引自 Thomas Tracy, *Irishness and Womanhood in Nineteenth-Century British Writing*. Farnham: Ashgate, 2009, p. 18。

③ 关于《狂野的爱尔兰姑娘》及民族故事对司各特的影响，参见 Sydney Owenson, *The Missionary*, p. 11。

奇险/对于懂他们的人，却如蜜甜。"① 由此奠定了小说的主基调，其中洋溢着对爱尔兰地域特色的自豪感和爱国情感。小说以书信体的形式展开，从英格兰和苏格兰的不同角度展示对相同事件的价值判断和情感认知。欧文森在正文前给小说安排了长达 20 页的冗长"介绍信"（introductory letters），让男主人公赫拉修和他贵为伯爵的父亲互致书信，由此点出故事的大致框架和男主人公爱尔兰之行的前因后果。赫拉修来自英格兰，因行为乖张而被父亲惩罚，送到了爱尔兰，在那里他遇到了女主人公戈洛维娜，由此开始一系列的感情纠葛，展示了一幕幕具有爱尔兰本地风情的叙事图景。在当时的人们看来，《狂野的爱尔兰姑娘》这部小说"似乎是爱尔兰古物与历史、爱国主义和情感的奇妙混杂物"。② 欧文森运用同一人物不同时间段的限知叙述视角对小说故事进行剪裁，整部作品布局匀称雅致，语言晓畅明白。欧文森非常讨巧地借用了赫拉修这个局外人的叙述声音和叙述眼光对爱尔兰发表看法，通过描写他对爱尔兰由无知和误解到逐渐熟悉，再到最后情感归附的历程，形象地传达了文化冲突与融合的主题。这个叙事框架或许给了司各特启发——后者的首部历史小说《威弗莱》没有采用书信体形式，但在故事架构上大同小异，同样是设置一位出身中上层家庭的贵公子从颇为现代化的英格兰进入到更为原始的苏格兰盖尔文化之中，最终故事的结局也是一样以跨民族的婚姻象征性地传达民族融合的美好愿望。男主人公的旅行之路既是英格兰和苏格兰的不同地理空间之旅，也是从"现代"英格兰文化进入更为

---

① Sydney Owenson, *The Wild Irish Girl: A National Tale*. Hartford: Silas Andrus & Son, 1855, title page.

② Gertrude Townshend Mayer, *Women of Letters*. London: Richard Bentley & Son, 1894, p. 121.

原始和蛮荒的盖尔文化的文化空间穿越之行。

《圣道明修道院的初学修女》完成后不久，远在伦敦的出版商理查德·菲利普斯（Richard Phillips）在 1805 年 10 月 16 日写给欧文森的信中提道："世人对爱尔兰并不了解，我要做的就是让它发光。"① 菲利普斯似乎担心欧文森没有听懂自己的重点，在书信结束以后还专门加上一段附言，告诉她关于爱尔兰现状、风俗和居民性格的书信很容易在杂志上刊载，出版以后也很容易大卖。1806 年 8 月，《狂野的爱尔兰姑娘》面世了，它的写作形式和内容与菲利普斯建议的基本一致，出版后果然如他所料成为畅销书。欧文森笔下的爱尔兰民族故事通常以地方小说的形式呈现，描写爱尔兰历史上的人和事。经过前面两部小说的练笔，欧文森在小说写作技巧上已经日渐成熟，延续了《圣克莱尔》对爱尔兰历史上人与事的关切与缅怀。

詹姆斯·墨菲认为民族故事关注的主要是 1801 年英格兰和苏格兰合并以后的民族和解与贵族阶层内部和解问题，这种和解常常以跨民族的婚姻结尾。欧文森的《狂野的爱尔兰姑娘》是爱尔兰民族故事这一文学类型中的标志性作品，詹姆斯·墨菲认为它在题材上激进，在形式结构上却保守——"正面描写爱尔兰本土盖尔贵族的遗存，这是一种轻浮的激进主义，以跨民族的婚姻结尾，退却到更加安全的辉格党教义之中"。② 对本民族文化以外的读者而言，要让他们充分理解小说传达的文化信息，一个行之有效的办法是对具有民族特色的文化元素以及各种典故俗语的来源做出解释，为读者提供更多的语境。为了让爱尔兰以外的读者更好地理解小说，欧文森在《狂野的爱

---

① Sydney Owenson, *Lady Morgan's Memoirs: Autobiography, Diaries, and Correspondence*, vol. 1. Leipzig: Bernhard Tauchnitz, 1863, p. 226.

② James H. Murphy, *Irish Novelists and the Victorian Age*. Oxford: Oxford University Press, 2011, p. 8.

尔兰姑娘》正文后附上了长长的注释，详细解释了爱尔兰盖尔语的意思，对爱尔兰的风俗和民间传说也做出进一步阐述。在历史小说领域，这成了一份未被充分重视的宝贵遗产。司各特后来出版"威弗莱"系列小说时也面临着同样的状况：《威弗莱》出版后，苏格兰地区以外的读者纷纷反映对苏格兰高地文化不熟悉，无法充分理解小说，因此司各特在小说再版过程中经常应出版社要求不断增加注释。比如说《红酋罗伯》在1818年初版时仅有少量注释，1829年再版时对其进行了增加。《艾凡赫》在1819年初版时只是由编辑做了注释，1830年再版时司各特亲自增加了注释。其他小说的情况也大同小异。这类旁白性质的注释既可以让读者更好地了解虚构故事背后的文化信息，也可以展示作者对这种文化的熟谙与博学。

不仅如此，欧文森甚至少见地在由30封书信组成的正文后面硬加了一个长达36页的"结尾"（Conclusion），全书以赫拉修的父亲给他的劝诫信和美好祝愿结束。这些附属的篇章形成了一个辅助性质的叙事框架，为小说主体部分的书信提供背景信息和支撑作用。至于正文那30封书信，它们的叙事功能其实相当纯粹和简单，就是通过贵公子赫拉修写给友人的这些书信，展示他对爱尔兰的态度转变，以此在政治上象征英格兰人应克服自己的刻板偏见，接纳爱尔兰人、爱尔兰文化和爱尔兰这片土地。《狂野的爱尔兰姑娘》等民族故事常常通过外来者眼光看本土文化，因而也经常受到批评。丹尼尔·科克里（Daniel Corkery）曾带有贬义地将民族故事称为"旅行者的故事"（traveler's tale），将爱尔兰展览给"外来的眼睛"。[1]对处于弱势地位的文化而言，这其实是一种无法解决的悖论，它急需获得强势文化

---

① 转引自 Ina Ferris, *The Romantic National Tale and the Question of Ireland*. Cambridge：Cambridge University Press, 2004, p. 46。

的认同，同时又有文化自尊，不愿意被异样的眼光上下打量，也不愿意被符号化地当成展品供人凝视参观。在启蒙和现代性进程的冲击下，古老的爱尔兰和苏格兰盖尔文化日渐衰微，氏族社会或贵族世家把持的封建社会走上了不可逆转的退场之路。

欧文森的这部小说以书信体的形式由赫拉修叙述。赫拉修在正文的第一封书信中就坦陈自己年幼时对爱尔兰抱有的刻板偏见，只要提起爱尔兰就会浮想联翩地看到围着篝火跳舞的爱斯基摩人，他们用火烤食物，或者煮活人，他最不愿意去那种地方生活，"那里是僻远之地，无法无天的精神仍然还统治着那里，使之颤动和痉挛"。① 赫拉修在描述爱尔兰时经常用的词是"未开化"（barbarous）和"野蛮"（savage）。他在小说多个地方一直使用"未开化"或"半开化"等词，用于表达自己英格兰现代文明人的屈尊心理。至于"野蛮"这个概念，他用了不下十次，在他看来爱尔兰是个难以涉足的蛮荒之地。这是外来者赫拉修在去爱尔兰之前对那里持有的想法。欧文森在小说中使用了欲扬先抑的手法。随着赫拉修进入爱尔兰，看到乡野之间壮丽的风景和淳朴的民风，尤其是遇到了美丽可人的戈洛维娜之后，他对爱尔兰的印象完全变了。到这部书信体小说临近尾声时，赫拉修又给同一个人，他远在英格兰的朋友，不具名的先生（J. D. Esquire）写信，此时他对爱尔兰的看法与之前已经大相径庭："我在一个熙熙攘攘的大都市里，在一间嘈杂的旅馆后房给你写信，能看到的只有周围阴暗的墙。这是多大的对比啊！我前不久看到的那些不忍离去的让人心旷神怡的风景去哪了？那些大自然狂野的壮美，让人惊叹的山川，高耸的悬崖，无垠的大海，馥郁的山谷，去哪了？

---

① Sydney Owenson, *The Wild Irish Girl: A National Tale*, pp. 21-22.

那些原生态的淳朴人们，那些习俗，那些礼仪举止，让我如此震撼，如此新奇，它们去哪了？一切都消失了，就像一场梦。"① 赫拉修对爱尔兰的态度前后有一百八十度的转弯，给读者留下深刻印象。女主人公戈洛维娜并没有直接浮出叙述话语层，而是出现在故事的行动层。她只存在于赫拉修的 30 封书信中，只存在于赫拉修的叙述之中，由赫拉修创造，也由赫拉修言说。从这个意义上来说，女主人公戈洛维娜既是赫拉修爱慕的对象，又是他亲手创造的影子。

《狂野的爱尔兰姑娘》读着像是一个以民族故事模式讲述的爱尔兰版《傲慢与偏见》。欧文森在小说形式剪裁、叙述技巧、节奏控制、人物塑造、细节圆熟度、小说质感等诸多关键的艺术造诣上跟后来的奥斯丁的确还有悬殊的差距，但是作为先驱者，欧文森在这部小说中已经成功运用了后来奥斯丁笔下常见的那种细腻温婉的小说构造风格。她的历史题材小说充盈的灵秀之风与司各特那种大开大合的阳刚之气迥然而异，司各特继承更多的是笛福和菲尔丁等人的传统，擅长大条块地刻画人物行动和历史场面，多用远景和中景。与之相比，欧文森则更多取法于塞缪尔·理查森、埃奇沃思和弗朗西斯·伯尼等前辈，关注家庭生活，运笔细腻，情感丰沛，多用近景。欧文森对后来 19 世纪占据英国文坛主流的家庭现实主义小说的兴起起了推动作用，这是她对英国小说传统的重要贡献。

第二节　历史哥特小说之魅

欧文森在写作《圣道明修道院的初学修女》时不仅以虚构叙事的

---

① Sydney Owenson, *The Wild Irish Girl: A National Tale*, p. 170.

方式展现了一段过去的历史，而且在题材上汲取了当时文坛流行的哥特小说元素，在这部小说的谋篇布局和细节架构上设置了修道院、阴谋、恐怖、超自然现象等话题。①《圣道明修道院的初学修女》兼具历史小说和哥特小说的典型特征，因此被称为"历史哥特小说"（historical Gothic），②它对司各特后来正式创立历史小说起了重要助推作用。顾名思义，"历史哥特小说"是历史小说和哥特小说的融合体，是历史罗曼司的一种变体。历史罗曼司这种体裁最早由托马斯·利兰在他的《隆斯沃》中开创。历史哥特小说属于一种杂糅型的文类，跟其余类型的哥特小说最大不同之处在于它给哥特小说注入历史小说的因素，在虚构的故事之外衬以真实的历史人物或历史事件，在细节上忠实地再现某段历史时期内的生活方式。哥特小说天生就具有回溯历史的文化基因，与中世纪具有天然的关联。"哥特""一词原指居住在北欧、属于条顿民族的哥特部落"，一千多年后被用于"哥特式建筑"，用来指称"一种代表落后、野蛮和黑暗的中世纪建筑风格"。③"哥特"一词在起源上最早就与中世纪教堂有关，布满暗道机关、阴森幽闭的哥特式古堡为读者营造了神秘感和敬畏感，有利于烘托小说的故事氛围。哥特小说常见的故事发生地就是哥特风格的老旧古堡或修道院，这尤其有利于将故事发生时间设定为数十年前或数百年前，营造出一种历史的颓败感。

　　霍勒斯·沃波尔于 1764 年出版《欧权托城堡》以后，哥特小说在英国文坛成为一股极为重要的文学思潮，尤其在 18 世纪和 19 世纪之交

---

①　参见拙文《历史哥特小说〈圣道明修道院的初学修女〉的伦理取位》，《外国文学研究》2025 年第 2 期。

②　Rictor Norton, *Gothic Readings: The First Wave, 1764-1840*, p. 36.

③　蒲若茜：《哥特小说中的伦理道德因素——以〈修道士〉为例》，《外国文学研究》2006 年第 2 期。

更是达到高峰期。哥特小说成为当时的主流小说形式，销量很高，但也呈现出情节雷同、题材类似、情感泛滥的弊病，整体精神面上出现套路化和程式化的趋势，缺乏新意。因此弗雷德里克·弗兰克（Frederick Frank）才会认为哥特小说"在吸引读者方面所向披靡"，但"这个文类及其毫无独创性的模式却从未引起过知识界的尊重"。[①] 在研究哥特小说时，学界常用的研究范式有埃德蒙·柏克（Edmund Burke）的"崇高"与"优美"说、"墓园派"传统说、历史与阶级变革说、情感说、欲望说、性别政治说和殖民话语说等。[②] 大卫·庞特认为，随着中产阶级在18世纪后半期的崛起，哥特小说表达的是中产阶级被压抑的欲望。[③] 批评界将弗洛伊德的欲望压抑理论和马克思主义的阶级分析法相结合，得出结论认为哥特小说表现的是中产阶级潜意识中被压抑的罪恶欲望，是中产阶级与生俱来的犯罪冲动和破坏欲，这些暗黑力量一直潜藏在冠冕堂皇的形象和积极进取的精神深处。

哥特小说大都构思精巧，往往与情欲、暴力、犯罪、迫害、谋杀、陷阱、追凶、邪灵等元素纠缠在一起，形成一种不同于其他正统小说的另类风格。这些元素属于人性中被压抑的一面，是不为正统思想所道的"负能量"。英国文学自诞生之日起就潜藏着这些不为主流道德规范、政治立场、宗教信条所提倡的禁忌话题和兽性因子，但是总体而言，能够成为经典而被广为流传的，都是经过主流意识形态过

①　转引自於鲸：《从边缘到中心——国外英国哥特小说研究史述评》，《国外文学》2008年第1期。

②　参见韩加明：《简论哥特小说的产生和发展》，《国外文学》2000年第1期；陈榕：《哥特小说》，《外国文学》2012年第4期。

③　参见David Punter, *The Literature of Terror: A History of Gothic Fictions from 1765 to the Present Day*, vol. 2. New York and London: Longman, 1996, pp. 198, 188-189；苏耕欣：《自我、欲望与叛逆——哥特小说中的潜意识投射》，《国外文学》2005年第4期。

滤的作品。英国政府在很长时间内都对舞台或文学作品施行审查制度，对不符合规范的书籍进行禁止或焚毁，戏剧则禁演。审查制度在不同历史时期有所废弛，但是如若有文学作品在道德和价值取向上出现问题，文学市场和文化体制就会自发启动过滤机制，将其打入另册，使之成为地下文学。文化审查制度在西方也源远流长，"最早的文化审查机制是由罗马天主教开始施行的，在整个欧洲都占据统治地位，直到宗教改革运动兴起才有所改变，它压制异端邪说的决心既是为了散布信仰，又是出于保持政治权力的需要"。① 哥特小说以野蛮、恐惧、情欲和神秘等怪力乱神之事为主题，就成了一种游走在道德禁忌边缘的文学形式。要想进入流通图书馆，进入 19 世纪英国家庭，成为妇女儿童宜读的文学消费品，哥特小说的作者自然需要遵守一条公认的底线。哥特小说经常被视为不登大雅之堂的通俗文学，同时代的华兹华斯、柯勒律治和拜伦等人既批判哥特小说，又不自觉地将当时最流行的哥特风格吸收进自己的创作，"主流知识界大多采取道德的、宗教的标准，对哥特小说主要持贬抑的、挞伐的态度"。② 后世对哥特小说进行重新评估，但是伊恩·瓦特的《小说的兴起》和 F. R. 利维斯的《伟大的传统》等影响力极大的英国小说研究巨著还是将哥特小说边缘化，直到女性主义、新历史主义、后殖民主义等社会文化批评思潮崛起之后，情况才有了大的改观。

　　长期以来哥特小说在正统的道德批评家那边并未得到应有的认可，但这并不妨碍它成为 18 世纪和 19 世纪之交英国文坛最流行的文学样式。据罗伯特·马约（Robert Mayo）统计，"1796 到 1806 年十年

---

① Jonathan Green, "Introduction", in Jonathon Green and Nicholas J. Karolides (eds.), *Encyclopedia of Censorship*. New York：Facts on File, 2005, p. xviii.
② 於鲸：《从边缘到中心——国外英国哥特小说研究史述评》。

时间内，英国出版的小说有三分之一属于哥特风格"。[①] 哥特小说在
当时的兴起有着深刻的历史原因。欧文森之所以将《圣道明修道院的
初学修女》写成历史哥特小说，也是受到同时代作家的启发。霍勒
斯·沃波尔以《欧权托城堡》开创了历史哥特小说这种文学类型，之
后出现了约翰·艾金（John Aikin）的《贝特朗爵士》（*Sir Bertrand, a
Fragment*，1773）、克拉拉·里夫的《英国老男爵》（*The Old English
Baron*，1778）、索菲亚·李的《幽屋》等一系列较为知名的作品。到18
世纪末，英伦三岛的作家群体出版了不少历史哥特小说，如作者佚名
（疑为安·豪厄尔[Ann Howell]）的《莫提默堡：寒武纪故事》（*Morti-
more Castle: A Cambrian Tale*，1793）、乔治·沃克（George Walker）的
《幽灵堡：诺曼罗曼司》（*Haunted Castle: A Norman Romance*，1794）、
约翰·帕尔默（John Palmer）的《幽灵洞：苏格兰故事》（*Haunted Cav-
ern: A Caledonian Tale*，1796）、雷吉纳·罗什（Regina Maria Roche）的
《庄园的后裔》（*The Children of the Abbey*，1796）。[②] 要理解欧文森的历
史哥特小说《圣道明修道院的初学修女》，我们就必须将其置于历史
哥特小说这个文类的文学传统和历史语境中理解与把握，才能发现欧
文森这部小说与众不同的个体特征，才能揭示它所承载的历史哥特小
说这一文学类属的共同魅力。

第三节　作为白日梦的历史体验感

　　阅读书籍是千百年以来人们娱乐消遣、接受教诲、获取知识和构

---

① 转引自陈榕：《哥特小说》。
② Rictor Norton, *Gothic Readings: The First Wave, 1764-1840*, pp. 1-39.

建感情共同体的重要渠道。英国民众对文学有着迫切需求，然而书籍高昂的价格往往超出了他们的消费能力。暂且不提中世纪昂贵的手抄本，就算威廉·卡克斯顿（William Caxton）在 1476 年制造出了印刷机，文学印刷品也是较为昂贵的奢侈品，是只属于贵族阶层和富裕家庭的消遣方式。在工业革命带来高度发达的生产力之前，中下层民众大多数家庭都在为生活劳苦奔波，需要把钱花在面包、房租和其他生活必需品上，无力购买太多文学消费品。同诗集这种更为高雅的形式比起来，小说本就是为中产阶级而生，价格也更为低廉，但是仍然并非下层民众可以普遍负担得起的消费品，比如说 1749 年菲尔丁出版《汤姆·琼斯》时，它的售价"超过了一个劳动者一周的工资"。① 在欧文森生活与写作《圣道明修道院的初学修女》的 18 世纪末 19 世纪初，已有密涅瓦出版社（Minerva Press，1790 年正式创立）等一些专业出版廉价版本的商业机构，即便它以 3 先令 6 便士这样相对较为低廉的定价出售哥特小说，仍然有大量潜在读者被拒之门外。② 图书出版业受制于造纸技术和印刷技术的生产效率，无法大幅提高生产力，因而无法大幅降低售价。在这种历史背景下，整个文学产业链只能在文学产品的流通环节进行创新。早在 17 世纪 60 年代，英国就出现了提供租借服务的图书馆。1725 年艾伦·拉姆塞（Allan Ramsay）在爱丁堡成立了首个流通图书馆。③ 在《圣道明修道院的初学修女》面世的 19 世纪初期，经济状况优渥的家庭可以购买豪华大开本，或用于点缀书房，或用于悠闲阅读；识字的中层民众争先恐后地涌向流通图书馆，

---

① 伊恩·瓦特：《小说的兴起——笛福、理查逊、菲尔丁研究》，高原、董红钧译，生活·读书·新知三联书店 1992 年版，第 40 页。

② Joseph Crawford, *Gothic Fiction and the Invention of Terrorism: The Politics and Aesthetics of Fear in the Age of the Reign of Terror*. London：Bloomsbury, 2013, p. 131.

③ Edward Jacobs, "Circulating Libraries", in David Scott Kastan（ed.）, *The Oxford Encyclopedia of British Literature*, vol. 2. Oxford：Oxford University Press, 2006, p. 5.

奉上一笔 2 几尼（504 便士）的年费，排队预约，等着对时下流行的小说一饱眼福；家境差些的则只需支付每卷 1 便士的租金，[①] 就可以在 2～6 天的租期内短暂地品尝一段紧张刺激的奇妙文学体验。18 世纪 40 年代以后，流通图书馆在伦敦等地快速兴盛发展，越来越多的中下层民众得以有机会接触到各类英国文学作品，正如伊恩·瓦特所言，"这些'文学上的廉价商店'据说腐蚀了'遍及三个王国'的学童、农家弟子、'出色的女佣'，甚至'所有的屠户、面包师、补鞋匠和补锅匠'的心灵"。[②] 直到 19 世纪前期，情况才有了本质改观——印刷和造纸领域的技术革新有了质的飞跃，书籍的制作才变得更加高效，价格才变得更加低廉。富德里尼耶兄弟（Henry and Sealy Fourdrinier）发明的造纸机于 1807 年在伦敦开始商用，到了 1825 年，英格兰一半的纸张都由机械制造；1814 年，弗雷德里克·柯尼希（Frederick Koenig）发明改进的蒸汽驱动滚筒印刷机在伦敦投入使用，印刷产业链生产力的飞跃对出版业和文学市场有着非同寻常的意义。[③] 英国的出版业在 19 世纪前期出现了显著繁荣，大量廉价版本的印刷销售，尤其是随着流通图书馆的兴盛，使文学作品得以有更多机会走进寻常百姓家，过去昂贵的豪华大开本曾让收入较低的中下层人民对"高雅"的文学望而却步，如今他们也能获得直接的文学体验。小说的阅读群体除了在大的历史趋势上向中下层阶级快速沉降，还锚定了当时小说消费的重要力量——中产阶级女性读者。囿于当时的阶级观念和习俗规范，她们无法单独抛头露面外出，也不需要工作，因

---

① Edward Jacobs, "Circulating Libraries", in David Scott Kastan (ed.), *The Oxford Encyclopedia of British Literature*, vol. 2, p. 6.

② 伊恩·瓦特：《小说的兴起——笛福、理查逊、菲尔丁研究》，第 41 页。

③ Leslie Howsam, *The Cambridge Companion to the History of the Book*. Cambridge: Cambridge University Press, 2015, pp. 146-147.

而有大量时间可用于阅读消遣之上。

　　哥特小说以惊悚香艳的风格撩拨着当时文学消费者的心弦，给中产阶级女人们无聊闲适的生活增添感官刺激，让她们在阅读中体验紧张刺激的"白日梦"。除此之外，在寓教于乐的意义上，小说也具有教育功能，"成为英国中产阶级妇女幻想外面世界的一个窗子，也成了她们自我教育的一种方式"。①阅读历史哥特小说让那些为生活重担压得喘不过气来的社会中下层民众得以暂时从日常工作与家庭琐事所铸就的生存枷锁中摆脱出来，让他们在文学的虚构世界里欣赏恶棍与美女在古老城堡中进行猎艳游戏，在平时根本无法企及的事情上体验到另一种想象式的新鲜体验。欧文森也是这些文学作品消费群体中的一员，自幼阅读大量文学作品，对哥特小说产生浓厚兴趣，成为18世纪末期英国哥特小说大潮中的跟随者。欧文森写作《圣道明修道院的初学修女》时，才刚刚出版了一部小说，在英国文坛尚属新人。但她久有凌云之志，于是写作了这部篇幅宏大的历史哥特小说。《圣道明修道院的初学修女》这类哥特风格的小说在19世纪末本来就非常畅销，加之由伦敦著名出版商理查德·菲利普斯出版承销，这部小说可谓是抓住了时代的风口。在菲利普斯等人的点拨下，欧文森深谙通俗流行文化的成功套路。有批评家指出这部小说"是一个完美的范例，这类由著名的密涅瓦出版社发行的小说，男女主人公都有着完美的道德品行，跟天使一般纯洁，让人难以置信，里面的少女可爱到极点，她们不食人间烟火，吃得比鸟儿还少，就算面临最可怕的危险和厄运之时，仍然喜欢诗兴大发，要么就是弹着鲁特琴或竖琴并轻启歌

---

① 程巍：《隐匿的整体：程巍自选集》，河南大学出版社2009年版，第8页。

喉"。① 这些看似俗套的传奇小说对摄政时期的英国民众有着极大的
诱惑力。

　　《圣道明修道院的初学修女》无论在主题还是风格上都是在模仿
当时极为流行的以基督教教堂和修道士为背景的哥特小说。欧文森汲
取的是马修·刘易斯(Matthew Gregory Lewis)的《修道士》(*The Monk*,
1796)和拉德克里夫的《意大利人》(*The Italian*, 1797)等作品所建构的
哥特小说传统,将恶棍和美女的故事放置于天主教堂或修道院,将心
灵的恐惧、情欲的折磨、信仰的考验、道德的沉沦和宗教的神秘感结
合起来,多重虐心的力量结合在一起,可以互相强化升华,达到震撼
人心的效果。《圣道明修道院的初学修女》书名所指之人就是小说女
主人公伊默锦,她自幼在巴黎郊区的圣道明修道院生活,还是婴儿时
就被父母遗弃,没有任何家庭信息线索,唯有脖子上挂着一个十字
架,一面刻着"圣道明",另一面是"伊默锦"。② 小说开始时,伊默
锦在麦格德莲夫人家的古堡里做抄写员。麦格德莲夫人从繁华的巴黎
搬到了郊外的蒙特莫莉古堡(Montmorell),近几年一直在写大部头的
著作——时间跨度为 1104~1572 年的《十字军东征史》。麦格德莲夫
人和伊默锦讨论宗教热忱和处死异教徒的事情,这时小说设置了一个
道德难题:麦格德莲夫人让伊默锦记述法王亨利四世在法国南部贝济
耶"为了上帝之爱"屠杀 6000 名并烧死 400 名异教徒的情节(3~4)。
伊默锦对麦格德莲夫人冷静描述的"无差别地杀死"感到"惊惧"
(horror-struck),并为此向麦格德莲夫人展开质疑式诘问。欧文森在

---

　　① Anonymous, "A Wild Irish Girl", in *Temple Bar: A London Magazine for Town and Country Readers*, vol. 58, London: Richard Bentley & Sons, 1880, p. 209.
　　② Sydney Owenson, *The Novice of St. Dominick*. London: Richard Phillips, 1806, p. 8.
本节所引《圣道明修道院的初学修女》均源自此版本,以下仅随文标出页码,不再一一
出注。

这里用了一个倒叙手法，将伊默锦的反应直接拉到小说开头第一句："尖锐的责备仍然在虔诚而博学的麦格德莲夫人锐利的眼睛里闪烁，尽管她郁郁寡欢的嘴唇已经停止了嘟囔。这个抄写员应之以沉默，低垂着头，叹着气——她不敢哭。"（1）叙述者的价值取向是鲜明的，通过一系列形容词构成对比，烘托出伊默锦的善良天性和麦格德莲夫人被宗教热忱所蒙蔽的良知。哥特小说的一个常用套路是设置一个"傻白甜"的女主。在小说开始时，作者往往精心设计各种细节以展示她们如何心地善良，长相甜美，这样就可以轻而易举地俘获读者对她的怜爱，然后再引入恶棍式的男主，开始追猎游戏，让女主陷入各种惊悚困境，激起读者对她的强烈保护欲，产生共情。

紧接着上文那段描述之后，麦格德莲夫人开始陷入沉思，做起了白日梦："两眼望着天，捏着衣服的皱领，咬着指甲……博学而沉闷的大脑徒劳地折磨着淡漠的记忆，鲜活的天才思想在不可能之地穿行，热烈地追逐着想象所产生的发光的幻影。"（5）有意思的是，当麦格德莲夫人沉醉于历史和学术的白日梦之中时，伊默锦也在同一时间做着青葱少女的白日梦："当麦格德莲夫人的大脑还在不知疲倦地追逐着学术上让她分心的那些微末细节，小抄写员游移不定的想象力却在童话般的沉思场景中徘徊。"（6）此时，窗外隐约传来一阵迷人的竖琴声，于是伊默锦跑到窗边附耳倾听，麦格德莲夫人却对缥缈的音乐毫无察觉。欧文森用了一长段话描述伊默锦怀疑自己到底是听到了虚无缥缈的音乐，还是只是出于白日梦的幻想而产生幻听（8）。忽然伊默锦发现这迷人的音乐并不在外面，而是在城堡里，于是悬念陡然而生。这段似有似无的神秘音乐宣告着恶棍男主人公的到来：一个来自普罗旺斯的吟游诗人。麦格德莲夫人和伊默锦常年生活在封闭的古堡或修道院中，无法接触到外面广阔的社会，只能通过宗教活动、阅读或写作打发时间。麦格德莲夫人早已放弃了巴黎的浮华，想要在僻静的古堡中冥想沉思，研习哲学和历史，追踪往昔历史上宗教狂热带来的恐惧（3）。如果说麦格德莲夫人已然经历过人世间的繁华，从红尘走入隐居，那么女主人公伊默锦则走了一条相反的道路——她自幼在半封闭的圣道明修道院中长大，对外面充满了好奇与憧憬。麦格德莲夫人和伊默锦两人都同时在百无聊赖中做着"白日梦"，不同之处在于麦格德莲夫人对外面的世界已不感兴趣，故而对外界的音乐已经不再敏感，正如她在后面所言："二十年了，二十年了，不合宜的欢乐之声或任何粗鲁的愉悦在我们蒙特莫莉古堡里从没有过，今天算是破天荒了。"（12）伊默锦充满青春活力，跟沉闷古板、垂垂老矣的麦格德莲夫人形成鲜明对比。伊默锦在蒙特莫莉古堡和圣道明修道院里憧憬着外面的世界，后来她终于觅得机会走出修道院，到外面的世界闯荡，见证了乱世中的诸多事情。《圣道明修道院的初学修女》实质上不是一部真正典型的哥特小说，它的后半部分并没有局限在古堡或修道院的幽闭空间里，而是描写了伊默锦在外面世界的闯荡和经历。欧文森想要做的是在当时最为流行的哥特小说外衣之下描写16世纪法国社会的历史故事。这部具有历史小说和哥特小说杂糅风格的作品体现了欧文森谋求创新的写作理念。19世纪初的英国读者或许无法完全理解欧文森的这种杂糅式创新，他们既没有在里面发现鲜活生动的爱尔兰地域文化体验，也没有找到多少哥特小说惊悚刺激的桥段，因此，这部小说在面世以后并没有脱颖而出，而是不温不火，最终如其他平庸的大多数作品一样泯没于文学世界之中。

　　《圣道明修道院的初学修女》在1806年首版面世时，作者署名为"欧文森小姐，《圣克莱尔》作者"，这也是当时小说出版界的惯例。小说扉页印上了马克·埃肯塞德（Mark Akenside）的诗歌《想象的欢愉》（"The Pleasures of Imagination"）中的诗行"真善一体/美居于中，互为表里/同在一起"和意大利诗人塔索（Tasso）的原文诗句。从欧文森对这段格言的引用，可以看出她对道德与审美关系的基本态度。不仅如此，欧文森在小说每一章开始处都引经据典：第 1 章是博蒙特（Beaumont）和弗莱彻（Fletcher）的戏剧《徒劳无益》（*Wild Goose Chase*），第 2 章是莎士比亚的《亨利五世》，第 3 章是霍勒斯·沃波尔和埃肯塞德的作品，不一而足。除了常见的文学内部对诗歌、小说、戏剧等题材的引用，欧文森甚至还跨界征用学术著作，如第 9 章的篇首就援引了约翰·布鲁斯（John Bruce）的《伦理学要论》（*Elements of the Science of Ethics*），对友谊、道德和幸福展开讨论（215）。在欧文森的写作生涯中，她一以贯之地坚持真善美融合共存的理念。1814 年她出版了《奥唐奈尔：民族故事》，在首版序言中，开门见山谈的就是寓教于乐的问题。到了 1835 年此书再版时，她专门写了一个序，其中就提到这个民族故事的初衷是为了"一项伟大的民族事业——爱尔兰天主教徒的解放"。① 此时，距离《天主教解放法案》已经过去了六年，欧文森当年的诉求已经达到，但是可以明显看出，她仍然对天主教徒的解放一事念念不忘，因为当年她曾投身于各种活动以推动实施这个具有重要意义的法案。写作这篇序言时，欧文森已经是年过五旬的文坛名将，文学理念和写作技巧都臻于成熟完善。她说道："跟其他更加实在的写作一样，小说有义务反复灌输真理（inculcate truth），有望在最为悠闲的琐碎中保持道德眼界（possess a moral scope），政治不过是更大范围内的道德。"② 欧文森的这段话可被视为她写作理念和文学生涯的最佳注释。作为著名作家和社会名流，欧文

① Sydney Owenson, *O'Donnel: A National Tale*. London: David Pryce, 1856, p. iii.
② Sydney Owenson, *O'Donnel: A National Tale*, p. 3.

森的写作与生活密不可分，她以自己的文学作品形成文学话语，参与
到当时的政治议程之中，社交生活就是她自我形塑的一种形式。作家
欧文森和文化名人欧文森是合二为一的，这就解释了为何在《狂野的
爱尔兰姑娘》红遍英国之时，人们会用小说女主人公戈洛维娜的名字
称呼欧文森，而她本人也有意朝那个方向靠拢，利用行为艺术提升知
名度——"在写信结尾落款签名时写'戈洛维娜'，还会穿着古代凯
尔特民族服装去参加派对"。① 欧文森如此主动地将自己和小说人物
进行身份绑定，或许原因在于她不仅认同小说女主人公的美学效果，
对女主的道德理念和行为规范也高度认可，故而愿意将自己化身为小
说女主人公。欧文森这一举动固然也有迎合读者和世人的嫌疑，在文
学市场上却是非常奏效的营销手段。欧文森的做法后来被司各特发扬
光大——《威弗莱》爆红之后，他和出版社一起策划塑造了一个神秘
的匿名人"《威弗莱》作者"，并将这个商标印在此后出版的每部小说
的扉页上，形成极为可观的名人效应。当然这是后话，此时的欧文森
还没有如此敏锐的商业头脑，她的《狂野的爱尔兰姑娘》虽然在文学
市场上极受欢迎，但是离后来司各特"威弗莱"系列小说摧枯拉朽
式的销量风暴还有不小差距。

　　欧文森将《圣道明修道院的初学修女》写成了一部 6 卷本的鸿篇
巨制。她在《自传》中提到自己当年构思这部小说时恰好住在道明大
街（Street Dominic），跟当红的爱尔兰年轻诗人兼音乐人托马斯·莫尔
有过短暂接触。莫尔是爱尔兰浪漫主义诗歌的集大成者，那个时候他
刚在伦敦觐见过摄政王，成为都柏林和伦敦上流社会热议的作家。欧

---

① Gerardine Meaney, Mary O'Dowd and Bernadette Whelan, *Reading the Irish Woman: Studies in Cultural Encounters and Exchange, 1714-1960*. Liverpool：Liverpool University Press, 2013, p. 73.

文森姐妹应莫尔母亲之邀去他家做客，听过莫尔演奏的钢琴曲之后深受感染。次日她的妹妹奥利维亚开始绘制莫尔肖像，西德尼看到肖像后为之触动，于是产生写作一部历史小说的想法，它就是《圣道明修道院的初学修女》，莫尔就是其中主人公。[1] 欧文森原本想将小说取名为《吟游诗人》（Minstrel），后经出版商建议，改为现名。[2] "吟游诗人"无疑对接了英国文学中吟游诗人的浪漫主义传统，而《圣道明修道院的初学修女》则在语义上暗含了哥特小说必备的两大标志性元素——古老的修道院和美丽纯真的女主人公，绝对符合当时文学市场中读者们的消费习惯。欧文森在小说章节之前点缀上文学史经典作品，这个行为本身就是为小说寻找历史时空中的过来人，在自己的小说中与文学史经典作品进行对话与互动，赋予作品以更加厚重的历史感。欧文森所做的是在历史小说中"制造"历史。

在历史小说兴起之初，有个现象值得注意，从 1762 年托马斯·利兰的《隆斯沃》一直到 1795 年的近半个世纪里，英国出现的 43 部历史小说中，只有 2 部小说在正文前有诗歌或格言引用。[3] 直到 18 世纪末 19 世纪初，历史小说领域的作家们才开始较为频繁地引用格言和诗歌来表达章节主题。对女作家而言，在卷首引用名言警句和诗歌更具有别样的需求——"19 世纪的女作家们可能对卷首引语有着特殊的爱好，她们把它看做一种手段，借以显露她们的博学，增加小说的思想和道德的分量，同时也为她们的文本立场平添外部的权威力量"。[4] 欧文森之所以这么做，或许有显示博学的初衷，但她在选材

---

① Sydney Owenson, *Lady Morgan's Memoirs: Autobiography, Diaries, and Correspondence*, pp. 158–160.

② Anne H. Stevens, *British Historical Fiction Before Scott*, p. 93.

③ Anne H. Stevens, *British Historical Fiction Before Scott*, pp. 88–90.

④ 苏珊·兰瑟：《虚构的权威：女性作家与叙述声音》，黄必康译，北京大学出版社 2002 年版，第 109 页。

上是极其注重道德立场的，她抱着极高的热忱在小说中传达道德教诲的理念："在漫长的一生中，她很长一段时间都在积极地宣扬和写作道德说教小说，这些作品支持爱尔兰事业，尤其是天主教徒解放运动。"① 欧文森对天主教徒解放运动的支持可能是由于自身家庭背景，其父罗伯特·欧文森是爱尔兰天主教徒，母亲简·希尔是英格兰新教徒。西德尼·欧文森早年居住在都柏林时在天主教徒中间颇为有名，她是天主教徒解放运动的骨干力量。爱尔兰人将民族独立事业和天主教运动结合在一起，基于历史原因，天主教力量向来强势，成为爱尔兰民族精神的重要组成部分。1800 年通过的《联合法案》将爱尔兰与英格兰合并到一起，但是并未赋予爱尔兰以宗教自由，官方国教为安立甘宗，爱尔兰的天主教徒不能享有和国教信徒同等的权利，因此招致爱尔兰天主教徒的强烈反对。在丹尼尔·奥康奈尔（Daniel O'Connell）的带领，以及西德尼·欧文森等大量爱尔兰人的争取下，1829 年通过了《天主教解放法案》，赋予天主教徒公民权，意味着爱尔兰人的宗教信仰得到了英国政府的正式承认与尊重。到了 19 世纪 30 年代，欧文森对爱尔兰政府的政策现状产生厌倦感，因此决定在 1837 年移居伦敦，这也可以算作她对英格兰政治与文化的一种归附。

　　在离开爱尔兰之前，欧文森对爱尔兰这片土地有着深沉的情感，对爱尔兰文化的认同度也极高。她第一部小说《圣克莱尔》女主人公奥利维亚之名就源于她的妹妹，在书中欧文森通过奥利维亚的声音对爱尔兰女子进行热情洋溢的赞美："是的，爱尔兰女子都很美，美得不可方物，言行举止温婉而有活力，这就是法国女子最受推崇的品

---

① Joseph W. Lew, "Sidney Owenson and the Fate of Empire", *Keats-Shelley Journal*, vol. 39（1990）, p. 39.

质、英格兰女子最受好评的品质，至于教育，蔚然成风，她们都是艺术家。"① 在欧文森的几部主要小说中，男主人公都英俊伟岸、性格坚毅，具有拜伦式英雄的致命诱惑，女主人公则容貌绝美，心地善良纯洁。她创造出的人物表里如一，展示出超出普通人的完美特质，仍然没有摆脱中世纪罗曼司传统的影响。这种带有传奇色彩的作品容易引起读者的好奇，但是读者很难对这些完美之人产生共情。小说的兴起本来就是中产阶级登上历史舞台过程中与之如影相随的一个文化产品，在英国小说诞生之初，笛福、理查森、菲尔丁等人笔下的主要人物都已经趋近普通人，都不完美。在欧文森之后的司各特，他小说中的主要人物同样也是中人之资，更不用说 19 世纪中后期英国小说史上勃朗特姐妹、乔治·艾略特、萨克雷等人的家庭现实主义小说，这些维多利亚时代的小说们关注的是普通人的日常生活。

《传教士》是欧文森结婚后发表的首部作品，其塑造的男主人公传教士希拉里昂就与众不同，卓然耸立于人群之上。他在宗教上是狂热的，放弃了世俗富贵，投身信仰，虔诚和毅力都远超常人。到了印度之后，他坠入爱河，长期被压抑的情感一旦爆发就会异常暴烈。欧文森在小说中的处理很有戏剧效果，往往过于煽情，失去历史小说本应有的冷静与克制。评论界对这部小说的评价出现了不同的声音，赞许有之，批评亦有之，这也是文学作品生命中的常态。《传教士》常被视为欧文森小说生涯中的最高水准之作，这些赞扬之声暂且不表，只看曾提出过最尖锐批评的威廉·菲茨帕特里克。他将《传教士》贬得一文不值，对其全盘否定，认为"这或许是摩根夫人［欧文森］构思写作过的最糟糕的作品，其风格和故事只对得起廉价的密涅瓦出版

---

① 转引自 Julie Donovan, *Sydney Owenson, Lady Morgan and the Politics of Style*. Palo Alto, CA: Academica Press, 2009, p. 62。

社"，它还值得一提，只是因为欧文森在生命最后一刻仍然对此书心心念念，认为它"展现了印度生活图景，展示了一些不寻常的东方传说，拥有一种教诲的吸引力，这些因素远远超过了故事方面的缺陷"。[①] 从欧文森的自述和菲茨帕特里克的评论可以看出，欧文森对自己在小说中进行道德教诲颇为自豪，实现了"真善一体，美居于中"的信条。

第四节　跨过爱尔兰的山和大海

欧文森精力充沛，创造力惊人，共写成了 70 卷各类体裁的文学作品。她在《狂野的爱尔兰姑娘》中写到，男主人公赫拉修刚从英格兰抵达爱尔兰不久，便前往爱尔兰西部最大的岛屿伊尼什莫尔岛，在那里给朋友发出了第五封书信，向他详细描述到了陌生的爱尔兰之后的所见所想。照着渔民给的地图，他"越过了海岸，走过了傍海而立的一座山巅。经过一小时的攀登，发现它几乎垂直地仁立在光秃秃的岩石海岸，山脚延绵形成一座半岛，伸入海中有半英里之远"，赫拉修越过爱尔兰海，跨过爱尔兰群山，到达大西洋上的岛屿，那里人迹罕至，"蛮荒而浪漫到无法言表"。[②] 赫拉修跨越的是从文明到蛮荒的山和海，都在英国本土范围之内。对于作家欧文森来说，她的雄心和关注点远不止于此。和《狂野的爱尔兰姑娘》同年发表的《圣道明修道院的初学修女》就将故事发生地放在欧洲强国法国的首都巴黎，五年后出版的《传教士》则更具全球视野，围绕殖民地印度展示了一个

---

　　① 　William John Fitzpatrick, *The Friends, Foes, and Adventures of Lady Morgan*. Dublin: W. B. Kelley, 1859, p. 73.

　　② 　Sydney Owenson, *The Wild Irish Girl: A National Tale*, p. 75.

具有东方情调的广阔海外天地。对于大英帝国而言，大西洋有着极其重要的意义，是前往北美殖民地和全球其他殖民地的主要通道。在1869年苏伊士运河通航前，英国前往印度的固定航线一般是从大西洋南下好望角后进入印度洋。在欧文森生活和写作的19世纪前期，英国并不太平。1799年11月9日拿破仑发动了雾月政变，夺去了法国政权，不久之后击败了英国主导的反法同盟。1803年5月英法两国又互相宣战，燃起战火，是为著名的"拿破仑战争"。因为斗争的立场问题，在反抗英格兰上，爱尔兰和法国形成了同盟军，每当爱尔兰与英格兰发生冲突之时，法国必然以盟军姿态站在爱尔兰身后默默提供援助，反之，只要法国与英格兰主导的英国发生争斗，爱尔兰同样会燃起民族主义烈火，策应法国。果不其然，1803年7月，罗伯特·埃米特(Robert Emmet)带领"爱尔兰人联盟"(United Irishmen)又组织了一次暴动，未遂即被挫败，但是在爱尔兰再次激发了民族主义情感。此时的欧文森正在写作《圣道明修道院的初学修女》，她将故事发生地设置在法国，时间则返回到16世纪。欧文森在这里一反常态，不再像其他小说一样将注意力集中于小小的爱尔兰岛，而是转向了更具有悠久历史和天主教精神的欧洲大国。欧文森的名字"西德尼"就源于法语，她曾多次前往法国，对那里的了解无疑是较为深刻的。1816年在法国居住半年以后，她于1817年出版了全面研究法国的专著《法国》(France)。

欧文森的文学雄心并没有止步于此。和司各特聚焦苏格兰、放眼全欧洲一样，欧文森的历史小说也是聚焦爱尔兰，放眼全球，触及遥远的东方，《传教士》副标题为"印度故事"(An Indian Tale)，直接将注意力上升到帝国与殖民政治的宏大叙事之上。如果说欧文森在《圣道明修道院的初学修女》中是跳出爱尔兰看欧洲大陆，那么她在

1811 年出版的《传教士》中则是跳出欧洲看世界。拜伦曾在信中对爱尔兰作家托马斯·莫尔提出过劝解："就写东方，斯塔尔夫人的神谕告诉我这是唯一的诗学策略。北方、南方、西方都被写尽了。"[1] 这部作品在出版之初并不像《狂野的爱尔兰姑娘》等小说那样畅销。摄政时期的英国在全球战略布局上属于收缩期，乔治三世手里接连丢掉殖民地，尤其是 1783 年北美十三个殖民地的独立，对英国的民族自尊心是巨大的打击。在这种历史条件下，欧文森开始了《传教士》的构思和写作工作。拉詹说过，《传教士》里的印度"并不是一个真实的国家，而是一个通过东方主义书籍透镜看到的精巧装置"，[2] 欧文森对于印度或东方的执迷也许与她的人生经历有关。欧文森情史丰富，一生中有过很多次恋情。1803 年左右，28 岁的她正在写作《圣道明修道院的初学修女》，遇到了 18 岁的弗朗西丝·克罗斯利（Frances Crossley）。克罗斯利为欧文森誊写《圣道明修道院的初学修女》手稿。在单相思情感未得到回应之后，心灰意冷的克罗斯利去了印度，中途和欧文森也有联络，但是直到 1824 年才正式返回英国。这段年轻时代的罗曼史是否是欧文森写作《传教士》的直接诱因，实情已然不可知，不过欧文森对印度乃至东方还是做过一番研究的。在 1810 年前后，她开始为写作《传教士》收集素材，从查尔斯·奥姆斯比（Charles Ormsby）的家庭图书馆借阅了不少印度史书和善本图书。[3]

　　欧文森在《传教士》中超越了爱尔兰地方小说的局限，将故事场景放置在葡萄牙和印度。尽管如此，她采用的是一种间接的笔法，讨

　　[1]　Sydney Owenson, *The Wild Irish Girl: A National Tale*, p. 75.

　　[2]　Balachandra Rajan, *Under Western Eyes: India from Milton to Macaulay*. Durham and London：Duke University Press, 1999, p. 137.

　　[3]　Sydney Owenson, *Lady Morgan's Memoirs: Autobiography, Diaries, and Correspondence*, p. 388.

论的政治文化议题仍然是爱尔兰面临的问题。这种曲笔在英国文化与文学史上并不鲜见，比如说埃德蒙·柏克对印度曾有大量论述，原因在于他无法在爱尔兰问题上发声，只好借助印度阐释自己对爱尔兰以及殖民问题的理解。[①] 欧文森常年生活在都柏林和伦敦的上层社会，对国际时事和国内政治话题都非常熟悉，她也从不避讳一些敏感话题，还通过自己的文学作品加入对这些时事话题的讨论，观点鲜明或者间接隐讳地表达自己的看法。随着大英帝国在全球殖民竞争中战略不断调整，国内民众对帝国殖民体系中的一些重要问题展开热烈讨论，甚至还成立了民间组织以影响或推动政府制定相应的国策。到了欧文森写作《传教士》的时候，英国国内一直在争论对殖民地的文化与宗教同化问题，欧文森以这部小说参与英国社会对这个重要政治和宗教话题的讨论。朱莉娅·赖特指出，在 1810 年前后，"印度成为帝国辩论的新场所：经济伦理、行政政策、官方容忍、是否全面放开传教士前去传教等诸如此类的问题都在被人们热议"。[②]《传教士》就涉及天主教内部方济各会和耶稣会之间的竞争。各大教派在教义和理念上有分歧，但是在对外传教这个事情上却是高度一致的。在 18 世纪末 19 世纪初，英国采取了更为积极的举措鼓励传教士前往殖民地或其他国家传教，试图在宗教上进行同化。在这种历史背景下传教士协会如雨后春笋般相继成立：1792 年的"浸会传道会"（Baptist Mission-ary Society），1795 年的"伦敦传道会"（London Missionary Society），1799 年的"圣公会传道会"（Society for Missions to Africa and the East），1813 年的"卫理公会传道会"（Wesleyan Methodist Missionary

---

　　① 转引自 Julia M. Wright, "Introduction", in Sydney Owenson, *The Missionary*, p. 40.
　　② Sydney Owenson, *The Missionary*, p. 29. 本节所引《传教士》均源自此版本，以下仅随文标出页码，不再一一出注。

Society）。

作为历史题材小说，《传教士》的故事时间线始于 1620 年，当时葡萄牙局势动荡，不同政治和宗教派系不断掀起纷争。这段时间英国东印度公司舰队与葡萄牙舰队在波斯湾霍尔木兹海峡一带进行大规模海战，最终以英国获胜而告结束，葡萄牙的海上霸权终结，英国开始全球殖民的新时代。《传教士》的主人公希拉里昂是伯爵，出身葡萄牙王族，血统高贵，其母是布拉干萨王朝公主，哥哥是公爵，舅舅是里斯本大主教。他身世如此显赫，却无心世间俗务，青年时代就全身心投入宗教事业，来到葡萄牙中南部比较偏僻的圣方济各古修道院做修士。叙述者对他投身宗教事业进行了评价，整体上当然是褒扬性质的，但随后却说："到目前为止，这个年轻修士的生活就像是圣人在沉睡中纯洁而神圣的梦，它仍然只是梦，华丽却虚幻，纯洁但无用，灿烂而缥缈。"（75）叙述者对希拉里昂献身教会的抉择表露出一种既赞许又惋惜的态度，可以明显看出叙述者持有的一种功利主义观念，认为宗教冥想与自我休息是"无用"的。随着年岁的增长，希拉里昂进入成年，观念发生了变化，他在生活中坚持的戒律变得更加严格，同时使命感也变得更强，感觉受到召唤，一改青少年时代静态的修行喜好，充满热情和事业冲动，想要为教会贡献一切。很快，希拉里昂就决定前往印度传教。此时叙述者首次对希拉里昂进行了外貌描写，用词夸张，将他刻画成一个极度完美之人。高贵孤傲的希拉里昂踏上了前往印度的舰船，途中遇到多次风暴和危险。叙述者着意将他刻画成绝世独立、容貌伟岸、信仰坚定、不惧死亡的完美形象。舰船航行线路经过西非大陆最西端佛得角和炎热的几内亚，航行了整整六个月之后，首次进入印度洋："透过清澈明亮的空气，东方的海滩和雄壮的土地将自己展现在眼前，传教士的想象力超越了人类视觉的极限，跨越了那些各种各样雄奇的大地，它们的气候、土壤、政府和宗教都各不相同，为哲学冥想提供了形式和精神上无尽的多样性。"（80）这是传教士希拉里昂第一次接触到东方。叙述者通过希拉里昂的眼光描写东方的壮丽风景，照例用上了"原始"（primeval）、"粗放"（rude）、"狂野"（wild）等常常被"文明"的英国人用来描述欠发达地区风景的语词。印度是西班牙、葡萄牙和大英帝国等殖民大国角力的重要场所。当时葡萄牙控制了印度西海岸的果阿地区，这正是希拉里昂所在舰队抵达印度的第一站，是欧洲殖民者进行国际贸易的重要中转站。随后他转向塔塔（Tatta），沿着印度河而行。到达目的地之后，希拉里昂以坚韧的毅力开始传教，用信仰的力量和自身魅力让很多人改宗信了基督教，取得了极大成功。后来他遇到了当地女子卢希玛，身不由己地开始了一段刻骨铭心的爱情故事。希拉里昂和卢希玛来自不同国家、不同大陆，拥有不同信仰、不同文化，在价值观上有很多抵牾之处。在小说结尾处，卢希玛感染了热带传染病去世。欧文森花了大量笔墨描写传教士在宗教信仰和爱情冲动之间灵与肉的致命纠葛。

　　欧文森的《传教士》堪称"最早的历史小说和帝国罗曼司（imperial romance）之一"，① 它超越了之前众多以爱尔兰地域特色为背景的民族故事型历史小说，将目光瞄向更远的东方，涉及殖民这个严肃的话题，在小说类型上有所创新。从欧文森小说写作的历程轨迹来看，她一直都在求新求变，早在司各特崛起之前，就已经在历史小说领域做出过诸多很有价值的尝试与实验。《传教士》和《圣道明修道院的初学修女》在出版之时确实得到过雪莱和司各特等人的赞扬，但是实事

① 　Joseph Lennon, *Irish Orientalism: A Literary and Intellectual History.* Syracuse：Syracuse University Press, 2004, p.148.

求是地说，同后来司各特风靡全欧洲的"威弗莱"系列小说相比，欧文森这两部小说的影响力都远远不够，在历史小说范畴尚可，但是在小说整体发展史上只能说属于资质平庸之辈。它们表现出的特点正是那一类小说的共同特点，它们展示出的缺点也同样是那一类小说的共同缺陷。这两部小说也是19世纪初英国历史小说大潮中的两股潜流，在文学的内部形式上并没有太多开创性的贡献，在文学外部的政治历史含义上也只能说是中规中矩，然而正是这种普通的特性让这部作品具有了文学史研究上的典型意义。每本书都有自己的命运。《传教士》出版后颇受欢迎，出版当年就印刷了5次，其中4次在伦敦，1次在纽约，次年译成法文在巴黎发行。①《圣道明修道院的初学修女》在出版之初就没有大红大紫，如今也不太被读者和批评界提及。同历史上绝大多数文学作品一样，它们都是极其普通，又极其典型的文学作品，可以说代表了文学史上那些平凡而沉默的大多数作品。和《威弗莱》《艾凡赫》《庞贝末日》《双城记》等极少数名噪一时的传世之作比起来，这些始终处于静默状态的作品实实在在地构成了文学史的主体。它们是19世纪历史小说萌芽发展过程中的天然组成部分，在诞生之初创造了文学话题，被很多读者传阅和讨论，成为一代人生命中的文学记忆。文学史和文学研究，不能成为文学正典传统中经典作家和经典作品的精英式传记，而应该更全面地考察文学演进过程中的各种文学现象和文学力量的丰富存在样态，这才是文学史本身和日常生活中文学消费行为的真实境况。②

　　历史小说研究固然要研究司各特这个英国历史小说的缔造者和殿

---

① Gautam Chakravarty, *The Indian Mutiny and the British Imagination*. Cambridge：Cambridge University Press, 2005, p. 81.

② 参见拙文 "From Classics to Canon Formation：British Literature midst Changes in the Idea of Culture", *Interdisciplinary Studies of Literature*, vol. 6, no. 1 (2022), pp. 181-191。

堂级人物，对于欧文森、埃奇沃思等一些次要作家的次要作品也不能视而不见。司各特创造的历史小说是 19 世纪前期英国社会和历史的产物，他站在欧文森和埃奇沃思等前人的肩膀上开创了历史小说的巅峰时期。在他之前，英国小说界早就有了历史小说的萌芽。历史小说在 19 世纪前期勃兴于英国文坛，形成了一个以司各特为旗手的作家阵营，他们的历史小说对英国小说消费市场的兴盛起了重要推动作用，这些作家们各自以不同的机遇与能力造就了英国历史小说的真实时代样貌。这批作家出版了大量历史小说，有的在当时颇具轰动效应，有的面世以后反响寥寥。这是文学界的常态，也是生活的常态。历史长河浩浩汤汤，百转千回，在文学史上有不少作家生前风光无限，作品红极一时，但对数不胜数的大多数作家而言，他们的常态则是作品无人问津，在落寞和波澜不惊中度过一生。大浪淘沙始见真金，有些当红作品热度持续不减，有些出身微末却逆袭成经典，至今还出现在当代读者的阅读书目里或者活跃在学校课堂上；对绝大部分作品而言，它们的宿命就是自始至终从未得到多少青睐，寂然一生，抑或喧嚣热闹一时，然后逐渐被时间磨去耀眼的光芒，慢慢沉淀下去，从后人的视野中消失，封存在过去的历史时空里，在人们的生活中再也难寻其踪迹，成为边缘的文化记忆。

第五节　东印度公司在印度

在欧文森写作《传教士》的时代，英国东印度公司拥有国王授予的特许权，垄断了对印度的跨国贸易，而且在印度代行管理之职。东印度公司早在 1600 年底就获得伊丽莎白女王的皇家特许权，全权管理和经营对印贸易。在垄断特许令的保护下，这个庞大的商业帝国触角很快就延伸到世界各地，迅速进化成商业和政治领域的巨无霸。东印度公司是大英帝国在海外殖民贸易的首席代言人，它用军舰开路，打开各国的国门，将他们拉入自己主导的世界贸易体系，攫取巨额利润。东印度公司在印度施行的策略是专注于贸易，不过多卷入印度的宗教或文化事务。在此背景下，"直到 1813 年以前，东印度公司积极而有效地阻止了基督教传教士进入印度"，其中的重要原因在于东印度公司管理层都信奉国教安立甘宗，为了"保持精英特权"，对浸会（Baptists）、公理会（Congregationalists）、长老会（Presbyterians）、上帝一位论教派（Unitarian）、贵格会（Quakers）等教派提出的传教请求不予采纳。① 因此，实际上在欧文森构思、写作和发表《传教士》的 1810 年前后，英国传教士是很难直接从英国前往印度殖民地传教的。英国政府和国民此时都在议论海外殖民地问题，造成这个社会热点话题的原因是东印度公司的特许经营权将在 1813 年到期，英国各大利益集团围绕着续约问题展开激烈博弈，关于开放传教的请愿只是围绕东印度公司展开的政治与经济博弈的冰山一角。

欧文森与阿伯康侯爵一家关系密切，1809 年开始就常年到侯爵位于爱尔兰北部的宅邸和英格兰南部的别墅做客，经侯爵夫妇牵线，于 1812 年嫁给了他们的家庭医生查尔斯·摩根。这段时间正是欧文森构思和写作《传教士》的关键时期。在阿伯康侯爵的庇护下，她得以有机会和威尔士公爵夫人（Duchess of Wales）、战务及殖民地大臣（1812 年任外务大臣）卡斯尔雷子爵（Lord Castlereagh）等高层人士交往接触。② 欧文森可以及时可靠地获得第一手内部消息，了解英国的

---

① Parimala V. Rao, *Beyond Macaulay: Education in India, 1780 – 1860*. London and New York：Routledge, 2020, p. 58.

② Elizabeth A. Bohls, *Romantic Literature and Postcolonial Studies*. Edinburgh：Edinburgh University Press, 2013, p. 142.

时政资讯和世界各个殖民地传回的最新情况。在她写作《传教士》时，英国传教士无法自由进入印度传教。东印度公司下令禁止英国舰船携带传教士到印度，以此切断传教士去往印度的主要通道。在 18 世纪末，确有浸会牧师威廉·凯里（William Carey）等少数英国传教士前往印度传教，但他们都不是搭乘英国船只去的。威廉·凯里于 1793 年隐瞒身份搭乘英国船只前往印度，途中被船长识破以后，被勒令中途下船，后乘丹麦商船抵达丹麦在印度的殖民地。[①] 正因为英国传教士无法进入印度传教，欧文森才选择将故事发生地设置在葡萄牙，让一个有葡萄牙王族血统的传教士前往这个神秘而陌生的东方国度。葡萄牙殖民者最早到达印度，他们在印度西海岸的果阿地区利用基督教对本土居民施行大规模的归化政策。[②] 早在 1542 年葡萄牙神父圣方济各·沙勿略（St. Francis Xavier）就到达了果阿，开始传教。欧文森对这段历史应该是熟悉的，在她的《传教士》中，男主人公希拉里昂所在船队到达印度的第一站就是果阿港。为了写作这部小说，欧文森无疑做过大量史料阅读工作，这从她为小说附上的一百余条详细注释可见一斑。

　　《传教士》的历史故事并没有随着它在 1811 年的出版而告终。关于这部小说还有另一段并不常见的文学传奇——欧文森在 1859 年抓住了当时的一个社会热点事件，将《传教士》改名为《女先知卢希玛》（*Luxima, the Prophetess*）重新出版发行。欧文森此举是对 1857～1859 年印度史上规模最大的反帝国主义运动的回应。引起此次起义的直接导火索就是宗教问题——英国人发给印度士兵的子弹涂了动物油，这

---

① 参见 Parimala V. Rao, *Beyond Macaulay: Education in India, 1780-1860*, p. 59。

② Leonard Fernando and G. Gispert-Sauch, *Christianity in India: Two Thousand Years of Faith*. Navi Munbai: Penguin Books, 2004, pp. 110-152.

触犯了印度人的宗教禁忌，他们笃信伊斯兰教或印度教，由此掀起一场以驱除英国殖民者、复辟莫卧儿王朝为愿景的暴力起义。英国殖民者逼迫印度人接触猪油或牛油制品，就是想以玷污他们肉体的方式打破其宗教戒律，使之分化，改宗信奉基督教。欧文森《传教士》男主人公希拉里昂雄心勃勃前往印度传教，结果不仅无法让女主人公卢希玛改宗，反而被印度文化所征服，放弃了自己的信仰，最终在情欲煎熬下身死灵灭。早在四十多年前欧文森就在《传教士》中用煽情的方式讨论了英国在殖民过程中可能遇到的激烈阻挠及其带来的悲剧后果。

　　1813 年，英国议会取消了东印度公司对印度贸易的垄断权，随后政府开始更大规模地深度介入印度殖民地管理，英国传教士也正式获得官方准许进入印度传教。在这个过程中，政治家兼史学家托马斯·巴宾顿·麦考利（Thomas Babington Macaulay）曾起过重要的主导作用。麦考利支持"浸会传道会"等宗教团体进入殖民地传教，希望教会力量能缓和民族问题并为英国政府服务。[1] 麦考利常年从事外交和政治工作，1834~1838 年还常驻印度，负责法律与治安，牵头制定了印度的《刑法典》。麦考利主张在印度推行英语文学，培植亲英势力，提倡传教士进入印度传道，对印度人进行文化与宗教归化。查克拉瓦蒂认为辉格党政治家麦考利在英国本土施行渐进主义（gradualism）政策，在印度却施行激进政策，欧文森的《传教士》就是对此的呼应，这部小说"将渐进主义带到了英国统治下的印度，将宗教信仰的改宗与更广阔的社会和政体联系起来，将殖民地的民主改革推迟到无期限和不确定的未来"。[2]

---

[1]　Catherine Hall, *Macaulay and Son*. New Haven and London: Yale University Press, 2012, p. 40.

[2]　Gautam Chakravarty, *The Indian Mutiny and the British Imagination*, p. 89.

1857 年 5 月 10 日，印度民族起义爆发，在战事正酣的隆隆炮声中，麦考利于 9 月 10 日被封为男爵，是"大不列颠古老的君主制历史上除了政治、军功或财富以外，因卓越天赋和超凡文学贡献被册封贵族爵位的第一人"。[①] 此时距离欧文森的《传教士》首版问世已经过去了 46 年，在这将近半个世纪的时间里，英国对印度的殖民政策已经有了很大变化。各国传教士源源不断地去往印度传教，到 19 世纪 50 年代已经遍布印度各地："1851 年，印度有 339 名任命的外国传教士和 21 名本国传教士，另有 493 名本地人从事传道活动。"[②] 在新的历史形势下，《传教士》有了与 1811 年完全不同的政治意义，尽管核心问题都是如何更好地维持大英帝国在印度的统治，但是在关注细节上，争论的焦点已经从是否应该前往印度传教，变成了应该如何更好地维护印度本土宗教的尊严。

此时的欧文森已年过七旬，是伦敦社会名流，跟麦考利私交甚笃。就在印度民族起义爆发四天后，即 1857 年 5 月 14 日，她还邀请麦考利到她家做客，座上宾客还有外交家兼作家凯莱斯尔爵士（Lord Carlysle）、著名史学家乔治·格罗特（George Grote）以及其他几位自由派人士。[③] 在此次印度民族起义事件的直接冲击下，东印度公司损失惨重。1858 年 8 月通过的《改进印度管理法》（Act for the Better Government of India）取消了东印度公司在印度的管辖统治权，将其直接归于女王名下，由印度事务大臣和内阁负责掌管。"1858 年 11 月，

① S. Austin Allibone, "Sketch of Lord Macaulay's Life and Writings", in Thomas Babington Macaulay, *The History of England from the Accession of James II*, vol. 5. New York: Cosimo, 2009, p. 76.

② Rāmacandra Kshīrasāgara, *Dalit Movement in India and Its Leaders, 1857-1956*. New Delhi: M. D. Publications Pvt. Ltd, 1994, p. 48.

③ George Mifflin Dallas, *A Series of Letters from London*. Philadelphia: J. B. Lippincott & Co., 1869, pp. 155-166.

维多利亚女王正式加冕为'印度女王'，标志着东印度公司的终结和英国对印度的全面统治。"① 苟延残喘了一段时间以后，东印度公司在 1874 年解散，至此这个在地球上横行了两百多年的庞然巨物轰然倒塌，消失在历史的尘埃里。冥冥之中，天道循环，这正应了欧文森在《传教士》结尾处所言："短短二十年间，强大的陷落了，卑微的上升了，压迫的鞭柄从迫害者手里换到了受害者手里，奴隶攫取了权杖，暴君被拴在了铁链上。"（259）1859 年 4 月中旬，76 岁高龄的西德尼·欧文森去世，此时经过她修改编订的《女先知卢希玛》书稿静静地放在出版商查尔斯·威斯特顿（Charles Westerton）的桌上。不久以后，《女先知卢希玛》就和英国各地读者见面了，甚至坐船漂洋过海，到达故事发生地印度果阿，那里的读者在"清澈明亮的空气"里，在"东方的海滩和雄壮的土地"上（80），重温这部 46 年前的作品，就像主人公传教士希拉里昂第一次看见东方那样满怀憧憬。

---

① 汪熙：《约翰公司：东印度公司》，上海人民出版社 2007 年版，第 327 页。

第四章
历史小说的主流：
《威弗莱》历史记忆的显影

　　1821 年 12 月，拜伦通过出版商默里牵线，想在诗剧《该隐》
（*Cain*）的扉页印上题赠，将它献给沃尔特·司各特。① 得知司各特接
受题赠后，拜伦于 1822 年 1 月 27 日从意大利比萨亲自致信司各特，
他在信中引用后者的历史小说《中洛辛郡的心脏》里面的句子表达自
己对苏格兰文化的眷恋："'花格呢温暖了我的心'，苏格兰的一切都
温暖我的心……"② 拜伦的母亲是苏格兰阿伯丁人，幼时他曾随母在
阿伯丁生活了六年，因而对苏格兰有深深的眷恋之情。司各特的首部
历史小说《威弗莱》于 1814 年 7 月一出版，他就慧眼识珠。司各特匿
名出版"威弗莱"系列小说，直到 1827 年 2 月 23 日才正式对外宣布
真实身份，但是拜伦曾于 1815 年 2 月 28 日致信《爱丁堡评论》主编弗
朗西斯·杰弗里，从用词习惯出发，力证《威弗莱》的作者就是司各
特，并且高度评价此书为"多年未见的最佳小说"。③ 杰弗里与拜伦

---

①　参见拙文《"身着花格呢的王子"：司各特的〈威弗莱〉与乔治四世的苏格兰之
行》，《外国文学评论》2017 年第 2 期。

②　George Gordon Byron, *The Works of Lord Byron: Letters and Journals*, vol. 6. London：
John Murray, 1901, p. 6.

③　Henry Thomas Cockburn, *Life of Lord Jeffrey: With a Selection from His Correspondence*,
vol. 1. Colchester：Lexden Publishing Limited, 2004, p. 416.

和司各特都相识多年，青年时代的拜伦曾因为讽刺诗《英格兰诗人与苏格兰评论家》(*English Bards and Scotch Reviewers*)一事和杰弗里等苏格兰文学名宿结下过一段众所周知的嫌隙。[①] 杰弗里于2月份在该刊发文专论拜伦的《该隐》等悲剧，他断言："拜伦的天分冠绝时辈，唯在一人之下，那就是《威弗莱》的伟大作者。他们的写作之道与性格迥异，后者的天分使之愈加亲切而有益于社会。"[②] 杰弗里所言非虚，相比拜伦的桀骜与反讽风格而言，司各特更为平和内敛，善于在美学层面加以疏导与平衡。[③]

《爱丁堡评论》刊发此文时，司各特正在爱丁堡南边小镇阿博茨福德的家中大兴土木建造新房，并且在设想一个与"花格呢"(tartan)有关的"有益于社会"的宏大计划。"花格呢"是苏格兰花格呢布料所制服饰的代名词，种类繁多，每种均有固定的图案、花色和织造方法，通常和高地氏族身份识别联系在一起。花格呢布料可以制成各种服饰，如花格呢披肩(plaid，盖尔语意思为毯子)、花格呢短裙(kilt)、花格呢紧身上衣(jacket 或 doublet)等，再配上软帽、胸针、皮带、短帮皮鞋、长袜和毛皮袋(Sporran)等搭配成整套民族服饰。司各特在2月18日致信远在约克郡的好友约翰·莫里特(John Morritt)，邀他偕家眷来爱丁堡避暑，声称"如果我们的胖子朋友不食言的话，[你的姊妹]莫里特小姐将会找到很多乐趣，在荷里路德宫可以看到盖尔人聚会、侧戴的帽子、舞动的花格呢披肩，还有假面

---

① 参见 Caroline Franklin, "Poetry, Patriotism and Literary Institutions", in David Duff and Catherine Jones (eds.), *Scotland, Ireland, and the Romantic Aesthetic*. Lewisburg: Bucknell University Press, 2007, pp. 172-191。

② Francis Jeffrey, *Contributions to the Edinburgh Review*. Boston: Philips, Sampson and Company, 1854, p. 329.

③ 参见苏耕欣：《美学、感情与政治——司各特小说的平衡与回避笔法》，《国外文学》2013年第4期。

剧,每天都会乐在其中"。① 荷里路德宫位于爱丁堡城东,始建于 12
世纪,几经毁坏与重建,主体建筑约在 1501 年为斯图亚特王朝君主
詹姆斯四世所建,是历代苏格兰国王的宫邸,长期以来被视为苏格兰
王权的重要象征。司各特用玩笑口吻所说的"胖子朋友"指英国汉
诺威王朝君主乔治四世,他即将在夏季巡访苏格兰首府爱丁堡。此时
的司各特或许已经预见到荷里路德宫即将上演一幕花格呢和苏格兰高
地文化的盛典,它可以穿越时空界限,重新召唤出《威弗莱》里那段
尘封的历史记忆。

第一节　荷里路德宫的"摄政王"

《威弗莱》选取的历史时代背景极具代表性,情节脉络主要依托
于苏格兰詹姆斯党人(Jacobite)1745 年叛乱的历史事件展开。Jacobite
一词源于拉丁文 Jacobus,意思为詹姆斯(James)。1688 年"光荣革
命"以后,斯图亚特王朝君主詹姆斯二世(苏格兰称詹姆斯七世)
流落法国,支持他及其继承者的人被称为詹姆斯党人。詹姆斯党人
发动了多次叛乱,试图推翻德裔血统的汉诺威王朝,并力主废除
1707 年英格兰和苏格兰之间的《联合法案》。其中,詹姆斯党人惨
遭剿灭的最后一战"卡洛登战役"(Battle of Culloden),无疑是横
亘在英格兰和苏格兰两个民族记忆里的一道伤疤。以苏格兰高地氏
族为主力的詹姆斯党人在此役中遭到英国汉诺威王朝君主乔治二世
之子坎伯兰公爵领兵残酷镇压,扫荡殆尽,苏格兰人图谋多年的独

---

① Walter Scott, *Familiar Letters of Sir Walter Scott*, vol. 2. Edinburgh: Houghton Mifflin,
1894, p. 134.

立甚至一统英国的雄心壮志彻底烟消云散。在此次叛乱过程中，最能激发历史想象力的是 1745 年 9 月詹姆斯党人攻占爱丁堡后，身着花格呢的"摄政王"查尔斯·爱德华·斯图亚特（Charles Edward Stuart）在荷里路德宫同苏格兰高地氏族首领聚义的那个历史瞬间。① 查尔斯·爱德华常见的昵称有"英俊王子"（Bonnie Prince）、"小王位觊觎者"（the Young Pretender）以及"小骑士"（the Young Chevalier）。指挥 1745~1746 年詹姆斯党人反叛活动时，他的正式头衔是"摄政王"，代其父"老王位觊觎者"摄政，在此期间他发布了大量诏令，都以此署名。

英国政府军主力在 1745 年前后深陷于反法战争的欧洲战场，在苏格兰驻防空虚，查尔斯·爱德华得到法国宫廷支持，于 7 月 23 日乘船秘密在苏格兰外围的外赫布里底群岛（Outer Hebrides）登陆。8 月 19 日他在格伦芬南（Glenfinnan）擎起王旗宣告起兵，挥师南下，势如破竹，9 月 17 日攻占苏格兰首府爱丁堡，震惊英国朝野。据《威弗莱》的男主人公威弗莱所述，他正是在这不久后加入了詹姆斯党军队。威弗莱因为延误了去英国军营的归期，被乡民当叛国者扣住，扭送官府，半道上被詹姆斯党人营救，并由"摄政王"亲自下令带到爱丁堡。书中写到威弗莱初来爱丁堡时看到雄踞山顶的爱丁堡城堡："北方起义者占领此城已有两三天了，那座被他们包围，或者不如说封锁的城堡，不时向暴露在大街上或城堡附近的高地人队伍开炮。"（Waverley 191~192）距爱丁堡城堡 2 公里以外便是荷里路德宫，威弗莱在那里第一次见到"摄政王"。

司各特如此描写威弗莱对荷里路德宫的最初印象："一条长廊里

---

① 详见 James Allardyce, *Historical Papers Relating to the Jacobite Period, 1699-1750*, vol. 1. Aberdeen: Milne and Hutchison, 1895, pp. 182-194。

貌似挂着一些国王的画像,[①] 即便他们确曾荣耀过,那也是在发明油画之前好几百年的事了。它充当警卫室或前厅,里面的房间住着那位冒险家查尔斯·爱德华,这是他祖先的宫殿。一些穿着高地服装或低地服装的军官穿梭来往,或在厅里踱步,好像在等着什么命令。"(*Waverley* 191~192)威弗莱此时还不知道是谁营救了自己,"他正在沉思时,听到身后响起花格呢衣服的沙沙声,一只亲切的胳膊搂住他的肩膀"(*Waverley* 192)。此人是他的朋友,伊沃族首领弗格斯。此时,弗格斯等所有詹姆斯党高地氏族首领都驻扎在荷里路德宫附近,准备迎战奉命前来围剿的英国军队。"摄政王"查尔斯·爱德华在荷里路德宫设立宫廷,来自苏格兰各地的詹姆斯党人齐聚于此,共图宏业。在1715年叛乱失败之后,早已失势的斯图亚特王朝此时重新燃起夺权的希望。作为詹姆斯党军队首领,"摄政王"查尔斯·爱德华的标准装束是苏格兰高地花格呢,他率领身着花格呢的高地氏族军队入驻荷里路德宫的历史时刻可以被视为"照射在斯图亚特王朝事业之上的最后一抹阳光"。[②]《威弗莱》的主人公正是在这一关键时刻来到荷里路德宫,见证了这最后一抹阳光的片刻辉煌。

威弗莱在荷里路德宫觐见"摄政王"的过程充满了仪式感。"摄政王"急需扩充兵力,求贤若渴,想得到威弗莱这样世族子弟的支持,对他大为嘉奖。"摄政王"素以能言善道和礼贤下士闻名,他的"仪表、风采,以及他在这一异乎寻常的冒险事业中所显示的气概,无不符合威弗莱想象中传奇英雄的形象",威弗莱在崇拜和激动中

---

① 待到叛乱活动被镇压以后,驻守在此的英国士兵破坏了一部分悬挂在荷里路德宫中的苏格兰国王画像。参见 Robert Mudie, *A Historical Account of His Majesty's Visit to Scotland*. Edinburgh: Oliver & Boyd, 1822, p. 19。——引者

② Roman Irons, "Forward", in John Sibbald Gibson (ed.), *Edinburgh in the '45: Bonnie Prince Charlie at Holyrood*. Edinburgh: The Saltire Society, 1995, p. v.

"向查尔斯·爱德华跪下，为维护他的权利而奉献自己的心和剑"（*Waverley* 193）。"摄政王"查尔斯·爱德华当场授予威弗莱一个少校军衔的虚职，并且按照高地人的方式给他装备，解下自己的佩剑赐给他。

　　回望《威弗莱》与詹姆斯党人叛乱活动有关的所有事件，可以看出司各特在时间轴上的精心选择，他将威弗莱的人生轨迹和詹姆斯党人活动的历史轨迹交汇于一个极具仪式感和历史意义的时间节点："摄政王"穿着花格呢服在荷里路德宫与苏格兰高地氏族首领商讨征服英格兰的大业，而这也是荷里路德宫与古老的斯图亚特王朝之间的最后一次交集。司各特浓墨重彩地描写了詹姆斯党人在 1745 年叛乱过程中一段气势如虹的时光，用虚构叙事再现了这段苏格兰民族文化记忆中耀眼的瞬间。

　　查尔斯·爱德华肩负着武力复兴斯图亚特王朝的最后一缕希望，他从苏格兰高地起兵，用花格呢凝聚高地氏族追求苏格兰独立的民族主义热情。身穿花格呢服装的苏格兰高地军团武器装备落后，但是骁勇善战，不惧牺牲，给政府军以极大的心理威慑力。"摄政王"率军不断攻城夺寨，乘势募兵和抓丁，使队伍有所扩大。在詹姆斯党人看来，他们的人都应该按照苏格兰高地服饰进行装扮，"许多低地苏格兰人加入了'摄政王'的队伍，为了着装统一，他们都穿上了盖尔人的花格呢"。①《威弗莱》主人公就是投军大潮中的一员。上述荷里路德宫觐见活动之后，威弗莱和伊沃族首领弗格斯径直去了裁缝店，置办具有苏格兰高地特色的花格呢服装，弗格斯吩咐具体如下："弄件麦克-伊沃族（Mac-Ivor）花格呢披肩和肩带，再到莫阿特先生店里

---

① David R. Ross, *On the Trail of Bonnie Prince Charlie*. Edinburgh：Luath Press Limited, 2000, p. 44.

买一顶像王子戴的那种蓝色无檐帽。我那件镶银边、银纽扣的绿色上衣,他穿正合适,我还没穿过呢。"(*Waverley* 197)这是一套古高卢人风格的服装,威弗莱穿上以后"仪态威严","略显腼腆",却"无损于优雅与聪慧"(*Waverley* 201)。在此之前,威弗莱一直以英格兰人的身份在苏格兰客居和游历,此番穿上花格呢服饰以后,正式成为苏格兰詹姆斯党人的一员,他的人生被抛入苏格兰与英格兰两大民族之间战争洪流的潮头浪尖。

《威弗莱》第 44~50 章详细描述了普雷斯顿(Prestonpans)之役,这是小说虚构故事与真实历史最为贴近的段落。此时全书已经过半,经过小说前半部分大量的铺垫和渲染,小说的戏剧冲突在此时已经逐步加剧,进入白热化状态。威弗莱觐见"摄政王"之后的次日清晨,各大氏族首领带着身穿苏格兰花格呢的族人士兵在爱丁堡城南的皇家猎园开拔出征,于薄暮时分到达普雷斯顿,准备迎战陆军中将约翰·寇普(John Cope)带领的从斯特灵(Stirling)赶来围剿的政府军。《威弗莱》提到了寇普将军对詹姆斯党人的威胁作用。第 39 章中,主人公在前往荷里路德宫时就曾途经斯特灵堡,领路的高地士兵巴尔马瓦普尔为了抄近道带领大家沿着城堡行进,生性张扬的他居然奏乐摇旗进行挑衅,险些被炮火击中。英国政府在苏格兰驻防空虚,难以有效阻挡詹姆斯党人的快速攻势,此役寇普可调集出征的兵力并不多,但是"迫于政府的巨大压力,不得不离开驻地斯特灵领兵北上剿匪"。[①] 查尔斯·爱德华的高地士兵乘夜潜伏在山岗,居高临下一举击溃本就怯战的英国政府军。此役过后,詹姆斯党人士气极为高涨。得胜之后,"摄政王"领军回爱丁堡休整备战,准备南下攻取英格兰。11 月初,

---

① Christopher Duffy, *The Fortress in the Age of Vauban and Frederick the Great 1660 - 1789*, vol. 2. London: Routledge & Kegan Paul, 1985, p. 172.

4500 名身着花格呢服的苏格兰高地士兵沿着奔宁山脉挥师南下，攻克曼彻斯特和兰开夏郡，锋镝直指伦敦。汉诺威王朝的统治受到根本威胁，国王的军械委员会甚至提议在伦敦周边设置碉堡以御强敌。① 不久之后，坎伯兰公爵率领精锐部队从欧洲战场回师救援，詹姆斯党人的形势急转直下，在 12 月 5 日仓促退回苏格兰。詹姆斯党军队自此以后转入战略防御阶段，阵地不断失陷，直至 1746 年 4 月 16 日在卡洛登战役中被彻底剿灭。

　　《威弗莱》将注意力聚焦在主人公威弗莱之上，用了较多笔墨描写詹姆斯党人的溃败情形。第 59 章开头就论及此事："他们以极快的速度撤退，快得连坎伯兰公爵以大量骑兵追击都撵不上。"（*Waverley* 274）威弗莱所在的部队担任断后任务，遭敌军围剿。弗格斯被俘，威弗莱侥幸逃脱，他脱下花格呢服装，回到伦敦，与詹姆斯党人失去联系。《威弗莱》直击詹姆斯党人 1745 年叛乱的风暴中心，用虚构的文学叙事鲜活再现了苏格兰民族历史记忆中曾经的创痛。司各特采取的叙事策略是用同情的笔调描写詹姆斯党人阵营的重要人物麦克-伊沃族首领弗格斯和弗洛娜姐弟，将他们描写得刚毅忠烈，愿意为了詹姆斯党的事业献出一切。到了结尾处，弗格斯被处决，弗洛娜远走他乡，"摄政王"兵败逃亡，高地花格呢军团全军覆没，小说在悲壮格调和怀旧气氛中结束。"摄政王"查尔斯·爱德华在《威弗莱》中横空出现，最后又不知所终，正应了他在苏格兰历史上的真正情形。在苏格兰与英格兰数百年的恩怨纠葛中，他就像一颗划过历史天空的璀璨星辰，遽然升起，又快速消失。

---

　　① 参见 Christopher Duffy, *The Fortress in the Age of Vauban and Frederick the Great 1660-1789*, vol. 2, pp. 172-173。

第二节 历史幽暗深处

"摄政王"查尔斯·爱德华未能借助 1745 年的詹姆斯党叛乱复辟斯图亚特王朝,壮志未酬的他以悲情英雄的形象留存在苏格兰的历史记忆里。卡洛登战役之后,他在英国的知名度迅速提升,以苏格兰高地爱国者和民族英雄的面目出现,随之出现了一些重要的以"摄政王"为题材的肖像画,描绘的大都是身着花格呢的王子。[①] 查尔斯·爱德华的叛乱"成为历史,化作遥远的过去,身着花格呢的王子(the tartan-clad prince)被当成有名无实的领袖,在名义上象征着苏格兰的'民族性'"。[②] 后世再现查尔斯·爱德华和 1745 年詹姆斯党人叛乱史时总是倾向于将他们同花格呢关联起来,形成共同的历史记忆和文化形象。

然而情况并没有这么简单。史料表明,查尔斯·爱德华当初在苏格兰外赫布里底群岛登陆时,并没有穿苏格兰高地的花格呢服饰,直到 8 月 19 日擎起王旗,正式诏令起兵的数天之后,他才穿上这种带民族特色的衣服,至于正式在公众面前以此装束现身,则是在 9 月 4 日攻占珀斯之时。[③] 查尔斯·爱德华当时年仅 24 岁,但甚有胆识和韬略,仅携带数名随从登陆苏格兰,依靠高地氏族组建军队。詹姆斯党

---

① 参见 J. M. Fladmark, *Heritage and Museums: Shaping National Identity*. Abingdon: Routledge, 2014, p. 167。

② Robin Nicholson, *Bonnie Prince Charlie and the Making of a Myth: A Study in Portraiture, 1720-1892*. London: Associated University Press, 2002, p. 93.

③ 参见 Robin Nicholson, *Bonnie Prince Charlie and the Making of a Myth: A Study in Portraiture, 1720-1892*, p. 64。

人在苏格兰低地与英格兰得到的响应并不多。大部分人都已看出斯图亚特王朝复辟无望，不愿卷入其中；汉诺威王朝统治英国多年，虽无暴政之名，却与臣民有情感隔阂。因此，在相当长的时期内，民众无动于衷，贵族不愿出力，坐观政府军独力与詹姆斯党人开战。[①]他深知支持斯图亚特王朝复辟的人如今已经不多，"只有在高地才能得到有力支持，这种支持源于高地氏族首领对氏族的绝对控制权"，因此才选择在苏格兰高地起兵，并且身着高地氏族的花格呢服饰"以赢得他们的好感"。[②]如此看来，选择穿着花格呢服装是查尔斯·爱德华一种有意识的自我形塑的手段，以此拉近与高地氏族之间的情感距离。查尔斯·爱德华的着装行为虽然具有一定的表演性，却在客观上为苏格兰高地文化注入一股强烈的民族主义意识，而且直接改变了花格呢的历史命运。詹姆斯党人的叛乱打乱了英国政府在海外战场帝国争霸的战略部署，危及了汉诺威王朝的统治根基。勇猛尚武的乔治二世和佩勒姆内阁政府决定彻底铲除詹姆斯党人在苏格兰高地培植的势力，利用国家暴力机器展开了一系列铁腕行动。

对于这段历史的暗角，司各特在《威弗莱》中轻描淡写，一带而过，然而小说的叙述者经常跳出来直接发表意见，导致叙事进程充满了裂隙，从中还是可以窥见历史的幽暗深处。正文第1章"开场白"（Introductory）对书名、小说故事时间和风格做了一番解释。在名为"本该作为序言的附言"的最后一章中，司各特写下这段话："欧洲没有哪个国家，在半个多世纪内经历过像苏格兰那样全面的变化。1745年叛乱被镇压造成以下后果：摧毁了高地首领的族长权力；废

---

① 详见 James Franck Bright, *English History: For the Use of Public Schools, Period 3.* London: Rivingtons, 1877, pp. 1002–1003.

② Charles Knight, *The Popular History of England*, vol. 5. New York: John Wurtele, 1880, pp. 499, 517.

除了低地贵族和男爵世袭的裁判权;彻底消灭了詹姆斯党,他们虽然反对和英国人交往,反对采用他们的习惯,一直以保持苏格兰古代风习而自豪,也开始发生变化。"(*Waverley* 340)司各特在此没有直言詹姆斯党人叛乱之后英国政府对苏格兰施行的强力压制政策,隐去了一段苏格兰民族的苦难史。自1746年4月卡洛登战役残酷镇压叛乱之后,英国国会在当年8月就开始施行《禁止令》(Act of Proscription),其中一款名为《禁裙令》(Dress Act),将传统的苏格兰花格呢和苏格兰短裙定为非法装束,视为叛逆的标志,违反者最长可判6个月监禁,且不可保释,再犯可判流放海外7年。此后,除了苏格兰的高地警卫团(Black Watch)等军旅士兵仍然身着深蓝和绿色花格呢服装以外,普通苏格兰民众都移风易俗,改穿其他服饰。英国国会接连颁布《禁裙令》和《解除武装令》等多部法案整肃苏格兰,力图消解支持詹姆斯党人的高地氏族势力。相当长一段时间内,花格呢、苏格兰裙和双刃阔刀等众多具有苏格兰民族特色的生活物品在苏格兰成了违禁物品。[1] 英国国会颁布的法令虽然遭到高地氏族的激烈反对,但最终以高压手段得以执行。自此以后,花格呢服成了苏格兰人生活中避之不及的"祸水",苏格兰当地报纸甚至在1750年报道过一宗谋杀案,因为被害人身着花格呢服,凶手被判无罪。[2]

随着美国独立战争、"七年战争"和印度等地殖民扩张的战略需要,汉诺威王朝对苏格兰的政策有了转变,招募大量苏格兰人参军,吸纳苏格兰人进入帝国拓殖与战争机器之中。随着越来越多的苏格兰人被英国政府雇佣参战,苏格兰花格呢在恶劣天气下的保暖防水功能

---

[1] 参见 John Sinclair, *An Account of the Highland Society of London, from Its Establishment in May 1778 to the Commencement of the Year 1813*. London:McMillan, 1813, p. 162。

[2] 参见 James Logan, *The Scottish Gaël; Or, Celtic Manners: As Preserved Among the Highlanders*. Hartford:S. Andrus and Son, 1843, p. 175。

和苏格兰裙的轻便优势开始凸显出来，身着花格呢装束的苏格兰士兵在荷兰战争中表现出极好的适应性，远胜身着外套和马裤的英格兰士兵。[①] 在此背景下，《禁止令》于 1782 年 7 月被废止。

司各特在《威弗莱》最后一章中欲言又止，显得意犹未尽。《威弗莱》出版后仅过了 4 个月，他就开始构思写作"威弗莱"系列小说的第二部《盖伊·曼纳令》，[②] 将故事背景设置在卡洛登战役之后英国政府用法律和行政命令对苏格兰高地施行"清地行动"（Highland Clearance）的时期。这场以圈建土地和人口迁徙为中心政策的运动持续了一百多年，导致成千上万的高地氏族人口迁徙出去，流落到海外殖民地和低地地区，导致高地氏族社会结构土崩瓦解。英国于 1801 年 3 月展开了首次全国范围的人口普查，结果显示苏格兰人口总数为 160 万，主要集中在东南部的低地，高地人约有 30 万，[③] 可见高地人口在整个苏格兰所占比重其实并不大，占比不足 1/5。

经过长达数十年的《禁裙令》，更重要的是随着现代化和商业化浪潮的冲击，古老的苏格兰氏族文化已经式微，日益被更具有现代风格的英格兰文化同化。在 19 世纪 20 年代的苏格兰，花格呢图案和短裙服饰在苏格兰人的生活中已经不再是日常生活的主流，普通民众已经习惯了英格兰样式的衣裤，穿着高地花格呢服饰的人仅仅是苏格兰人中很少的边缘人口。19 世纪初的英国人对这个问题已有清醒的认

[①]　参见 James Logan, *The Clans of the Scottish Highlands: Illustrated by Appropriate Figures Displaying Their Dress, Tartans, Arms, Armorial Insignia, and Social Occupations*. London：Ackermann & Co. Strand, 1845, p. 2。

[②]　参见 Andrew Lang, "Editor's Introduction", in Andrew Lang（ed.）, *The Novels and Poems of Sir Walter Scott: Guy Mannering*. Boston：Dana Estes and Company, 1892, p. xxvii。

[③]　参见 Michael Anderson, "The Demographic Factor", in T. M. Devine and Jenny Wormald（eds.）, *The Oxford Handbook of Modern Scottish History*. Oxford：Oxford University Press, 2012, pp. 45–47。

识，然而这并不影响司各特等一大批具有民族自觉意识的社会精英分子倾注高度热情来复兴苏格兰高地盖尔人文化，他们以花格呢为重心，通过一系列文化举措将其浪漫化，组织各式活动来推动这种民族服饰重新成为时尚，借此提升苏格兰民族文化的地位。

第三节　《威弗莱》历史记忆的反转再现

这部涉及伪"摄政王"查尔斯·爱德华叛乱历史的小说《威弗莱》出版以后立刻引起英国各界人士的热切关注，其中包括一个正牌的摄政王——当时英国汉诺威王朝的最高统治者、未来的乔治四世。乔治三世晚年精神失常，国事交由儿子摄政王管理。这个摄政王自青年时代就生活奢侈，不理朝政，对时髦、建筑和艺术情有独钟，特别青睐文学与文艺界人士。《威弗莱》出版后的次年3月，摄政王就通过时任海军部秘书兼国会议员的 J. W. 克罗克（J. W. Croker）安排召见司各特共进晚餐。据克罗克所载，接见时陪坐的有约克公爵和梅尔维尔子爵等人，摄政王和司各特相谈甚欢，"直至午夜，摄政王还专门斟满酒杯，向这位《威弗莱》的作者致意"。[①] 自此以后，司各特与英国王室往来密切，彻底成了保皇派，对乔治四世表现出几乎毫无原则的依附与臣服，导致了非议。例如，司各特的传记作家赫顿在论述司各特与乔治四世来往经过的记载时表现出明显的厌恶感，认为"在司各特的生命里，他跟乔治四世之间的关系透出一丝荒诞（grotesque）"，赫顿明确表示自己无法宽恕司各特对自己的恩主卡洛琳王

---

① Percy Hetherington Fitzgerald, *The Life of George the Fourth*. New York: Harper & Brothers, 1881, p. 915.

后背信弃义，转投国王阵营。① 乔治四世于 1820 年 1 月即位，3 月底就在伦敦册封司各特为准男爵，这是他正式执政后册封的第一个爵位，可见乔治四世对司各特的高度重视。

　　1822 年 8 月 14~29 日，乔治四世巡访苏格兰，在那里住了半个多月，此为英国内战（1642~1651）以后 171 年间首位造访苏格兰的英国国王。行程确切日期在 7 月中旬传达给苏格兰官方，爱丁堡方面将国王寝宫安排在离爱丁堡 6 英里、位于中洛辛郡的达尔基斯宫（Dalkeith Palace）。达尔基斯宫主人巴克卢公爵年方 16 岁，他和爱丁堡议长（Lord Provost）一起将仪仗顾问和策划的重任托付给司各特。对于此种仪式和展示性质的工作，司各特可谓得心应手，早在 1810 年他就担任了爱丁堡皇家剧院的理事。克雷格指出，司各特当年就在该剧院运作上演了苏格兰女作家乔安娜·贝莉（Joanna Baillie）的中世纪苏格兰题材悲剧《家庭传奇》（Family Legend），"他对准确呈现高地服饰一事尤其感兴趣，那段时间他正在推动此事，于是写信给苏格兰所有的氏族首领，邀请他们参加戏剧首演以'共襄苏格兰盛举'"。② 司各特对苏格兰民族服饰极度痴迷，出版诗集配插图时，他强烈坚持插图应该精确地刻画服饰，使之成为礼仪与文化的重要载体，展示苏格兰民族特性。在英国已有盛名的画家 J. J. 马斯克里耶（J. J. Masquerier）自告奋勇为司各特的诗集做图册，却遭到司各特差评。司各特在 1823 年 9 月 12 日专门给这名法国裔的英格兰画家回了长信，指出他如何混淆了 18 世纪苏格兰高地花格呢服饰和低地的格纹图案服饰。司各特还挪揄当时英国知名画家基德（Kidd）、韦斯托

① 参见 Richard Holt Hutton, Sir Walter Scott. London: Macmillan, 1881, p. 138。
② Cairns Craig, "Scott's Staging of the Nation", Studies in Romanticism, no. 1（2001），p. 13.

尔（Westall）和透纳（Turner）等人的画作如何错画了花格呢和苏格兰裙。① 司各特在小说虚构叙事和戏剧表演安排中尤其重视逼真效果和仪式细节，这次在真实生活中他也有了大展身手的机会。

在司各特等人看来，此次接驾对苏格兰意义重大，仪式的隆重程度要超过乔治四世刚举办完的那场奢华的加冕礼。② 苏格兰官方颁布的首个重要公告是"建议臣民在国王巡访期间统一着装，宜为蓝色外套、白色坎肩、淡黄色或白色长裤，帽子左边缀上苏格兰民族悠久的象征圣安德鲁斯十字架（深蓝色底衬白色丝带结）"。③ 这则公告面向的对象是爱丁堡的市民，爱丁堡位于苏格兰低地地区，人们并不穿高地氏族那种花格呢服装。从这则公告可以看出，司各特等人在礼仪筹划过程中非常重视苏格兰民族服饰统一带来的整体效果。

司各特深知乔治四世此次苏格兰之行将在民族情感上给苏格兰人民带来复杂况味。④ 在此之前，踏足过苏格兰土地的汉诺威王朝王子只有坎伯兰公爵，他在1745年卡洛登战役中曾血腥镇压苏格兰詹姆斯党人，司各特曾在《威弗莱》中多次提及此人。此人为乔治二世之子，现任国王乔治四世的小叔公，苏格兰人称之为"屠夫坎伯兰"。这对苏格兰方面的舆论引导提出了严峻挑战。司各特是君主制的坚定拥护者，被称为"托利党人中的托利党人"。⑤ 他为接待乔治四世殚精竭虑，事必躬亲，秉持的核心理念是强调乔治四世与苏格兰之间的纯正血脉关系。

---

① 详见 Richard Hill, *Picturing Scotland Through the Waverley Novels: Walter Scott and the Origins of the Victorian Illustrated Novel*. Farnham and Burlington：Ashgate, 2010, p. 112。

② 参见 Walter Scott, *Familiar Letters of Sir Walter Scott*, p. 147。

③ Robert Mudie, *A Historical Account of His Majesty's Visit to Scotland*, p. 18.

④ 参见 John Gibson Lockhart, *Memoirs of the Life of Sir Walter Scott, Bart*, vol. 7, p. 48。

⑤ Robert Shelton Mackenzie, *Sir Walter Scott: The Story of His Life*. Boston：James R. Osgood and Company, 1871, p. 236.

　　在乔治四世到达前夕，司各特假托"老市民"笔名，写了《陛下御驾巡访一事告苏格兰民众书》，并制成小册子销售。司各特此举是为乔治四世正名，维护其政权合法性。他追溯乔治四世母系血脉中的斯图亚特王朝基因，声明他是罗伯特·布鲁斯（Robert the Bruce）和詹姆斯一世的后代，是苏格兰人的"亲人"（kinsman）。① 乔治四世抵达爱丁堡之后，作为正式仪式中的重要一环，司各特还亲自斟酌词句，在 8 月 14 日第一次觐见乔治四世时代表苏格兰臣民呈上一个银质的圣安德鲁斯十字架，上面用苏格兰盖尔语镌刻着一行字："苏格兰国王万岁"（Righ Albainn gu Bragh）②。不仅如此，司各特还按照苏格兰高地人的传统，转化乔治四世同苏格兰臣民之间的关系，把全体苏格兰人视为一个"氏族"（CLAN），而国王乔治四世则是"首领"（CHIEF）。③ 乔治四世的皇家舰船于 8 月 14 日抵达爱丁堡的里斯港，街道两侧挂满了横幅，称呼乔治四世为"苏格兰之王"，各种标语写上"欢迎来到祖辈之地"。④

　　在"威弗莱"系列小说中，司各特往往将自己对高地文化的高度热情转化为对花格呢服饰的准确描述；在实际生活中，他则利用各种机会不遗余力地推动苏格兰花格呢的复兴。司各特对苏格兰高地盖尔文化情有独钟，或许部分原因在于他有个老祖母出身于盖尔人里的坎贝尔氏族（Campbell）。在乔治四世巡访爱尔兰之时，他在国王抵达

---

　　① Walter Scott, *Hints Addressed to the Inhabitants of Edinburgh, and Others, in Prospect of His Majesty's Visit.* Edinburgh：William Blackwood, Waugh and Innes, and John Robertson, 1822, p. 3.

　　② 参见 John Gibson Lockhart, *Memoirs of the Life of Sir Walter Scott, Bart*, vol. 7, p. 47。

　　③ Walter Scott, *Hints Addressed to the Inhabitants of Edinburgh, and Others, in Prospect of His Majesty's Visit*, p. 3. 大写字母为原文所有，中文用着重号表示。

　　④ Kenneth McNeil, *Scotland, Britain, Empire: Writing the Highlands 1760–1860*. Columbus：The Ohio State University Press, 2007, p. 73.

次日的正式接待活动中就特意穿着"古盖尔人的服饰"出席各种场合,以示纪念先祖。[1] 在乔治四世巡访苏格兰期间,司各特大力推行苏格兰花格呢服装。他不仅自己穿戴起来,还让苏格兰各大氏族首领都穿上各具特色的苏格兰裙,并佩戴本氏族的纹章参加接见与宴饮。在此过程中,司各特麾下的"凯尔特人协会"发挥了重要作用,该协会由阿盖尔公爵(Duke of Argyle)、格雷厄姆·斯特灵将军(General Graham Stirling)和多位高级军官领衔,率领近百人组成花格呢游行方队。[2]

花格呢是苏格兰氏族部落的特殊服饰,不同氏族有不同的花格呢图案,斯图亚特王室也有自己专属的皇家花格呢图案。斯图亚特王室对苏格兰的统治始于1371年的罗伯特二世,至1745年已历三百余年。乔治四世在临行前安排御用裁缝乔治·亨特(George Hunter)准备了两套苏格兰服装,包括外套、帽子、花格呢短裙和紧身裤等全套服饰,这两套衣服都采用斯图亚特王朝皇家御用的花格呢图案(红底加蓝白黄色条纹),一套用于正式接见仪式,一套用于早晨觐见。[3] 乔治四世体形过胖且对举止规范不熟,身穿苏格兰花格呢和苏格兰裙服饰难免显得有些滑稽,但此举很好地笼络了苏格兰氏族首领和民族主义者的人心。乔治四世将大部分觐见仪式安排在爱丁堡的荷里路德宫。抵达爱丁堡之后,次日早晨他就穿上了斯图亚特王朝特有的花格呢短裙服饰,在荷里路德宫接见了身穿花格呢短裙的苏格兰氏族首领和政要。[4] 根据司各特等人当时印发的宣传材料,此次共有84个氏族

---

[1]　参见 John Gibson Lockhart, *Memoirs of the Life of Sir Walter Scott, Bart*, vol. 7, p. 55。

[2]　参见 Anonymous, *Narrative of the Visit of George IV to Scotland in August 1822*. Edinburgh: Macrediem Skelly & Co., 1822, p. 106。

[3]　参见 Robert Mudie, *A Historical Account of His Majesty's Visit to Scotland*, p. 90。

[4]　参见 John Gibson Lockhart, *Memoirs of the Life of Sir Walter Scott, Bart*, vol. 7, p. 62。

参加觐见活动，包括卡梅伦族（Cameron）、坎贝尔族、麦克唐纳族（Macdonald）等苏格兰高地最强大的氏族悉数穿着各有氏族特色的花格呢服饰到场，[①] 他们的先辈在 1745 年詹姆斯党叛乱中曾作为核心主力义无反顾地追随"摄政王"的斯图亚特王朝复辟事业。在《威弗莱》第 40 章"老朋友和新相识"中，"摄政王"在荷里路德宫首次见到威弗莱时就亲口讲述了自己起义的自豪历程，其中就提到卡梅伦族给予他的关键支持（*Waverley* 194～195）。时隔 77 年，《威弗莱》第 40 章描写的"摄政王"查尔斯·爱德华身穿花格呢短裙在荷里路德宫同威弗莱以及高地氏族首领们聚义的场景以一种吊诡的形式复现出来。司各特用高地氏族的花格呢充当情感黏合剂，为汉诺威王朝君主乔治四世和苏格兰臣民建构出一个想象的共同体，在这个瞬间用充满仪式感的场景展现出英国团结统一的政治形象。在花格呢盛装的映衬下，荷里路德宫以一种穿越时空的感官体验让苏格兰人梦回 77 年前，恍惚之间唤醒了《威弗莱》所描写的"摄政王"查尔斯·爱德华·斯图亚特率领苏格兰高地詹姆斯党人叛乱的那段历史记忆。

对苏格兰高地氏族而言，本民族特色服饰是身份的重要象征，穿上它就以行动表示身份的归附。对于这个身份认同问题，司各特在《威弗莱》中一再重申。《威弗莱》的主人公当年在荷里路德宫觐见"摄政王"以后穿上伊沃族花格呢服饰，伊沃族氏族领袖弗格斯称他为"彻头彻尾的伊沃族子弟"（*Waverley* 197）。詹姆斯党人叛乱失败以后，弗格斯被捕，在小说结尾处的第 69 章中，威弗莱去狱中探望即将被处绞刑的弗格斯。弗格斯"为了他自己的命运都没有掉过一滴泪"，和威弗莱谈论他那些伊沃族同胞的事情却声泪俱下，说道：

---

① 参见 Anonymous, *Narrative of the Visit of George IV to Scotland in August 1822*, pp. 109-110。

"别忘了你穿过他们的花格呢服,是他们氏族的义子。"(*Waverley* 325)《威弗莱》描写的高地伊沃族首领弗格斯和他的姐姐弗洛娜为了詹姆斯党人的复辟大业倾注了所有心血,至死不渝。司各特等人看着身为汉诺威王朝君主的乔治四世身披斯图亚特家族的花格呢端坐在荷里路德宫时,《威弗莱》中威弗莱觐见"摄政王"的情景恍若隔世。

第四节 从"野蛮"到"浪漫"的花格呢

苏格兰高地氏族大都是盖尔人后裔,以生活粗鄙和民风彪悍著称,经常南下劫掠袭扰,长久以来都是野蛮的代名词。麦考利在他的《英国史》中讨论了这个问题:在撒克逊人眼里,苏格兰高地强盗曾是"应当被无情杀灭的害虫"。[①] 不仅深受希腊罗马文化熏陶的英格兰人持有此种观点,就连苏格兰本地的文化叙事也长期对他们进行妖魔化。直到17世纪初,苏格兰高地人穿着的花格呢和使用的风笛都"被大多数苏格兰人视为野蛮的符号,是高地人的标志,他们顽劣、懒散、霸凌并长于勒索,这些人对文明而历史悠久的苏格兰构不成威胁,却总是让人心烦"。[②] 苏格兰高地氏族成员拥有和低地以及英格兰等地截然不同的生活方式,在外人看来甚有新鲜感,尤其引人注目的是他们身穿的花格呢服饰。

《威弗莱》的故事主线就是围绕高地强盗的劫掠展开的。威弗莱在苏格兰中部珀斯郡的布雷德沃丁男爵家做客月余,他从男爵女儿露

---

① Thomas Babington Macaulay, *History of England*, vol. 3. Philadelphia: E. H. Butlers, 1856, p. 93.

② Hugh Trevor-Roper, "The Invention of Tradition: The Highland Tradition of Scotland", in Eric Hobsbawm and Terence Ranger (eds.), *The Invention of Tradition*. Cambridge: Cambridge University Press, 1983, p. 15.

丝口中听到多年前凶悍的高地强盗如何在她家被击毙，尸体包裹在沾满血迹的花格呢布中被抬走（*Waverley* 71）。在小说中，这是威弗莱对高地苏格兰人的最初印象。随后他开始真正的高地之旅，去求见抢了布雷德沃丁男爵牛羊的高地强盗首领弗格斯，更加深入地了解高地苏格兰人的生活方式，然后才接触到高地氏族首领拥护的詹姆斯党人叛乱活动。威弗莱自幼在伯父埃弗拉德爵士家生活，接受贵族样式的博雅教育，不甚好读书，但耳濡目染的也都是具有英格兰民族特性与阶级趣味的文化。当他北上目睹苏格兰高地人的花格呢服饰、盖尔人发音古怪的语言、简陋的建筑和粗犷的饮食等诸多文化现象时，觉得这些都是新鲜而野蛮的事物，"野蛮"一词也在小说的前半部分频频出现。待到他和高地氏族首领弗格斯成为朋友，更爱上弗格斯的姐姐弗洛娜之后，苏格兰高地的花格呢和苏格兰生活方式似乎变得亲切起来。几经波折，威弗莱阴差阳错地卷入苏格兰詹姆斯党人的反叛活动，而且见到了穿着花格呢的叛军首领"摄政王"查尔斯·爱德华。当天，他就脱下了英格兰服装，换上了全套的苏格兰花格呢衣服，他"不止一次地照镜子，而且不由得承认那镜中人是一位很英俊的青年"（*Waverley* 201）。威弗莱对待苏格兰花格呢的态度转变历程反映的其实是他对苏格兰高地詹姆斯党叛军的态度变化。

黑兹利特在《时代精神》里评论了司各特，他注意到《威弗莱》等系列描绘苏格兰的小说在英格兰比在苏格兰得到更多好评，它们鲜活地呈现出古代苏格兰的"高地风习、人物、风景、迷信、北方方言、服饰、战争、宗教和政治"，给英格兰人呈现出苏格兰"传统的粗野风貌"（traditional barbarism）。[1] 司各特的这些小说正符合英格兰人的

---

① 　William Hazlitt, *Lectures on English Poets & The Spirit of the Age*, pp. 227–228.

阅读期待，因为在他们看来，英格兰"每一寸土地都熟悉透顶，社会机器的每个动作几乎都毫无新意。这里没有大灾大难，没有奇异的古雅，也没有巫师的魔力。无知和野蛮的最后余韵盘旋在(司各特爵士书中)苏格兰的边境"。①《威弗莱》的开始部分构思和写作于1805年，这些章节写得沉闷乏味，以至于全知叙述者在第5章结尾处用了一大段文字解释为何不将这些章节删去，希望读者少安毋躁，"保证尽快驶到风光更加绮丽、更加浪漫的地方"(*Waverley* 24)。纵览全书，"未开化"(barbarian)、"野蛮"(savage)、"原始"(primitive)、"荒野"(wild)、"乡土气"(rustic)等词贯穿整部小说，叙述者对苏格兰风物的描写同样选择性地展示出古旧久远和原始粗粝的一面。司各特对苏格兰高地盖尔人的花格呢服饰以及古老事物的钟爱并非简单的个人喜好问题，它正好契合了18世纪和19世纪之交英国流行的盖尔人服饰复古风尚。

身着花格呢的苏格兰高地士兵远征异乡，不再袭扰低地人，摇身一变成为大英帝国开疆拓土的战士，成为捍卫国家利益的先锋，在世界各地战场大显身手。② 高地人的形象随之发生了巨大的变化:"高地人曾经是低地人眼中的'光腔强盗'，是祸害，既可怕又可笑。如今，高地人变成了有男性气概和衣着光鲜的爱国者，既值得尊敬，又得到尊敬。"③ 不仅如此，就连英格兰和欧洲大陆也对苏格兰文化产生了新的认知:"在欧洲大陆，苏格兰人的勇敢和道德价值得到了广泛的认可，花格呢不再仅仅是引人注目的物品，它成了上流社会的通

---

① William Hazlitt, *Lectures on English Poets & The Spirit of the Age*, p. 228.

② 参见 Kenneth McNeil, *Scotland, Britain, Empire: Writing the Highlands, 1760–1860*, pp. 117–145。

③ Trevor Royle, "The Military Kailyard: The Iconography of the Nineteenth-Century Soldier", in Gerard Carruthers, David Goldie and Alastair Renfrew (eds.), *Scotland and the 19th-Century World*. Amsterdam: Rodopi, 2012, p. 126.

行证，作为制服，即便比肩于最高傲的阶层，亦毫不逊色。"① 由此可见，花格呢表征的意义内涵发生了根本性的逆转。此时的花格呢已不再是以前劳动阶层的粗鄙工作服或者苏格兰高地氏族战士的野蛮战袍，它摇身一变，从最初的野蛮之物蜕变成时尚和勇敢的象征，成为英国时髦社会的新宠，成了苏格兰形象的积极面，在欧洲声名远播，就连年轻的乔治四世（此时还是王储）都在 1789 年的一次化装舞会上穿上了花格呢服装。② 在此时代风潮之下，一些苏格兰民族主义贵族和精英分子开始重新推崇具有苏格兰特色的民族服饰。

花格呢风尚在英国的重新兴起离不开民间文化组织的推力。早在 1778 年，一些盖尔人后裔和盖尔族文化热爱人士就成立了"伦敦盖尔人协会"（Gaelic Society of London），1782 年更名为"伦敦高地协会"（Highland Society of London）。此协会有八大宗旨，第一条是"恢复高地服饰"，③ 它在英国政府废止《禁裙令》的过程中起了主要斡旋作用。④ 1820 年，爱丁堡一些上层社会人员成立了精英圈的凯尔特人协会，致力于推动与复兴苏格兰民族服饰和民族文化。该协会的首要宗旨是"在高地大力推广古代高地服饰"，⑤ 担任凯尔特人协会主席的正是司各特，他曾在 1821 年 5 月 26 日致儿子的家信中详细介绍

---

① James Logan, *The Scottish Gaël; Or, Celtic Manners: As Preserved Among the Highland-ers*, p. 184.

② 参见 Ian Brown, *From Tartan to Tartanry: Scottish Culture, History and Myth*. Edin-burgh: Edinburgh University Press, 2010, p. 5。

③ John Sinclair, *An Account of the Highland Society of London, from Its Establishment in May 1778 to the Commencement of the Year 1813*, p. 6.

④ Richenda Miers, *Scotland's Highlands and Islands*. Enfield: New Holland, 2006, p. 14.

⑤ Hugh Trevor-Roper, "The Invention of Tradition: The Highland Tradition of Scotland", p. 29.

了自己参加凯尔特人协会聚餐的愉快情况。[1]

1822 年夏天,乔治四世的爱丁堡巡访之旅给司各特提供了一个绝佳的机会。司各特当初在策划和制定接驾方案时定下基调,"要将高地文化作为所有公共仪式的核心元素,于是高地人的双刃阔刀、花格呢短裙、匕首、手枪、风笛和花格呢图案流行一时"。[2] 在方案公布之初,反对的人并不在少数,但是司各特此时在苏格兰个人威望极高,在他不遗余力的争取下,这个方案最终被采纳。[3] 不计其数的苏格兰人穿上苏格兰裙组成游行阵列,参加巡游,屋内装饰也配以苏格兰格子呢图案,花格呢在此期间成了许多爱丁堡人生活中的必备品。[4]

在乔治四世巡访苏格兰两个月之后,司各特的友人詹姆斯·辛普森接连写了多封书信回忆乔治四世在苏格兰期间的所见所闻。辛普森指出,时下国人都在议论此事,跟苏格兰低地相比,高地人口不多,财富亦少,地位低下,然而高地人却"异乎寻常地吸引了陛下的注意力","在陛下眼中,苏格兰全境都被'花格呢化'(tartanized)了"。[5] 在辛普森看来,花格呢盛装之下的爱丁堡具有别样的风采:"马车和骏马绵延不绝,到处都是羽毛帽饰、闪亮的长披风、绣有纹章的短披风、悬挂旗帜的小号、鲜艳的制服、浪漫的花格呢、陆军红

---

① Walter Scott, *The Letters of Sir Walter Scott*. London: Constable, 1932-1937, vol. 6, pp. 452-453.

② Robert Shelton Mackenzie, *Sir Walter Scott: The Story of His Life*, p. 336.

③ 参见 John Gibson Lockhart, *Memoirs of the Life of Sir Walter Scott, Bart*, vol. 7. pp. 48-49。

④ 参见 Robert Mudie, *A Historical Account of His Majesty's Visit to Scotland*, pp. 119, 208, 220。

⑤ James Simpson, *Letters to Sir Walter Scott, Bart., on the Moral and Political Character and Effects of the Visit to Scotland in August 1822 of His Majesty King George IV*. Edinburgh: Waugh and Innes, 1822, p. 74.

和海军蓝……"① 至此，以前一直被视为落后与野蛮象征的花格呢完成了文化上的品位提升，正式走出"野蛮"的阴影，登上高雅之堂，成了"浪漫"的花格呢。

在司各特同时代的人看来，花格呢不再是过去高地强盗的装束或者粗鄙工人的服装，而是被浪漫化的、可供审美的艺术品。苏格兰的盖尔人属于凯尔特人的支脉，伊格尔顿在评论司各特的小说形式时指出过19世纪初期小说对非主流文化的偏爱，"一旦政治上被征服，凯尔特民族就会被审美化，变成朦胧情感、古旧风俗以及舒适的拟古风尚的来源"。② 从1814年的《威弗莱》到1822年的爱丁堡之夏，司各特一以贯之地对以花格呢为代表的苏格兰高地文化进行浪漫化和审美化处理。"威弗莱"系列小说的空前流行为花格呢的审美化之路做了极佳的铺垫，待到乔治四世访问苏格兰之时，国家层面的政治仪式又为花格呢的浪漫化做了正式的权力背书。花格呢在苏格兰的历史际遇显示出，花格呢的浪漫化绝不是可以脱离或者抵制政治的审美变化过程，相反，铸就它的是权力的巨腕。

司各特利用担任仪仗总顾问和策划人的权力，让爱丁堡的荷里路德宫和爱丁堡城堡等历史文化地标变成了"花格呢的海洋"。③ 在1822年爱丁堡之夏，司各特的个人声誉和花格呢的社会关注度都达到了新高度。然而，这种刻意抬高花格呢地位的狂热之举当然也招致了不少批评，比如过于炫耀喧哗，过于强调高地凯尔特文化却淡化低

---

① James Simpson, *Letters to Sir Walter Scott, Bart., on the Moral and Political Character and Effects of the Visit to Scotland in August 1822 of His Majesty King George IV*, p. 54.

② Terry Eagleton, *The English Novel: An Introduction*. Malden：Blackwell, 2005, p. 100.

③ Caroline MacCracken-Fleisher, *Possible Scotlands: Walter Scott and the Story of Tomorrow*. New York：Oxford University Press, 2005, p. 73.

地文化，钝化了詹姆斯党人的批判锋芒，凡此种种，[1] 就连他的女婿兼传记作家洛克哈特都将司各特等人在爱丁堡举行花格呢盛秀以讨好乔治四世的做法视为一种"谵妄"（hallucination）。[2] 很快人们就发现一个严重问题，批评者们一直据此抨击司各特：爱丁堡民众在觐见活动中穿着的花格呢服饰有很多并不是真正世代传承的原生态民族服饰——"大部分人的衣服完全是仿冒的（bogus），只是利用时兴的款式让参加各种活动场合的人穿上花哨的花格呢，大跳苏格兰舞，狂饮威士忌，并且伤感地对着古老苏格兰往昔的辉煌干杯"[3]。司各特大力推动的苏格兰花格呢风尚不仅让一些低地人颇有怨言，责怪偏远的高地文化居然盖过了主流的低地文化；学界也一直以此批评司各特推广花格呢的实践是"低地苏格兰在挪用高地的象征"。[4] 就连一些高地氏族也怨声载道，其中反应最激烈的当数格伦加里的麦克唐奈氏族（MacDonell of Glengarry）首领。这是苏格兰最早穿着苏格兰裙的氏族，在 1745 年詹姆斯党人叛乱期间是"摄政王"的忠实拥趸，《威弗莱》对这个氏族有提及。格伦加里人本是司各特所领凯尔特人协会理事会成员，参加完乔治四世觐见仪式之后，他们公然宣布退出协会，并且在 9 月初致信《爱丁堡观察家》主编，猛烈爆料并抨击司各特等人"自负而虚假，无权嘲弄、模仿民族品格或者高地人的服饰，本人强烈反

① 参见 Caroline MacCracken-Fleisher, *Possible Scotlands: Walter Scott and the Story of Tomorrow*, pp. 73-74。

② John Gibson Lockhart, *Memoirs of the Life of Sir Walter Scott, Bart*, vol. 7, p. 67.

③ Trevor Royle, "The Military Kailyard: The Iconography of the Nineteenth-Century Soldier", in Gerard Carruthers, David Goldie and Alastair Renfrew (eds.), *Scotland and the 19th-Century World*, p. 126.

④ 详见 David McCrone, *Understand Scotland: The Sociology of a Nation*. London: Routledge, 1992, p. 132。

对这种自作主张之举，这让所有真正高地人在情感上蒙羞"。①《爱丁堡观察家》等当地大众媒体对此事进行了大量报道，《布莱克伍德杂志》专门为此刊文，名为《格伦加里人大战凯尔特人协会》。②

　　对于花格呢的复杂历史而言，这场争论只是冰山一角。我们不妨追溯花格呢服饰的"起源"。最初并不是每个氏族的服饰都拥有自己独一无二的花格呢，通常只具有地域特色，有的氏族拥有多种花格呢图案服饰。据现存资料，著名的阿马代尔（Armadale）的麦克唐纳氏族就"最少有六种花格呢图案"。③ 在1815年前后，伦敦高地协会致信各个高地氏族，希望他们协助调查并寄送本氏族的花格呢图案，以进行一次全苏格兰范围的花格呢情况汇总，到1820年为止，共收集到约40种花格呢。④ 约翰·辛克莱尔指出，在伦敦高地协会的引领下，英国掀起一股流行热潮，各个高地氏族都开始热衷于拥有自己独有花色的花格呢，有的氏族领袖伪造或者设计自己喜欢的花格呢图案。⑤ 伦敦高地协会以传播高地苏格兰民族文化为宗旨，也参与商业运作，1819年乔治四世访问苏格兰的提议刚露出风声，就有威廉·威尔逊（William Wilson）等花格呢布匹生产公司达成商业合作协议，

----

① A. Rn. MacDonell, "To the Editor of the Edinburgh Observer", in *Blackwood's Edinburgh Magazine*, vol. 12. Edinburgh: William Blackwood, 1822, p. 363.

② 参见 William Blackwood, "Glengarry Versus the Celtic Society", in *Blackwood's Edinburgh Magazine*, vol. 12, pp. 359–368。杂志最早名为《爱丁堡月刊》（*Edinburgh Monthly Magazine*），后更名为《布莱克伍德爱丁堡杂志》（*Blackwood's Edinburgh Magazine*）。

③ Hugh Trevor-Roper, "The Invention of Tradition: The Highland Tradition of Scotland", p. 23.

④ 参见 Michael Newton, "Paying for the Plaid: Scottish Politics in Nineteenth-Century North America Gaelic Identity", in Ian Brown (ed.), *From Tartan to Tartanry: Scottish Culture, History and Myth*, p. 66。

⑤ 参见 John Sinclair, *An Account of the Highland Society of London, from Its Establishment in May 1778 to the Commencement of the Year 1813*, p. 18。

大力推广花格呢文化。①

在乔治四世巡访苏格兰期间,司各特为国王和苏格兰人导演了一场凯尔特文化的浪漫剧,让国王和民众都成了"演员"。除了凯尔特人协会成员之外,司各特在接待乔治四世的整个过程中尤其倚重好友丹尼尔·特里(Daniel Terry)。特里是英格兰裔剧作家兼剧院经理人,曾将司各特《盖伊·曼纳令》等多部历史小说改编成戏剧,在爱丁堡和伦敦等地演出。特里对苏格兰高地服饰和布景的处理很有戏剧效果,难怪洛克哈特将乔治四世身穿花格呢在荷里路德宫接见司各特等苏格兰人的盛况俏皮地、一语双关地描述为"对《威弗莱》中荷里路德宫相关章节的'特里式'(terryfication)壮观呈现"。② 司各特是苏格兰低地人,为了抬高苏格兰高地花格呢服饰的地位,他带着狂热的民族文化主义情结为苏格兰复兴再造出一种新时期的花格呢风尚。

尽管一些苏格兰人在民族情感上难以接受,但一直都有激进的学术权威坚称苏格兰花格呢服装并不是一个真正由苏格兰高地氏族原创并世代相传的民族文化遗产,相反,它是一个回溯性质的"被发明的传统"。③ 最有苏格兰高地文化特色的民族服装是花格呢短裙,但它并不是苏格兰高地人原生态的民族服饰,相反,它是由一个来自于英格兰的兰开夏郡的冶炼厂主托马斯·罗林森(Thomas Rowlingson)找裁缝改良制作的。罗林森于1727年前后在高地雇用了一批来自格伦加里地区的麦克唐奈氏族的伐木工人,他找裁缝将原本连体的衣服和裙子分开,便于劳作。这种实用的花格呢短裙很快就被所有高地人和

---

① 详见 Hugh Trevor-Roper, "The Invention of Tradition: The Highland Tradition of Scotland", p. 30。

② John Gibson Lockhart, *Memoirs of the Life of Sir Walter Scott, Bart*, vol. 6, p. 414.

③ 参见 Hugh Trevor-Roper, "The Invention of Tradition: The Highland Tradition of Scotland", pp. 15-42。

一些低地人所使用，成为生活中的标准服饰。不仅如此，就连 kilt 这个单词都是那一年才首次出现在出版物上。① 麦克唐奈氏族是麦克唐纳氏族的支脉，曾是 1745 年詹姆斯党人叛乱的拥护者。司各特在 1816 年 1 月于《每季评论》(Quarterly Review) 上刊发的长文《卡洛登外传》("Culloden Papers") 结尾处讨论了苏格兰裙的历史渊源，他并不否认英格兰人罗林森在 18 世纪 20 年代对苏格兰裙的成型做出过贡献，但是更强调苏格兰花格呢所拥有的久远的苏格兰民族历史感。② 由此可见，司各特在不否认历史事实的情况下，仍然在为花格呢的民族文化地位据理力争。

　　本章开头提到司各特致好友约翰·莫里特书信一通，其实司各特写此信目的并不仅限于邀请友人来爱丁堡避暑，他很快切入正题：请求莫里特"务必"为自己做件事——发来他们莫里特家族和他所住宅邸的纹章(arms)图案的详细设计方案，以便用在自己阿博茨福德的家中正在翻新建设的角楼上。③ 司各特在信中详细介绍了准备如何以莫里特家族纹章为蓝本设计出装饰用的新纹章。对于这种仿古的新纹章，司各特或许还是略有不安，他礼节性地请莫里特"原谅这些愚蠢的举动(tomfoolery)"。④ 不仅如此，司各特在那次翻新和扩建宅邸之时从多处古堡搬来"古董"，里面有一些来自苏格兰各地的古老石雕文物原件，也有不少刻意的仿品：林利斯戈宫的大门、罗斯林教堂的屋顶、梅尔罗斯修道院的壁炉台、中洛辛郡的后门等等。他曾用无比骄傲的语气对这些仿造的得意之作进行了详细说明，其用词是从苏

① Richard Blaustein, *The Thistle and the Brier: Historical Links and Cultural Parallels Between Scotland and Appalachia*. Jefferson and London：Mcfarland, 2003, p. 61.

② 参见 Walter Scott, *The Miscellaneous Prose Works of Sir Walter Scott, Bart*, vol. 20. Edinburgh：Robert Cadell, 1834, pp. 89-90。

③ Walter Scott, *Familiar Letters of Sir Walter Scott*, vol. 2, p. 135.

④ Walter Scott, *Familiar Letters of Sir Walter Scott*, vol. 2, p. 135.

格兰各地"借来的"（borrowing）。[1] 他对那个用现代工艺熟石膏仿制的仅数英里之遥的梅尔罗斯修道院的壁龛尤为中意。[2] 从这件事可以看出司各特的复杂与多面——他喜欢收集古董文物，秉持的价值观和如今很不相同，他关注的重心并不局限于古董本身的历史价值，而是延伸到古董的审美价值，因此才会进行摹仿和仿造。

摹仿和伪造的艺术作品曾在18世纪极度繁盛于英国，掀起一股复古之风，这种社会心理可视为对启蒙思想和新古典派追寻理性与真理诉求的一种逆反。浪漫主义思潮兴起之后，英国人对培根一脉的实证主义哲学以及塞缪尔·约翰逊将"真"与"美德"关联在一起的思想有所动摇，转而强调想象力。[3] 复古思想和文物收藏重视历史，在收集、检视和编制等活动中，将历史视为"没有机能、模糊和边缘化"的存在物，挑战了埃德蒙·柏克理念中那种线性的历史观与爱国传统主义（patriotic traditionalism）"，后者"将民族视为统一、自我传承和不断为自己遗赠机制与性格"的存在物。[4] 司各特和麦克弗森一样喜欢苏格兰古代器物和盖尔人文化，一样致力于复兴高地氏族的花格呢民族服饰——麦克弗森是伦敦高地协会的创始成员。[5] 从司各特的生活与政治实践来看，他并不拘泥于追求纯粹和固定的历史"真实"，而是倾向于利用主观能动性参与重现历史和参与"建构"

---

① Walter Scott, *The Prose Works of Sir Walter Scott*, supplementary volume. Paris: A. and W. Galingnani, 1834, p. iii.

② Mary Monica Maxwell-Scott, *Abbotsford: The Personal Relics and Antiquarian Treasures of Sir Walter Scott*. London: Adam and Charles Black, 1893, p. 3.

③ 详见徐晓东：《伊卡洛斯之翼：英国十八世纪文学伪作研究》，北京大学出版社2014年版，第25、148页。

④ Yoon Sun Lee, *Nationalism and Irony: Burke, Scott, Carlyle*. New York: Oxford University Press, 2004, pp. 77, 81.

⑤ 参见 John Sinclair, *An Account of the Highland Society of London, from Its Establishment in May 1778 to the Commencement of the Year 1813*, p. 36。

历史。

　　因此，不难理解司各特在 1822 年左右作为主要发起者掀起的花格呢热潮，只是作为民族文化符号的苏格兰花格呢"被发明"过程中的一个紧要环节，他所做的仅仅是顺应形势并引领潮流而已。司各特等人并不严格追求还原花格呢背后真正古老的氏族文化身份，而是将花格呢的社会价值发挥到极致。在推动苏格兰高地花格呢这一民族文化符号发扬光大这件事情上，司各特起到了无可替代的作用。当然，对于花格呢成为苏格兰民族的文化徽标，甚至在商业推动下出现泛滥的迹象，也有不少人持有尖锐的批评意见。[①] 司各特力排众议，以"他个人的影响力"引导乔治四世以身着苏格兰高地花格呢服饰的形象在荷里路德宫接见高地氏族首领，[②] 这不仅是《威弗莱》作者司各特个人文化品味与抱负的实现，更是苏格兰民族文化一次成功自我形塑的历史举动。

第五节　历史记忆的民族主义印记

　　"花格呢"的词源似乎没有定论，《苏格兰语词典》认为花格呢（tartan）一词源于古法语 tiretaine，有学者认为它源于盖尔语 tarsainn，也有学者认为它来自皮克特语，无论如何，这个词的词源"凸显的都是混杂、交叉甚至矛盾"。[③] 总体而言，花格呢可以被简单界定为

[①]　详见 David McCrone, *Understand Scotland: The Sociology of a Nation*. London：Routledge，1992，pp. 132-136。

[②]　John Gibson Lockhart, *Memoirs of the Life of Sir Walter Scott, Bart*, vol. 7, p. 49.

[③]　Ian Brown, *From Tartan to Tartanry: Scottish Culture, History and Myth*, pp. 2-3.

"一种由不同颜色的羊毛织成的带方格图案的布"。① 花格呢与苏格兰民族以及大英帝国之间关系复杂，一块块方格花呢映衬出的是苏格兰民族文化数百年发展过程中的苦痛与辉煌。《威弗莱》描写的 1745 年詹姆斯党人叛乱是苏格兰历史上的重大事件，司各特在不同时期的多部作品里对它不断进行复述。除了 1816 年 1 月的长文《卡洛登外传》，他又在 1827~1829 年完成的儿童版历史书《听爷爷讲故事：苏格兰史》中对这段历史进行了详细叙述。② 在"威弗莱"系列历史小说的文学虚构话语以及其他与苏格兰高地氏族有关的历史叙事话语中，和绝大多数人一样，司各特将花格呢作为苏格兰民族高地文化的重要辨识物。

司各特以诗人身份开始文学生涯，继承了彭斯和麦克弗森所秉持的苏格兰民族"巴德"（bard）诗人传统，表现出浓郁的文化民族主义特色，凡是涉及"威弗莱"系列小说以及司各特的研究都绕不开民族与历史这两大核心论题。司各特不仅是历史小说这一文类的开创者，还写作了多部（篇）传记和史书，虽然不乏纰漏之处，③ 但他对待历史的态度堪称认真。詹姆斯·T. 希尔豪斯（James T. Hillhouse）发现，当别人指责司各特的罗曼司作品时，他毫无回应的兴趣，除非有人质疑他对苏格兰历史和人物描写有问题。④ 纵观司各特的"威弗莱"系列小说和他在历史方面的其他论述，他的史观基本还是被框

① J. Charles Thompson, "Introduction", in James Grant (ed.), *Scottish Tartans in Full Color*. New York：Dover Publications, 1992, p. ix.

② Walter Scott, *Tales of a Grandfather: History of Scotland*. Edinburgh：Robert Cadell, 1846, pp. 374-459.

③ 参见 Andrew Bisset, *Essays on Historical Truth*. London：Longman, Green and Co., 1871, pp. 172-302。

④ 转引自 Alexander Welsh, *The Hero of the Waverley Novels*. Princeton：Princeton University Press, 1992, p. 15。

定在苏格兰启蒙运动的范围之内。

　　到了司各特学习与成长所在的 18 世纪末期，苏格兰启蒙运动已然接近尾声，留下了丰厚的史学与道德哲学遗产。司各特广采博取，转益多师，青年时代曾就读于爱丁堡大学，学习民法，授业老师有亚当·斯密的弟子杜格尔·斯图尔特（Dugald Stewart）和大卫·休谟的侄子休谟男爵等人，司各特系统学习过斯密和休谟的哲学。伊恩·邓肯指出，休谟的怀疑论哲学为司各特提供了哲学正当性，使他得以融合罗曼司与历史，解决二者之间的兼容问题。① "推测史学"（conjectural history）这一术语即为斯图尔特所创。批评界通常认定他"将休谟、亚当·斯密、约翰·米勒（John Millar）等人的推测史学和柏克的保守情感融合在一起，对往昔的怀旧情怀、对辉格党人的乐观主义和改良主义则极有可能受惠于亚当·弗格森（Adam Ferguson）颇具特色的推测史学"。② 推测史学主张社会从野蛮到文明的线性阶段发展，不把历史视作绝对客观自在的存在物，强调人不仅叙述历史，还可以在经验的基础上利用想象力推测和建构历史。③ 推测史学对司各特产生了显著影响。《威弗莱》最后一章哀叹苏格兰高地文化在英格兰政治和经济的同化下产生变化，这种变化在"稳定快速地进步发展（progressive）"（*Waverley* 340）。这种观点在他的《听爷爷讲故事：苏格兰史》等史书性质的作品中表现得更加清晰——"社会或文明的进

---

　　① 参见 Ian Duncan, "Hume and the Scottish Enlightenment", in Susan Manning, Ian Brown, Thomas Owen Clancy et al. (eds.), *The Edinburgh History of Scottish Literature*. Edinburgh: Edinburgh University Press, 2007, p. 78。

　　② Anna Plassart, *The Scottish Enlightenment and the French Revolution*. Cambridge: Cambridge University Press, 2015, p. 154.

　　③ 参见 Mike Goode, "The Walter Scott Experience: Living American History After *Waverley*", in Jacques Khalip and Forest Pyle (eds.), *Constellations of a Contemporary Romanticism*. New York: Fordham University Press, 2016, p. 225。

步"（progress of society, or of civilisation），社会将从低级向高级进步发展，这是"人类道德本质的法则，或早或晚，变化都会发生，因为人类的下一代总有发明和改进"。① 这些都是推测史学的标志性论述，在此哲学思想之下的司各特深知历史向前发展的大势不可阻挡，高地氏族文化必将被更高级的商业社会取代，可他在情感上还是对那个时代独具特色的生活方式恋恋不舍。他在"威弗莱"系列小说以及之前的诗歌创作中对苏格兰高地氏族文化在情感与理性上的断裂或许就源出于此。

司各特对苏格兰高地氏族文化的理解深受英国推测史学的影响，而且还有卢梭政治哲学的影子。司各特一生所著卷帙浩繁，除了历史小说以外，《听爷爷讲故事》第 4 辑和未完成的第 5 辑都是专论法国历史的，另外还有大量关于卢梭等法国思想家的论述散见于其各种文字之中。卢梭的"高贵的野蛮人"思想在较大程度上助推了欧洲浪漫主义思潮中的原始主义（primitivism）倾向，它从道德哲学角度重新审视历史与现实，对文化叙事中的"野蛮"和"原始"等承载负面意义的文化身份进行颠覆性的再阐释。弗格森 1767 年的史学著作《文明社会史论》（An Essay on the History of Civil Society）也大量论及野蛮阶段社会的优点。默里·皮托克指出，孟德斯鸠和杜尔哥（Turgot）等法国哲学家强调技术和历史的进步，而卢梭则重视原始的真诚，这两种史观对苏格兰思想界和文学界都有着重要影响，司各特"将二者统一于文学"。② 这两种走向相反的哲学思潮投射在司各特的文学创作上，导致了《威弗莱》及其后众多历史小说产生类似的伦理困境。

---

① Walter Scott, *Tales of a Grandfather: History of Scotland*, p. 140.

② Murray G. H. Pittock, "Historiography", in Alexander Broadie（ed.）, *The Cambridge Companion to the Scottish Enlightenment*. New York: Cambridge University Press, 2003, p. 261.

　　小说主人公的名字"威弗莱"（Waverley）中的 waver 表示摇摆不定之意，他穿上花格呢服加入到高地氏族的叛乱事业之中，但清楚这段经历不过是自己人生中的浪漫插曲。在第 60 章"多事的一章"结尾处，威弗莱所在的苏格兰叛乱军队遭遇了惨败。侥幸逃脱以后，他面临搜捕，在走投无路之时进行了深思冥想，最后感到自己"虽然难免一声叹息，但是可以确凿无疑地说，他这一生的传奇宣告结束，现在，真正的历史已然开始"（*Waverley* 283）。在向前看的政治理智与向后看的文化情感断裂之际，威弗莱选择了顺从历史大势，摆脱苏格兰高地文化，回归英格兰。在《威弗莱》中，司各特用快速的叙事节奏带过詹姆斯党人在普雷斯顿潘斯战役之后的衰落，至于让他们全军覆没的卡洛登战役，他甚至都没有对它进行过正面描写，而是选择让它悄然隐藏在小说叙事的夹缝之中——就正文而言，只在第 63、64、71、72 章的字里行间偶有提及。司各特在《威弗莱》中对詹姆斯党人叛乱历史素材的选取与裁剪值得深思，他所做的或许是尽量避免刺痛苏格兰人的民族屈辱感，减缓对当今英国汉诺威王朝君主的不满情绪。司各特在 1822 年之夏借乔治四世访问苏格兰的机会大力推行花格呢，纵观整个过程，这种民族—国家之间的对立与断裂感依然如旧，司各特所走的路不过是殊途同归，这次他是穿着苏格兰花格呢去认同英格兰主导的国家政治权力机制。8 月 29 日离开爱丁堡前夕，乔治四世委托罗伯特·皮尔（Robert Peel，后两度担任首相）致信司各特，表彰他的忠心与殷勤，并委托他向各位苏格兰氏族首领的忠诚表达嘉许之意。

　　司各特从 1805 年开始构思写作《威弗莱》，1810 年重新续写小说主体部分，1814 年出版，这段经历和拿破仑对英国形成战争威胁的历史惊人地一致。拿破仑于 1804 年 12 月称帝，建立法兰西第一帝国，加紧军事扩张步伐，法国军队横扫欧洲，准备入侵英国，随着1810 年法奥同盟的缔结，其势力达到鼎盛时期。《威弗莱》出版之时，英国率领的反法同盟在三个多月前刚刚攻陷巴黎，拿破仑宣布无条件投降并退位，法兰西第一帝国行将覆灭。拿破仑战争深刻改变了欧洲的文化格局，客观上进一步促使司各特将浪漫主义复古思潮和民族主义交织在一起，带着政治化的眼光审视本民族的历史与现状。卢卡奇在分析历史小说时就指出，这种文学体裁的出现和 18 世纪、19 世纪欧洲的革命与战争密不可分："对民族独立和民族性格的诉求必然会重新唤醒民族的历史、往昔的记忆、曾经的辉煌、民族的屈辱，不管这将会导致进步还是保守的意识形态。"① 司各特无疑是具有民族意识的作家，他在大量书信中论及民族性格、民族精神和民族独立等话题，并将这些关注带到了小说创作之中。仅以司各特写作《威弗莱》的 1805~1814 年为例，这些语词在他正式开始小说主体部分的 1810年之后出现的频率明显增高。② 苏格兰内部一直有股强大的分裂势力，早在 1715 年詹姆斯党人的第一次叛乱时，他们就在当年 9 月攻陷了苏格兰城市珀斯，并且深入英格兰开夏郡腹地。詹姆斯党人举起旗帜，想要推翻刚刚即位的汉诺威王朝首位君主乔治一世。詹姆斯党人"不仅仅将自己看作是为斯图亚特王朝的神圣权利而奋战，更将自己装扮为苏格兰民族利益的斗士和自由的保卫者"③，试图推翻1707 年英格兰和苏格兰同意合并的《联合法案》。此次叛乱失败以后，詹姆斯党人一直伺机卷土重来，潜伏多年之后，他们终于在 1745 年

---

① Georg Lukács, *The Historical Novel*, p. 25.

② 详见 Walter Scott, *The Letters of Sir Walter Scott*, vol. 1, pp. 285, 322; vol. 2, pp. 133, 160; vol. 3, pp. 77, 104, 172, 173, 374, 446, 465.

③ 杨琨、陈晓律:《18 世纪上半叶苏格兰詹姆斯党叛乱及其后果》，载《英国研究》（第一辑），南京大学出版社 2011 年版，第 49 页。

觅得良机。《威弗莱》描写的是 1745 年英国的内部叛乱，但是挑起这场战争的詹姆斯党首领"摄政王"却是法国一手扶持的。此时，英国军队的主力正在和法军鏖战于欧洲大陆，史称"奥地利王位继承战"（1740~1748）。这场战争长达数年，涉及多个国家，英法两大阵营均采取消耗战策略，长期僵持不下。为了牵制英国政府的兵力，法国力主策划了这次"摄政王"的斯图亚特王朝复辟活动。在前期阶段，法军提供海上封锁支援，随着詹姆斯党人的节节胜利，路易十五决定加大力度，于 10 月 24 日签署了《枫丹白露条约》，答应与斯图亚特王室结盟并提供更多援助。第一批援兵于 11 月 24 日携带 6 门重炮在蒙特罗斯（Montrose）登陆。法国士兵一直协助"摄政王"作战，卡洛登战役之后，苏格兰高地军团全军覆没，法国残军还坚持了三天才向英军投降。① 正因为有了路易十五的明令支持，"摄政王"才决定孤注一掷，南下侵入英格兰。

《威弗莱》主要用英语写作，里面还充斥着大量法语。从低地的布雷德沃丁男爵到高地的氏族领袖弗格斯和弗洛娜姐弟，苏格兰詹姆斯党人的生活言谈中都夹杂着法语。"摄政王"查尔斯·爱德华在小说中出场之时，由法国籍的龙骑兵护驾，用法语向众人宣告"殿下驾到"（Waverley 271）。所有这些细节都昭示出詹姆斯党人和英国当时的头号对手法国之间的密切利益关联，《威弗莱》在这里展现出了大英帝国内部民族—国家的复杂历史境况。与反法情绪相对应，司各特这部小说最受人称道的是其中蕴含的苏格兰文化特色。据司各特同时代的苏格兰名人科伯恩回忆，《威弗莱》出版之后立刻风靡一时，在他记忆中，这种盛况只有《爱丁堡评论》1802 年 10 月创刊时才有

---

① 详见 Stuart Reid, *The Scottish Jacobite Army 1745-46*. Oxford: Ospery Publishing, 2006, pp. 4-5。

过，这部小说有着"出乎意料的新鲜事物，令人眼花缭乱的本真人物，苏格兰语言，苏格兰风景，苏格兰男人和女人，行文精练，描写生动有力，所有这一切让我们激动而欢乐"。① 司各特在《威弗莱》中使用了大量苏格兰方言、民谣、风景和历史事件，以凸显苏格兰民族特性。《威弗莱》出版后，杰弗里在《爱丁堡评论》刊文，略带夸张地惊叹这部小说何以如此受人欢迎："书中有一半对话用方言写出，全国有八成读者看着不知所云。"② 司各特在政治方面的立场抉择问题历来饱受争议。索伦森援引 N. T. 菲利普森(N. T. Philipson)的评语"喧哗而无作为"(noisy inactivity)来品评司各特，认为他的民族主义"坚持文化民族主义却指责同样正式的政治民族主义"。③ 这一观点敏锐地看到了司各特在民族主义问题上政治和文化两个维度的不一致现象，持有此种观点的人无疑是站在政治民族主义的角度批评司各特的。如果抛开政治民族主义的立场束缚，我们便可以真正看清司各特在1822 年爱丁堡之夏大力推行花格呢之举背后的政治考量——存文化民族主义而去政治民族主义，即涤除苏格兰花格呢之上一直附着的苏格兰人分裂冲动的"消极力量"，将其反转为苏格兰与英格兰和谐统一的正面力量。在苏格兰与英格兰两大民族分合争斗的漫长历史上，司各特所在的年代是比较稳定的时期，欣欣向荣的大英帝国让苏格兰在可预期的时间内看不到独立的可能。司各特的做法不无道理，在苏格兰文化被强势的英格兰文化日益同化和侵蚀的过程中，大张旗鼓地

---

① 　Henry Thomas Cockburn, *Life of Lord Jeffrey: With a Selection from His Correspondence*, pp. 280-281.

② 　Francis Jeffrey, *Contributions to the Edinburgh Review*, p. 523.

③ 　Janet Sorenson, "Writing Historically, Speaking Nostalgically: The Competing Languages of Nation in Scott's *The Bride of Lammermoor*", in Jean Pickering and Suzanne Kehde (eds.), *Narratives of Nostalgia, Gender, and Nationalism*. New York: New York University Press, 1997, p. 32.

刻意凸显花格呢的苏格兰民族特性，这对保留民族历史记忆将有所裨益。

　　司各特花了十年时间构思和写作了《威弗莱》，以战争与民族冲突为核心话题，带领同时代的英国读者进行了一次时光上的逆向旅行，触及苏格兰远去的历史。历史记忆只有凝固在叙事之中才能得以长久留存，司各特对此或许深有感触，否则不会用一个意味深长的场景来结束《威弗莱》的故事：卡洛登战役之后，威弗莱和布雷德沃丁男爵等人回到重新修葺过的庄园里欢聚和宴饮，他们深情地凝视墙上悬挂的一幅油画，它描绘的是当年身穿苏格兰高地花格呢服饰的威弗莱和伊沃族首领弗格斯领着一群族人走下荒凉山峦的情景（*Waverley* 338）。英格兰人威弗莱身穿苏格兰高地花格呢服，这个形象塑造可以被视为司各特在"表示对大不列颠的怀旧情感，预示一个被英格兰的文化与经济优势锁定在往昔罗曼司之中的苏格兰"。[①] 这种寓意式阐释对油画作品细节进行了通透的政治文化解读。在此基础上，如果突破这个油画静止的画面疆界，将其放置在油画作为艺术品的生产过程中进行解读，我们可以发现其中含有喻说的新意。叙述者明言，这幅油画是威弗莱和弗格斯"在爱丁堡时，一个很有天分的年轻人给他们画了一张很生动的速写，后来，由伦敦一位杰出画家根据这张速写画成全尺寸大幅油画"（*Waverley* 338）。可见当年那位年轻人在"历史现场"即时完成了速写，然后伦敦画师再间接从速写临摹完成油画绘制，因此这幅油画既不是在现场直接摹仿出来的艺术品，也不是伦敦画师凭空想象创作出来的，而是写实与虚构、摹仿与再造的混合体。对威弗莱来说，他和詹姆斯党人在一起的那段记忆已经被审美

---

　　① Caroline MacCracken-Fleisher, *Possible Scotlands: Walter Scott and the Story of Tomorrow*, p. 17.

化地定格在那个瞬间。这虚实镜像的移形换位不仅暗合了司各特历史小说的本质特征，冥冥之中竟然预兆了他在苏格兰花格呢浪漫化之路上将采取的文化策略。

对司各特而言，"威弗莱"已经超越了文学范畴，变成渗透在生活中的话语实践。描写苏格兰民族历史的"威弗莱"系列小说给他带来巨大的政治与文化影响力，他转而又利用这些影响力参与到苏格兰和英格兰民族融合的历史进程中。在英格兰的全面渗透与影响下，苏格兰高地文化已经不可挽回地走向衰微。在保存民族文化和定格历史记忆的道路上，司各特引领了当时在英国社会掀起的提升花格呢文化品位的热潮。司各特等人将这一最有民族特色的文化符号提取出来，借用乔治四世君主的政治权威和时尚引导力加以发扬光大，使其摆脱野蛮的阴影，进入浪漫的潮流，从而成为苏格兰民族极有辨识度的文化身份象征。从《威弗莱》虚构叙事里的"摄政王"到现实仪式中的乔治四世，花格呢不仅以反转的形式显影出苏格兰民族历史记忆里的苦痛与悲壮，更将这段记忆烙印在苏格兰民族文化的徽标之上，直指未来。

第五章

历史小说的惊涛：
司各特对政治与审美的伦理混成

谈论司各特，就不能不谈论他的《艾凡赫》。1905 年林纾和魏易的中译本《撒克逊劫后英雄略》问世以后，这部小说在中国知名度极高，堪称司各特在中文世界最为知名的作品，对近世中国文学产生了深远的影响。① 凌昌言在《司各特逝世百年祭》一文中认为《撒克逊劫后英雄略》有《史记》笔法，这让司各特在中国的声誉甚至一度超过莎士比亚，他赞叹道："司各特是我们认识西洋文学的第一步；而他的介绍进来，其对于近世文化的意义，是决不下于《天演论》和《原富》的。司各特使我们认识了在我们自己这个文物之邦之外也是有优秀的文学的存在。司各特给予我们新的刺激，直接或间接地催促我们走向文学革命的路上去；司各特是直接或间接地奠定了我国欧化文学的基础了。"② 回望司各特在中国文学以及世界文学中的地位，《艾凡赫》是一座巍然耸立的高峰。

如果说英国历史小说自 18 世纪后期开始逐步发源和汇聚，《威弗莱》从地下喷薄而出成为奔腾的大河，那《艾凡赫》无疑就是历史小说

---

① 参见王侃：《林译〈撒克逊劫后英雄略〉的"民族主义"索隐》，《中国现代文学研究丛刊》2019 年第 6 期。

② 凌昌言：《司各特逝世百年祭》，《现代》1932 年第 2 卷第 2 期。

长河中最为壮观的浪涛。《艾凡赫》于1819年12月出版，是司各特的第十部历史小说。《威弗莱》一举成名之后，司各特抓住机会以极快的速度出版了《盖伊·曼纳令》（1815）、《古董家》（1816）、《黑侏儒》（1816）、《修墓老人》（1816）、《红酋罗伯》（1818）、《中洛辛郡的心脏》（1818）、《沼地新娘》（1819）、《蒙特罗斯传奇》（1819）。这些作品接踵而至地横扫英国和欧洲大陆文学消费市场，掀起了历史小说的狂潮。此时《艾凡赫》应运而生，成为英国历史小说长河中最动人心魄和雄伟壮观的拍岸惊涛。

第一节　历史小说的转向

　　《艾凡赫》在司各特的历史小说序列中占有独特地位，是其小说生涯的巅峰之作，被认为"或许是司各特最伟大的一部作品"[1]。英国小说在19世纪走过了光辉的历程，诞生了星光熠熠的作家群，出版了汗牛充栋的作品。安东尼·特罗洛普在1879年评论著名作家萨克雷模仿嘲讽《艾凡赫》的作品时，将司各特的这部经典名著称为"或许是最受欢迎的一部英语小说"[2]。《艾凡赫》出版后，学界和读者界对它的溢美之词不胜枚举。此书之所以堪称伟大，不仅是从小说艺术完善程度的内在特性而言，它的超然地位可见于多处，其中就包括它在司各特写作生涯中具有的标志性转折意义。当然，关于司各特在《艾凡赫》中的转型，批评界褒贬不一，伊恩·邓肯概述了现代批评界的"标准评语"：《艾凡赫》"进行了司各特的生涯中一次致命的转

---

[1]　David Daiches, *Sir Walter Scott and His World*. New York：Viking Press, 1971, p. 71.

[2]　Anthony Trollope, *Thackeray*. London and New York：Macmillan and Co., 1887, p. 145.

向，从一度很有影响的历史现实主义转到了花哨而古旧的中世纪风格"。① 至于司各特在《艾凡赫》中进行主题和题材突变的原因，不同学者各执一端，概而言之，主要的解释有"经济效益论""语言影响论""个人嗜古论""骑士理想论""缓和矛盾、建构秩序论"等数种口径，分别从市场经济、读者心理、语言使用、个人喜好、民族大义等角度展开讨论。② 这些皆可备一说，为我们理解司各特和《艾凡赫》提供了诸多有益视角。

　　正如尼采所言："没有事实，只有阐释。"③ 我们可以尝试从文献的细节中重构历史，也可以尝试从思想史、文化史与文学史的宏观角度推断事情的成因与后果，但生活境遇和历史进程的错综复杂程度往往超出预料。一个历史现象的缘起可以由多种原因造成，更何况同一个原因亦可有不同解释方法，往往是多种力量形成的合力才共同促成事情发展的真实样貌。就史料本身而言，即便是作者亲自写的笔记或书信也未可全信——有的人担心个人隐私被泄露，有的人在社会交往中喜欢刻意塑造特定的人设，因而在文字中未必会袒露真心。这意味着任何想要"还原"或追寻"唯一真相"的努力都容易失之偏颇。文学文本和不同文本之间会有各种巧合和诱导性的共鸣，会误导阐释者沉溺于自以为是的幻象，坠入文本编制的陷阱。司各特为何要在《艾凡赫》中开始如此重要的写作转型，真实原因已不可考。如果我们通过史料文献回到司各特写作《艾凡赫》时间前后的历史现场，重

---

① Ian Duncan, "Introduction", in Walter Scott, *Ivanhoe*. Oxford：Oxford University Press, 1996, p. viii.

② 参见陈彦旭、陈兵：《〈艾凡赫〉骑士精神对 19 世纪初英国矛盾的消解》，《西南大学学报（社会科学版）》2015 年第 5 期。

③ 转引自 Gilles Deleuze, *Nietzsche and Philosophy*, trans. Hugh Tomlinson. London and New York：Continuum, 2006, p. 56.

新进入当时的伦理环境，或许能为他做出这个决定的原因及效果提供一种阐释路径。①

《威弗莱》成了司各特系列历史小说的总冠名商标，他在每部作品出版时都自称"《威弗莱》作者"。《艾凡赫》亦不例外，它以小说男主人公名字命名，副标题是"罗曼司"。《艾凡赫》出版后不久，司各特在一封给好友路易莎·斯图尔特夫人（Lady Louisa Stewart）的书信中提到自己写《艾凡赫》的初衷：新意是此书之要义，其节奏令人目眩，我潜心研究，只为不走寻常路。我走过的那些老路，留给别人去走吧。② 司各特不仅想在体裁上进行创新，甚至在小说出版样式和包装上也想跟以前有所不同。在小说开始写作之前，司各特就和出版商议定好了这部小说将使用新的叙述者，装订方式也将跟以前所有作品完全不同。③ 司各特在小说开始处附上了一篇"献词"（Dedicatory Epistle），署名劳伦斯·坦普尔顿（Laurence Templeton），试图用新的笔名作为叙述者来讲述《艾凡赫》的故事。司各特在写作《艾凡赫》时，文思泉涌，行云流水，经常数页一气呵成，不做任何修改。④ 他每日写作速度为三千字左右，因而有更多时间对文字和情节进行构思与雕琢，这与他后期为还债而赶稿，每日写近万字相比已属难得。⑤

《艾凡赫》在1819年12月的首发版采用八开本，分三册装订，用的纸张前所未有地考究，印刷也更加精美。司各特本想在版式和装订

---

① 参见拙文《再论司各特在〈艾凡赫〉的历史小说转型：政治与审美的伦理混成》，《文学跨学科研究》2020年第4卷第4期。

② 转引自 Andrew Lang, "Editor's Introduction to *Ivanhoe*", in Walter Scott, *Ivanhoe*. Boston: Estes and Lauriat, 1893, p. x。

③ Jane Millgate, "Making It New: Scott, Constable, Ballantyne, and the Publication of *Ivanhoe*", *Studies in English Literature, 1500-1900*, vol. 34, no. 4 (1994), p. 798.

④ John Gibson Lockhart, *Memoirs of the Life of Sir Walter Scott, Bart*, vol. 6, p. 175.

⑤ Andrew Lang, "Editor's Introduction to *Ivanhoe*", in Walter Scott, *Ivanhoe*, p. ix.

上更加独树一帜，更具实验性，但他的提议在印刷前被出版商康斯坦布尔否决了。① 从现存史料来看，司各特、康斯坦布尔和巴兰坦等人做出这个决定，直接原因固然是出于经济效益的考虑，但结果证明这是一个明智的决定，小说出版以后，数周之间印刷的 1.2 万册便被抢购一空。自 1814 年的《威弗莱》名声大噪以后，司各特奋笔疾书，以极快的节奏接连出版了多部以苏格兰为背景的历史小说。这些作品携《威弗莱》引爆英国文坛之余威，为历史小说助长声势，在英国市场和社会生活中掀起热潮，几乎每一本都令人惊奇地成为当时阅读界的爆款——在同时代优秀小说的印数基本都是数千册，甚至几百册的情况下，《盖伊·曼纳令》为 5 万册，创了"威弗莱"系列小说的销量纪录；《红酋罗伯》与《威弗莱》不相上下，为 4 万册；其他作品皆录得超过万册的销量。② 司各特引领的历史小说潮流在当时可谓风头无两，所向披靡。

《威弗莱》等苏格兰题材小说运用了大量苏格兰方言，描绘了苏格兰往昔具有高地文化特色的生活方式，对当时主流的英格兰社会具有些许异域风情的吸引力。到了《艾凡赫》，司各特将焦点汇聚在英格兰历史之上，关注主流文化中重要历史人物的重要事件。如果将《艾凡赫》放置在司各特历史小说创作的整体生涯中，可以发现他的视野是不断扩大的，他的历史意识蕴含着巨大动能，具有向外扩张的倾向。司各特对历史的关注超越了自己所在的爱丁堡和所在的苏格兰文化：在地理上，将注意力逐渐从边缘转移到中心；在事件上，由国内民族冲突与融合转移到国际政治纠葛与矛盾；在时间上，横贯了从

---

① John Gibson Lockhart, *Memoirs of the Life of Sir Walter Scott, Bart*, vol. 6, p. 175.

② William St. Clair, "Publishing, Authorship and Reading", in Richard Maxwell and Katie Trumpener (eds.), *The Cambridge Companion to Fiction in the Romantic Period*, p. 41.

中世纪到 19 世纪近千年的历史。司各特总能将人物个体的生命际遇交织在宏大的历史事件和壮阔的历史进程之中。在他的笔下，主人公往往具有很大的主观能动性，闪烁着道德的光芒，同时又无法摆脱时代的控制力，就像砂石被裹挟在历史的洪流之中，不由自主地向前奔走不歇。

第二节　从小说重返罗曼司

对于历史和罗曼司（传奇）之间的区别，司各特直觉敏锐，在写作首部历史小说《威弗莱》时就有显著体现。前文提及，在该书第 60 章 "多事之秋" 结尾处，威弗莱所在的苏格兰叛乱军队遭遇了惨败，他侥幸逃脱以后，又面临搜捕。在走投无路和茕茕孑立之时，他进行了沉思冥想，感到 "难免一声叹息，但是可以确凿无疑地说，他这一生的罗曼司宣告结束，现在，真正的历史已然开始"（*Waverley* 283）。这里可以看出司各特在使用罗曼司和历史这两个词时意在表达对照，他那充满理想与革命浪漫情怀的青葱岁月已经结束，随之而来的是冷峻而无法更改的真实生活。有个现象值得注意，司各特在写作生涯中往往使用 "罗曼司"（romance）和 "故事"（tale）作为小说副标题。司各特在《艾凡赫》中首次使用 "罗曼司" 作为副标题，这是他写作的第十部历史小说。不仅如此，他在 1819 年前后出版的几部小说，如《修道院》（1820）、《肯纳尔沃思堡》（*Kenilworth*，1820）等副标题都为 "一部罗曼司"（A Romance）。为何司各特在之前五年间发表的 9 部小说里都没有这样做，但是在发表《艾凡赫》的 1819 年前后如此持续地使用 "罗曼司" 作为副标题？他之前的作品之所以风靡英伦三岛，就在于开风气之先，将人物与故事置于往昔历史之中，既有浪漫情怀，又不同于之前的骑士传奇小说，更具现实主义精神和历史真实感。既然司各特在之前的作品中都宣告过罗曼司已经结束，历史已经开始，他为何在《艾凡赫》中又要重返罗曼司呢？司各特在这段时期内对罗曼司的高频度使用，恐怕并非用巧合二字可以解释。从时间线来说，《艾凡赫》故事发生的背景是1194年左右的"狮心王"理查一世时期，《修道院》故事发生时间约为1559年，《肯纳尔沃思堡》则为1575年前后，均在伊丽莎白女王时期。

　　司各特在文学史上最大的贡献是成为历史小说的奠基人，创造了时代的风口。历史小说有众多源头，就英国国内而言，远有18世纪下半期作家托马斯·利兰的《隆斯沃》和霍勒斯·沃波尔的《欧权托城堡》，近有埃奇沃思的《拉克伦特堡》等，这些作品对司各特的历史小说写作产生过重要影响。不仅是历史小说，就连小说这种体裁都是从罗曼司发展演进而来的。从"浪漫的"（romantic）和"罗曼司"（romance）在词源学上的历史演化进程可以发现小说与罗曼司之间的血缘关系："追根溯源，'浪漫'（romantic）一词源于拉丁语中的Roma，意为'罗马城'"，"该词的词源学意义在中世纪时发生了奇特的转向"，其形容词Romauns意为"罗马人的方式"，"也被用于指称以高卢-罗马语（古法语）书写的任何作品"，描写的对象是与以亚瑟王传说为代表的骑士精神、魔法和爱情有关的充满想象力和奔放情怀的罗曼司，"这些罗曼司是小说的前身，法语中表示'小说'（novel）的词先是romant，后变成roman"。① 从历史渊源来看，小说在18世纪的兴起是对罗曼司的继承与发展，而历史小说在19世纪初的正式诞生

---

① Michael Ferber, *Romanticism: A Very Short Introduction*. Oxford：Oxford University Press, 2010, pp. 4-9，译文参考迈克尔·费伯：《浪漫主义》，翟红梅译，译林出版社2019年版，第4~10页。

又标志着一种新型小说次类型的出现。作为历史小说的开创者，司各特却仅仅坚持了四年左右就向罗曼司逆向而行，其中原因值得深思。

在司各特所处的年代，经历过法国大革命洗礼与冲击的欧洲人民历史意识开始觉醒。[①] 文学批评界有意识地将"历史小说"区别于"罗曼司"，到了 19 世纪 20 年代二者已经有了明确分野。黑兹利特在1825 年的《时代精神》论述司各特的作品时就并举了司各特的"小说与罗曼司"。[②] 司各特本人对此同样有清醒的认识，无论是在小说写作、日常用词还是文学评论中，他经常同时提到"历史小说"（historical novel）、虚构小说（fiction）和罗曼司，并对它们做出相对较为严格的区分。比如说他在《布莱克伍德杂志》1826 年 7 月刊发表书评，分析约翰·高尔特的小说《征兆》（The Omen, 1825），其中多处提到这几个概念，可以明显看出他使用不同语词所强调的不同意义。[③] 毋庸置疑，作为职业小说家、著名文学理论家与评论家，司各特对罗曼司和历史小说的理解肯定是深刻而到位的。他曾应出版商康斯坦布尔之邀，专门为 1824 年的第 5 版《大不列颠百科全书》写过"罗曼司"和"骑士精神"等长篇附录条目。在"罗曼司"中，司各特引用了约翰逊博士对罗曼司和小说的界定，并在此基础上给出了自己的定义：罗曼司是"用散文或诗歌写作的虚构叙事（fictitious narrative），其引人关注之处在于奇妙和不寻常的事情"，小说也是"虚构叙事，却与罗曼司不同，因为其中的事件包容于人的种种寻常事件和现代社会状况"。[④] 在司各特看来，小说可以借用罗曼司的主题和形式，但不能

　　① 参见 Georg Lukács, The Historical Novel, p. 23。
　　② William Hazlitt, Lectures on English Poets & The Spirit of the Age, p. 227.
　　③ Walter Scott, "The Omen", in The Miscellaneous Prose Works of Sir Walter Scott, Bart, vol. 18. Edinburgh: Robert Cadell, 1835, pp. 334-335.
　　④ Walter Scott, "Essay on Romance", in The Miscellaneous Prose Works of Sir Walter Scott, Bart, vol. 6. Edinburgh: Robert Cadell, 1834, p. 129.

像罗曼司和骑士传奇小说那样热衷于描写超自然力量和神话元素，而应该更加关注普通人的世俗生活和真实生活，人物和行动都以符合生活中的常识为准绳，不能违背或然性的原则。亚里士多德在《诗学》中指明："诗人的职责不在于描述已经发生的事，而在于描述可能发生的事，即根据可然或必然的原则可能发生的事"，历史学家和诗人的区别在于"前者记述已经发生的事，后者描述可能发生的事"。[①] 从中世纪罗曼司到19世纪的历史小说，英勇的骑士在神魔怪兽之间屡屡创造奇迹的传奇历险，蜕变还原成普通人在历史中带着憧憬奋斗挣扎的人间磨炼。

司各特的历史小说创作生涯始于1814年的《威弗莱》，止于1831年的《危险城堡》，他在17年间完成了26部长篇历史小说。纵览司各特的历史小说写作全过程，可以发现他对题材的选择处理呈现出较为鲜明的走向——早期以苏格兰历史起步，逐渐转入英格兰历史，然后涉及法国和欧洲他国历史。自《威弗莱》之后，司各特发表了一系列作品，将精力集中在苏格兰和英格兰之间的恩怨纠葛上，《艾凡赫》则将注意力转到英格兰内部的争斗。倘若说《威弗莱》是司各特打响历史小说写作的第一枪，昭示着他从诗歌创作到小说创作的在文类范畴上的大转型，那么《艾凡赫》则标志着他在历史小说写作过程中，主题上从苏格兰史向英格兰史，题材上从历史小说向历史罗曼司过渡的双重转向。

---

① 亚里士多德：《诗学》，陈中梅译注，商务印书馆1996年版，第81页。

第三节 个人与国家：

作为政治问题溶剂的婚姻伦理

　　18 世纪后期浪漫主义在欧洲的崛起具有深厚的历史和政治背景，它的文化基因中就带着叛逆精神。施米特认为浪漫派是一种革命运动，他在论述司各特等人引领的英国浪漫主义时指出："浪漫派所珍爱的对象——中世纪、骑士、封建贵族制和旧城堡，看上去是宗教改革和大革命的对立面。政治的浪漫派似乎要'遁入过去'，赞美属于遥远过去的古代状态，要回归传统。"① 这一论断把握住了历史小说的诸多重要特征，以委婉的笔法点出一个重要问题，即浪漫派对社会现有秩序的不满。法国大革命对英国浪漫主义文学思潮的直接影响已经为学界所公认。1789 年 7 月 14 日象征法国封建王朝专制统治的巴士底狱被起义人民攻占，成为近代欧洲重大历史事件。理查德·马克斯韦尔认为法国—苏格兰历史小说传统中有两大原型分支——觊觎者（pretender）和攻城战（siege warfare），《威弗莱》属于前者，而《艾凡赫》则属于后者，它是《居鲁士大帝》（Le Grand Cyrus，1649～1653）和被近乎神话化的巴士底狱故事的奇异结合体。② 《居鲁士大帝》的作者为马德琳·德·肖特里，近 200 万字，其篇幅之长在法语小说史上也算榜上有名。司各特在《艾凡赫》中为攻城战设置了重要戏份，并为此配上了多场骑士决斗的场景，以虚构叙事的形式展示英国历史上的

---

① 卡尔·施米特：《政治的浪漫派》，第 9 页。

② Richard Maxwell, *The Historical Novel in Europe, 1650-1950*, pp. 5-6.

重要事件。攻城战正式出现在第29章，就全书44章的总篇幅而言，正好出现在2/3的位置，这是长篇小说安排戏剧冲突高潮的经典位置。对《艾凡赫》而言，攻城战既实实在在地发生在战场上，同时又具有政治隐喻作用，艾凡赫协助"狮心王"理查一世守护的还有英国的王权与政治团结。为了给理查一世的政治统治提供合法性，司各特为他安排了比武大赛，理查一世以黑骑士的神秘身份出现，无人能敌。与此相对，作者为本来甚为骁勇的男主人公艾凡赫设计了一个受伤的情节。当攻城大战即将爆发时，他却卧病在床，甚至不能支撑起身子到窗前观战，只能抱怨："我的生死和自由决定于这场战斗，我等着别人替我拼命，而我自己却像一个疯瘫的和尚一样躺在这里！"[①] 此处体现了司各特历史小说写作的重要命题——个人的命运同时代、民族和国家的命运荣辱与共。在重大事件如此关键的时刻，艾凡赫居然匪夷所思地成了看客。司各特在这里也是匠心独具，以艾凡赫无法起身观战为由，通过蕊贝卡的叙述视角来间接描写战争场景，达到震撼人心的效果。

司各特在《艾凡赫》中重返中世纪，回到第三次十字军东征那段特殊的历史时期，围绕"狮心王"理查一世的王位争夺战，描绘了一段英格兰内部王权斗争的烽火岁月。司各特在前面几部描写苏格兰高地文化与生活的历史小说中，都以粗犷的苏格兰为背景，在还原历史细节时向人们展示了高地氏族略显原始和蛮荒的生活方式，与英格兰伦敦等地精致优雅的乡绅贵族或城市中产阶级生活形成鲜明对比。到了《艾凡赫》，他又将这种原始和蛮荒的场景放置在12世纪末期，那是英国本土的撒克逊民族和具有法国文化背景的诺曼民族刚刚结束

---

① 司各特：《艾凡赫》，刘尊棋、章益译，人民文学出版社1978年版，第332页。

战争、开始民族融合的转型阶段。此时距 1066 年诺曼底征服已经过去一个多世纪，诺曼王朝已经崩溃，取而代之的是金雀花王朝。这段历史时期内，王位继承问题触发了众多不稳定因素，理查一世与父亲亨利二世关系并不好，为了继承王位，他联合法国的腓力二世叛乱，和父亲兵戎相见。作为《艾凡赫》里面的大主角，"狮心王"理查一世的人物形象是复杂的，司各特对他有很多虚构和美化，将其描绘成"品德高超，武功赫奕……深得民心"的明君，① 而实际上马克思曾指出"狮心王"理查一世"实质上是个像兔子一样的胆小鬼"，"狮心王"就是"一个野心大而能力小的阴谋家"。② 司各特无法在《艾凡赫》里提及明君"狮心王"这段不光彩的历史，但是对此做了政治影射。小说男主人公艾凡赫就与父亲塞得利克关系不睦，他出身撒克逊民族，却支持"狮心王"理查一世和诺曼贵族，为此被父亲剥夺了继承权。

司各特为男主人公艾凡赫设计了一个小说中常见的三角恋，让他与撒克逊族贵族女子罗文娜和犹太女子蕊贝卡发生诸多爱情纠葛和缠绵悱恻的故事。民族融合是《艾凡赫》的核心主题，更是司各特毕生追求的政治愿景。司各特创造出历史小说这个文学类型主要就是以重大历史事件和历史事实细节为依托，演绎出引人入胜的虚构故事。《威弗莱》和《艾凡赫》这一类的历史小说在格局上气势雄浑，大开大合，节奏张弛有度，通常都涉及战争和权谋争斗，赋予故事宏阔辽远的历史厚重感。这些特点使之与先前渲染英雄冒险和超自然力量的罗曼司、充满怪力乱神且惊悚幽闭的哥特小说，以及奥斯丁等人在

---

① 司各特：《艾凡赫》，第 554 页。
② 转引自施咸荣：《序》，载司各特：《艾凡赫》，第 8 页。

"两英寸大小的象牙上用一支细笔精描细绘"① 的细腻温婉的婚恋小说亦有天壤之别。司各特在写作第一部历史小说《威弗莱》时，就将时间锚定在苏格兰詹姆斯党人 1745 年叛乱前后，从行文与情节安排可以明显看出，他既要带着读者追寻那段壮怀激烈的历史，回溯苏格兰人已经湮没在历史深处的民族记忆，又要着眼于弥合苏格兰和英格兰之间由政治问题造成的裂痕。司各特使用的办法是让来自英格兰的男主人公威弗莱与苏格兰贵族布雷沃丁男爵之女罗斯结婚。他想以婚姻的形式表征英格兰和苏格兰的融合与联盟，这种以个体表示整体的隐喻式修辞手法，其实也是对文学进行政治化编码的一个常见程式。到了《艾凡赫》中，这个关涉到民族政治的个人问题再次摆在了他的面前，而且情况更加难以抉择。司各特试图通过自己的历史小说戏剧性地呈现英国在早期历史阶段民族大融合的政治愿景。《艾凡赫》涉及复杂的种族关系，除了撒克逊人和诺曼人之间的争斗，另一个重要的话题就是犹太人。司各特在小说中围绕"狮心王"和艾凡赫的经历引入了 12 世纪英国社会的多重政治力量，既描写贵族阶层、自耕农、农奴、家臣之间的阶级界限问题，又涉及撒克逊原住民、外来的诺曼贵族、犹太民族等种族冲突问题。《艾凡赫》最后以常见的大团圆结尾——撒克逊人和诺曼人达成民族和解，"狮心王"和篡权的弟弟约翰亲王达成政治和解，艾凡赫和父亲达成亲情和解，艾凡赫和罗文娜达成感情和解，其余所有人都达成其乐融融的阶级和解。为了达成这种大团圆式大和解，司各特需要将一些无法解决的异质矛盾驱逐

---

① Jane Austen, *Jane Austen's Letters*. Oxford: Oxford University Press, 2011, p. 337. 学界对奥斯丁的这个比喻有不同解释，一种认为是精描细绘的象牙微型画(miniature painting)，另一种则认为是象牙板，当时英国人常用象牙板做记事本或草稿本，用五块 5 英寸长、2 英寸宽的象牙板串在一起做成笔记本样式，笔迹经擦拭后，象牙板可重复使用。

出故事世界，比如说因为婚姻伦理问题在逻辑上不可能解决的蕊贝卡—艾凡赫—罗文娜三角恋。除了基督教规定的一夫一妻制刚性约束，蕊贝卡的犹太人种族身份也让这个问题变得更加敏感和棘手。

司各特在小说中塑造了几个主要的犹太人形象，如以撒和他的女儿蕊贝卡。司各特在第 4 章卷首引用了莎士比亚《威尼斯商人》第 3 幕第 1 场对犹太人的著名评论："难道犹太人没有眼睛吗？难道犹太人没有五官四肢，没有知觉，没有感情，没有血气吗？他不是吃着同样的食物，同样的武器可以伤害他，同样的医药可以治疗他，冬天同样会冷，夏天同样会热，就像一个基督徒一样吗？"[1] 1819 年 8 月到 10 月，当司各特正在紧张写作《艾凡赫》时，德国的维尔茨堡、法兰克福和汉堡等地爆发了反犹骚乱(Hep-Hep Riots)。拉古西斯认为《艾凡赫》描写的中世纪英国对犹太人的迫害和 1819 年德国的反犹骚乱之间有着深层次的逻辑关系，反映出英格兰民族身份建构和种族文化冲突问题："司各特用中世纪罗曼司的伪装探讨当代欧洲民族正面临解决的民族主义崛起和犹太人解放的诉求之间的冲突问题，包括让他们到巴勒斯坦复国以给予他们民族身份的想法。"[2] 很明显，司各特的确想通过《艾凡赫》塑造出犹太人和撒克逊人两个民族阵营的正面形象，他对犹太人以撒报以同情的笔调，描写出后者在撒克逊民族和诺曼民族这两大社会主流种族那里受到的压迫和屈辱。至于蕊贝卡这一人物，司各特更是大胆将她塑造成近乎完美的形象。在司各特笔下，蕊贝卡"既有过人的学识，又有绝世的姿容，因而受到合族的景

---

[1]　Walter Scott, *Ivanhoe*. Oxford：Oxford University Press, 1996, p. 63. 译文参照莎士比亚：《威尼斯商人》，朱生豪译，湖北教育出版社 1998 年版，第 85 页。

[2]　Michael Ragussis, "Writing Nationalist History：England, the Conversion of the Jews, and Ivanhoe", *ELH*, vol. 60, no. 1 (1993), pp. 181–182.

仰".① 蕊贝卡外貌美丽，又聪慧过人，善良大方，贤淑可人，又不乏坚毅与奔放。与罗文娜这种端庄大方却略显乏味的贵族小姐不同，蕊贝卡充满了活力，兼具异国情调和神秘感。蕊贝卡知道在当时的社会条件下，她不可能跟艾凡赫结婚，但是敢爱敢恨，义无反顾地在艾凡赫身上投入所有感情。正因为如此，蕊贝卡的形象变得立体而可信，比罗文娜更能给读者留下深刻印象，得到更多好评。《艾凡赫》于1819年12月18日面世，出版刚刚一个月就被改成多个版本的舞台剧，借着小说大卖的热度开演了。或许因为蕊贝卡成为人们关注的焦点，戏剧上演时名称都有所变化，无论是1820年1月20日托马斯·迪布丁（Thomas Dibdin）改编的《艾凡赫与犹太人之女》（*Ivanhoe, or The Jew's Daughter*），还是1月24日 W. T. 蒙克里夫（W. T. Moncrieff）的《艾凡赫与犹太女》（*Ivanhoe, or The Jewess*），抑或是后续在19世纪二三十年代改编上演的几个剧本，② 均在标题中刻意凸显出犹太文化因素。

　　除了外貌和品格均超凡脱俗以外，蕊贝卡还有一个常人没有的能力，她懂医术，在艾凡赫受伤后，她运用自己掌握的医学知识治疗和照顾他。司各特通过小丑汪巴直接发声，对诺曼人歧视犹太人的情况进行正面讽刺与驳斥，但是更加奏效的是通过塑造蕊贝卡的完美形象间接影响读者的价值判断，改变他们对犹太人的刻板成见。《艾凡赫》的男主人公同样如此，艾凡赫在小说中的存在感并不是特别强，但形象还是比较完美。艾凡赫英勇无畏，对"狮心王"理查一世忠心耿耿，协助他打败篡逆，夺回王位。有意思的是，司各特描写了蕊贝卡和艾凡赫之间相爱并互相拯救的情感故事，却并没有给他们一个

---

①　司各特：《艾凡赫》，第314页。

②　参见 Frederick Burwick, *Romanticism: Keywords*. Chichester, West Sussex: John Wiley & Sons, 2015, p. 149。

圆满的结局。在小说结尾部分，艾凡赫为了救蕊贝卡，与坏人进行决斗，英勇获胜之后，以撒想带蕊贝卡前去表示感谢，而蕊贝卡却坚持不辞而别。蕊贝卡见过罗文娜之后就远走他乡，去了西班牙的格拉纳达王国，成全了男女主人公艾凡赫和罗文娜的婚姻，这无疑是二人的主角光环在起作用。司各特在1830年9月1日为《艾凡赫》再版写了一个"序言"（Introduction）来阐释自己的写作原则和初衷，可以看出司各特对自己的作品抱有寓教于乐的情怀，他在该文结尾处解释了为何不给蕊贝卡和艾凡赫一个圆满的结局："作者认为，如果用世俗成功来回报品行端正高洁的人，将会降低，而不是抬高他的形象。"① 司各特甚为珍爱这两个品行端正高洁之人，因此在审美和道德两个维度进行总体塑形。

第四节　审美意识形态的伦理基色

《艾凡赫》的开篇引用蒲柏翻译的《奥德赛》选段作为篇首箴言，描绘出暮色时分猪群归圈的田园气息。小说开头的风景描写展现了很多信息："在快乐的英格兰境内，沿着邓河两岸秀丽的地区，古时候有一大片森林覆盖着舍菲尔德和愉快的邓卡斯特城之间的大部分山谷。"② 司各特在小说第一句话连用了多个形容词来引入全书的基调与背景——"快乐的英格兰"（merry England）、"秀丽的"（pleasant）和"愉快的"（pleasant），将地理位置直接锁定在位于英格兰中部南约克郡的舍菲尔德和邓卡斯特城之间的邓河（River Don），在如

---

① Walter Scott, "Introduction", in Walter Scott, *Ivanhoe*. Mineola and New York: Dover Publications, 2004, p. xi.

② 司各特：《艾凡赫》，第1页。

画的自然风景和高耸的古堡箭楼中展开历史故事。自从柏克《论崇高与美的起源的哲学探究》(*A Philosophical Enquiry into the Origin of Our Ideas of the Sublime and the Beautiful*)发表以来,"如画"(picturesque)美学传统在 18 世纪末 19 世纪初有着巨大的影响力,司各特对此有深刻理解和同感。他在多封书信里讨论到"如画"理论,并且申明自己对这一领域的重要批评家尤维达尔·普赖斯(Uvedale Price)的作品"一直聚精会神地研读"。[①] 紧接着《艾凡赫》之后,他发表的下一部小说是《修道院》,在该书第 2 章中,就使用了柏克的词"优美"与"崇高",跟它们出现在同一行里的就是"如画"。[②] 司各特在《艾凡赫》中以如画美学切入到小说的政治正题,紧随其后就由优美的风景描写立刻过渡到毒龙传说、玫瑰战争最激烈的战斗和草莽英雄等话题,这些给人带来危险、刺激和恐惧感的,都属于崇高的范畴。

　　司各特的历史小说具有很强的画面感,对风景和服饰的描述均细微而精致,适合改编成戏剧演出。司各特对小说理论有着精深的研究,他明白历史小说需要高度真实地还原过去特定时期人们生活中的风俗、服饰、语言、场景和事件,为读者塑造"逼真"的画面效果,这是为了达到美学效果而必备的基本要求。司各特在这方面的知识储备和写作技术均已炉火纯青。就在《艾凡赫》出版的次年,爱丁堡的上层社会人员成立了凯尔特人协会,致力于推广苏格兰民族服饰和民族文化,司各特担任该协会主席。司各特对亚里士多德的文学理论是非常谙熟的,他曾在多处谈论亚里士多德在《诗学》中提及的文学理念,甚至就在发表《艾凡赫》的同一年,他还发表了长篇理论文章《论

---

　　① 转引自 Alexander M. Ross, *The Imprint of the Picturesque on Nineteenth-Century British Fiction*. Waterloo: Wilfrid Laurier University Press, 1986, p. 68。

　　② Walter Scott, *The Monastery: A Romance*. Paris: A. and W. Galignali, 1821, p. 13.

戏剧》（"Essay on the Drama"，1819），里面多处反复提及亚里士多德。毋庸置疑，司各特清楚情节的编排、人物的塑造、语言的淬炼以及或然性的掌控，均是构成高质量文学作品的重要因素。在小说中引入优美和崇高的因素，并不是司各特的终极目的，紧随优美的风景和崇高的传奇历史之后的，是他在《艾凡赫》想要传达的政治主题。司各特借助全知叙述者之口开始了一长段关于理查一世时代历史背景、国内局势和民族文化的论述，他把这个叫作"楔子"。①讲完楔子之后，他又将叙述内容切回到小说开头处如画的风景之中，继续补上一大段描写优美风景的文字，然后在静态的景物描写中引入动态的人物——猪倌葛尔兹和小丑汪巴。他们都是小说中无足轻重的小角色，叙述者借用他们的视角引入诺曼骑士和艾凡赫的父亲撒克逊族的塞得利克，由此开始了小说波澜壮阔的历史故事。随后各色真实历史人物或虚构的人物在小说中逐一登场，汇合成不同政治力量，产生剧烈的戏剧冲突。诺曼·费希尔认为："《艾凡赫》并不在伦理或审美维度依靠一两个角色的复杂融合，而是依靠为宽容而奋斗的所有主要角色：艾凡赫、'狮心王'、罗宾·伍德、蕊贝卡，甚至是艾凡赫那个刻板的父亲塞得利克。《艾凡赫》的这些角色在伦理上被融合到一起，成为一个象征性的团体，展示出审美的融合。"②司各特的历史小说擅长将虚构和事实混杂在一起的人物行动搭配点缀在地理实景之上，营造真实的历史效果。他的大部分注意力都放在人物在小说虚构叙事世界中的行动和呈现效果。对人物行动的重视其实是作家的一种自主的伦理选择，司各特并没有停留于审美的维度，而是通过描写特定历史时期

---

① 司各特：《艾凡赫》，第1~4页。

② Norman Arthur Fischer, "The Modern Meaning of Georg Lukács' Reconstruction of Walter Scott's Novels of Premodern Political Ethics", p. 140.

的社会整体生活方式触及历史。诺曼·费希尔在讨论卢卡奇重构司各特历史小说的现代意义时指出，卢卡奇在《历史小说》一书中增益了黑格尔的想象美学（aesthetics of imagination），"将其与黑格尔和马克思的政治伦理和历史哲学相关联，展现出一种想象性的美学，借此来理解历史小说"。① 司各特在《艾凡赫》等历史小说中体现出来的想象性美学与19世纪前期英国面临的政治问题交汇在一起，形成了一部历史罗曼司，它在当时成为现象级的畅销书，体现的正是摄政时期以作家司各特和千万狂热读者为群体的英国人对八百多年前那段中世纪历史的想象性再审视。

　　正如卢卡奇指出的那样，历史小说在19世纪前期的崛起与拿破仑战争对英国人的民族意识和历史意识带来的刺激效应有关。② 对司各特等人的历史小说进行政治解读，运用阶级意识展开分析，就可以建构起一个马克思主义的阐释模型。历史小说强调人物在历史中的参与性，凸显出人作为历史前提的重要性，同时又强调人的实践性，重视人的实践活动塑造历史和改变历史的力量，此即为历史与实践互相依存的辩证唯物主义原则。在人的社会实践与历史实践过程中，伦理作为"道德行为基础上形成的抽象的道德准则与规范"，③ 是调节各种社会关系的重要维系力量。英国小说自孕育和诞生时，伦理的基因就流淌在它的血液中。无论是丹尼尔·笛福，还是亨利·菲尔丁和塞缪尔·理查森，他们笔下的鲁滨逊、约瑟夫·安德鲁斯、汤姆·琼斯、帕梅拉、克拉丽莎、查尔斯·格兰迪森等众多人物都对伦理有着深刻的认识和执念。这些小说人物在思想上进行反省，在行动上自我约

---

　　① Norman Arthur Fischer, "The Modern Meaning of Georg Lukács' Reconstruction of Walter Scott's Novels of Premodern Political Ethics", p. 128.

　　② Georg Lukács, *The Historical Novel*, p. 25.

　　③ 聂珍钊：《文学伦理学批评导论》，第254页。

束，恪守道德规范，即便是笛福笔下道德底线比较低的女主人公摩尔·弗兰德斯和罗克珊娜也是从反面提供道德教诲作用。摩尔·弗兰德斯有过很多不道德的经历，但是笛福在小说中让她进行了忏悔。笛福在世时，《罗克珊娜》只印刷了一版。在他去世之后，几乎所有版本都对小说进行了增删，尤其是对它并未惩恶扬善的结尾做了彻底修改。① 1745 年的版本给轻浮放荡的女主人公罗克珊娜安排了一个悲惨的结局，自此之后，《罗克珊娜》就一直存在于这种氛围之下。到了 18 世纪末，随着情感主义的兴起，情感与伦理更为文学家所看重。威廉·戈德温 1795 年 7 月刊登在《英国批评家》上的文章严肃地指出，他写作《迦勒·威廉斯》(*Caleb Williams*, 1794)，"目的是暴露现在文明社会体系中的丑恶，以此带领读者探究与审视这些丑恶是不是和公认的那样无法纠正，让他们走向道德和政治探究的海洋"。② 戈德温将文学的伦理教诲作为小说写作的核心目的，在文学市场另一端的读者有着同样的需求。阅读文学是 19 世纪英国人消遣娱乐和接受道德教诲的重要方式，因为"只有文学才能通过一系列道德事例和榜样达到教诲、奖励和惩戒的目的，从而帮助人完成择善弃恶而做一个有道德的人的伦理选择过程"。③ 司各特在以《艾凡赫》为代表的"威弗莱"系列小说中就承载了这一伦理教诲的诉求，这些历史小说在盛极一时的摄政时期成为广大读者的第一选择，而且即便在后世其文学声誉开始衰败，也以儿童文学读物的形式对历代英国青少年产生了重要影响。

司各特继承了英国小说史上前辈们对道德严肃感和伦理秩序不懈追求的伟大传统，他同样塑造了一大批善良仁厚、品行高尚的人物角

---

① Melissa Mowry, "Appendix", in Daniel Defoe, *Roxana: or, The Fortunate Mistress*. Peterborough：Broadview, 2009, p. 399.

② William Godwin, *Caleb Williams*. Peterborough, Ontario：Broadview, 2000, p. 451.

③ 聂珍钊：《文学伦理学批评导论》，第 248 页。

色。潜藏在《艾凡赫》罗曼司小说外衣下的是司各特对伦理规范的强烈诉求，他所运用的美学理念透露出的都是伦理法则。关于审美与道德之间的关系，文学史上不同批评流派一直有不同主张。文学伦理学批评认为"审美是在文学的阅读和接受过程中实现的，是发现文学教诲价值的方法与途径，因此审美是文学的功能，是为文学的道德价值服务的"①，这是符合马克思主义文艺观的论点。马克思对司各特的小说评价很高，或许司各特的小说创作理念暗合了马克思的文艺观，因为马克思"对'纯粹审美'和'为艺术而艺术'的理念从来都不屑一顾，这些理念经常和政治上的漠不关心（political indifference）甚至是奴性（servility）关联在一起"②。司各特试图通过历史小说戏剧性地呈现英国在早期历史阶段民族大融合的政治愿景，《艾凡赫》重返中世纪罗曼司的转型是司各特的一次文学创新试验，他通过民族融合的宏大历史题材替换掉了中世纪骑士罗曼司文学当中的超自然力量和宗教神话因素，代之以明晰可信的史学细节，通过伦理的力量将他所在的摄政时期政治境况与中世纪历史审美想象混合成一种新的历史诉求。用司各特在《艾凡赫》序言中告诫年轻人的话来说，那就是在面临人生中的艰难选择时"要恪守自我否定的本分，情感要服从于道德原则"。③ 司各特的这个判语在奢侈浮华风气盛行的摄政时期显得格外铿锵有力。站在历史的无知之幕前，司各特的文学观和道德理念穿透了时代的迷雾，直抵多年以后维多利亚精神的核心。正是这种精神推动英国人不断前行，在坚忍中找到了民族的文化自信，在古今对比中不断夯实文化自强，通过一代又一代人持续努力，最终将英国推向了辉煌的顶点。

---

① 聂珍钊：《文学伦理学批评导论》，第248页。

② Franz Mehring, *Karl Marx: The Story of His Life*. Abingdon, Oxon: Routledge, 2003, p. 504.

③ Walter Scott, "Introduction", in Walter Scott, *Ivanhoe*, p. xi.

第六章
历史小说的波浪：苏格兰天团

在文学的不同文类中，长篇小说这种体裁的出现时间相对较为晚近。在摄政时期所在的 19 世纪前期，英国文坛的主导思潮是浪漫主义潮流，其中风头最劲的无疑是诗歌，它占据至高无上的地位。到了维多利亚时代，诗歌在势力上逊位于散文，现实主义小说成为英国文学发展进程中的时代风向标，"文学已经走下浪漫主义诗歌个体精英主义孤独激昂的山巅，转向小说中由社会语言与共有对话构成的公地"①。小说在 19 世纪中期的英国文坛迅速走向兴盛，这在很大程度上也是司各特等历史小说家在 19 世纪前期给文学消费市场带来持续冲击效应的结果，同时，也与资产阶级和土地贵族之间的文化领导权之战息息相关。②

在两百年前英国历史小说的星空里，司各特毫无疑问是最为壮观的中心天体。他在 1814 年带着《威弗莱》横空出世，给当时的读者带来震撼的阅读体验。完全不同于此前流行的缠绵悱恻的婚恋小说和艳俗惊悚的哥特小说，他开创的历史小说以人们熟知的历史事件为故事背景，格局大开大合，描写个人命运在历史大潮中的沉浮，既让人了

---

① Philip Davis, *The Victorians.* Beijing: Foreign Language Teaching and Research Press, 2007, p. 227.
② 参见拙文《〈爱丁堡评论〉反浪漫主义潮流探源：文学期刊与文化领导权之战》，《北京第二外国语学院学报》2014 年第 4 期。

解了一段特殊时期的历史，又得以重温当时的文化习俗。司各特奠定
了历史小说写作的基本理念和套路，使之成为当时最广为接受的主流
模式，给写作历史小说的同行作家带来巨大压力。司各特的历史小说
之所以被封为正统，在于它气势恢宏，历史背景壮阔，将人物命运和
民族命运密切结合在一起，弘扬民族融合和真善美的主旋律。大多数
19 世纪的历史小说家都沿袭了他所引领的这种主流模式。与此同时，
以约翰·高尔特、詹姆斯·霍格、简·波特和安斯沃思等人为翘楚的
作家群体也在孜孜不倦地以自己的方式推动历史小说的发展，他们要
么就同一主题与司各特进行磋商，要么在模仿的前提下进行微调修
正，要么避其锋芒选择一些未被涉及的话题以求新求变。在 19 世纪
前期那段最为波澜壮阔的历史进程中，英国历史小说创造的荣耀并不
仅仅属于司各特，它属于那个时代，以及那个时代里声势浩荡的小说
家群体。

第一节　爱丁堡与文化领导权之战

法国大革命的血腥场景震慑了近在英吉利海峡彼岸的英国土地贵
族阶层与国家政治文化精英们，让他们意识到巩固王权与守成缓进的
必要性。在这种历史情景下，历史小说和浪漫主义诗歌的繁盛似乎可
以被视为英国贵族阶层在目睹法国大革命恐慌之后用以巩固文化领导
权的政治行动。浪漫主义文学思潮是英国的反资产阶级社会情绪在文
化领域内的一次汹涌回潮，而贵族阶层又乘机将浪漫主义为其所用，
以此在文化领域内打压资产阶级，通过浪漫的诗歌对自我、自然与历
史进行理想化与诗化处理，贬低资产阶级的工业化生产与城市化生活
方式。浪漫主义清新自然与热烈奔放的诗歌让不计其数的英国臣民认

同了这些文学理想，并将其融入自己的价值观，组成了一个在情感上反对资产阶级的庞大阵营。到了摄政时期开始的 18 世纪末，托利党人代表的土地贵族阶层在经济上已经失去了领导权，面对资产阶级咄咄逼人的姿态，他们仅靠依附王权而在政治上苦苦坚守势力地盘，此时悬而未决的主战场似乎就只剩下文化领域。文化与政治从来密不可分，贵族阶层对此十分清楚，他们绝不会放过通过文化舆论巩固统治权和压制资产阶级的机会，资产阶级也必将在此地奋起反击。当然，很多时候这种抵抗不需要从上而下的正式阶级战斗动员令，阶级成员个体在生活受到压制时便会为了自身利益而在局部范围内自发组织狙击行动。就文学而言，资产阶级在远离伦敦权力政治中心的地方找到了绝佳的突破口，那就是偏安英国北部的经济与文化中心爱丁堡。

19 世纪初期的托利党权倾一时，自 1783 年以来他们连续执政多年，垄断了从伦敦到爱丁堡等大城市的上层政治结构，对辉格党进行倾轧。1802 年 10 月，三个在爱丁堡颇有名气的年轻人因为拥护辉格党而备受托利党官僚体制的排挤，一时兴起便创办了一本专论时事与文学的杂志《爱丁堡评论》。或许他们自己也没想到它将成为 19 世纪初期最有影响力的文学期刊，在英国的政界与文坛掀起不小的波澜。在 1802 年的英国，浪漫主义的第一波主浪正影响全国：华兹华斯和柯勒律治的《抒情歌谣集》(Lyrical Ballads) 短短五年内已印到第 3 版（再次扩充了"序言"），风头一时无两；司各特发表了《苏格兰边区歌谣集》；骚塞也发表了仿史诗《毁灭者塔拉巴》(Thalaba the Destroy-er)。《爱丁堡评论》在此时选择创刊恐怕不能便宜地归之于巧合。更需要提请大家注意的是，它的创刊号恰巧选择了骚塞这个浪漫派阵营（当时还无此说法）中的"薄弱环节"作为突破口，借以抨击那个群体："此书[《毁灭者塔拉巴》]作者所在那派诗人持有奇怪的学说，对于诗歌与批评的权威正统体系而言，他们是异见分子。"[1] 此文由常任主编弗朗西斯·杰弗里亲自执笔，可见《爱丁堡评论》颇为重视抨击浪漫派这个文化议题。杰弗里此文立论思维绝佳，借用英文 establish（建立）在宗教（国教）问题上的双关含义，使《爱丁堡评论》接续了英国文学批评传统的"权威正统"谱系，而将浪漫派当作"异见分子"驱逐。经过这番政治话语与姿态伪装，辉格党人已经成功潜入贵族阶层的文化传统阵地，隐蔽在堑壕里调转枪口开始向浪漫主义文学开火，因为后者正是有利于稳固贵族阶层统治秩序的文化排头兵。浪漫主义在推动现代性事业方面具有进步意义，它"在审美和艺术领域推进和确立了现代性的主体性原则"，然而对 19 世纪尚处在抢班夺权时期的资产阶级来说，他们在乎的是文化领导权的问题，他们之所以必须打压浪漫主义文学，从意识形态角度来说是因为浪漫主义同时又"擎起了审美现代性的大旗，对资产阶级的现代性进行了强烈的审美批判"。[2] 对资产阶级队伍来说，这显然无法接受。

《爱丁堡评论》在创办初期并未对外宣告党派倾向，而是通过讨论政治经济学与道德智性的学术文章不动声色地向读者灌输政治热情与改革意愿。随着弗朗西斯·杰弗里在 1808 年 10 月撰文激烈抨击托利党内阁，其后隐藏的党派门户问题终于浮出水面。托利党人毫不示弱，时任外交大臣的乔治·坎宁（George Canning）迅速着手在 1809 年 3 月创立《每季评论》与之针锋相对。于是，后面就有了大家熟知的《爱丁堡评论》对湖畔派诗人的穷追猛打，以及骚塞在《每季评论》的勤勉还击，并且他于 1813 年被赏封为"桂冠诗人"。托利党人这次反

---

　　① Francis Jeffrey, "*Thalaba the Destroyer: A Metrical Poem*", *Edinburgh Review*, no. 1 (1802), p. 63.

　　② 张旭春：《革命·意识·语言：英国浪漫主义研究中的几大主导范式》，《外国文学评论》2001 年第 1 期。

应非常迅速，因为他们已经驾轻就熟。此前，由于缺乏有力的舆论武器，托利党政府曾在相当长一段时间内都很被动。《分析评论》(*Analytical Review*)早在 1788 年就已在伦敦创刊，它在政治与宗教事务上猛烈攻击托利党政府。囿于种种原因，托利党人直到 1797 年才创办《反雅各宾派评论》(*Anti-Jacobin Review*)与之对抗，次年又以"诽谤政府罪"为名取缔了前者，舆论颓势才终于得到扭转。

在政治与宗教等核心舆论领域兵戎相见之后，两大阵营这次又将战场搬到了"高雅"的文化领域——浪漫主义文学。关于浪漫主义的政治与意识形态立场问题，学界向来颇有争议，殊难进行简单划分。在浪漫主义政治批评史上占据重要地位的卡尔·施米特指出浪漫主义在复辟与革命、保守与激进、美化与丑化等方面的复杂情形，他援用了泰纳(Taine)对浪漫主义问题的政治历史解读，认为它的时代"始于 18 世纪"，在 1789 年"用革命暴力战胜了君主制、贵族和教会"，在 1848 年"六月起义"中却又站在巷战中镇压工人阶级革命的那一方。[1] 施米特意识到泰纳对法国浪漫主义的政治与阶级定性分析模式无法适用于整个欧洲多样化的浪漫主义运动，他对浪漫主义隐含的现代自由主义以及资产阶级主体意识进行批判，并称浪漫主义为"主体化的机缘论"(subjektivierter Occasionalismus)，但是他基本认同浪漫主义与资产阶级的内在政治联系，认为"[新兴]资产阶级成为浪漫主义的执行人，而浪漫主义成为自由中产阶级的审美"。[2] 施米特对政治浪漫主义做了比较彻底的分析与批判，在文化界有着深远的影响。学界普遍将浪漫主义定性为资本主义上升时期具有现代性与

---

① 卡尔·施米特：《政治的浪漫派》，第 11~12 页。
② Carl Schmitt, *Political Romanticism*, trans. Guy Oakes. Cambridge, Massachusetts: MIT Press, 1986, p. xxxvi.

进步作用的意识形态。然而，出于理论建构需要，施米特等众多从政治哲学与思想史宏观角度进行抽象与升华的批评往往无法顾及具体情景的复杂性与独特性。就英国浪漫主义文学潮流而言，其执行人固然是资产阶级，但是在政治领域起到的客观效果却并不完全有利于资产阶级。

对于文化领导权制高点的争夺不仅关乎一时成败，而且可以决胜未来。在《爱丁堡评论》这个事件上，辉格党及其拥护者显然占据了先机，他们的文化反击策略十分奏效。《爱丁堡评论》走的是专业与高端的文化路线，文章均由苏格兰各学科领域的名家执笔，创办伊始就受到英国知识界的青睐，成为文学评论与品鉴的仲裁者。在 19 世纪的前二十年里，《爱丁堡评论》是英国文学评论界的绝对权威，在它最初的鼎盛时期，对文学界拥有无与伦比的影响力，成为文化精英们的必读之物。《布莱克伍德杂志》刊载了一封（或许假托）德国人写给英国友人的书信，说《爱丁堡评论》几乎拥有"神谕一般的权威"，[1] 虽说理据未必确凿，且基本立场是抨击《爱丁堡评论》，但从另一个角度可以看出这本期刊在业内对手以及旁观者眼中（哪怕是想象性质）的巨大影响力。以《爱丁堡评论》为首的文学评论刊物控制了英国文学与文化舆论，"像罗马皇帝一样"独断专权，组建了自己的"文学帝国"，形成了文化领域内的"寡头政治"。[2]《爱丁堡评论》的读者群遍及社会各阶层，包括牛津、剑桥的大学生以及伊顿公学等校的高年级学生，其中就有浪漫主义阵营中的拜伦和雪莱。年轻的新一代浪漫主义诗人在成长过程中不断浸泡在《爱丁堡评论》对湖畔派猛

---

① V. Lauerwinkel, "Remarks on the Periodical Criticism of England: In a Letter to a Friend", *Blackwood's Edinburgh Magazine*, no. 2（1817-1818）, p. 674.

② V. Lauerwinkel, "Remarks on the Periodical Criticism of England: In a Letter to a Friend", p. 672.

烈而持续的批评氛围中，创作理念受到它的深远影响，于是产生规避湖畔派浪漫主义观念以及寻找诗歌新突破的动力。有批评家指出，拜伦与雪莱这两位年轻浪漫主义诗人在19世纪初期写作的那些诗篇政治诉求太过直接，"在诗歌领域这并非寻常之举"，原来它们的思想内容居然"是对《爱丁堡评论》创刊初期那几年刊物内容的惊人重复"。①《爱丁堡评论》已经大大削弱了早期浪漫主义诗学理念对下一代年轻人的影响，尽管无法完全左右年轻文学家的思想，无法使其在社会实践层面成为激进革命派从而肩负起政治使命，但拜伦和雪莱等人的审美思想已经不再保守，成为当时的审美先锋派，济慈也和政治激进分子利·亨特（Leigh Hunt）相交甚密，以至于被托利党阵营的《布莱克伍德杂志》呼为"伦敦土腔派"（Cockney School）魁首。《布莱克伍德杂志》及其同僚将济慈、约翰·汉密尔顿·雷诺兹（John Hamilton Reynolds）、巴里·康沃尔（Barry Cornwall）、霍勒斯·史密斯（Horace Smith），甚至雪莱和拜伦等新一代浪漫主义诗人都归入这个阵营，并"用湖畔派来攻击伦敦土腔派的田园牧歌"。② 托利党阵营的这一举动无异于宣示辉格党人文化反击战的胜利：湖畔派浪漫诗学理念已失去了对自己文学子嗣的掌控力，浪漫主义文学阵营发生了严重分化，内部已经产生了去浪漫化冲动。除了"影响的焦虑"以及文学思潮的自然更新换代法则之外，恐怕更大的原因在于资产阶级通过操纵文学批评话语在新老两代浪漫主义诗人中间打下了一枚思想的楔子，使年轻一代的诗人在很大程度上背弃了湖畔派的诗学理念，

---

① Marilyn Butler, "Culture's Medium: The Role of Review", in Stuart Curran (ed.), *The Cambridge Companion to British Romanticism.* Cambridge: Cambridge University Press, 1995, p. 139.

② Jeffrey N. Cox, *Poetry and Politics in the Cockney School: Keats, Shelley, Hunt, and Their Circle.* Cambridge: Cambridge University Press, 1992, pp. 18, 30.

自觉开始反浪漫化行动。资产阶级的文化战略在很大程度上成功改变了浪漫主义运动后半段的趋势与走向。

《爱丁堡评论》凭借自己一手造就的高端文化形象培养年轻一代对文学的崇高信念，在它的推动下，文学写作超越了作为谋生手段的物质层面，被提升为一种"优雅行为"，[①] 文学成为具有崇高地位的文化资本。在此社会风气下，越来越多的年轻人开始了自己的文学理想，为维多利亚时代英国文学的大繁荣埋下伏笔。《爱丁堡评论》继承了18世纪文学期刊提升读者品位的理想，刊载的文章内充满了大量与此相关的讨论。它的明智之处在于摆脱历史的纠缠，将注意力尽量放在当代文坛上。习惯的力量太过强大，要颠覆英国传统文化中根深蒂固的"高雅"思想并非易事。《爱丁堡评论》采取了务实策略，即搁置英国文化中关于品位的历史渊源与争论，专注于批判当代文学气象，于是便有了对湖畔派浪漫主义发起的猛烈阵地战。它不仅对贵族阶级的文化攻势起到了牵制作用，延缓与抵消了对手的文化侵蚀速度，还撼动了资产阶级的当代文化支柱，进而成功影响与塑造了英国文化品位的未来形态，播散了政治经济学、商业社会与海外拓殖的思想，对年轻一代的成长教育过程施加了巨大影响。

过去数百年间，有多个大国更迭崛起于世界舞台。作为最早正式进入工业化和现代化社会的国家，英国的崛起尤为引人注目。大国的崛起并非仅仅局限于政治、经济或者军事方面，文化实力也是重要的评价标准。英国在1588年击败了西班牙无敌舰队，以军事胜利宣告大国的诞生。到了19世纪中后期，英国以强大的军事和经济实力铸就了"日不落帝国"的辉煌。无独有偶，与英国这两次国力强势崛

---

① Marilyn Butler, "Culture's Medium: The Role of Review", in Stuart Curran (ed.), *The Cambridge Companion to British Romanticism*, p. 138.

起相对应的是文学与文化取得的瞩目成就：出现了伊丽莎白时期（1558~1603）文学和维多利亚时代（1837~1901）文学这两次高峰。前者以莎士比亚和培根为代表，后者以狄更斯、萨克雷等一批现实主义小说家为标志。摄政时期可以视为辉煌的维多利亚时代到来之前的序曲。大国崛起必然引领新的时代精神，而时代精神又和当时社会的文化生态密切结合在一起，同生共长，互为表里。

从摄政时期过渡到维多利亚时代的历史进程，是近代英国迅速崛起并走向全面鼎盛的时间节点。这个过程并非一片坦途，英国始终在追寻光荣与梦想，危机和焦虑却时刻都如影相随。到了摄政时期结束的1837年，英国社会正面临着重重危机：经济衰退、体制僵化、信仰动摇、阶级矛盾激化、贫富差距扩大、民族问题恶化、拜金主义泛滥等问题造成的不稳定因素袭扰着英国人。不同历史时期的社会风貌通常会具有不同于其他时代的界定性特征。早在18世纪末19世纪初，赫尔德和黑格尔等人就从哲学角度对特定历史时期的整体精神风貌进行思辨与评估，并提出类似于"时代精神"（Zeitgeist）的概念。黑格尔的"时代精神"侧重唯心主义和辩证法的哲思色彩，指称当时社会的主流知识和思维范式，作为一种客观存在物，它是历史发展演变的推动力量。随着德意志民族在拿破仑战争以后的崛起，德国的浪漫主义思潮和古典哲学在英国得到更为广泛的传播，对英国文化产生了深刻影响。维多利亚人站在新的历史起点，开创了新的局面，同时也激发了新的社会潮流。摄政时期之后引领英国的是"维多利亚精神"，体现了英国在维多利亚时期的时代精神，它在很大程度上迥异于之前历史时期的文化风貌。"维多利亚精神"不仅是时代精神面貌的抽象概括，还潜藏了诸多生活细节，凝缩成为一种文化存在形态，蕴含了维多利亚时代英国人的生活态度和道德规范。不管批评家对维多利亚时代的社会文化整体精神风貌做出何种界定，它体现出的都是英国人在社会转型时期为了化解焦虑而表现出来的集体价值判断与行为准则，因此它表现出的实际上是一种文化取向。文化在不同社会力量的冲突过程中发展和定型，时代精神并不是一个固定的历史范畴，其内涵在不断发生变化。在19世纪"维多利亚精神"发展变化的历史过程中，就文学维度而言，托马斯·卡莱尔（Thomas Carlyle）、约翰·亨利·纽曼（John Henry Newman）、马修·阿诺德（Matthew Arnold）、约翰·密尔（John Stuart Mill）、罗斯金、威廉·莫里斯（William Morris）和沃尔特·佩特（Walter Pater）等批评家从道德和政治批评角度直接丰富和推动了维多利亚精神的塑造。同时，一大批作家也通过自己的文学叙事反映和参与了维多利亚精神的塑形过程。他们秉承的是19世纪欧洲现实主义小说流派的正统理念，意图以小说虚构叙事"真实"地反映社会现实，使之具有类似于史书的功能。

到了19世纪，英国的各项改革配套措施都有了持续不断的实质推进。在这样的大时代背景下，文学继续秉持教化民风的责任，而且变得愈发雄心勃勃，试图在文学话语中写实地呈现出英国社会存在的问题与矛盾，以期唤起民众的改革意识，从而发挥协助政府加快改革步伐的功效。文学不仅反映社会现实，作为一种话语构成，还以道德力量和审美批判的方式参与社会现实的塑形过程。任何文学思潮的产生背后都有着更为广阔的历史推动力量。时代文化精神的形成并非国家意识形态单方面决定的结果，还有来自民间文化力量的声张与磋商，不同力量之间不断冲突与融合，共同交汇形成具有基本稳定形态与时代特色的生活方式。从这种意义上来说，文学叙事可以与时代精神产生互动，在话语层面能够影响甚至在一定程度上反思、推动和塑造形成新时期的文化价值观，成为这一历史进程的构造组成部分。

第二节　苏格兰历史小说版图

　　司各特引领的历史小说在 19 世纪初期遽然勃兴，这不仅是出于他个人的天分与才能，也是苏格兰文学高度繁荣结出的硕果，而后者又与当时苏格兰文化复兴运动紧密联系在一起。"苏格兰在英国 18 世纪出现了文化、科学、思想和文学方面有史以来头一次，也可以说是空前绝后的一次繁荣兴盛的局面，这应该是 18 世纪的一个奇特现象。"[1] 18 世纪末 19 世纪初的爱丁堡处于全盛时期，在自然科学和人文社会科学领域均有重要建树，大卫·休谟和亚当·斯密是哲学和思想领域的领军人物；与之相应，文学领域也大放异彩，涌现出以司各特为核心的一大批光辉璀璨的作家。司各特和历史小说的辉煌是苏格兰文化在 18 世纪以来科学和文化全面兴盛的高光时刻。济慈在一封写于 1818 年 12 月 30 日的书信中说道："在这个时代，我们见证过三个文学国王——司各特、拜伦和苏格兰小说。"[2] 苏格兰人在 19 世纪涌起的历史小说大潮中大放异彩，司各特、霍格和高尔特这三位常驻爱丁堡的作家组成了当时的历史小说三杰，占据了这个新兴历史潮流的舞台中央，[3] 他们是苏格兰历史小说史洪流中最汹涌澎湃的潮头。

　　爱丁堡是 19 世纪初英国印刷业和文学批评行业的中心。以约

---

　　① 刘意青：《18 世纪奇特的苏格兰现象》，载刘意青主编：《英国 18 世纪文学史》，外语教学与研究出版社 2012 年版，第 261 页。

　　② John Keats, *Letters of John Keats to His Family and Friend*. London：Macmillan，1891，p. 198. 参见 John Henry Raleigh，"What Scott Meant to the Victorians"，*Victorian Studies*，vol. 7, no. 1 (1963)，p. 7. 值得一提的是，拜伦的母亲具有苏格兰血统。

　　③ Richard Maxwell，"The Historical Novel"，in John Kucich and Jenny Bourne Taylor (eds.)，*The Oxford History of the Novel in English*，vol. 3, p. 60.

翰·默里、阿奇博尔德·康斯坦布尔和詹姆斯·巴兰坦（James Balla-ntyne）为代表的出版商，以及《爱丁堡评论》主编弗朗西斯·杰弗里和《布莱克伍德杂志》主编威廉·布莱克伍德（William Blackwood）等人在英国文学的产业链中拥有极其强大的话语权。① 这两本期刊吸引了众多苏格兰作家踊跃投稿，尤其是刊发原创作品的《布莱克伍德杂志》，培养了一大批优秀作家。威廉·布莱克伍德在 1816 年将司各特小说发行权从康斯坦布尔手里抢过来，为了增加自己在文学圈的影响力，还在次年 4 月创办了《布莱克伍德杂志》。除了霍格和高尔特之外，还有洛克哈特和约翰·威尔逊（John Wilson）等人都跟布莱克伍德及其文化产业帝国往来密切。学界将这群与《布莱克伍德杂志》有联系的苏格兰次要作家冠以"布莱克伍德派"（Blackwoodian School）之名。这些作家中，有相当一部分从事历史小说写作，以苏格兰历史、方言和地域文化特色为创作素材。

　　高尔特和霍格无疑是苏格兰历史小说版图中的重要地标，后文将重点论述。在此之前，我们先考察一下这个版图中的女性作家群体，这些人中尤其以苏珊·费里尔（Susan Ferrier）和克里斯蒂安·伊索贝尔·约翰斯通（Christian Isobel Johnstone）最为著名。

　　苏珊·费里尔的《婚姻》（*Marriage*，1818）写于 1810 年，比司各特的《威弗莱》还早，以苏格兰的人和事为故事背景，在当时颇受欢迎。关于苏格兰、爱尔兰两大支流文化与英格兰主流文化碰撞的历史叙事，小说界最常见的套路是让英格兰男子深入爱尔兰或苏格兰旅行，通过他们的游历来展现爱尔兰或苏格兰的风土人情。当时社会习俗不允许女子单身在外行走，女子在社会交往中也有诸多不便，因此让英

――――――――――

　　① 关于杰弗里主编的《爱丁堡评论》在当时英国文学界的巨大影响力和塑形作用，参见拙著《盖斯凯尔小说中的维多利亚精神》，商务印书馆 2015 年版，第 15~22 页。

格兰男子前去游历是一个非常适宜的办法。这个社会现实情况和小说层面的技术细节导致了英—苏或英—爱文化融合过程中的跨民族婚姻基本都是英格兰男子娶苏格兰或爱尔兰女子。费里尔则反其道而行之，用英格兰女子和苏格兰男子的婚恋故事讨论两种文化之间的张力。

苏珊·费里尔还出版了《继承》（Inheritance，1824）和《命运》（Destiny，1831），与《婚姻》一起组成了她的家庭小说三部曲。费里尔更加偏向弗朗西斯·伯尼和奥斯丁等人的家庭婚恋小说传统，[①] 同司各特和埃奇沃思等人更具阳刚之气的历史小说模式相比，多了一层温婉与动人的平凡。费里尔产量不算特别高，但是在19世纪前期很有名望，深受司各特等人赞誉，在文学市场上得到高度认可。她的作品很受欢迎，《命运》签约出版时得到了1700镑的高价酬金。[②]

克里斯蒂安·约翰斯通因写作苏格兰地域小说而闻名，她的代表作《阿尔滨氏族：民族故事》（Clan-Albin: A National Tale，1815）关注苏格兰高地氏族文化与历史，小说副标题直观地显示出欧文森和埃奇沃思等人的影响。除此之外，她还著有《撒克逊人和盖尔人》（The Saxon and the Gaël，1814）和《布鲁斯家的伊丽莎白》（Elizabeth de Bruce，1827）。约翰斯通在书中缅怀与歌颂苏格兰高地盖尔文化和苏格兰民族英雄的光荣历史。

苏格兰历史小说界在19世纪前期不断涌现出优秀代表，在英国文坛刮起一股猛烈的苏格兰旋风，虽然从未有过正式组织或宣言，但是他们围绕着司各特形成了一个明星天团，成为当时英国小说消费市场中最当红、最有影响力的群体。

---

① 参见 Li Silan and Chen Lizhen, "Self-Fashioning and Moral Maturity in *Evelina*", *Interdisciplinary Studies of Literature*, vol. 5, no. 3（2021），pp. 432-442。

② 王卫新：《苏格兰小说史》，第101页。

第三节　历史的表征：霍格与高尔特的新模式

一个国家的文学市场必然存在多元化的写作理念和丰富的作品样态，作家们会自发以艺术创新为目的，或者着眼于市场竞争的优胜劣汰法则，敏感地观察文坛最新动向，不断开拓创新，从而在客观上推动文学创作向前发展。司各特正式开创了历史小说这个新文类，站在时代的风口上，就小说在当时的销量、流传度、影响力、关注度和美誉度而言，无人可望其项背——"在浪漫主义时期，'《威弗莱》作者'售出的小说比那个时代所有其他小说家加起来还要多"①。司各特循着埃奇沃思、简·波特和欧文森等人开拓的历史小说之路奋勇前行，成为摄政时期英国小说界令所有人仰视的存在。在司各特历史小说最受欢迎之时，他每年能够获得 1.5 万镑的收入，这个数字已经超出了小说家们想象力的范围：1810 年英国东部诺福克郡的劳工每周收入为 12~14 先令，若全年无休，年收入约为 33 镑（实际有效年收入应低于 30 镑）。以奥斯丁为例，1803 年她以 10 镑稿酬售出《诺桑觉寺》版权；1811 年《理智与情感》自负盈亏发行，首版得到 140 镑；1812 年《傲慢与偏见》版权费为 110 镑。② 正因为有了司各特在历史小说领域内名利双收的示范效应，越来越多拥有文学天赋或文学梦想的

---

① Ina Ferris, "Authorizing the Novel: Walter Scott's Historical Novel", in J. A. Downie (ed.), *The Oxford Handbook of the Eighteenth-Century Novel*, p. 551.

② George Saintsbury, *A History of Nineteenth Century Literature (1780-1900)*, p. 138; Harold Bloom, *Jane Austen's Pride and Prejudice*. Philadelphia: Chelsea House Publishers, 2004, p. 13; William Connor Sydney, *The Early Days of the Nineteenth Century in England, 1800-1820*, vol. 2. London: George Redway, 1898, p. 58.

人投身于这个当时最具活力的文学领域，以各具特色的形式对历史小说进行创新。

詹姆斯·霍格 1770 年出身于苏格兰边区埃特里克（Ettrick）的农民家庭。科林·曼洛夫（Colin Manlove）将霍格称为"苏格兰首个重要的奇幻作家"，是"最直接地沉浸在苏格兰民间故事和民歌传统中的人"。① 霍格年轻时曾以牧羊为业，因为母亲的缘故，对苏格兰边区民谣产生浓厚兴趣，协助司各特收集出版《苏格兰边区歌谣集》。后来霍格投身于诗歌创作，得到司各特的赏识，他的诗歌成就并不下于他的小说创作。在司各特"威弗莱"系列小说的刺激和指引下，霍格从 1817 年开始出版历史小说，他的《博得斯贝克的棕仙》（*The Brownie of Bodsbeck*，1817）颇受欢迎，而《男人的三种危险》（*The Three Perils of Man*，1822）和《女人的三种危险》（*The Three Perils of Woman*，1823）则招致了较多批评。

霍格在文学史上最重要的小说是历史罗曼司《罪人忏悔录》。这部小说具有较强的叙事实验意识，杂糅了历史小说、元小说和哥特小说的诸多元素，书中很多事件都被多次重复叙述，形成反讽与矛盾效果。霍格在这部宗教氛围极为浓厚的作品中讨论了加尔文教宿命论观点和宗教教义。《罪人忏悔录》与之前所有的历史小说都不同，他在其中没有像司各特等人一样将关注的重心放在游历、战争或者民族融合等行动力较强的外在情节上，而是别出心裁地关注人的内心世界，聚焦于精神世界面临的灵魂考验和道德拷问，深度描写了基督徒在宗教信仰上经历的苦痛与挣扎。霍格接续了奥古斯丁和卢梭等人《忏悔录》的文学传统，在叙述技巧上打破了现实主义小说规约中极为重视

① Jason Marc Harris, *Folklore and the Fantastic in Nineteenth-Century British Fiction*. Aldershot: Ashgate, 2008, p. 103.

的意义确定性，塑造了一个精神错乱的青年主人公。卡梅伦曾说过"霍格的罗曼司标志着小说主要人物瓦解的心灵中对哥特传统的瓦解"。[1] 霍格强烈凸显人物的精神活动，通过多种叙事手段呈现给读者一个颠倒和变形的内心世界，瓦解了传统，赋予故事世界多种解读的可能。

司各特一脉引领的主流历史小说重视行动和情节，轻视内心活动和精神世界。霍格在《罪人忏悔录》中进行了题材创新，颠覆了历史小说追求的线性进程与意义的确定性，用宗教话题作为外衣服务于叙事实验，难怪桑德斯会说："他的这部小说起初是匿名发表的，就像具有明显新教色彩的书名所表明的，仿佛真的是一部合乎福音的忏悔书，可是在书名上用的这个小计策不过是一种暂时性的伪装而已，只不过是用来掩饰小说所具有的挑战性的创新罢了。"[2]《罪人忏悔录》成为历史小说中比较独特的存在，因为其先锋实验性，发表后并没有立刻得到世人推崇，直到安德烈·纪德（André Gide）对它进行重新挖掘和评估之后，才日益受到重视。

在历史小说的发展演变史上，如果说詹姆斯·霍格走的是一条从民族融合的外在宏大叙事朝着人的精神世界向内转的狭窄路径，那么高尔特选择的则是正面与司各特抗衡、试图开辟出一条"社会理论史"（theoretical histories）的宽广道路。约翰·高尔特见多识广，在欧洲各地游历，从事过多种商业活动，后又常年居住在加拿大。高尔特勤奋而高产，完成了四十多部作品，他的小说可以分成四类：苏格兰小说、历史小说、北美题材小说和政治小说。[3] 他发表过《埃尔郡继

---

① Ed Cameron, *The Psychopathology of the Gothic Romance: Perversion, Neuroses and Psychosis in Early Works of Genre*. Jefferson：McFarland, 2010, p. 156.

② 安德鲁·桑德斯：《牛津简明文学史》（下册），第503页。

③ 王卫新：《苏格兰小说史》，第75页。

承人》(*The Ayrshire Legatees*，1820～1821)、《教区年鉴》(*Annals of the Parish*，1821)、《市长》(*The Provost*，1822)和《限定继承权》(*The Entail*，1822)等一系列苏格兰地方特色浓郁的小说，其中也涉及历史题材。一般认为高尔特成就最高的是他的苏格兰题材小说，它们往往都涉及历史，但并不是严格意义上的历史小说。

在历史小说领域，高尔特的代表作是《里甘·吉尔海孜》(*Ringan Gilhaize*，1823)。《里甘·吉尔海孜》是高尔特专门写来和司各特的《修墓老人》(又译《清教徒》)打擂台的作品，他在《文学生涯及其他》(*Literary Life and Miscellanies*，1834)中曾言明自己的写作动机："这本书肯定是和瓦尔特·司各特《清教徒》有干系的。我觉得他对待长老会教堂的护卫者的态度太草率了，和那段历史留给我的印象不符。其实，说实话，我是很气愤的。他是哈登的司各特家族的后人，他的家族当年曾经因为是长老会成员或者是因为支持他夫人成为长老会成员而被罚没了四千镑。他竟然对那个时代的精神如此健忘，竟然用我认为是嘲讽的态度来对待那个时代的精神。"[①] 高尔特用来抗衡司各特历史小说的武器，除了主题上的直接攻击之外，还有一个重量级的"武器系统"，那就是他的"社会理论史"小说。高尔特试图从抽象的角度表达一种具有普遍意义的历史，它超越了小说的虚构性，具有某种类似理论的确定特质。肯尼思·麦克尼尔指出，司各特成功地融合了历史和罗曼司，将历史视为展开的过程，高尔特与之不同，他"完全拒绝了罗曼司"，从苏格兰哲学家杜格尔·斯图尔特那里借用了"理论史"的概念，因此会秉持"历史'真实'植根于或然性和

---

① 转引自王卫新：《苏格兰小说史》，第80—81页。

示范性(examplarity)的逻辑"的理念。① 高尔特有着崇高的文学理想和抱负，想要从思想系统上找到与司各特的主流历史小说传统相抗衡的历史表征模式，但是这套理念系统过于哲思化和抽象化，小说这种文学形式通常都是诉诸情节、对话、形象和情感，这种抽象的理论史很难既落到实处，又能写得符合读者的趣味。因此，高尔特的"社会理论史"小说无论在当时的文学消费市场上还是文学史上均成不了大气候。无论如何，他这种开拓创新的勇气值得嘉许。

第四节　后浪与前浪：安斯沃思与简·波特

到了摄政时期临近结束之时，一批出生于世纪之交的中青年作家已经成长为英国文坛的中流砥柱，英格兰也活跃着不少历史小说界的明星作家，除了已经大红大紫的布尔沃-利顿，还有乔治·詹姆斯和安斯沃思。乔治·詹姆斯在司各特的鼓励下开始职业小说家的生涯，他是19世纪前期英国文学史上的奇特作家——生活低调，公众对他知之甚少，却是个写作狂人，精力充沛，一生中出版了约40部(约120卷)作品。乔治·詹姆斯是当时很受欢迎的流行作家，作品都平平无奇，可堪一提的并不多。安斯沃思同样也是高产作家，他写了39部小说，凭借《洛克伍德》在英国文坛崭露头角。《洛克伍德》以1737年左右为时间线，是一部具有哥特风格的历史小说。此后他又创作了《杰克·谢泼德》等作品，持续在历史小说领域产出高质量作品。安斯沃思不仅为《弗雷泽》(Frazer)等杂志撰稿，还在1842年主

---

① Kenneth McNeil, "Time, Emigration and the Circum-Atlantic World: John Galt's *Bogle Corbet*", in Regina Hewitt (ed.), *John Galt: Observations and Conjectures on Literature, History, and Society*. Lewisburg: Bucknell University Press, 2012, p. 302.

编了《本特利杂谈》(*Bentley's Miscellany*)、《安斯沃思号》(*Ainsworth's Magazine*)和《新月刊》(*New Monthly Magazine*)，与当时文坛最新动向和读者阅读趣味的变化有密切互动。

安斯沃思敏锐地捕捉到了 19 世纪上半期英国文坛日益流行的描写监狱和犯罪的"新门派"小说(Newgate novel)。他的《杰克·谢泼德》描写的是 18 世纪初英国家喻户晓的小偷和越狱犯杰克·谢泼德，此人因屡次犯法于 1724 年 11 月 16 日被处以绞刑。在历史小说发展进程中，早已有人关注侠盗或罪犯这一题材，比如说司各特 1817 年就出版了《红酋罗伯》，他以苏格兰民间著名的强盗罗伯·罗伊为原型，进行文学虚构。司各特对强盗罗伯·罗伊的描写是为了表达自己的历史观念，将他放在苏格兰高地文化的环境里进行塑造，着眼的是 1715 年苏格兰詹姆斯党人的第一次叛乱，这是司各特心心念念的重要历史事件。安斯沃思并没有沿着司各特的道路继续前行，他在历史小说设计理念上有自己的独到之处——从英国小说兴起之时笛福等人的犯罪小说那里汲取灵感。笛福曾写过《杰克·谢泼德抢劫越狱全录》(*A Narrative of All the Robberies, Escapes etc. of John Sheppard*, 1724)，菲尔丁的《江奈生大伟人传》(*The Life and Death of the Late Jonathan Wild, the Great*, 1743)对《杰克·谢泼德》也有重要影响，这从安斯沃思在书中给一个人物取名为江奈生(Johnathan Wild)可一目了然。同时，他又注入了 19 世纪三四十年代英国文学和社会发展现状的最新潮流，对历史小说进行革新。《杰克·谢泼德》对偷盗、抢劫、色情、斗殴、越狱、凶杀等情节进行渲染和直接描写，给读者带来感官刺激。西条隆雄(Saijo Takao)主编的《维多利亚小说与犯罪》(*Victorian Novels and Crime*)有这样一组数据："根据一项粗略统计，1745—1820 年，在伦敦不到 100 万人口中，竟然有 11.5 万人靠犯罪为生。"① 犯罪行为历来都被法律所禁止，也被道德所禁忌，因而往往容易让人们产生猎奇心理。正是在这种境况下，《杰克·谢泼德》和《洛克伍德》在文学市场上找到了大量消费者，对当时"新门派"小说的流行起了助推作用。这些小说在销量上大卖，作者在道德立场上并没有明确的价值评判，因而经常遭到批评，被称为诲淫诲盗之作。历史小说有一个重要的分支是主要给青少年阅读的历史小说和成长小说，它们让孩子不仅可以获得娱乐，还可以学习历史知识，通过接触这段历史获得进一步深入学习的机会。在注重道德传统的英国小说界，刻意渲染社会暴烈与黑暗面的作品可以满足人们猎奇的欲望，但是注定会因为其局限性而难以成为主流经典作品。

安斯沃思善于钻研新思路和新话题，在 19 世纪 40 年代相继出版了《伦敦塔》(*The Tower of London*, 1840)、《旧圣保罗教堂》(*Old St. Paul's, a Tale of the Plague and the Fire*, 1841)，《温莎堡》(*Windsor Castle: An Historical Romance*, 1843)和《兰开夏郡的女巫》(*The Lancashire Witches*, 1849)等系列历史小说，形成了自己的小说品牌。安斯沃思的历史小说写作充分利用伦敦塔、旧圣保罗教堂、温莎堡等英格兰举世闻名的历史建筑，用这些读者们耳熟能详的地标作为场所演绎历史故事。司各特等老一辈历史小说家写过大量与王室或贵族集团斗争有关的作品，但是他们的故事主要围绕战争和游历进行，空间较为开阔，并不局限在室内。此外，先前的历史小说都倾向于从中人之姿的小人物角度截取历史横断面，并不像莎士比亚的历史剧那样直接着力写王侯将相，这些小人物没有太多机会出入王宫或其他政治与军事重地。安斯沃思的这个小说系列以《伦敦塔》最受欢迎，它围绕 16 世

---

① 贾彦艳、陈后亮：《英国传统罪犯传记小说研究》，武汉大学出版社 2020 年版，第 115 页。

纪中期著名的简·格雷（Lady Jane Grey）女王展开。1553 年 7 月 6 日
爱德华六世去世，没有留下子嗣，在当时反天主教继承人和政治斗争
的各种因缘巧合之下，简·格雷被推举当了女王，仅仅 9 天之后就被
权势熏天的"血腥玛丽"玛丽一世夺走王位，1553 年 7 月 19 日被囚
禁于伦敦塔。1554 年 2 月 12 日，简·格雷夫妇被处死。安斯沃思在
这部作品中对哥特小说进行了改良，将读者带入伦敦塔黑暗森严的地
牢与碉堡，感受到囚禁幽闭与死亡折磨的恐惧。经过近一个世纪的发
展，山间古堡或修道院发生的故事对读者们而言早就失去了神秘感，
因此安斯沃思将哥特小说中与死亡恐怖有关的惊悚氛围移植到伦敦市
中心，用王权的神秘感代替了宗教的神秘感，再现了一段都铎王朝历
史上王权斗争的往事。

英国历史小说的星空里有无数熠熠发光的明星，我们不可能穷尽
列举这个数量众多的小说家群体。本书以摄政时期作为一个历史横断
面，考察历史小说长河从细流涌出的起源到最蔚为壮观的时间段，期
望以此相对较为完整地呈现出英国历史小说兴起的面貌。当司各特、
埃奇沃思、欧文森、布尔沃-利顿、霍格、高尔特、安斯沃思和乔
治·詹姆斯等人都已经谈过，有必要用历史小说惯用的方式回溯这段
文学历史的过往时，我们会发现还有一位英格兰历史小说家的名字不
得不提，那就是先驱者简·波特，用她这位历史小说的前浪结束本章
再合适不过了。

简·波特和司各特、欧文森、霍格、高尔特等黄金一代那批小说
家是同一辈人，她于 1775 年 12 月出生于英格兰东北部的达勒姆，3
岁丧父，次年随母亲搬迁到爱丁堡，在那里读书生活了十年，1790
年又举家回到英格兰，后在伦敦等地定居。进入 19 世纪以后，英国
历史小说的潮流开始酝酿生长。在爱尔兰海的彼岸，埃奇沃思的《拉

克伦特堡》和欧文森的《狂野的爱尔兰姑娘》以民族故事的形式成为历史小说肇始的重要来源。在爱尔兰海此岸的英格兰，最早真正从事历史小说题材写作的作家当数简·波特。1803 年，她在居住伦敦期间出版了《华沙的撒迪厄斯》，这部描写波兰 18 世纪反抗侵略战争的历史罗曼司"受到了前所未有的欢迎，欧洲大陆国家基本都有它的译本"。① 《华沙的撒迪厄斯》的写作灵感来自简·波特的弟弟罗伯特在 1797 年拜访塔德乌什·柯斯丘什科（Tadeusz Kościuszko）将军的真实经历。② 简·波特在历史小说方面的开创意义不仅在于《华沙的撒迪厄斯》在文学消费市场的巨大成就，还在于这部小说实质上可能是历史小说的直接起源点。苏格兰作家兼历史学家奥利芬特是这样评价《华沙的撒迪厄斯》的："这是历史小说真正的第一次开端。简·波特小姐曾自夸说'是司各特看得起我，使用了这类小说的风格，《华沙的撒迪厄斯》是首创……'，据说向来大度的司各特也承认了这种借鉴关系。"③ 简·波特最为有名的是 1810 年出版的《苏格兰酋长》。在 1814 年《威弗莱》诞生以前，英国 42 家流通图书馆藏书覆盖面最广的近百部历史小说中，简·波特这部 5 卷本的巨著以 85% 的比例排名第一。④ 简·波特在历史小说兴起过程中的重要性无须多言，作为先驱者，她为后来的小说家们开辟了一条崭新的通途。

　　在爱丁堡生活时，少年时代的简·波特与差不多年纪的司各特成

　　① Sarah Josepha Buell Hale, *Woman's Record: Or, Sketches of All Distinguished Women, from the Creation to AD 1868*. New York: Harper and Brothers, 1874, p. 478.

　　② Fiona Price, "Jane Porter: A Brief Chronology", in Jane Porter, *The Scottish Chiefs*. Peterborough: Broadview, 2007, p. 35.

　　③ Margaret Oliphant, *The Literary History of England in the End of the Eighteenth and Beginning of the Nineteenth Century*, vol. 2. London and New York: Macmillan, 1895, pp. 230~231.

　　④ Anne H. Stevens, *British Historical Fiction Before Scott*, p. 69.

了朋友,① 简·波特曾在 1840 年再版的《苏格兰酋长》自序中明言自己少年时代在爱丁堡和司各特有交集，而且双方的母亲交情甚笃。② 威金在《苏格兰酋长》的"引言"中曾带着文学想象力叙述过她这部作品即将印刷出版之时的情形："快乐的简·波特，衣食无忧的英格兰大龄女青年，在泰晤士迪顿(Thames Ditton)家中绿意盎然的花园里写作！想想她吧，1809 年时在为她的小说写首版序言，这本书将在整个大不列颠引起轰动，将被翻译成欧洲大陆的多种语言，将被国王、王后和王公们阅读，最终还会被伟大的拿破仑本人下令审查禁止。而此时的她，对所有这一切都毫无所知。"③ 这段话可以当成一个注脚来昭示这个作家群体在历史小说事业上面临的境况——历史小说家不能预知未来，但是他们对过去历史的写作会影响将来。浪漫主义文学于 19 世纪初的摄政时期风行于英国和欧洲大陆，历史小说的兴起是这股思潮中极为重要的历史现象，本书追寻和还原了这个文学类型在这一历史时期内从萌芽到发展，再到成熟和消退的历史面貌。这种追寻和还原对于厘清历史小说的实际情形无疑是有所裨益的，正如司各特在《威弗莱》中所言，写作是为了回溯到变化开始的起点处："变化在稳定而迅速地前行，却是渐进的，就像在一条水深而平缓的江上漂流，看着远去的起点，我们才能发现漂流前进了多远。"(*Waverley* 340)

---

①　Graeme Morton, "Identity Within the Union State, 1800-1900" in T. M. Devine and Jenny Wormald (eds.), *The Oxford Handbook of Modern Scottish History*. Oxford: Oxford University Press, 2011, p. 477.

②　Fiona Price, "Introduction", in Jane Porter, *The Scottish Chiefs*, p. 10.

③　Kate Douglas Wiggin, "Introduction", in Jane Porter, *The Scottish Chiefs*. New York and London: Charles Scribner's Sons, 1941, p. vii.

第七章
历史小说的涧峡：
从《庞贝末日》到《黎恩济》

    1830 年 6 月 26 日，乔治四世在温莎堡驾崩，一个时代结束了。他没有可合法继承王位的子嗣，只能由三弟威廉·亨利(William Henry)继位，是为威廉四世。威廉四世能力平平，在历史上没有太大存在感，他为人朴素、随和、开明，被英国人亲昵地称为"水手国王"。威廉四世继位时已有 65 岁高龄，无力也无心做太多正本清源的大动作，他在位的七年时间通常被视为从摄政时期向维多利亚时代转变的过渡阶段。威廉四世时代最重要，也最具有划时代意义的事件是 1832 年 6 月 7 日正式颁布的《改革法案》，它开启了英国政治改革的新时代。仅仅三个月后，司各特去世，这标志着英国浪漫主义小说和历史小说辉煌时代的终结。同样在这年，新锐作家布尔沃-利顿凭借刚刚发表的《尤金·阿拉姆》(Eugene Aram)再度爆红，奠定了自己的文学声誉，成为英国一线小说家。[①] 英国小说在不经意间完成了新老交替。1837 年 6 月 20 日，威廉四世驾崩，同样没有留下可合法继承王位的子嗣，由他年方 18 岁的侄女即位，是为维多利亚女王。英国

---

    ① 参见拙文《火山灰烬、考古发掘与文学想象：〈庞贝末日〉的历史虚构法》，《外国文学评论》2025 年第 1 期。

历史就这样翻开了崭新的一页。

布尔沃-利顿在此之前已经发表了《佩勒姆》(*Pelham*, 1828) 和《保罗·克利福德》(*Paul Clifford*, 1830)，在英国文坛引起高度关注。狄更斯和萨克雷在 19 世纪 30 年代后期才开始崛起，40 年代才缔造辉煌，在他们成名之前，布尔沃-利顿"是英国最有原创性，也最重要的作家"①。前有司各特刚刚远去的伟岸身影，后有狄更斯和萨克雷等人奋起直追不断迫近的脚步，布尔沃-利顿的文学才华恰恰绽放在这段历史的夹缝里。布尔沃-利顿很早就进入政坛并以卓越的表现被擢升至高位，尽管如此他仍然热爱文学事业而且产量颇丰，红极一时。在维多利亚时代的英国文坛，布尔沃-利顿在销量和声誉上都曾一度和狄更斯并驾齐驱。在 1859 年版的《大不列颠百科全书》之"罗曼司"词条里，时任英国政府殖民地大臣(Secretary of State for the Colonies)的布尔沃-利顿甚至被冠以"当之无愧为当世最伟大的小说家"(now unquestionably the greatest living novelist)的评语。② 将布尔沃-利顿的文学声誉推向顶峰的是他的历史小说《庞贝末日》，它在 1834 年 9 月 29 日面世时就极受欢迎，据称第一天就在伦敦售出了一万册，不久以后第 2 版发行。③ 如若这一情况属实，④ 布尔沃-利顿就

① Michael R. Page, "Bulwer-Lytton, Edward", in Frederick Burwick (ed.), *The Encyclopedia of Romantic Literature*. West Sussex: Wiley-Black, 2012, p. 170.

② 转引自 Andrew Brown, "Bulwer's Reputation", in Allan Conrad Christensen (ed.), *The Subverting Vision of Bulwer Lytton: Bicentenary Reflections*. Newark: University of Delaware Press, 2004, p. 30。

③ Meilee D. Bridges, "Objects of Affection: Necromantic Pathos in Bulwer-Lytton's City of the Dead", in Shelley Hales and Joanna Paul (eds.), *Pompeii in the Public Imagination from Its Rediscovery to Today*. Oxford: Oxford University Press, 2001, p. 91.

④ 也有学者考证出版业历史档案后认为这个数据有所夸大，参见 William St. Clair and Annika Bautz, "The Making of the Myth: Edward Bulwer-Lytton's *The Last Days of Pompeii* (1834)", in Victoria C. Gardner Coates (ed.), *The Last Days of Pompeii: Decadence, Apocalypse, Resurrection*. Los Angeles: Getty Publications, 2012, pp. 56–57。

是继司各特之后涌现出的首个单部作品单次印刷销量超万册的历史小说家。布尔沃-利顿凭借他的《庞贝末日》登顶，成为19世纪30年代前期英国最为畅销的小说家。

第一节　三个人的庞贝城

　　《庞贝末日》在英国文学史上出现并非偶然事件，而是时势使然，是英国文学发展进程中瓜熟蒂落的自然结果。英国文学在历史上一直深受欧陆文化影响，从中世纪到文艺复兴，甚至到18世纪和19世纪，英国都曾一度生活在意大利、德国和法国的阴影之下，英国文学史上大部分文学思潮都是从欧陆输入的舶来品。英国的浪漫主义文学思潮发源于德国，直接受益于歌德、席勒等人引领的德国狂飙突进运动，以及弗里德里希·施莱尔马赫(Friedrich Schleiermacher)、施莱格尔兄弟(August Wilhelm von Schlegel；Karl Friedrich von Schlegel)、诺瓦利斯(Novalis)和萨洛蒙·格斯纳(Salomon Gessner)等人的思想，华兹华斯、柯勒律治、拜伦、雪莱等浪漫主义诗人无一不受德国文化的深刻影响。[①]作为英国浪漫主义运动大潮的支流，历史小说同样如此，它深受欧陆政治和文学的影响。拿破仑战争的胜利使英国真正掌握了世界霸权，也激发了英国民族主义和历史意识的觉醒。前文已述，司各特的首部历史小说《威弗莱》出版之前的三个月，英国率领的反法同盟刚刚攻陷巴黎，拿破仑宣布无条件投降并退位，法兰西第一帝国行将覆灭。这并不完全是巧合。英国历史小说是带着深刻的民族主义印记来到世间的，自诞生之日起，就天然地将重心落在了历史

---

　　① Alexander Regier, *Exorbitant Enlightenment: Blake, Hamann, and Anglo-German Constellations*. Oxford：Oxford University Press, 2018, p. 36.

上曾发生过的重要事件和重要时刻之上，不仅关注英国内部各民族之间的融合与冲突，还将注意力逐渐转移到英国与法国、意大利、德国等大国之间的战争、阴谋和恩怨纠葛，甚至还将故事的发生地设置在英国本土以外的其他国家。

随着工业化进程在 18 世纪后半期持续加速，英国经济日益腾飞，经过多年的苦心经营，英国在国力和地位上全面超越法国，取而代之，成为欧洲霸主，大国强势崛起的历史趋势已然明了。与此相适应，它在文化上的影响力也与日俱增。18 世纪后半期以来，英国和法国之间的争斗从未停歇，两个大国之间的角力也从军事上的明争暗斗蔓延到各个领域。司各特在 1823 年出版的《城堡风云》直接描写法国国王路易十一和勃艮第公爵查理之间的争斗，故事的地理背景设置在法国。司各特的历史小说影响力极大，很快就走出英国，在欧洲大陆大红大紫。他在法国极受欢迎，到 1830 年，他的小说在法国的销量达到惊人的 150 万册。① 在当时，销量能在千册以上的小说就可让作者感到体面，两千册以上就可说大卖。在司各特的《城堡风云》、《贝弗利尔·皮克》(*Peveril of the Peak*, 1823) 等小说的影响下，法国文坛相继出现了阿尔弗莱德·德·维尼 (Alfred de Vigny) 的《桑马尔》(*Cinq-Mars*, 1826)、雨果的《巴黎圣母院》(*Notre-Dame de Paris*, 1831) 与《悲惨世界》(Les Misérables, 1862) 以及大仲马的多部历史题材小说。② 司各特的小说在欧洲各国均引起了轰动，他的影响力跨过了法国，来到意大利这个老牌文化强国。随着"威弗莱"系列小说在英国的爆发式流行，意大利也感受到了英国历史小说大潮的激烈冲

---

① 参见 Anne H. Stevens, *British Historical Fiction Before Scott*, p. 151。

② A. W. Ward et al., *The Cambridge Modern History*, vol. 1. Cambridge: Cambridge University Press, 1909, p. 519.

击。司各特在意大利的影响力在 19 世纪 20 年代末达到高峰，^① 出现了亚历山德罗·曼佐尼等追随者，后者的历史小说《约婚夫妇》(*I Promessi Sposi*, 1827)是意大利浪漫主义时期最重要的作品之一。在这样的历史语境下，可以发现司各特和他的历史小说的应运而生恰逢其时，这些作品在法国和意大利等地的惊人销量在事实上让他成功地向欧洲大陆输出了英国的文学、文化和价值观。

　　司各特几乎凭一己之力就引领历史小说成为当时英国文坛与世界文坛风头最劲的小说类型。他的人生颇具传奇色彩，经历过大起大落，早年学习古典学，后子承父业转学法律并成了律师，15 岁就翻译发表德国浪漫主义诗歌，31 岁才以《苏格兰边区歌谣集》闻名，后因《湖上夫人》和《玛密恩》等作品成为一线诗人，41 岁出版《威弗莱》向历史小说转型，靠"威弗莱"系列小说走上了人生巅峰，终成一代文学大家，49 岁封爵，54 岁投资的印刷厂破产，欠下巨额债务，他保留了文人的风骨与尊严，靠写作换稿酬还债，极大地透支了身心健康。这些生平事实，已为学界熟知。

　　到了 1831 年，刚刚才 60 岁的司各特身体已大不如前，常有风烛残年之叹，到了年底，他觅得机会到意大利一游以休养生息。12 月 17 日，司各特乘坐英国皇家海军的舰船抵达那不勒斯，次年 2 月 9 日，他在著名考古学家、社会名流威廉·盖尔的陪同下参观庞贝古城，细细瞻仰古罗马帝国逝去的辉煌。在那里，司各特对着被历史封存的遗迹发出了慨叹——"亡灵之城，亡灵之城"(the City of the Dead)。^② 司

---

　　① David R. B. Kimbell, *Italian Opera*. Cambridge：Cambridge University Press, 1991, p. 408.

　　② Simon Goldhill, *The Buried Life of Things: How Objects Made History in Nineteenth-Century Britain*. Cambridge：Cambridge University Press, 2015, p. 13.

各特的这个慨叹很快就随着盖尔发表的文章传遍了整个欧洲。

　　威廉·盖尔是当时英国古典学和地形学研究领域的权威，曾率队到达过小亚细亚，他主张发掘庞贝遗址，1817 年出版的《庞贝志》(Pompeiana)是最早用英语发表的庞贝考古发掘研究成果。盖尔对古希腊和罗马文化有精深研究，撰写了一系列和庞贝有关的学术著作，他的地形学和考古研究丰富了人们对罗马帝国时代的历史认知，他自称罗马的历史事件"的确可以被还原成对地形的考证，使之不再停留在虚构传奇的层面"①。盖尔于 1820 年定居那不勒斯，成为"慕雅会"(Society of Dilettanti)驻那不勒斯联络员，为来此地参观的英国名流做导游和解说。"慕雅会"的重要宗旨是推进古希腊罗马文化研究，尤其重视在希腊和意大利的旅游生活经历。意大利一直都是英国文人们的心仪之地，去往罗马和那不勒斯等地旅行和疗养的人络绎不绝。时间来到 1833 年 9 月，一对年轻的英国夫妇也踏上了去意大利度假的路。因为感情出现危机，他们想要借旅行修复裂痕，顺便为丈夫正在写作的一部以意大利为背景的历史小说《黎恩济》(Rienzi，1835)采风。此时的他刚刚 30 岁，年轻有为，两年前就当选为议员，而且出人头地成为英国年轻作家中的翘楚，然而那段时间因为工作和家庭压力身心几近崩溃。夫妻二人先到了米兰，在 11 月中旬抵达那不勒斯，随后在盖尔的亲自陪同下走进了庞贝古城。这个年轻人被庞贝古城和罗马帝国的历史遗存所震撼，在庞贝流连忘返很长时间，开始构思并写作一部以庞贝古城和罗马帝国为主题的历史小说。他多次参观庞贝遗址，并在盖尔家借住，在那里完成了该小说大部分篇章的

---

　　① 转引自 David Ridgway，"Sir William Gell"，in Nancy Thomson de Grummond（ed.），*Encyclopedia of the History of Classical Archaeology*. London and New York，Routledge，1996，p. 484。

写作。① 有了盖尔在考古学方面的专业知识指导，他的写作速度很快，待到 1834 年初离开庞贝时，小说已经写了 3/4。② 也许是冥冥中注定的机缘巧合，1834 年 8 月 27 日，维苏威火山再度小规模喷发，英国的《晨报》(The Morning Post) 等多家媒体对此进行了报道，③ 这成为英国人茶余饭后的热议话题。一个月后，这部小说乘着热度面世了，名为《庞贝末日》，轰动了全英国。这个年轻人就是爱德华·布尔沃-利顿。④

第二节　考古罗马帝国：考古挖掘与历史层累

布尔沃-利顿的写作生涯轨迹有一个明显的转向：他在 1827 年发表第一部小说——具有哥特风格的《福克兰》(Falkland)，1828 年发表了"银叉小说"(Silver Fork Novel) 的经典名作《佩勒姆》，后来又切换赛道开始写历史小说，引起了司各特的注意。作为历史小说的奠基人和集大成者，司各特深邃悠长的阴影将后人笼罩其中，他主要关注的是英国内部的民族历史纷争。布尔沃-利顿不仅在政治上雄心勃勃，在文学事业上也有着远大抱负，精力充沛，创造力旺盛又颇为自负，当然不会满足于做一个唯唯诺诺的跟随者。他对历史小说有着自己的创见，着眼不同维度，在多部作品中描写英国和法国的政治文化冲突，展现出跨文化和跨国家的宽阔国际视野。与司各特小说中厚重的苏格兰格调和法国色彩不同，布尔沃-利顿的小说创作散发出浓郁的地中海风情

----

① Andrew Zissos, "Vesuvius and Pompeii", in Andrew Zissos (ed.), *A Companion to the Flavian Age of Imperial Rome*. Malden：Blackwell, 2016. p. 527.

② Judith Harris, *Pompeii Awakened*. London：I. B. Tauris, 2007, p. 167.

③ Clare Pettitt, *Serial Forms: The Unfinished Project of Modernity, 1815–1848*. Oxford：Oxford University Press, 2020, p. 166.

④ 那时他还叫作爱德华·布尔沃，1844 年加上母亲家族姓氏改名为布尔沃-利顿。

和雄浑的古罗马气息，他的主要历史小说《庞贝末日》和《黎恩济》都是这两种元素的完美结合体。《庞贝末日》是英国小说中的经典之作，具有广泛的国际影响力，即便到了 19 世纪末期，在美国最流行的文学作品中，它仍然是紧随《艾凡赫》之后最受欢迎的历史小说。①

但凡提到《庞贝末日》，意大利那不勒斯近郊庞贝遗址的考古发掘工作都是一个绕不开的话题。布尔沃-利顿在 1833 年底到 1834 年初参观了庞贝遗址，萌生了创作一部历史小说的想法，于是便在那不勒斯住了下来，就地写作。他根据考古界整理出来的文献资料，依托已知的真实历史人物，将小说故事发生的场景全部设置在庞贝遗址的著名观光景点，虚构了一个发生在庞贝古城毁灭前夕的"历史"故事。正如他在《庞贝末日》初版前言所说，"人物是地点和时间的自然产物"②。《庞贝末日》采用的是逆向构思法，先确定了时间维度和空间维度，然后才有人物与小说情节，可以说这部小说是以庞贝古城考古遗迹为现实基础进行的一场虚构叙事世界的精密推演。关于此书人物与意大利考古界的关系，以下几个事实已为批评界熟知：其一，布尔沃-利顿写作此书时居住在地形学家兼考古学家威廉·盖尔家中，并得到他在专业知识方面的指点——布尔沃-利顿在《庞贝末日》1834 年初版时写明了此书题献给威廉·盖尔。其二，小说主要人物阿尔巴克斯在构思上受惠于阅读时任庞贝遗址挖掘工程建筑部主管卡洛·博

---

① H. W. Mabie, "The Most Popular Novels in America", in *The Publishers' Circular and Booksellers' Record of British and Foreign Literature*, vol. 59. London：Sampson Low, Marston & Company, 1893, p. 749.

② 爱德华·鲍沃尔-李敦：《庞贝城的末日》，裴因、陈澍、西海译，上海译文出版社 1985 年版，第 11 页。本章所引《庞贝末日》均源自此版本，略有改动，以下仅随文标出页码，不再一一出注。

努奇(Carlo Bonucci)出版的《庞贝记》(*Pompeii Descritta*)。① 其三，小说重要人物盲女莉迪亚在火山爆发后在黑暗中将男女主人公带出庞贝城的情节设计，来自地质学家约翰·奥尔治欧(John Auldjo)的建议——布尔沃-利顿在《庞贝末日》1834年初版序言中称奥尔治欧为一位旅居那不勒斯的"博学多识、颇有名气"的英国绅士。② 由此可见，布尔沃-利顿写作《庞贝末日》的方法与司各特写作"威弗莱"系列小说大不相同。司各特、埃奇沃思和欧文森等人也会从古代传说、朋友与家人口述的故事或者历史书籍中汲取灵感，但不会像布尔沃-利顿那样前往小说中历史故事发生的现场进行如此详细的采风和实地考察。他们也会尽量提供历史事件精确的时间、地点和人物等信息作为虚构叙事依托的真实历史质料，但并不会像布尔沃-利顿那样完全严格按照历史记载和考古现场复原出一个虚构的历史故事。然而布尔沃-利顿写作时有一个情形与司各特很类似——注重小说场景的戏剧效果，以视觉场景的逼真摹仿历史的逼真。

　　历史小说于19世纪初期在英国诞生，是对一系列重大历史事件的想象式回应与重构。除了法国、意大利、西班牙等欧陆国家文化以外，英国文化基因深处还深深地打上了希腊和罗马两大文明的烙印。抛开罗马文明和希腊文明之间的继承和延续性这个因素不谈，希腊文明对英国文明的影响超过罗马文明，但这似乎主要是对文化而言。杰弗里·理查兹指出："如果说古希腊对维多利亚时代英国知识分子和艺术

---

　　① Eugene J. Dwyer, *Pompeii's Living Statues: Ancient Roman Lives Stolen from Death.* Ann Arbor: The University of Michigan Press, 2010, pp. 20–21.
　　② 参见 James C. Simmons, *The Novelist as Historian: Essays on the Victorian Historical Novel.* The Hague and Paris: Mouton, 1973, p. 14。

家有吸引力，古罗马则对行政人员和帝国缔造者有吸引力。"① 随着大英帝国的势力日益走向巅峰，国内产生一股世界霸主的自豪情绪，不少人对曾经辉煌一时的罗马帝国产生了特殊的情愫，布尔沃-利顿就是其中一员。布尔沃-利顿既是文学家，也是理查兹所指的行政人员和帝国缔造者，是当时著名的政治家和外交家，曾任英国政府殖民地大臣。布尔沃-利顿扛起了司各特开创的历史小说大旗，用更为广阔的全球史观从跨国家、跨民族和跨文化维度重新审视罗马帝国鼎盛时期，用虚构叙事重构出一段经过文学想象渲染的壮丽历史风貌。布尔沃-利顿的历史小说《庞贝末日》为英国小说开创了新的分支——描写罗马帝国时期历史故事的"罗马长袍小说"（toga fiction），在当时文坛掀起了一股罗马热。toga 意为罗马长袍，又称"托加"，是古罗马时期专属有罗马公民权的男子的服饰。在布尔沃-利顿和《庞贝末日》的影响下，随后的数十年间英国涌现出两百余部"罗马长袍小说"。②

《庞贝末日》的流行与 19 世纪初期地质学和考古学在英国的蓬勃发展密切相关。1807 年，伦敦地质学会成立，是世界上最早的地质学组织。1830 年，英国皇家地理学会成立，是世界上成立最早、最有影响力的地理学研究团体之一。在欧洲考古学史上，庞贝古城的发现与发掘是一件极其重要的事件。庞贝古城遗址位于意大利那不勒斯近郊，其考古发掘始于 1748 年，那是 18 世纪欧洲考古史上最激动人心的事件。社会名流和普通民众都争相前往遗址挖掘现场，重温这段被封存在地下的罗马帝国昔日荣光，庞贝遗址成为欧洲"壮游"

---

① Jeffrey Richards, *The Ancient World on the Victorian and Edwardian Stage*. New York: Palgrave Macmillan, 2009, p. 6.

② Simon Goldhill, "A Writer's Things: Edward Bulwer Lytton and the Archeological Gaze; or, What's in a Skull?", *Representations*, vol. 119, no. 1 (2012), pp. 92-93.

（Grand Tour）意大利段旅行的重要景点。无论是新古典主义希腊罗马风尚的熏陶，还是浪漫主义寻古探幽激情的感召，都让英国人染上对历史古迹和文玩旧物的深深迷恋。沃波尔、詹姆斯·博斯韦尔（James Boswell）、歌德、雪莱等著名作家都曾游历庞贝古城。司各特的到来以及随后流传的轶闻更是让这个封存了罗马帝国时代荣光的历史遗迹在英国更为家喻户晓。在正史上，庞贝古城毁灭的故事最早见于罗马帝国元老兼学者小普林尼（Pliny the Younger）写给友人历史学家塔西佗（Tacitus）的书信。维苏威火山爆发当天，时年 18 岁的小普林尼正住在米塞努姆（Misenum）镇的舅舅、历史学家老普林尼家（Pliny the Elder），目睹了火山爆发、城里居民逃难和最终灭城的恐怖场景。此地距庞贝古城以西 21 千米，隔那不勒斯海湾相望。数年后，小普林尼应塔西佗请求写了两封书信，一封叙说舅舅老普林尼率舰队营救难民，最终吸入火山硫黄毒气去世的经历，另一封则详细描述亲眼所见维苏威火山喷发以及庞贝灭城之时自己在海湾对岸如何和母亲一起逃生的经历。塔西佗撰写史书时态度严谨，注重调查历史事件的亲历者。小普林尼的书信原本是为塔西佗的皇皇巨著《历史》（Histories）提供原始素材的，然而塔西佗《历史》论述庞贝古城毁灭的章节已经散佚，仅有小普林尼的书信传于后世，成为罗马历史界对庞贝古城毁灭一事最翔实可信的记载。① 小普林尼在这两封书信中的描写是西方"关于火山喷发最早的目击报道，同时也是一个历史里程碑，标志着火山研究的肇始"。② 布尔沃-利顿对普林尼的情况无疑是比较熟悉

---

① 参见 Victoria C. Gardner Coates, "Making History Pliny's Letters to Tacitus and Angelica Kauffmann's Pliny the Younger and His Mother at Misenum", in Shelley Hales and Joanna Paulpp（eds.）, *Pompeii in the Public Imagination from Its Rediscovery to Today*. Oxford：Oxford University Press, 2011, p. 51。

② Ernesto De Carolis and Giovanni Patricelli, *Vesuvius, A. D. 79: The Destruction of Pompeii and Herculaneum*. Los Angeles：Getty Publications, 2003, p. 5.

的，于 1850 年 9 月至 1853 年 1 月在《布莱克伍德杂志》连载了《我的小说：英格兰生活纵观》，在小说第 3 卷第 12 章还提及老普林尼曾亲自下到意大利著名的埃特纳活火山的火山口进行科考的典故。博物学家老普林尼在 37 卷本的《自然史》第 2 卷和第 3 卷确实多次提及埃特纳火山，并对火山口有"周长 2.5 英里"之类的详细量化描述，但未有确凿史料证明他下过火山口。①

　　为了假托信史并敷陈出一段具有逼真效果的历史故事，布尔沃-利顿便将史学界这段可信的文字资料征用到自己的《庞贝末日》中，在小说开头不久的第 2 章就迫不及待地提及老普林尼。布尔沃-利顿用近景开始小说，第 1 章聚焦于狄俄墨德、克罗狄俄斯、格劳科斯三人间的两次交谈。第 2 章开始后，来自雅典的男主人公格劳科斯就谈起自己与老少普林尼之间的交往："前两天我去看普林尼。他正在避暑别墅里写作，一名可怜的奴隶在一旁吹奏古笛。他的外甥（最讨厌这些奢谈哲学的少爷）在读修昔底德对瘟疫的描写，得意地随着音乐摇晃着自以为是的小脑袋，嘴里嘟囔着书中那些令人作呕的可怕细节。这个自负的小青年一点也不觉得听情歌和了解瘟疫之间有什么不协调。"（10）格劳科斯随后还有一长段对小普林尼的评论，对他哂笑不已，称他为"善于诡辩的年青人"（10—11），言辞之间满是不屑和轻视。随着克罗狄俄斯和格劳科斯边聊边走，叙事镜头也随之慢慢移动和拉远，从谈话人身上转到庞贝城内街景描写，然后继续拉远展示出庞贝城外的景象："在明镜似的海湾里挤满了商船和权贵们装潢华丽的游艇。渔船飞快地往来穿梭。远处还可以看到普林尼麾下舰队

<hr>

① Pliny, *Natural History*, trans. H. Rackham. Cambridge：Harvard University Press, 1938-1942, vol. 1, pp. 361-363. vol. 2, p. 65; Edward Bulwer Lytton, *My Novel, or Varieties in English life*. Edinburgh and London：William Blackwood and Sons, 1860, p. 276.

高耸的桅杆。"（16）作为戏剧反讽的一种有效手段，小说中的格劳科斯当然不会知道很快火山就要喷发，老普林尼将作为拯救难民的英雄出现，而小普林尼则会作为目击证人将庞贝城的覆灭写入历史，成为千载以后世人了解这场大灾难的唯一可信线索。老普林尼是罗马时代百科全书式的学者，著有《自然史》，对观察自然现象极感兴趣。据小普林尼记载，当他母亲最早发现海湾对面火山喷发异象时，老普林尼正在休息，他听闻之后，"起身，跂履，登高远望"，立刻登船出海，靠近火山一探究竟。① 布尔沃-利顿在为《庞贝末日》编排细节时，自然而然地将老少普林尼写入书中，这些有迹可循的草蛇灰线会给那些熟悉庞贝历史和希腊罗马文化的读者带来认同感。

　　除了普林尼之外，《庞贝末日》的文学渊源可能还与布尔沃-利顿阅读过古罗马的众多史学和文学作品有关，他涉猎的作家包括建筑师兼作家维特鲁威（Vitruvius）、斯特拉波（Strabo）、李维（Livy）、塔西佗、塞涅卡（Seneca）和卡西乌斯·狄奥（Cassius Dio）等。② 布尔沃-利顿将自己在庞贝遗址的田野调查与考古学家威廉·盖尔等人的专业建议结合起来，再加上阅读古罗马史料文献，在时间和空间维度建构起一个历史细节极其严谨翔实的故事质料框架，给历史小说创作营造了一种前所未有的逼真感。司各特在二十年前创立《威弗莱》时，只是用苏格兰詹姆斯党人的 1745 年叛乱作为粗糙的时间框架，在空间上也仅仅征用当时苏格兰军队驻扎的荷里路德宫、爱丁堡城堡以及数个曾发生战斗的地方作为历史地理地标。在剩余的二十多部小说里，司

---

　　① Pliny the Younger, *Pliny the Younger: Complete Letters*, trans. P. G. Walsh. Oxford：Oxford University Press, 2006, p. 143.

　　② Haraldur Sigurdsson and Rosaly Lopes-Gautier, "Volcanoes in Literature and Film", in Haraldur Sigurdsson et al. (eds.), *Encyclopedia of Volcanoes*. San Diego：Academic Press, 1999, p. 1340.

各特在虚构叙事世界里对真实历史时空的使用都是比较含混的，只是将历史时空作为大框架，使之容纳故事世界，几乎不太将虚构故事与真实历史的日常细节进行严丝合缝的直接对接。司各特和埃奇沃思、高尔特等老一辈历史小说家都重在小说虚构，尽管在服饰、风俗和历史事件上力求准确，但是对史实并没有亦步亦趋，而是采用灵活运用的原则。相形之下，布尔沃-利顿在参观庞贝古城时突发奇想，抓住庞贝古城覆灭这个特殊的历史事件，围绕火山爆发的关键历史时间节点，充分利用考古发掘现场的历史空间感，将历史小说传统中的史实含量与精准度推到了极致。

历史小说并非历史学专著，不可能完全照搬史实，而是在尊重史实的基础上充分发挥作者的文学虚构力和想象力，为小说注入更多的美学因素，使之更加符合文学创作的需求，达到吸引读者之目的。布尔沃-利顿在《庞贝末日》出版时写了一个序，提到自己在写作时有强烈的愿望"让这座死城再次苏醒过来"，但是他在写作时只能有所选择与舍弃，因此作者"的确需要具备比读者原先想象的大得多的自制力"（9～10）。布尔沃-利顿有自知之明地克制自己，但是或许因为捕捉到这个极有创意的写作思路而过于兴奋，他在全书谋篇布局的架构上有些用力过猛，甚至夸大其词。正如威廉·圣克莱尔所说，布尔沃-利顿在《庞贝末日》中对历史真实有所偏离，其中对司各特创造的历史小说传统以及对考古发现所做的最大损害在于他"将一个偏远的小镇神化成一个堪比罗马的大城市"。① 实际上布尔沃-利顿阅读过多卷古罗马史，而且与威廉·盖尔和奥尔治欧等当时世界一流的地质

---

① William St. Clair and Annika Bautz, "The Making of the Myth: Edward Bulwer-Lytton's *The Last Days of Pompeii* (1834)", in Victoria C. Gardner Coates (ed.), *The Last Days of Pompeii: Decadence, Apocalypse, Resurrection*. Los Angeles: Getty Publications, 2012, p. 57.

学界和考古学界名家都有过深入交流，他理应了解到庞贝并非像罗马那样的国际都市，而只是一个在火山爆发前一年才被纳入罗马帝国版图的偏远小镇。

　　庞贝城附近的维苏威火山在公元 79 年 8 月 24 日开始喷发，当时正刮东南风，火山灰、浮岩和岩浆朝着庞贝城方向倾泻而去，火山灰遮天蔽日，直到两日后日光方才重现。大部分市民成功逃离，城内约有两千人被活埋而丧生。[①] 地质学家、火山学家费希尔的研究表明，此次火山喷发量巨大，共产生了 9 层火山空降碎屑物（pyroclastic fall-out layers），7 层火山碎屑涌浪（pyroclastic surge layers）和 6 层火山碎屑流（pyroclastic flow layers），[②] 数米到数十米深的火山喷发堆积物覆盖全城，在极短的时间内就将一切尘封起来。地质学调查显示，在此之后维苏威火山又喷发多次，埋入地下的庞贝古城湮没在地底深处。火山喷发物抹去了庞贝古城的踪迹，使其逐渐风化成矿物质含量丰富的土壤，成为作物茂盛和草木葱茏之地，直到一千五百年后，这座掩埋在地下的古城才首次被人发现。1599 年，建筑师多梅尼科·丰塔纳（Domenico Fontana）在挖水渠时意外挖到了庞贝城和赫库兰尼姆城（Herculaneum）遗迹。[③] 之后偶尔有历史和考古的好事者探索庞贝古城，但并未引起公众关注，直到 1748 年，因为采石修路，庞贝遗址被意外发现，这座古罗马时期的城镇才真正为世人所知。当年 3 月，庞贝遗址的发掘工作开始了，但并非严格意义上的学术性考古，主要目的在于挖出古董，供那不勒斯的西班牙波旁王朝统治者把玩、享

---

　　① Peter Connolly, *Pompeii*. Oxford: Oxford University, 1990, pp. 6–10.

　　② Richard V. Fisher, *Out of the Crater: Chronicles of a Volcanologist*. Princeton and Oxford: Princeton University Press, 1999, p. 112.

　　③ Robert Bollt, "Archaeology", in H. James Birx（ed.）, *21st Century Anthropology: A Reference Handbook*, vol. 1. Los Angeles and London: SAGE Publications, 2010, pp. 93–94.

用，① 此次小规模的挖掘并未找到真正有价值的文物，发掘工作到 1749 年 4 月便被搁置起来。造假新闻与庞贝古城的发掘工作如影随形。1768 年 4 月 7 日，奥地利国王约瑟夫二世(Joseph II)访问那不勒斯，亲临发掘现场参观，为了营造考古发掘现场氛围，给王室成员展示考古成效，遗址中著名的"外科诊所"发掘过程居然被重做了三次，还在附近藏了古钱币和古董，以火山灰掩之，以供发掘时充当出土文物。② 在 18 世纪后半期，庞贝古城的发掘活动没有详细规划，开挖过程也没有多少规范可言。在庞贝古城的考古现场，除了各式古董之外，最引人注目的当数不时出现的遇难者骸骨。这些骸骨都被火山灰和岩浆包裹着，石化成型，保存了被埋葬瞬间的身体姿态和表情，其体态、所处的位置和随身物品引发人们想象他们遇难时的情景。18 世纪到 19 世纪初的庞贝遗址发掘工作时断时续，在早期阶段基本都是以挖掘值钱的古董为驱动，进行破坏性发掘，没有严格的考古发掘程序，更没有妥善的文物保护制度。出土的金银、钱币、古董等贵重文物最引人注目，被及时保管，而骸骨则通常未得到足够重视，经常被游客作为纪念品带走。③ 直到 1863 年，朱塞佩·菲奥雷利(Giuseppe Fiorelli)被任命负责庞贝遗址的挖掘工作，才有了真正现代意义上的系统考古和科学发掘。④ 从挖掘工作一开始，那不勒斯当局就下令禁止绘制发掘现场详图，对发掘地点、出土文物等信息亦严加管控，以防盗掘。⑤ 盖尔贿赂了工作人员，得以进入挖掘现场。⑥ 他违

---

① Estelle Lazer, *Resurrecting Pompeii*. London and New York：Routledge, 2009, p. 6.

② Estelle Lazer, *Resurrecting Pompeii*, p. 5.

③ Estelle Lazer, *Resurrecting Pompeii*, p. 104.

④ Jeffrey Richards, *The Ancient World on the Victorian and Edwardian Stage*, p. 10.

⑤ 参见 Estelle Lazer, *Resurrecting Pompeii*, p. 6。

⑥ Estelle Lazer, *Resurrecting Pompeii*, p. 8.

反政府禁令，绘制了大量庞贝遗址发掘现场的作业图，保存了发掘过程的一手资料。① 盖尔丰富的考古学和地形学知识为布尔沃-利顿写作小说提供了科学理论和史料方面的帮助。布尔沃-利顿参观庞贝古城时，那里的发掘和清理工作已经有了极大进展，核心景区已经整理完毕，成为意大利著名的旅游景点。

据学界考证，布尔沃-利顿对 19 世纪英国的火山学研究有一定了解，对汉弗莱·戴维（Humphrey Davy）的实验、乔治·波利特·斯克罗普（George Poulett Scrope）在法国中部的考古田野作业，以及查尔斯·莱尔（Charles Lyell）的相关著述都略知一二。② 由于时代和科学发展的限制，布尔沃-利顿的火山学知识并非完全正确——他曾做了详细注释，对火山爆发毁灭庞贝城的过程分析基本合理，但是对邻近的赫库兰尼姆毁灭过程的解释就有谬误（599~600）。③ 布尔沃-利顿在《庞贝末日》中大量征引了地形学和考古学知识，这一举动也遭到批评，比如西蒙斯就说它们"跟故事无甚关联，存在的意义仅在于为读者刻画一幅更完整的公元 1 世纪罗马图景"。④ 无论如何，布尔沃-利顿通过《庞贝末日》细腻生动的笔触，为 19 世纪读者重新营造出了公元 1 世纪罗马帝国最辉煌时期庞贝古城末日时分的一幕历史幻景。

《庞贝末日》出版时，意大利庞贝古城的旅游业正在蓬勃兴起，西蒙斯认为小说中很多故事场景的设定过于功利，很有心机地将故事

---

① Angus Easson, "'At Home' with the Romans: Domestic Archeology in The Last Days of Pompeii", in Allan Conrad Christensen (ed.), *The Subverting Vision of Bulwer Lytton: Bicentenary Reflections*, p. 102.

② Haraldur Sigurdsson and Rosaly Lopes-Gautier, "Volcanoes in Literature and Film", in Haraldur Sigurdsson et al. (eds.), *Encyclopedia of Volcanoes*, p. 1340.

③ 参见 Haraldur Sigurdsson and Rosaly Lopes-Gautier, "Volcanoes in Literature and Film", in Haraldur Sigurdsson et al. (eds.), *Encyclopedia of Volcanoes*, p. 1343。

④ James C. Simmons, *The Novelist as Historian: Essays on the Victorian Historical Novel*, p. 15.

发生地设置在旅游景点，然而罗曼司和旅游指南这两个属性无法兼容，只有抵牾，是"历史罗曼司和旅游指南融合失败之作"①。诚然，同一个文学作品在不同读者和批评家那里会得到不同评价，来自文学消费端的不同声音有利于作者提高对自身艺术技巧和艺术价值的认知，也会让作者对自己的写作进行反省，进而适时地做出调整，抑或是继续坚持自己的写作理念。关于该如何写作的问题，布尔沃-利顿当然有坚定的意念，他在1841年出版了罗曼司小说《夜与晨》（*Night and Morning*）②，在该书第3卷第2章，借用人物之口说出了自己对浪漫和现实的理解："艰辛的日常生活中没有罗曼司。"③　不仅如此，布尔沃-利顿在1845年此书再版时特意写了一个序言，开篇就指出，德国人主导的批评界对文学是以娱乐为目的还是以道德教诲为目的已多有争论，目前占上风的主流意见是认为文学不该涉及道德说教，文学家只应关注审美。布尔沃-利顿对此做出长达数页的驳斥之后，申明自己不会被流俗意见左右："孤立无援的我，自始至终都有信念引导，披荆斩棘开出一条路。"④　与司各特、简·波特、埃奇沃思等老一辈历史小说家不一样，布尔沃-利顿身兼文学家和政治家双重角色。布尔沃-利顿以当时流行的描绘城市上流人士生活与礼仪的"银叉小

①　James C. Simmons, *The Novelist as Historian: Essays on the Victorian Historical Novel*, p. 16.

②　此书被译为《昕夕闲谈》，"被称为中国近代第一部翻译长篇小说，也是第一部在报刊上连载的通俗翻译小说。它比通常所说清代翻译小说始于林纾1899年出版的《巴黎茶花女遗事》还要早二十多年。是我国第一部译自西方，具体说是译自英语的翻译小说"。《昕夕闲谈》自1873年1月起连载于《申报》的文艺副刊《瀛寰琐纪》，至1875年1月止，连载26期，历时整整两年。译者署名"蠡勺居士"，经考证为《申报》首任主笔蒋其章。参见邬国义：《前言》，载邬国义编注：《〈昕夕闲谈〉：校注与资料汇辑》，上海古籍出版社2018年版，第 i~vii 页。

③　Edward Bulwer-Lytton, *Novels of Sir Edward Bulwer Lytton*, vol. 10. Boston: Little, Brown and Company, 1893, p.259.

④　Edward Bulwer-Lytton, *Novels of Sir Edward Bulwer Lytton*, vol. 10, p. xiii.

说"成名，后来才转向历史小说。尽管司各特也是摄政时期文化名人，也在爱丁堡政府部门工作，并被封为爵士，但归根结底在英国的官僚体制中级别不太高。布尔沃－利顿则是英国历史上著名的政治家，官至殖民地大臣，曾在几任内阁任职，在英国社会具有极其广泛的影响力，因为功勋卓著，在1838年被封为次男爵，1866年晋升为男爵，跻身真正的世袭贵族之列。马克思曾在1858年7月23日发表了《布尔韦尔－利顿夫人的囚禁》，讨论布尔沃－利顿家闹得沸沸扬扬的婚姻丑闻，马克思是这样评价他的：布尔沃－利顿"是那控制着伦敦新闻界的文化圈子的头目之一，这个圈子的控制甚至比党派关系还要专横"。①布尔沃－利顿在英国新闻界和文化圈的话语权由此可见一斑。

　　每个时代都在重写过去的时代。以当下的眼光回溯过往的历史，视角局限与重估的焦虑往往容易导致偏离历史原型，并用当下的价值标准要求过去的社会与人物，从而产生失真的判断。布尔沃－利顿有着严肃的道德观、宗教观和民族主义价值观，他在《庞贝末日》中描绘了罗马人很多不符合当代道德理念的行为，强化了包括《罗马帝国衰亡史》(The History of the Decline and Fall of the Roman Empire)的作者爱德华·吉本(Edward Gibbon)在内的众多近代史学家对罗马帝国衰亡所做的道德评判，将罗马帝国的衰亡与骄奢淫逸和道德腐化形成一种因果的强关联。正如莫妮卡·邦蒂观察到的那样："布尔沃－利顿笔下的罗马在道德和社会上都在衰亡，它鲜活地呈现了很多宴饮和性变态。在小说里，罗马异教徒们都是腐化堕落的，比勇敢和有道德的基督徒更低一等。"②为了让故事世界里的人物摆脱道德和宗教上的

---

①　马克思：《布尔韦尔－利顿夫人的囚禁》，载《马克思恩格斯全集》(第12卷)，人民出版社1962年版，第562页。

②　Monica M. Bontty, *Ancient Rome: Facts and Fictions*. Santa Barbara：ABC-CLIO，2020，p. xii.

这种"劣势"，布尔沃-利顿在最后一章让男女主人公雅典人格劳科斯和伊俄涅皈依了基督教。他"巧妙"地让格劳科斯给远在罗马的友人萨罗斯特写信，在其中提及萨罗斯特之前曾告诉他"罗马的基督教派渐渐强大起来了"（587）。布尔沃-利顿借格劳科斯之口用书信方式对基督教进行了长篇累牍的赞美，此时的雅典人格劳科斯摇身一变成了布道的牧师，用极具修辞感染力的语句对着远在罗马的朋友滔滔不绝地传道。

　　为了便于英国读者理解作品中的一些异域文化细节，同时也是为了凸显作者在相关领域的专业知识，布尔沃-利顿给小说做了大量注释，对古罗马的风俗、律法、传说、哲学、历史和文学做了大量介绍，这些文字是他通过大量阅读和爬梳古罗马时期文献或后人研究成果而来的心得。布尔沃-利顿不仅写作小说，还研究过古希腊和古罗马历史。在《庞贝末日》出版后的第三年，他出版了两卷本的古希腊史研究专著《雅典的衰亡》（*Athens: Its Rise and Fall*, 1837），从此书名字可以看出它受吉本《罗马帝国衰亡史》的直接影响。然而布尔沃-利顿对吉本和休谟的历史学论述持有保留意见。早在他动笔构思写作《庞贝末日》之前的 1830～1832 年，他就以《师生与谈录》（*Conversations with an Ambitious Student in Ill Health*）为题发表了系列杂文，其中就专门谈到他对古希腊罗马史学家波利比乌斯（Polibius）和塔西佗的景仰，同时对吉本和休谟等人的史学持有很严厉的批评态度："尤其在我们英语世界里，哲学历史学家一直都很危险，往往通过错误的形式给我们书写历史，在这方面没人比休谟和吉本做得更糟。不仅是因为他们提供的事实不准确，还有他们看待事实的基本态度。休谟讲述的是一个派系的历史，而吉本则讲述寡头历史，人民，人民，都被他们忽视了。"① 布尔沃-利顿的创作原则很鲜明，就是进行古今对比，以古照今，他的历史小说创作并不是仅仅给读者讲述一个发生在过去的历史故事，而是要给他们灌输道德教诲的内涵。他在小说初版序言中已经言明，自己所做的是"从丰富的资料中选择那些最能吸引现代读者的材料，譬如人们略知一二的风俗和迷信活动——那些复活以后的幻影能够提供一些既能代表过去，又有助于联系当前的形象"（10）。从布尔沃-利顿在创作《庞贝末日》前后的系列论述可以看出，他写作历史小说时总是将当代读者作为自己文学生产活动的中心，通过休谟的《英格兰史》（*The History of England*）、吉本的《罗马帝国衰亡史》以及李维、塔西佗、小普林尼等人的历史记述，对维苏威火山喷发的历史瞬间进行文学加工和演绎，在不同时代对同一历史事件的层层累积中丰富对真实历史事件的理解。历史小说并不是简单地让读者去学习历史事实本身，而是在尊重史实的基础上，以之为材料刻画出符合当时历史境况的人物，安排符合历史情况的情节，表达的是当代人对过去历史的理解与想象。随着 19 世纪上半期英国殖民势力在世界范围内的急速扩张，英国人对帝国有了新的期望，因而自然而然地对标史上曾经盛极一时的古罗马帝国，对那个时代的生活与历史产生好奇心。《庞贝末日》就是 1833 年左右由摄政时期向维多利亚时代过渡阶段，辉格党人兼国会议员布尔沃-利顿通过自己的学术研究、考古现场实地勘察和文学想象力，为当时的英国读者描绘出的他们所崇拜的古罗马帝国最辉煌时刻的历史图景。

---

① Edward Bulwer-Lytton, *The Critical and Miscellaneous Writings of Sir Edward Lytton*, vol. 1. Philadelphia: Lea & Blanchard, 1841, p. 146.

第三节　猞猁与鼹鼠：小说的民族批判功能

布尔沃-利顿的母亲利顿夫人曾在 1828 年 12 月 17 日写信给儿子，提及听说司各特在给女婿洛克哈特的信中对布尔沃-利顿的历史小说《佩勒姆》颇为赞赏，但同时也批评道"作者的政治观如此不正，一位如此有才华的作者，真是可惜啊"；利顿夫人将司各特批评布尔沃-利顿政治观不正的原因归结于司各特"令人恶心的托利主义"。[①] 此时的布尔沃-利顿还是英国文坛的青年作家，刚刚开始写作历史题材小说，头一年出版的小说《福克兰》从读者界和批评界得到的反应不温不火。包括司各特和利顿母子在内的所有人，似乎都没能预见到布尔沃-利顿会接棒司各特，在历史小说版图上青史留名。在布尔沃-利顿文学生涯开始时，他与司各特在政治姿态上的重要分歧就已初露端倪。司各特出生于苏格兰爱丁堡，祖上有高地氏族血统，一直在爱丁堡学习、生活和工作，接受的是苏格兰文化的熏陶，他念念不忘的是苏格兰和英格兰的民族融合，孜孜不倦地追忆着苏格兰高地氏族文化已然远去的温情背影。布尔沃-利顿家境优越，"祖上自诺曼征服时代以来就有地产"[②]，父亲是将军，母亲出身于哈福德郡的望族内布沃思家族（Knebworth House）。他在祖父家的图书馆博览群书，自幼就对文学和政治感兴趣，青年时代接受的是私塾教育，

---

① Edward Robert Bulwer Lytton, *The Life, Letters and Literary Remains of Edward Bulwer, Lord Lytton*, vol. 2. Cambridge: Cambridge University Press, 2014, p. 212.

② Leslie George Mitchell, *Bulwer Lytton: The Rise and Fall of a Victorian Man of Letters*. London and NewYork: Hambledon and London, 2003, p. 1.

1821 年秋进入剑桥大学著名的三一学院学习。布尔沃-利顿充满叛逆精神，在文学方面展示出极高的天赋。构思写作《庞贝末日》前后正是布尔沃-利顿政治生涯的重要起步阶段，他受惠于选举制度的改革举措，于 1831 年被选为议员，并在 1832 年《改革法案》的立法过程中小试身手。布尔沃-利顿在写作过程中政治意识很强，关注英国本土和民族性格，且具有深厚的民族主义热情，自《庞贝末日》开始，他开始将注意力推及历史更为恢宏的罗马帝国，转而从全球视角来思考问题。① 1833 年 7 月，就在偕妻子出发去意大利参观米兰、那不勒斯和庞贝之前不久，他出版了散文集《英格兰与英格兰人》（*England and the English*）。他在第 1 卷第 3 章以中国皇帝的故事开始，引述了一个法国传教士所讲的中国史官不惧皇帝威胁，敢于秉笔直书的典故。② 布尔沃-利顿之所以引用这个典故，是为了表明自己的心迹——他在此书初版的扉页上印上了一段玛丽·蒙塔古夫人（Lady Mary Montagu）的散文："为什么我们看非洲时的研究精神是一只猞猁，看英格兰时却是一只鼹鼠?"③ 布尔沃-利顿旨在说明英国人看待殖民对象非洲"他者"时就像视觉发达的猎手猞猁，而看待本国时却是视力极弱的鼹鼠，以此凸显两种不同模式。他要做的就是在自己的作品中直面英国人物质世界和精神世界中的不足之处和丑恶现象，以自己的作品作为治疗时代病症的良药，这是作为文学家和政治家的道德担当。在守护英国文化和英国道德准则方面，布尔沃-利顿要用文学之力对不符合伦理规范和不符合国家利益的行为予以猛烈的批

---

① Edward Robert Bulwer-Lytton, *The Life, Letters and Literary Remains of Edward Bulwer, Lord Lytton*, vol. 2, p. 232.

② Edward Bulwer-Lytton, *England and the English*, vol. 1. London: Richard Bentley, 1833, pp. 40−42.

③ Edward Bulwer-Lytton, *England and the English*, title page.

判。在文学上，他不愿意做温驯的鼹鼠，而是要做凶猛的猞猁。这可以解释为什么他在文学生涯开始时要选择创作《佩勒姆》和《保罗·克利福德》这种较有争议的犯罪主题小说。

布尔沃-利顿这么做的背后有着深层次的多重原因，比如说他在回应自己所处时代英国社会民族改革的诉求。在司各特写作"威弗莱"系列小说的 19 世纪初期，恰逢托利党人保守势力的鼎盛时期。到了 1830 年，随着辉格党人查尔斯·格雷（Charles Grey）上台组阁，主张限制王权、自由政府和扩大工商业资本权力的辉格党逆风翻盘重新执政，在英国政坛有了更多发言权。在构思写作《庞贝末日》时，布尔沃-利顿是国会议员，属于辉格党内的激进派，他在 1831 年就投身这个阵营，直到 1852 年才转投保守党。身为文学家的布尔沃-利顿与辉格党派贵族过从甚密，对他们有天然亲近感，其中一个原因可能在于这些贵族重视文学艺术。[1] 阿奇博尔德·艾利森（Archibald Allison）于 1845 年 9 月在《布莱克伍德杂志》发表了《历史罗曼司》一文："将历史小说视为当代的一种政治力量，因为司各特的保守主义抵消了情感罗曼司（sentimental romance）的民主倾向，它的作用甚至可以'中和《改革法案》带来的诸多危险'。"[2] 司各特的"威弗莱"系列小说用高原古堡、高地氏族文化和如画的风景为英国人描绘了历史上民族融合与冲突的往事，透露出的都是对往昔美好时代的深情回望与记忆，立场较为保守。这也是目睹法国大革命的流血和暴烈之后，英国人一致较为认可的民族情绪。到了布尔沃-利顿写作《庞贝末日》时，世事风尚均已变迁，随着摄政时期的结束，垂垂老矣的国王换成了青

---

[1]　Leslie George Mitchell, *Bulwer Lytton: The Rise and Fall of a Victorian Man of Letters*, p. 178.

[2]　转引自 Patrick Parrinder, *Nation and Novel: The English Novel from Its Origin to the Present Day*. Oxford：Oxford University，2006, pp. 164-165。

春正当年的女王，英国人心思变，呼唤改革，呼唤新时代。布尔沃－利顿的作品更具锐气，其中蕴含的是大英帝国崛起和快速扩张过程中难以遏制的征服欲望与冲动。在大国崛起的过程中，需要的不是温顺的一团和气，而是要充分发挥文学作品寓教于乐的功能，使社会风气变得更加整合、刚劲和肃穆，只有在这种氛围下成长起来的年轻一代才能担当起时代赋予的重任。

第四节　灰烬与骷髅：庞贝城的覆灭

布尔沃－利顿性格上很多方面都与司各特类似，比如说对家族历史的荣誉感，以及买房置地和扩建庄园的倾向。布尔沃－利顿成名以后收入丰裕，也对修建房屋有了一个宏伟的计划。19世纪40年代，他花巨资修缮位于伦敦北郊的利顿家族祖居内布沃思庄园，将其按照都铎王朝时期流行的哥特式风格进行重建。内布沃思庄园已经成为英国贵族庄园的典范。走进这座庄园的游客，除了惊叹于庄园哥特式建筑的繁复幽暗，还会为看到玻璃展柜中放着两个骷髅头而感到诧异。这还得回溯到1856年，彼时布尔沃－利顿收到剑桥学友、地质学家奥尔治欧送来的两个头骨化石，据称这是在庞贝挖掘出来的阿尔巴克斯和卡勒诺斯的头骨，[①] 这两人都是《庞贝末日》提到的重要人物。奥尔治欧在地质科学研究方面有卓越建树，是英国皇家学会、地质学会和

①　学界对两个头骨的来源记载有出入，有的地方记录为1859年，也有个别人认为这是当时庞贝遗址挖掘工程建筑部主管卡洛·博努奇送的。参见 Simon Goldhill, "A Writer's Things: Edward Bulwer Lytton and the Archeological Gaze; or, What's in a Skull?", p. 96; Sibylla Jane Flower, *Bulwer-Lytton: An Illustrated Life of the First Baron Lytton, 1803-1873*. Aylesbury: Shire Publications, 1973, p. 19; Eugene J. Dwyer, *Pompeii's Living Statues: Ancient Roman Lives Stolen from Death*, p. 28。

皇家地理学会成员，曾到维苏威火山实地勘探，并著有《略论维苏威火山的爆发》(*Sketches of Vesuvius: With Short Accounts of Its Principal Eruptions*)一书。[1] 布尔沃-利顿当年就是在奥尔治欧的带领下游历庞贝古城的。戈尔德希尔指出，奥尔治欧选择专门送来阿尔巴克斯和卡勒诺斯头骨的原因有二：其一，他俩的死亡情况有清晰的记述，便于寻找；其二，在《庞贝末日》里，布尔沃-利顿只对他俩的头颅进行过详细的观相术意义上的描述。[2] 布尔沃-利顿在小说中提到几位人物的颅相，引起学界重视。在布尔沃-利顿写作和发表《庞贝末日》之际，约翰·施普尔茨海姆(Johann Spurzheim)推行的颅相学正风行于欧洲，《庞贝末日》直接提及了施普尔茨海姆与颅相学。1835 年 1 月 15 日，此时《庞贝末日》刚出版不久，塔克曼就向波士顿颅相学会(Boston Phrenological Society)提交了《庞贝末日中的颅相学引证》一文，讨论布尔沃-利顿在小说中使用颅相学的情形。[3]

自希波克拉底(Hippocrates)以来，西方医学界对大脑和身体的研究从未间断，比利时医生安德烈亚斯·维萨里(Andreas Vesalius)的研究为人体解剖学做了重要奠基工作。随着解剖学在 18 世纪不断取得实质性的发展，德国医生弗朗茨·约瑟夫·加尔(Franz Joseph Gall)在解剖学原理基础上创立了颅相学相关理论，出版了《神经系统的解剖学和生理学》(*Anatomie et physiologie du système nerveux en général, et du cerveau en particulier*)，认为头脑和大脑皮层不同区域分别对应精神与心灵的不同种类，人的认知能力高低与颅脑形状有直接关联。真正

---

[1] Simon Goldhill, "A Writer's Things: Edward Bulwer Lytton and the Archeological Gaze; or, What's in a Skull?", pp. 96, 115.

[2] Simon Goldhill, "A Writer's Things: Edward Bulwer Lytton and the Archeological Gaze; or, What's in a Skull?", p. 99.

[3] H. T. Tuckerman, "Allusions to Phrenology in 'The Last Days of Pompeii'", *Annals of Phrenology*, vol. 1. Boston: Marash, Capen & Lyon, 1834, pp. 459-464.

将颅相学发扬光大的是他的助手施普尔茨海姆。施普尔茨海姆19世纪初在欧洲各国巡回演讲，成为极受欢迎的学界名人，因为学术观点和利益问题与加尔分道扬镳。他完善和发展了颅相学理论，体系化地将颅脑分区和"自尊、对认可的渴望、审慎、仁慈、尊敬、坚毅、勤勉、希望、非凡、梦想、高兴、欢愉、模仿等情感功能"一一对应起来。[①] 因为有解剖学和其他相关医学知识做理论支撑，颅相学理论在英国接受度极高，尤其是在科学比较繁荣的爱丁堡。在乔治·库姆（George Combe）组织下，1820年"爱丁堡颅相学会"（Edinburgh Phrenological Society）成立，并在1824年建立了学会会刊《颅相学学刊汇编》（*The Phrenological Journal and Miscellany*）。乔治·库姆成为英国影响力极大的知名人士，连维多利亚女王都"邀请库姆去为他们的孩子测量颅骨"，英国格拉斯哥、阿伯丁、伦敦各地也相继出现了类似的颅相学研究组织，"到1840年代，仅伦敦就有28个颅相学会和上千名会员"。[②] 布尔沃-利顿与乔治·库姆等人往来密切，他对施普尔茨海姆和颅相学无疑是熟悉的，曾在《奇谈录》（*A Strange Story*）等多部作品中提到施普尔茨海姆的理论。他构思和写作《庞贝末日》时，恰逢颅相学在英国发展得如火如荼。

骷髅头在西方文化中有久远的传统，既告诉世人生命短暂，要及时享乐，又在警醒人终有一死，任何现世的浮华与荣耀皆为过眼云烟。在文艺复兴时期的众多文学作品和绘画里，都可以发现骷髅头的踪迹，比如说莎士比亚在《哈姆雷特》《威尼斯商人》《亨利四世》等作品中就对骷髅头有过描写。西方文化叙事传统中历来就有"铭记死

---

① Robert Cox，"Objections to Dr. Spurzheim's Classification and Nomenclature of the Mental Faculties"，*The Phrenological Journal and Miscellany*，vol. 10. Edinburgh：Macmillan and Stewart，1837，p. 158.

② 孙晓雅：《颅相学：两个世纪的魅影》，《成都师范学院学报》2015年第5期。

亡"（memento mori）的主题，"骷髅头意象通常蕴含着'铭记死亡'的基督教道德训诫"，"训诫者用骷髅头意象配合道德说理，通过其触目惊心的视觉冲击，更有效地敦促世人及时悔悟、改邪归正"。① 戈尔德希尔在解读布尔沃-利顿与两个骷髅头的文章中，将布尔沃-利顿和奥尔治欧等人对骷髅头的另类热情放置在司各特和弗洛伊德等人代表的19世纪欧洲文化界骷髅头展示嗜好的传统中，② 很有启发意义。其实，除此之外，对布尔沃-利顿来说还有另一个重要原因——骷髅头带来的死亡与恐惧感，正好契合他家内布沃思庄园的哥特风格。布尔沃-利顿去世以后，这两个头骨仍然静静地躺在内布沃思庄园的书房中，直到现在。四只空洞的眼睛，似乎还在透过历史时光凝视着公元79年8月24日那一天的古罗马帝国。

在《庞贝末日》的结尾处，有一幕情景值得回味，此时虚构的古罗马时代的故事全部结束，叙述者将目光拉回到庞贝城的遗址，对故事人物的下场和曾经生活的场景逐一进行回顾。读者跟着叙述者的叙述眼光一一扫过它的城墙、镶砖的地面和广场、未完工的圆柱、花园、大厅、浴室、戏院、餐厅、卧室、狄俄墨德家的地下室，看到了二十具骷髅，根据脖子和胸部的印子可以认出其中一具是茉莉亚，然后花园里还有狄俄墨德和奴隶的骸骨，描写得尤其详细的是城中心卡勒诺斯高大的骷髅和阿尔巴克斯构造特殊的头颅。布尔沃-利顿写道："在过了这许多年代之后，旅游者还可以踏勘那高大的厅堂，在那里，埃及人阿尔巴克斯的灵魂曾经思考、推理、梦想和犯罪。"（592）布尔沃-利顿的文字高度抒情，小说写作理念清晰，他所有关

---

① 王雯：《莎士比亚戏剧中骷髅头意象的文化探究》，《外国语言与文化》2017年第2期。

② 参见 Simon Goldhill, *The Buried Life of Things: How Objects Made History in Nineteenth-Century Britain*, pp. 9-30。

于史实或场景的描写都是为了情感。他通过压缩时空，将故事紧凑地围绕火山爆发前后展开，戏剧张力十足。布尔沃-利顿在1850年《庞贝末日》再版时写过一篇序言，重申小说不仅要通过故事来描写风俗，更要牢记"在富于想象的作品中，对风俗习惯的描写不管有多么重要，仍是附属条件，毕竟应从属于最重要的部分——情节、人物及感情"（15）。布尔沃-利顿对道德情感的高度重视是一以贯之的，他1833年出版的散文集《英格兰与英格兰人》谈的是不同阶层的教育、宗教、文艺、智性精神等话题，重点之一便是道德，此外他还专门做了三篇附录，其中第二篇是密尔撰写的《论边沁的哲学》（"Remarks on Bentham's Philosophy"），其主题就是道德情感。① 布尔沃-利顿之所以对颅相学感兴趣，正在于他看上了这种当时新兴的、以医学和解剖科学为幌子的理论，将其视为情感世界和物质世界之间的桥梁。况且对布尔沃-利顿而言，能够在《庞贝末日》的文本虚构世界和庞贝古城的考古发掘现场之间建立起某种关系，这对他小说的流传和神化都是可遇不可求的绝佳机会。

作为历史参与者，小说《庞贝末日》的生产和流通过程汇集了19世纪上半叶英国多种科学和伪科学思潮。布尔沃-利顿依托考古学、地质学和地理学的最新成果构思小说，充满了科学精神。这部作品写作的缘起与欧洲地质学界和考古学界在庞贝古城考古发掘的最新研究进展有密切关联，考古学家在遗址发掘到古庞贝人的骸骨，根据历史文献记载确定人物身份。维苏威火山的爆发用惨烈的形式封存了罗马帝国全盛时代庞贝古城的历史瞬间。考古发掘出的头颅、骸骨和文物遗存使人们产生复原历史的冲动，《庞贝末日》就是这个潮流的产物。

---

① Edward Bulwer Lytton, *Lord Lytton's Miscellaneous Works*. London：George Routledge and Sons, 1876, pp. 365-375.

一个多世纪以来，考古学、颅相学和文学领域就这两个头颅的话题围绕着《庞贝末日》衍生出一幅由科学实证精神和伪科学思潮投映出的复杂图景，图景背后潜藏的是以布尔沃-利顿为代表的英国人对帝国崛起道路和归宿的思考。

布尔沃-利顿写作《庞贝末日》的灵感和书名源于他在米兰看到的一幅视觉冲击极强的油画——俄罗斯画家卡尔·帕夫洛维奇·布留洛夫（Karl Pavlovich Bryulov）创作的《庞贝末日》（*The Last Days of Pompeii*），在写作小说之时，他将这幅油画所描绘的火山爆发瞬间作为全书最重要的时间与事件节点，《庞贝末日》最紧要和精彩的章节就是这一场景。对热衷于戏剧效果的布尔沃-利顿来说，自然要将全书情节走向和矛盾冲突的高潮放置在这个节点上，这时主人公格劳科斯的冤屈得到昭雪，恶人阿尔巴克斯的阴谋曝光，即将沦为斗兽场狮子的口中之物，此时小说正好到了最后部分的 1/3 的紧要位置（第 4 章，本部分共 11 章）。面对愤怒的人群和凶恶的狮子，阿尔巴克斯感到绝望，突然他透过遮阳棚的缝隙看到天空出现了奇异的景象。叙述者这样描写维苏威火山的爆发："只见滚滚浓烟从维苏威山巅喷射而出，呈巨大松树状（a gigantic pine-tree）；树干，漆黑，枝丫，喷火！（the trunk, blackness—the branches, fire！）火之色彩变化不定，时时摇晃，忽亮至极点，忽又明灭成微弱红光，似行将熄尽，烈焰却又勃然喷出，亮光炙盛，几乎目不能视。"（551~552）布尔沃-利顿在这段关键描述中无疑大量征用了小普林尼的措辞和意象，所用"松树""树干""枝丫"等词均为小普林尼在书信中描述维苏威火山爆发的经典用语。[1] 小普

---

[1] 小普林尼和布尔沃-利顿所指"松树"为石松，又称伞松或意大利五针松，为地中海一带常见树木。参见 P. G. Walsh, "Notes", in Pliny the Younger, *Pliny the Younger: Complete Letters*, p. 337。

林尼在写给塔西佗的书信中详细描述了维苏威火山刚刚爆发的景象，他看到有怪云起于山峦之中，"用松树来描述其形状，最为合适，长长树干，冲天而起，然后展开如枝丫"。① 因为小普林尼生动准确的描述，此类火山便被地质学家称为"普林尼式喷发"（Plinian eruption）。描写完火山喷发的最初模样之后，布尔沃-利顿接着描写浓云遮日，白昼变成黑夜，火山灰、浮岩和岩浆倾泻而下，整个庞贝城瞬间成为惨烈的人间炼狱。小说第 5 卷第 7 章名为《毁灭的进程》，用极富文学想象力的词语生动地描写了庞贝城的覆灭。仔细比对《庞贝末日》上述情状的描写与普林尼书信中的相关段落，可以发现二者是高度吻合的。不仅火山喷发过程如此，人群的骚乱逃命、海潮退离海岸（甚至包括退潮以后海洋生物搁浅挣扎的细节），以及光明重现的场景等等不一而足，都是对普林尼书信的深度加工。②

　　整体而言，布尔沃-利顿在《庞贝末日》里讲述了一个情节曲折和极具戏剧性的故事，但是叙事技巧并不精致。叙述者并没有隐退到故事后面，而是使用了夹叙夹议的全知型叙述模式，不少地方的叙述模式极像导游词："在我们描述这幢住宅之前，先把庞贝城建筑物的总体情况跟读者介绍一下。可以发现这些房子跟维特鲁维亚的设计很相似……据说，这个柜子是屋主人的钱柜或保险箱。可是，在庞贝城里挖掘出来的所有木柜中，都没有发现钱。这种木柜有时是用来做装饰摆设的，而不是实用。"（25~26）《庞贝古城》的叙述者经常跳出来进行点评，就像导游在对着游客滔滔不绝地说着解说词。从艺术效果来看，确实给人跳戏的感觉，但是布尔沃-利顿也因此营造出一种跳出

---

① 小普林尼的书信集有多个英文译本，这些词的译法基本一致。Pliny the Younger, *Pliny the Younger: Complete Letters*, p. 143.

② 参见 Pliny the Younger, *Pliny the Younger: Complete Letters*, pp. 142–145, 147–150。

历史现场的氛围。史实和虚构的分野问题一直是历史小说研究界讨论的重要话题，就历史小说这个文类而言，最普遍的做法自然是善于依托广为接受的历史传说或真实的历史事件进行虚构衍生，发展出具有文学想象色彩的情节、人物和事件。在这个问题上，布尔沃-利顿和前辈司各特均采取了相同的写作策略，但是在写作风格上又各有千秋。司各特在他的众多历史小说中对历史的征用都是轮廓式的，更多的是用细腻的笔触描写过去历史时代的服饰、器物、生活方式和社会风貌，"历史"的质感在他的小说中是粗粝和壮阔的存在物。无论是《威弗莱》《艾凡赫》《城堡风云》还是《红酋罗伯》，历史只为小说提供一个稀疏的参照框架，故事和人物在里面都自如地运转，个人命运即使裹挟在历史大潮中，仍有几分疏朗与从容，很多人物都是自发和自然成长的。相比之下，布尔沃-利顿在《庞贝末日》中则亦步亦趋地诠释着"历史"，为了戏剧性的呈现效果，小说的大部分篇幅被压缩在庞贝古城毁灭前几天狭窄的时空里。《庞贝末日》充满着不安的气氛，无论是情节的编排，还是人物的行动，都以不可阻挡的态势走向灭城的悲剧结局。全书绵密精致的细节里充满着各种处心积虑的对历史的呼应和巧合设计，过于追求营造"逼真"效果，浸润出的反而是不真实的感觉。很多读者可能都会察觉到这些情况，难怪达利会说这是一本"做作"（histrionic）的书。[1]

　　文学素养和才情极高的布尔沃-利顿当然不可能对这些问题毫无察觉，他要的就是这种效果。他在《庞贝末日》1834年初版序言中提及，自己为何在小说人物的对白中使用当代英语，让古人说今话，他将自己比喻为仓促间穿上罗马长袍的人，走路迈不开步子，"要使古

① Gillian Darley, *Vesuvius: The Most Famous Volcano in the World*. London: Profile Books, 2011, p. 120.

典剧演员的对白具有真实感，我们就应该小心，（用一句大学里的话来说）在当时的情况下我们怎样来'填塞'"（13）。可以看出，布尔沃-利顿是将这部小说当成一部古希腊罗马戏剧来写的，这从小说的谋篇构造可以得到印证：小说分为五部，每部集中几个场景，对应了戏剧史上常见的五幕剧的营造模式，符合亚里士多德在《诗学》中为戏剧制定的原则。在浪漫主义时期，莎士比亚的戏剧再次受到文学界的青睐，几乎所有一线的浪漫主义诗人都写过诗歌版的戏剧作品：华兹华斯的《边区人》（*The Borderers*，1795～1797）；柯勒律治不仅写了《悔恨》（*Remorse*，1797）还在大学期间与骚塞合作写了《罗伯斯庇尔的倒台》（*The Fall of Robespierre*，1794）；雪莱有《钦契》（*The Cenci*，1819）和《被解放的普罗米修斯》（*Prometheus Unbound*，1820）；济慈写了《奥托大帝》（*Otho the Great*，1819））和《史蒂芬王》（*King Stephan*，1819）；拜伦写了包括《曼弗雷德》（*Manfred*，1817）在内的多部戏剧。浪漫派写作的这些剧本要么演出以后风评极差，要么写完就锁在柜子里从未上演，被称为只适于阅读而不适于表演的"书斋剧"（closet drama）。司各特也不例外，或许作为小说家和诗人的司各特太过耀眼，以至于人们很少关注他写的戏剧。实际上司各特写过《哈里顿山》（*Halidon Hill*，1822）、《麦克达夫十字架》（*Macduff's Cross*，1823）、《德沃格尔的末日》（*The Doom of Devorgoil*，1830）、《奥金德莱恩》（*Auchindrane*，1830）等几个剧本，但是都平平无奇，没有多少反响。同这些前辈比起来，布尔沃-利顿在戏剧方面的成就要高一些，他也是文学多面手，既是小说家，也是诗人和戏剧家。布尔沃-利顿在19世纪30年代后半期开始写剧本，接连创作了《拉瓦里耶公爵夫人》（*The Duchess de la Vallière*，1837）、《里昂夫人》（*The Lady of Lyons*，1838）、《利希留》（*Richelieu*，1839）、《金钱记》（*Money*，1840）等比较受欢迎的剧本，有的还成为经典剧目。从这个意义上来说，《庞贝末日》里面各式精心设计的戏剧场景均由布尔沃-利顿这位19世纪优秀职业剧作家倾心打造。

为了达到古罗马戏剧的效果，布尔沃-利顿就得遵循这个文学形式的写作规范。他言明："我竭力从丰富的资料中选择那些最能吸引现代读者的材料，譬如人们略有所知的风俗和迷信活动——那些复活以后的幻影能提供一些既代表过去，又能迎合现在人们的想象。这的确需要具备超乎读者想象的自制力，去割舍许多本身十分有趣的材料；这些材料虽然可以为局部增添光彩，却有损于全书布局的匀称。"（10）可以看出布尔沃-利顿在题材的选择上是经过深思熟虑的，他在写作中有很多克制。不仅如此，布尔沃-利顿还将故事发生的地点严格限制在庞贝城内："我们的题材既然是那次灾难——庞贝的毁灭，故事就应该严格地局限于庞贝城内。"（11）布尔沃-利顿要做的是在较为局促的时空范围内呈现出极富戏剧冲突的故事，以庞贝古城遗址的著名景点为地理标识，结合考古知识和历史文献，虚构编排出一幕末日来临时分的古罗马历史大戏。他没有像司各特那样重在描述远去历史时代的社会风貌，而是意在直取人心，因为他"愿这本小说能正确地反映人们的心灵，而在任何时代，人类心灵的要素都是相同的"（14）。布尔沃-利顿将《庞贝末日》处理成了一个惩恶扬善的故事，将诡计多端的埃及人阿尔巴克斯和贪婪的卡勒诺斯刻画成典型的反面角色，小说结束时两人死于火山爆发之下，他们的不道德行为也被掩埋在地下化为乌有。布尔沃-利顿的道德价值观中正肃穆，在全书结尾时，他并没有对这两个反面人物恶语相向，也没有报以嘲讽，而是用冲淡温雅的笔调哀叹生命之易逝，时光无法倒流。从这个细节可以看出，布尔沃-利顿在进行伦理价值判断时的明朗态度，不符合伦理的个人行为需要被批判，也必将受到惩罚。一旦他们得到应有的惩罚、赎完罪孽之后，他们的生命、他们的人生、他们与罪恶无关的情感和体验，都应该得到尊重。

布尔沃-利顿的历史小说注重人物内心情感和道德冲突，秉持了严格的道德准则，他认为小说写作应该为教诲服务，但并没有在小说中进行说教，而是通过情节设置、人物塑造和行动效果体现自己的道德准则。《庞贝末日》和《黎恩济》等作品都传达出布尔沃-利顿惩恶扬善的理念，在小说中幸存和成功的都是善良之人，不符合伦理规范的选择导致的都是悲惨的结局。布尔沃-利顿之子罗伯特指出了父亲与司各特之间的区别所在：司各特的历史小说取材于历史和民间传说，是想象（fancy）的结果，他重在刻画人物外在行动而不甚关注内在情感；父亲的小说大都并非源于想象，他不像司各特那样刻画风景风貌，却走入人类隐蔽的情感深处，"无论何时都坚信文学可以影响民众情绪，进而影响民族习俗制度"。[①] 布尔沃-利顿对情感的高度重视不仅体现在小说谋篇布局的宏观维度，在文本细节中亦随处可见。布尔沃-利顿在《庞贝末日》中实现了一项前人从未用过的创新，进一步拉近了历史与虚构之间的距离，以考古遗迹为历史质料做背书，围绕考古发掘现场展开文学演绎，用文学想象力将史实和虚构进行了严丝合缝的焊接，以历史小说的形式在庞贝古城上演了一幕古罗马时代的历史剧。

《庞贝末日》在英国乃至世界范围内的影响都极大，不仅成为人们案头手边的流行读物，还频频出现在同时代其他文学家的文学作品中。萨克雷在《纽卡姆一家》（*The Newcomes*，1853～1855）第39章就提

---

① Edward Robert Bulwer Lytton, *The Life, Letters and Literary Remains of Edward Bulwer, Lord Lytton*, vol. 2, p. 111.

及纽卡姆一家参观庞贝遗址，对于年轻的男主人公克里夫·纽卡姆参观之前所做的准备，萨克雷笔下的叙述者是这样说的："这个年轻人读过布尔沃-利顿的精彩故事，它已经成了庞贝的历史（it has become history of Pompeii），还读过普林尼的描述和'旅游指南'。"① 从萨克雷的这段描述可以清楚地看到，布尔沃-利顿已经成功地让自己的《庞贝末日》进入维多利亚人的生活中，他虚构的文学叙事已经被人们当成了历史叙事，甚至让人们觉得比真实的历史更真实。对历史小说家而言，这算是一种至高的荣誉吧。

第五节　文学的寄生：歌声字影中的《黎恩济》

如今，提起《黎恩济》，人们想到更多的或许是理查德·瓦格纳（Richard Wagner）的同名音乐剧，而非布尔沃-利顿的小说。《黎恩济》是青年艺术家瓦格纳在 19 世纪 30 年代末创作的大型歌剧，是长盛不衰的经典之作。在此之前，瓦格纳一直混迹于多个小剧院里担任音乐指挥，有过《仙女》（Die Feen，1833）等作品，但没什么起色，《黎恩济》是他第一个成功演出的歌剧，从此正式揭开了传奇艺术生涯的帷幕。《黎恩济》虽然没有瓦格纳艺术生涯后期作品的那种革命性和冲击力，也没有过于繁复精密的结构，但是恰如其分地迎合了当时观众的欣赏品味，"在德累斯顿首演的时候获得了巨大成功，这对有着崇高艺术精神的瓦格纳来说，难免不是一个讽刺，《黎恩济》在瓦格纳的有生之年一直受到欢迎，这在瓦格纳的歌剧中是颇为罕见

---

① William Makepeace Thackeray, *The Newcomes*, vol. 2. London：Smith, Elder & Co., 1884, p. 14.

的"。① 瓦格纳是在 1837 年夏天读到 G. N. 贝尔曼（G. N. Bärmann）翻译的德文版小说《黎恩济》，才激发起音乐灵感，进而开始创作的。瓦格纳在创造和改编音乐剧时心中有很多想法，也有很多不安。1839 年 8 月，穷困潦倒的瓦格纳离开德国，在去巴黎的途中，偕妻子专门绕道伦敦，想要拜访布尔沃-利顿并和他讨论歌剧改编一事，他甚至前往英国上议院大楼想要赶着见一面，可惜无缘得见。② 在巴黎生活了两年多之后，瓦格纳于 1842 年 4 月回到德国，10 月 20 日他的《黎恩济》在德莱斯顿歌剧院（Dresden Opera House, 现称森佩尔歌剧院）首度公演。二十多年后，瓦格纳在维也纳遇见了布尔沃-利顿之子，告知后者当年自己创作的"唯一来源"就是他父亲的小说。③ 布尔沃-利顿文字里的黎恩济转化成了瓦格纳歌剧声中的黎恩济。

在英国文学传统中据此上溯，可以发现文学史上有过多部讲述黎恩济故事的作品。玛丽·拉塞尔·米特福德（Mary Russell Mitford）写过五幕版的悲剧《黎恩济》，1828 年上演后大受欢迎。黎恩济的故事不仅吸引了文学家投身于创作，甚至连恩格斯都曾以他为主角写过一个未完成的戏剧。1840~1841 年，年仅 20 岁的恩格斯在德国与友人古斯塔夫·霍伊泽尔（Gustav Heuser）等人合作写了歌剧曲本（libretto）《黎恩济》（*Cola Di Rienzi*），这部未完成的手稿在 1974 年才首次被发现。④ 从时间的先后顺序和写作的时代背景看，恩格斯或许也读过布

---

① 欧南：《瓦格纳的创作之路：从〈黎恩济〉到〈歌手〉》，《歌剧》2013 年第 8 期。

② Anne Dzamba Sessa, *Richard Wagner and the English*. London：Associated University Press, 1979, p. 16.

③ Raymond Furness, *Richard Wagner*. Glasgow：Reaktion Books, 2013, p. 31.

④ Terrell Carver, *The Life and Thought of Friedrich Engels*. Cham, Switzerland：Palgrave Macmillan, 2020, p. 44.

尔沃-利顿《黎恩济》的德文版，有学者对此进行过因果关联研究，[①] 但似乎并没有确凿的史料证据。恩格斯对黎恩济的描写与瓦格纳和布尔沃-利顿等人的版本在很多地方有着相同的取向。除了恩格斯和瓦格纳之外，赫尔曼·格奥尔格·达姆（Herman Georg Dam）早在1835 年就在德国柏林上演过《黎恩济》的部分场景。[②] 这三个德国版的《黎恩济》在情节设计和价值取向上都有所不同，其中恩格斯版本最为突出的特点是政治意识，"恩格斯的版本对这些 14 世纪中期事件的描写比其他任何描述这段时期的版本都更强调'人民的力量'（people-power）"[③]。在这些德国人对《黎恩济》的改编版本中，就影响力和流传度而言，瓦格纳的歌剧无疑最为突出。

《庞贝末日》给布尔沃-利顿带来巨大成功，于是他便乘胜追击，在第二年又出版了另一部以意大利为题材的历史小说《黎恩济》。这部作品以 14 世纪的护民官黎恩济（Cola Di Rienzo）为故事主人公，这位著名的历史人物力推改革，试图复兴罗马的荣光。为了符合英国人语言习惯，布尔沃-利顿使用了他们更易于接受的名字 Rienzi。《黎恩济》几乎是和《庞贝末日》同时孕育出来的，都是布尔沃-利顿夫妇1833～1834 年意大利之行的文学成果。据布尔沃-利顿所述，他在罗马就开始动笔，后来因为写作《庞贝末日》需要跟意大利当地人交流，必须优先，因此将《黎恩济》暂且搁置下来。[④] 出版《黎恩济》时，布尔

---

① 参见 Hal Draper, *Karl Marx's Theory of Revolution*, vol. 3. New York：Monthly Review Press, 1986, p. 29.

② Margaret Ross Griffel, *Operas in German: A Dictionary*, vol. 1. Lanham：Rowman & Littlefield, 2018, p. 394.

③ Terrell Carver, *Engels Before Marx*. Cham, Switzerland：Palgrave Macmillan, 2020, p. 23.

④ Edward Bulwer-Lytton, *Rienzi: The Last of the Roman Tribunes*. New York：Charles Scribner's Sons, 1904, p. v.

沃-利顿在扉页题词，将它献给曼佐尼和为这部小说提供丰富养料的意大利小说。不仅如此，他还引用了拜伦的《恰尔德·哈罗德游记》中关于黎恩济的段落，拜伦还是一贯的大气磅礴，声音高亢，将黎恩济称为"彼特拉克的朋友——意大利的希望/黎恩济，最后的罗马人！"① 布尔沃-利顿为何要引用拜伦的诗歌放在小说的扉页，答案或许就藏在他的《英格兰与英格兰人》中。此书的《文学篇》相当一部分就是写拜伦，与他一起出现的是司各特。布尔沃-利顿讨论的话题是"为何司各特和拜伦代表时代的心灵（mind of their generation）"②。前文已述，此书是他出发去意大利之前不久出版的，与写作《黎恩济》之时相距不远，二者的主题思想是互为贯通的。布尔沃-利顿如此评价拜伦的几卷《恰尔德·哈罗德游记》："它们触动了公众最敏感的心弦，它们传达出每个人的感受。"③ 在这个背景下，我们就可以更好地理解布尔沃-利顿为何要将《恰尔德·哈罗德游记》的诗行放在扉页——尽管他在《英格兰与英格兰人》等不少地方对拜伦都有犀利准确的批评，但这并不妨碍他向拜伦致敬，因为拜伦的作品体现了时代心灵，敏锐地捕捉了当时全英国人共同的情感体验。

　　《黎恩济》分为10册，在后续再版时还常常另加两个附录，其一为《黎恩济其人其事》，其二为对杜·塞尔索神父（Du Cerceau）和皮埃尔·布吕穆瓦神父（Pierre Brumoy）相关作品的讨论。这是布尔沃-利顿在历史小说中惯用的办法，他在《庞贝末日》《英格兰与英格兰人》中同样如此：频繁使用类文本和超文本模式，不断地用脚注和附录的形式给自己的虚构小说加上史学含量。布尔沃-利顿在附录一中对吉

---

① Edward Bulwer-Lytton, *Rienzi: The Last of the Roman Tribunes*, title page.
② Edward Bulwer-Lytton, *England and the English*, vol. 2, p. 51.
③ Edward Bulwer-Lytton, *England and the English*, vol. 1, p. 71.

本等人的史学著作和史学观点旁征博引，之所以要附录二，恐怕最主要的原因是吉本在《罗马帝国衰亡史》讨论黎恩济的章节中，第一次提及黎恩济时就用一个注脚提到了杜·塞尔索神父等人的著述。[①] 吉本坦言关于黎恩济的部分参照了杜·塞尔索的研究。布尔沃-利顿不仅让每个附录都与前人的文学文本产生互文关联，甚至还让自己书中的两个附录互为参照，在附录一中做注脚，将其链接到附录二，使两篇附录互相勾连、互相渗透，形成一个复杂的意义矩阵。

　　《黎恩济》的贡献在于用清晰流畅的语言为现代读者重新演绎了文艺复兴时期罗马护民官黎恩济的传奇故事，将这段罗马历史再度拉回到 19 世纪英国读者的日常生活之中。吉本在《罗马帝国衰亡史》中对黎恩济的总括是“护民官黎恩济的兴衰（rise and fall）”，[②] 他用了数十页的篇幅对黎恩济的一生进行了精要评述。吉本对黎恩济的描述用的是史笔，没有布尔沃-利顿这么情绪化和诗意化。上文提到拜伦将黎恩济称为彼特拉克的朋友，吉本在他的著作里也有数页篇幅讲彼特拉克。彼特拉克是黎恩济的好友兼密参，吉本称赞他的创作充满爱国情怀和乐观精神，对护民官黎恩济歌功颂德，对罗马共和国的永恒和伟大崛起充满无限期望。但是吉本在这位诗人身上用的也是客观冷静的笔触：“当彼特拉克还沉浸在这些预言式的想象中，那位罗马英雄却很快从名誉与权力的巅峰开始衰落。”他给黎恩济下的评语是“能言善道却明智不足，雄心万丈而坚毅不够，行事不沉稳，决策欠英明”。[③] 从吉本这些犀利的论断之中可以明显感受到他对黎恩济持

---

　　① Edward Gibbon, *The History of the Decline and Fall of the Roman Empire*, vol. 12. London: A. Straham and T. Cadell, 1790, p. 330.

　　② Edward Gibbon, *The History of the Decline and Fall of the Roman Empire*, vol. 12, p. 330.

　　③ Edward Gibbon, *The History of the Decline and Fall of the Roman Empire*, vol. 12, p. 344.

有的负面态度，这也就不难理解为何布尔沃-利顿会在多处对吉本的史观和态度提出尖锐批评。正因为如此，布尔沃-利顿在《黎恩济》的序言中开宗明义：在读了近代史学家们对黎恩济的描写之后，他感到自己有职责和使命要写作此书，因为"我终于相信一个非凡之人得到的是肤浅的评判，一段重要的时期被粗鲁地审视"。[①] 为了说明自己为何得出这个结论，布尔沃-利顿立刻接了一个脚注——"参见附录一和附录二"。由此可见，整部《黎恩济》的正文都是为附录做注释，在文学规约中，附录本该寄生在正文之上，而《黎恩济》却反其道而行之，序言成了宿主，正文寄生其上，而序言又进一步寄生在附录上，附录成了宿主。小说正文的寄生状态是布尔沃-利顿历史小说创作的一个重要特色，他正是通过这种混杂的方式加强小说虚构性与历史事实性之间的关联，进而营造小说的真实氛围。如此一来，布尔沃-利顿给小说带来一种不断向历史和文本后退的形势，造成意义上的滑动与延迟，无法形成确定的中心。

　　在历史上，黎恩济是一个有争议的人物，他有着雄心壮志，口才极佳，也长于权谋，善于鼓动民众情绪达成政治目的，却以悲剧而告终。他辉煌而短暂的政治生涯甚至被有些人当作历史闹剧——由民众选出，然后被赶下台，经过流放之后再次上台，仅仅四个月之后又被愤怒的民众包围起来用利刃刺死。在历史上众多重述黎恩济故事的作品中，吉本、瓦格纳和布尔沃-利顿的作品各有侧重，也各有特色，有的侧重史实描述，有的侧重戏剧效果，有的侧重全面细致。他们三人运用了不同的方式处理同一主题，既有重合，也有差异，其中他们对黎恩济结局的书写最值得深思。

━━━━━━━━━━

　　① Edward Bulwer-Lytton, *Rienzi: The Last of the Roman Tribunes*, p. v. 本节所引《黎恩济》均源自此版本，以下仅随文标出页码，不再一一出注。

瓦格纳的歌剧《黎恩济》属于法国"大歌剧"（grand opera）模式，包含了音乐、唱词、表演等形式，其中以音乐为最重要的艺术表达手段，展现较为严肃的历史题材。它采用五幕剧的标准形式，为了适于歌剧表演，省略了大部分枝蔓细节，选择从故事中间开始，戏剧化地表现主要场景。全剧从王公贵族鲍罗·奥辛尼在黎恩济家附近强抢黎恩济的妹妹伊琳开始，另一个大家族的贵公子阿德里阿诺英雄救美。瓦格纳的《黎恩济》首演持续了六个小时，[①] 整个剧情被大刀阔斧地删减和改编，围绕这四个人物展开演绎。为了追求艺术效果和艺术理念，瓦格纳在他的音乐剧中对黎恩济的生平历史进行大幅改编，不仅可见于歌剧中的各处细节，在结尾处也一目了然——瓦格纳让黎恩济、伊琳和阿德里阿诺一起被烧塌的房屋埋葬，极具震撼力和舞台效果。瓦格纳的《黎恩济》既汲取了布尔沃-利顿小说的众多流行元素，又有自己独特的主线和编剧思路，气势恢宏，场面盛大，充分利用了歌剧的音乐感染力和场景的视觉冲击力，紧凑完整地表达了悲剧主题。

布尔沃-利顿无疑是站在同情黎恩济的角度描写的，基本上是对吉本简略洗练的梗概描写进行文学演绎，以想象力丰富小说情节，在细节上烘托出黎恩济的失败和悲剧。全书最后一章名为"追逐结束了"，详细描述了黎恩济被民众遗弃和刺杀的结局。时间定格在1354年10月8日清晨。此时的黎恩济已经众叛亲离，民众拿起武器上街，而他在家中却浑然不知，直到卫士慌张闯入，催促他赶紧逃命，因为罗马城的大门洞开，守卫空无一人，已经倒戈，甚至他家里的卫士与佣人都已全部溜之大吉。随后就是大段描写黎恩济全家准备逃命的慌乱场景以及他和家人的生死离别，不值一叙。走投无路之下的黎恩济

①　Barry Millington, "Rienzi, Der Letzte Der Tribunen", in Stanley Sadie（ed.）, *New Grove Book of Operas*. Oxford：Oxford University Press, 2009. p. 521.

来到阳台，就是那个"他曾无数次对民众发表演讲"的地方，阳台下是潮水般汹涌而来的游行民众，他们在齐声大喊"民众万岁""处死独裁者"（615）。此时的黎恩济想起今昔的天壤之别，思绪万千。他想要发表演说，却被无情地打断，那只"曾扶过罗马国旗、曾将宪法给予民众"的右手被箭射伤。黎恩济刚开始还想保持英雄的尊严，最后求生欲望战胜了骄傲，居然乔装打扮想逃走，在门口被他自己的近卫兵（布尔沃-利顿特意用括号写上"他自己的"）和朋友维拉尼发现。布尔沃-利顿的叙述其实已经明确地表达了黎恩济的姿态：所有人都抛弃了他，他已经由过去万人敬仰的英雄变成了民贼独夫。此时身在远方的阿德里阿诺还在望着元老院燃起的烟火喃喃自语："如果黎恩济倒下了，罗马的自由就永远失败了。"（621）可叹的是，他并不知道黎恩济已经倒在了维拉尼等人的匕首下，"没说一句话，没有发出一点声音"，旁边，是四面八方涌来的呼啸的人群（621）。

　　布尔沃-利顿对《罗马帝国衰亡史》肯定非常熟悉，但是他选择隐去了吉本在书中对黎恩济去世前羞辱性质的记述。布尔沃-利顿给了黎恩济一个痛快而体面的死法——被认出来以后立刻就被刺死，而吉本在其著作中却写到黎恩济被拖到宫殿的平台上，平时能言善道、冠冕堂皇的他"半裸半死，没有说话，一动不动地"在人群里示众了"足足一小时"，被刺死以后，身体还被愤怒的民众撕扯得千疮百孔，"留给了群狗、犹太人和烈火"。[①] 在吉本笔下，黎恩济的死亡是屈辱而毫无尊严的，而布尔沃-利顿运用文学虚构手法为黎恩济隐去了大量有损个人形象的细节，最后还用带有辞藻的文学语言描写烧死黎恩济的熊熊烈火，以祭奠的形式结尾——"整个罗马都变成了罗马最

[①]　Edward Gibbon, *The History of the Decline and Fall of the Roman Empire*, vol. 12, p. 362.

后的护民官的葬礼火堆"（622）。与吉本和瓦格纳的作品相比，因为小说篇幅的先天优势，布尔沃-利顿更加丰富生动地描写了黎恩济的结局，使得他的形象变得体面又立体。

　　布尔沃-利顿在写作这部历史小说时当然知道黎恩济不是一个完美的英雄，因此他在附录中不惜直接开口告诉读者："黎恩济的缺点不言自明，我并没有无情地进行描述。我们不应以是否趋近完美来判断人，而应该看他们总体品质的好坏——他们的才干或缺点——他们带来的福祉，他们造成的罪孽。"（626）为了美化黎恩济，他将其塑造成拜伦式英雄。布尔沃-利顿在小说中通过主人公的演说透露出他对历史的理解。在第2册第3章，他描写黎恩济在教堂中的演说时极具仪式感：当时人群聚集在教堂，黎恩济人未到，肃穆的气氛已先到——教堂钟声突然停了，人群的喧嚣静了，紫色的幕帘掀开，黎恩济迈着缓慢雍容的步子来了，只见他头束白巾，上戴金冠，饰有银刀，身披及地的罗马长袍，形象高大伟岸，恍若英雄降世。接着是一段常规写作——布尔沃-利顿通过旁人的对话和观察，对黎恩济进行人物塑造："简直太有范儿了！""此人从心底就了解民众"，诸如此类的溢美之词（144～145）。然后布尔沃-利顿给黎恩济设计了一段极其冠冕堂皇、极其雄辩的演说词，他呼唤民众重温伟大的罗马历史，但是不能沉湎于过去。在这中间，布尔沃-利顿让他说出了关于历史和现在的精彩言论："让往事消亡吧！让黑暗笼罩它吧！如果它不能从掩埋的秘密中为我们的现在和未来带来指引，那就让它永远沉睡在坍塌的庙宇和被遗忘的子孙后代的冷清坟墓上。"（145）布尔沃-利顿笔下的黎恩济极具现代思维，他是站在现在和未来的角度表达自己对历史的理解，在他看来，历史应该服务于现在和未来。从这个角度看，布尔沃-利顿和司各特的小说具有很大的不同。对司各特而言，他想做的基本都是站在现在的角度回望苏格兰氏族文化略带蛮荒却又温情浪漫的往昔岁月，或者缅怀中世纪以来美好快乐的英格兰大地上发生的权谋与争斗。司各特的思想是回溯性的指向，以古人眼光看古人；而布尔沃-利顿则是时刻指向当下与未来，以今人眼光看古人。布尔沃-利顿是司各特历史小说的文学子嗣，他在司各特的基础上更进一步，超越了司各特以英格兰—苏格兰民族融合和英法争霸为主旋律的叙事框架，将目光聚焦于更具跨国意识和全球格局的罗马帝国。他们二人主体文学思想的继承与变化反映了19世纪前期英国历史小说领域改朝换代的风貌——从1814年以《威弗莱》为起点的司各特时代到1834年以《庞贝末日》为核心的布尔沃-利顿时代的全面转换。这种转换体现的是这段历史时期内英国在民族特性和公众心理期望值方面的新变化——随着工业化以来经济实力的日益崛起，尤其是拿破仑战争之后成为欧洲霸主，英国人的民族自信心日益增强，在全球扩张的道路上加速前行。

　　黎恩济最终被他的民众所杀，未得善终。布尔沃-利顿在"附录一"结尾处给出了一个狡黠的解释——罗马人一直都有看不惯就杀人的习惯。为此，他紧接着举了两个例子，说在那不久前罗马人刚刚杀掉两个执法官，一个被石头砸死，另一个被撕碎。如果我们把《黎恩济》的这两篇附录放在布尔沃-利顿1834年前后的写作实践中，可以发现这部小说中一个有意思的反转——他花了十卷篇幅，六百多页的小说正文，只是为了给"附录"中的一句话做注脚，而他的"附录"又是为吉本的《罗马帝国衰亡史》的注脚做注脚。在如此回环往复和影影绰绰的文字交涉中，在小说《黎恩济》与歌剧《黎恩济》的跨界互文里，布尔沃-利顿和他同时代的读者所持有的历史理念与伦理诉求缓缓流露出来。

余　论

　　文学潮流的兴衰与更替，既有机缘巧合，又有章法可循。数百年来，英国文学史上的各种思潮起起落落，在流变中发展，在求新中前行。这些文学思潮持续时间或长或短，长则数十年或上百年，短则不过二三十年，甚至数年。它们存续时间长短不一，生命周期却基本相同，都会经历一个完整的轮回：缓慢萌芽，遽然勃兴，壮大成熟，随着一批天才作家的出现达到全面兴盛，之后便是难以挽回的衰落与凋零，尽管中间会有各种分蘖生长与变革维新，但主流地位终究会被另一种新兴的文学样式取代，退化为支流与潜流，成为文学史上被翻过的那一页。历史小说同样无法跳出文学思潮的历史周期率。

　　值得注意的是，司各特并没有刻意创造出"历史小说"这种文学类型，当时他想做的或许仅仅是写出让读者喜欢的畅销作品。司各特煞费心思地匿名出版小说，为此不惜重金请人誊抄手稿，以免别人认出字迹，还跟出版社签订保密协议，附带上高额违约金，只求塑造出一个神秘人物"《威弗莱》作者"，其最初动机在于他认为此书是一次新文学形式的实验，不一定符合公众的品味，恐怕会招致恶评。（Waverley 355）"威弗莱"系列小说匿名出版以后，虽有少数亲友知道实情，但十余年间司各特从未公开承认自己的真实身份。1827 年 2月 23 日，司各特主持召开"爱丁堡戏剧基金组织"首届年度招待会，曾任苏格兰检察总长（Lord　Advocate）的梅多班克爵士（Lord

Meadowbank）借机揭开了这个英国文学界十余年来的秘密，盛赞司各特是"伟大的魔法师，使时间倒流，在我们面前鲜活地变出逝去已久的人物和风习"。[①] 这是司各特在 1826 年 1 月康斯坦布尔出版公司破产以后为数不多的公开露面。随着公司资产被清算，他一直持有的版权暗股终于被外人所知。他投资的巴兰坦印刷厂在 1825 年已破产，为了偿还巨额债务，正直的司各特在走投无路之下不得不写书还债。此时他年岁已长，笔力渐有不逮，加上为了赶工写作运笔如飞，文字质量大不如前，渐渐露出下世的光景来。到了 1830 年 2 月，他中了一次风，不久后痊愈。1832 年 6 月，再次中风。当年 9 月 21 日，逝于阿博茨福德家中。

司各特的"威弗莱"系列小说给英国文坛带来历史小说的暴风骤雨，涤荡了之前小说界沉积已久的尘垢。阳刚大气、波澜壮阔的历史小说登上英国小说舞台的中央，取代了之前统治多年的哥特小说和情感小说，这两种小说形式要么矫揉造作、基调恐惑，要么满是多愁善感的绵软缱绻。浪漫主义思潮是英国文学史上持续时间较短的一股文学思潮，学界对其肇始和结束的时间有多种说法，常用华兹华斯和柯勒律治 1798 年合作发表《抒情歌谣集》作为英国浪漫主义的开端，结尾则以 1832 年司各特的去世为标志，此间拜伦、雪莱和济慈等浪漫主义主将均已离世，而柯勒律治和华兹华斯都已垂垂老矣。浪漫主义大潮随着摄政时期的结束而告终。在历史小说领域，埃奇沃思和西德尼·欧文森还在写作，但已进入暮年，早就过了创造力最旺盛的时期；詹姆斯·霍格和约翰·高尔特的写作生涯也接近了尾声；简·波特则已经放弃长篇小说创作，投身于短篇故事。从种种迹象来看，布

---

① 转引自 J. Dodsley, *The Annual Register: Or a View of the History, Politics and Literature of the Year 1832*. London：Thomas Curson Hansard, 1833, p. 429。

尔沃-利顿写于 1834 年的《庞贝末日》可视为英国 19 世纪历史小说经
典时代最后一抹鲜丽的余晖。

待到维多利亚女王在 1837 年 6 月登基之后，摄政时期的奢靡浮
华风格一扫而光，整个民族变得更加肃穆奋进。随着大英帝国全球统
治梦的日渐实现，崛起的大国需要与之相适应的新文化风尚，新时代
召唤新文学。属于司各特、埃奇沃思、简·波特、欧文森、霍格和高
尔特等人的时代已经过去，历史小说的高光时刻宣告结束，英国小说
迎来了 18 岁的乔治·艾略特、18 岁的查尔斯·金斯利（Charles Kings-
ley）、19 岁的艾米莉·勃朗特、21 岁的夏洛特·勃朗特、22 岁的安
东尼·特罗洛普、25 岁的狄更斯、26 岁的萨克雷、27 岁的伊丽莎
白·盖斯凯尔。这些风华正茂的年轻一代作家都是读着司各特的
"威弗莱"系列小说长大的，他们的审美倾向、生活感受力和文学想
象力都受到司各特的深刻影响。历史小说的主潮随着摄政时期的结束
而远去，但是在维多利亚时代仍然有着极大的影响力，无数青年作家
都在这个领域跃跃欲试。司各特在历史小说领域取得的空前成就对青
年作家形成巨大的示范效应，让后来者竞相模仿。据莫妮卡·布朗统
计，在 1830~1848 年写小说的作家中，接近 2/3 的人出版过历史小
说，据《新剑桥英国文学文献目录》显示，其列出的 1830~1848 年发
表过作品的 75 位作家中，有 47 位曾出版过历史小说。[①] 这个数据为
我们大致勾勒出了历史小说在摄政时期和维多利亚时代交接阶段的英
国文坛的整体轮廓。即便如此，要么是因为司各特太过于伟大，让后
来的模仿者注定无法摆脱他巨大而深沉的阴影，也可能是时代精神的
变化塑造了维多利亚人与之前摄政时期不一样的文学趣味，一代有一

---

① Monika Christiane Bargmann Brown, *The Victorian Response to Historical Fiction, 1830- 1870.* Duke University, Ph. D. Dissertation, 1981.

代之文学，要么就是文学自身发展新陈代谢法则的强大效力让历史小说的文学风格在盛行多年后变得僵化与衰微，无论何种原因，维多利亚时代的英国小说界再也没有出现过历史小说持续的狂飙，只脉冲式地产生了布尔沃-利顿的《庞贝末日》（1834）和狄更斯的《双城记》（1859）这两座奇崛的高峰。一个略显残酷却又不可回避的事实是，司各特之后，英国历史小说界再无专事历史小说写作的大家。肯尼思·罗布指出过："大多数现代的批评家都一致认为，司各特之后最伟大的历史小说都由欧陆作家写成，而不是英格兰人。"[①] 维多利亚时代有两位专事写作历史小说的作家最知名——安斯沃思和乔治·詹姆斯。他们资质一般，却无比勤奋，可谓著作等身——安斯沃思写了39部小说，乔治·詹姆斯则超过了40部。他们写作的速度比被迫卖文还债的司各特还快，这固然展现出他们丰富的想象力和生产力，但是无法保证艺术水准，比如说作品陷入程式化，情节难逃窠臼，语言欠缺雕琢，诸如此类。安斯沃思和乔治·詹姆斯是司各特之后历史小说的逐梦人，他们奋力追逐着这股文学潮流已经远去的风口，写出来的小说在当时也还颇受欢迎，但并未写出文学史上真正具有地标意义的作品，他们的文字在英国文学正典的版图中难寻踪迹。除此之外，艾略特、萨克雷、盖斯凯尔、查尔斯·金斯利和特罗洛普等维多利亚时代堪称中流砥柱的作家都尝试过历史小说，但没有一人可以通过这种文学样式展示出自己才华中最闪耀的那一面。

特罗洛普大器晚成，他选择了以地方小说和历史小说开始写作生涯，1850年出版商亨利·科尔伯恩（Henry Colburn）以20磅的价格买下了他的《旺代省历史的罗曼司》（*La Vendée: An Historical Romance*），

---

① Kenneth A. Robb, "Historical Novel", in Sally Mitchell (ed.), *Victorian Britain: An Encyclopedia*. New York: Routledge, 2011, p. 364.

之后便劝他放弃历史小说。数年后，他带着书稿去伦敦找赫斯特与布莱克出版公司（Hurst & Blackett）兜售手稿时，店长傲慢地告诉他："我希望不是历史小说，特罗洛普先生，什么都行，就是不要历史小说，你的历史小说一毛钱都不值。"① 特罗洛普随后掏出他的《三个小职员》（The Three Clerks, 1857）手稿，一番交涉之后，在当天下午"成功"（succeeded）以 250 磅的价格卖出。处于弱势地位的特罗洛普对出版商的傲慢之语似乎保持了礼貌谦逊，也并无意为"历史小说"做辩解，或许在他看来，这并不重要。特罗洛普其实应该听说过，三十多年前，司各特在写作《艾凡赫》时可谓如日中天，春风得意，追着他购买版权的出版商排成长队，大西洋两岸无数家出版社为了争夺司各特的作品拼得你死我活，雇人通过各种手段取得新书的印刷样张，然后重印，由此还产生了一个出版界的新名词"狩猎"（game）。② 有些人得不到授权，却又挡不住"威弗莱"系列小说爆款销量的诱惑，惧于《版权法》的威慑力，又不敢公然盗版，只能雇人写作，然后带上类似"威弗莱"的字样蹭热度。司各特甚至还没动笔写一个字，独家合作的出版商康斯坦布尔为了保持垄断地位，就迫不及待地预支数千英镑，只为早早锁定下一部小说的发行权。无论司各特写出什么作品，摄政时期的读者都为之疯狂，③ 就连侨居伦敦的马克思这个异乡人都是司各特的忠实拥趸，他尤其对《修墓老人》情有独钟，常常围着火炉给孩子们读小说。④ 司各特在历史小说三十年

①　Anthony Trollope, An Autobiography. New York：Harper & Brothers, 1883, p. 100.

②　Adrian Johns, Piracy: The Intellectual Property Wars from Gutenberg to Gates. Chicago and London：The Unviersity of Chicago Press, 2009, p. 296.

③　James White, Robert Burns and Sir Walter Scott: Two Lives. London：G. Routledge, 1858, pp. 149-150.

④　S. S. Praver, Karl Marx and World Literature. Oxford：Oxford University Press, 1978, p. 396.

前的河东风光无限，特罗洛普在历史小说三十年后的河西卑微又无奈。特罗洛普在书商那里经历了这个小周折之后，倒是认真地进行了自我反省，他怀疑历史小说是否已成明日黄花，[①] 于是开始了写作题材的转型，终于在现实主义那里找到了用武之地。从 1855 年开始，他出版了可以名垂青史的《巴塞特郡纪事》(*The Chronicles of Barsetshire*) 系列小说。历史小说的脉络在维多利亚时代仍在延续，但是已然完成了自己在英国民族文化中的重要使命，遁入了历史的幕后，将舞台让给了缔造新辉煌的家庭现实主义(domestic Realism)小说。年轻一代的作家读着司各特等人的历史小说长大，他们在后来的写作生涯中也会偶尔让这种体裁回光闪现。他们放弃了历史小说的遗产和包袱，在文学创作的道路上乘风破浪地开疆拓土，将现实主义小说带上了时代巅峰。

1814 年前后的司各特正值壮年，敢打敢拼，创作欲望极其旺盛，他敏锐地捕捉到英国人历史意识的觉醒和民族主义思潮的兴盛。在主观能动性上，他热切想要在自己小说中打破陈规和另辟蹊径。司各特是摄政时期的小说销量之王，万人景仰的“‘威弗莱’作者”，站在小说巅峰俯视芸芸众生，成为 19 世纪前期英国最受欢迎的小说家。然而司各特的作品未能逃过时间的镰刀，他的“威弗莱”系列小说随着摄政时期一起被雨打风吹去，慢慢蒙上时间的尘埃，开始黯淡起来。诺曼·费希尔指出：“沃尔特·司各特爵士的历史小说将历史的政治伦理和审美想象杂糅在一起。”[②] 随着文学阅读品味在 19 世纪后半叶的迁移，他的作品中体现出的政治伦理似乎不再像先前那样吸引

---

① Anthony Trollope, *An Autobiography*, p. 76.

② Norman Arthur Fischer, "The Modern Meaning of Georg Lukács' Reconstruction of Walter Scott's Novels of Premodern Political Ethics", p. 128.

人，审美想象也逐渐失去最早的鲜活度，因而司各特这个曾经如雷贯耳的名字在 19 世纪中期以后就不再像以前那样光芒万丈，在图书消费市场和批评界得到的评价直线下滑。

玛利亚·埃奇沃思和弗朗西斯·伯尼的境况也大同小异，她们仍然活跃在文学史、书店、教室和图书馆中，至于简·波特和西德尼·欧文森等人则逐渐淡出后人的视野，少有人问津。当初这些煊赫一时的历史小说在英国文学正典的烛照下变得泯然众人矣。每位作者和每本作品都有自己的命运。文学史上大部分作品的宿命都是从出版时的喧嚣一时逐渐归于平静，然后从公众视野中悄然消失，沉没在历史长河中，不再泛起涟漪。随着读者阅读趣味的变化和时代的变迁，司各特和历史小说渐次退潮，这是历史发展的必然规律。不仅是司各特，奥斯丁、埃奇沃思、简·波特等同时代作家，甚至是莎士比亚的文学声誉在不同历史时期也难免有所沉浮。奥斯丁在世时，她的作品就销量一般，去世以后不久，“她的书就被打折甩卖或者回收打纸浆，在 19 世纪 20 年代，她的书基本在市场上绝版了”。[1] 埃奇沃思的境遇似乎也没好多少，她的创作生涯长达六十余年，也曾是摄政时期小说界的流量担当，“鼎盛时期在 1795 年至 1817 年”，但是 “1830 年以后除了一些持不可知论见解的夫妻的子女以外，就不大有人读她的书了”。[2] 随着摄政时期的终结，经典历史小说的时代落幕，但是它仍然潜行在各个时期的文学潮流之下。历史小说在维多利亚时代文学的流脉中从未中断，狄更斯的《巴纳比·拉奇》（*Barnaby Rudge*，1841）和《双城记》、威尔基·柯林斯（Wilkie Collins）的《安东尼娜》（*Antoni-*

---

① Claire Harman, *Jane's Fame: How Jane Austen Conquered the World*. New York: Henry Holt and Company, 2010, p. xix.

② 玛里琳·巴特勒：《浪漫派、叛逆者及反动派：1760—1830 年间英国文学及其背景》，第 153 页。

na，1850）、萨克雷的《亨利·艾斯芒德》（Henry Esmond，1852）和《弗吉尼亚人》（The Virginians，1857～1859）、乔治·艾略特的《罗慕拉》（Romola，1862～1863）、盖斯凯尔的《西尔维娅的恋人》（Sylvia's Lovers，1863）等重要作家的作品都是历史小说的再次回潮。

　　到了 19 世纪二三十年代所在的摄政时期末年，除了历史小说之外，英国小说界风行"银叉小说"和"新门派小说"。前者顺应了摄政时期的浮华世风，描写英国贵族社会的时髦生活，后者则结合了哥特悬疑风格和历史传奇因素，讲述耸人听闻的犯罪故事。这两类小说一定程度上能满足人们对上流社会富裕精致生活的幻想或者对犯罪暴力所属人性黑暗的猎奇，但是往往立意浅薄，格局狭仄。工业化和城市化的新时代呼唤新的文学风尚。1836 年春，狄更斯凭借横空出世的《匹克威克外传》（The Pickwick Papers，1836～1837）轰动了英国文坛，晋升为最耀眼的新星。这部配有插画的小说低开高走，迅速打开了局面，它以连载形式推向文学市场，第 1 期只发行了 400 份，第 4 期销量就跃升至 40 000 份。① 《匹克威克外传》成了英国文学市场中的热门话题，其中最引人注目的是满口伦敦腔的男主人公塞姆·维勒。伦敦腔是英国文学中早已存在的一种渲染地方文化色彩的写作手法，狄更斯在《匹克威克外传》中将其发扬光大，使这部小说成为英国文学中方言口音研究领域几乎无法绕开的作品。② 狄更斯运用地域色彩增加小说的丰富性和生动程度，这种方法在西德尼·欧文森的"民族故事"等历史小说先驱作品中就已经初现端倪。到了司各特写作《威弗莱》的时候，他同样大量描写苏格兰高地的自然风貌和社会风

---

　　①　Donna Dailey, Charles Dickens. Philadelphia: Chelsea House, 2005, p. 45.
　　②　参见拙文《伦敦腔、都市情怀与帝国中心：文学消费市场中的〈匹克威克外传〉》，《外国文学》2021 年第 5 期。

俗，而且大量运用苏格兰盖尔语，增加小说摹仿的真实程度。狄更斯在后来创作《巴纳比·拉奇》和《双城记》等历史小说中同样采用了这种运用方言和地方特色文化塑造人物的方法。

盖斯凯尔在 1863 年出版《西尔维娅的恋人》时已经进入写作生涯的暮年。它并没有采用过于张扬人物意识的第一人称叙事手法，而是使用了较为客观冷静的第三人称全知叙述视角。这部小说讲述的是拿破仑战争时期的故事，因此经常被认为是历史小说。[①] 盖斯凯尔并不是到写作《西尔维娅的恋人》时才突然迸发出历史意识，在早期作品《克兰福德镇》(*Cranford*, 1853) 中，她就表现出对历史和过往的眷恋之情。《克兰福德镇》是盖斯凯尔最受欢迎的作品，在她的写作生涯中具有标志意义，是对罗伯特·骚塞 (Robert Southey) "英国家庭生活史" 创作构想的积极回应。1849 年 7 月盖斯凯尔在美国费城的《萨廷联盟杂志》(*Sartain's Union Magazine*) 上发表了一篇名为《英格兰老一辈人》("The Last Generation in England") 的文章，指出 1848 年 4 月刊的《爱丁堡评论》提到浪漫主义诗人骚塞曾打算写一部 "英国家庭生活史"，可是他并未完成这一宏愿，实为一大憾事。她在阅读骚塞的长篇小说《医生》(*The Doctor & c.*) 时深受触动，于是就想写一本记录自己所见所闻或者老一辈亲戚讲给她听的过去乡村小镇生活细节的书。盖斯凯尔所说的这本书就是《克兰福德镇》。[②]《克兰福德镇》的出版造就了一个新名词——"克兰福德式习俗" (Cranfordism)，它被用来指称书中描绘的克兰福德镇典型特色的生活方式，包括对生活琐事的关心以及一些与现代社会渐行渐远的老式生活习惯和规矩。"克

---

① John Sutherland, *The Stanford Companion to Victorian Fiction*. Stanford: Stanford University Press, 1989, p. 617.

② Peter Keating, "Introduction", in Peter Keating, *Cranford and Cousin Phillis*. Harmondworth: Penguin, 1976, p. 12.

兰福德式习俗"的核心理念之一是"雅致经济"（elegant economy）。[①]
《克兰福德镇》演绎的"雅致经济"通过戏仿批判《谷物法》代表的政
治经济体系牺牲个体幸福换取社会进步的做法；同时，又以反讽笔法
泄露日渐式微的贵族与乡绅阶层通过体面的言辞技巧使困窘的家政显
得优雅化、以语言的象征力量来维持上层阶级道德优势的做派。《克
兰福德镇》最长的情节之一是马蒂投资的银行破产及其引起的系列事
件。货币与金融体系是政治经济体制掌控经济秩序的核心部分，《克
兰福德镇》将银行破产事件作为全书前后两部分叙事的转折点是有深
刻象征意义的，在某种意义上它象征着英国政治经济学家经世济国愿
望的失败。从 1836 年开始，英国的金融体系面临崩溃的危险，连英
格兰国家银行都险些破产，最后在法兰西银行的帮助下才摆脱窘境，
许多乡村银行因破产无法支付储户存款，引发民众大规模的恐慌，对
政府的财政政策产生不满情绪。[②] 到了《克兰福德镇》出版时的 50 年
代初期，虽然英国经济已经步入繁荣时期，但 30、40 年代这段黑暗
的历史记忆早已深入当时成年读者的心中。盖斯凯尔的《克兰福德
镇》也借鉴了历史小说写作的方法，但是它并没有像司各特或布尔
沃-利顿那样使时光倒转数百年，而是聚焦于仅仅二三十年前的当代
生活。不仅于此，盖斯凯尔的《克兰福德镇》和《西尔维娅的恋人》等
作品都涤除了经典历史小说中波澜壮阔的民族战争与融合一类的宏大
话题，取而代之的是对普通人日常生活的关切，明显可见其为家庭现
实主义小说风格的基调所浸染。

　　威尔基·柯林斯也是 19 世纪英国小说界红极一时的作家，他从
未见过司各特，却是后者的狂热崇拜者。在 1888 年 1 月 9 日写给

---

①　参见拙文《〈克兰福德镇〉的"雅致经济"》，《外国文学评论》2011 年第 1 期。
②　参见 Alan Horsman, *The Victorian Novel*. Oxford: Clarendon Press, 1990, p. 276。

J. A. 斯图尔特(J. A. Stewart)的信中，他说道："研究了三十年小说艺术后，我认为所有小说家中，司各特是最伟大的，所有小说中，《古董家》是最完美的。"① 柯林斯 1850 年发表的第一部小说《安东尼娜》就是一部历史小说，在后来的写作生涯中，司各特对他的影响也是极为深远而且随处可见的。② 历史小说的脉络在英国文学史上一直延绵不绝，在不同历史时期均有不同体现，但是总体而言，随着司各特以及 19 世纪前期那批经典历史小说家逐渐退出历史舞台，历史小说也慢慢褪去了光环。司各特在英国现当代批评界得到的评价加速下滑。伊恩·布朗发现 T. S.艾略特和 F. R.利维斯这两位注重"传统"(tradition)并为英国小说梳理出"伟大传统"的批评家对司各特和苏格兰小说的评价都不高：T. S.艾略特的《散文选》根本没提苏格兰作家，F. R.利维斯的《伟大的传统》也只在一个脚注中提到司各特。③ 利维斯在这个脚注中给予司各特非常严厉的批评，他给司各特下的断语是："他侠肝义胆，也很有灵气，但对文学却无创作家的兴致，因而他根本无意发展出自己的形式，去摒弃 18 世纪浪漫传奇的不良传统……司各特倒是开了一个坏传统，流风所及，竟毁了费尼莫尔·库柏这个抱有第一手新鲜兴味关怀、显出杰出小说家坯子的人。"④ 利维斯向来喜欢睥睨天下大开大合地臧否人物，他的说法在看似有理的俏皮话下也包含着不少武断和倨傲。司各特在《艾凡赫》等小说中对中世纪罗曼司的归附并不意味着他根本无意发展自己的形式，正如本书前文

---

① Wilkie Collins, *The Letters of Wilkie Collins*, eds. William Baker and William M. Clarke, vol. 2. London：Macmillan, 1999, p. 552.

② 参见拙作"Wilkie Collins and Scott", in William Baker and Richard Nemesvari (eds.), *Wilkie Collins in Context*. Cambridge：Cambridge University Press, 2023, pp. xiv, 177–183。

③ Ian Brown, *Edinburgh History of Scottish Literature: Modern Transformations: New Identities (from 1918)*, vol. 3. Edinburgh：Edinburgh University Press, 2007, p. 46.

④ F. R. 利维斯：《伟大的传统》，第 8 页。

所述，司各特的确想要开创一条前人从未走过的新路，也有过诸多积极尝试。然而很遗憾，司各特是一个被市场经济和商业化推着奔跑不歇的文学巨人，他不像奥斯丁、乔治·艾略特和托马斯·哈代（Thomas Hardy）那样对小说艺术有高度的敏感和自觉。况且退一步来说，罗曼司也并非不具有现代意义，伊恩·邓肯就曾指出："在一种复杂的塞万提斯式的反讽中，罗曼司表征着一种审美自觉意识能力，现代读者通过它来想象自身与过去和现在状况之间的联系。"① 利维斯是 20 世纪极为重要的文学批评家，他当时的评判真实地反映出司各特及其开创的历史小说潮流在 20 世纪历史语境下遇到的逆境。司各特等人在 19 世纪前期写作的那些经典历史小说并未得到后世读者的推崇。正如约翰·罗利在他的《维多利亚人眼里的司各特为何人》一文开头所说的那样，司各特是西方文化史上最引人注目的一颗流星，他的文学声誉其兴也勃焉，其亡也忽焉："司各特在 19 世纪无所不在，在 20 世纪看不到存在。"② 约翰·罗利是在 1963 年做出上述评判的。在此之后，随着西方文学与文化思潮的转向，司各特的声誉在20 世纪后半期有了起色，在一定范围内出现复兴的迹象，但情况并不让人满意。哈里·肖在 1983 年还在慨叹："虽然近年司各特有一些复兴的迹象，但'威弗莱'系列小说仍然还是英语重要小说中最不受人待见、被阅读次数最少的那一批。"③ 经典历史主义小说的时代已经一去不复返。到了摄政时期以后，英国的历史小说领域仍然不断有佳作出现，但是已经失去了 19 世纪前期最初诞生时的那种新鲜而

---

① Ian Duncan, "Romance", in Paul Schellinger (ed.), *Encyclopedia of the Novel*, vol. 2. London and New York: Routledge, 1998, p. 1115.

② John Henry Raleigh, "What Scott Meant to the Victorians", *Victorian Studies*, vol. 7, no. 1 (1963), p. 7.

③ Harry E. Shaw, *The Forms of Historical Fiction: Sir Walter Scott and His Successors*, p. 10.

猛烈的冲击力。历史小说在求新求变中寻找新生，它并未消逝，而是在前进中蝶变和发展。

在英国小说界颇具权威与盛名的曼布克奖在 1969~2009 年有过41 次评选，在 43 部获奖作品中有 15 部是历史小说。[①] 不仅如此，根据历史小说改编，或者以历史故事为题材的电影在近年也是声势显著。20 世纪以后，历史小说这种文学体裁与现代主义和后现代主义思潮交叉融合，形成了不同于之前浪漫主义风格或现实主义风格的历史小说。随着解构主义和后现代思潮的消退，文学界开始清理虚无主义，再次回到历史，在小说领域掀起了著名的历史转向潮。当代英国历史小说呈现出两条较为清晰的主线，即历史元小说(historical metaficiton) 和后殖民历史重写(postcolonial historical rewriting)。[②] 约翰·福尔斯(John Fowles) 的《法国中尉的女人》(*The French Lieutenant's Woman*, 1969)、萨曼·拉什迪(Salmon Rushdie) 的《午夜之子》(*Midnight's Children*, 1981)、朱利安·巴恩斯(Julian Barnes) 的《福楼拜的鹦鹉》(*Flaubert's Parrot*, 1984)、A. S. 拜厄特(A. S. Byatt) 的《占有》(*Possession*, 1990)、格雷厄姆·斯威夫特(Graham Swift) 的《从此以后》(*Ever After*, 1992)、希拉里·曼特尔(Hilary Mantel) 的《狼厅》(*Wolf Hall*, 2009)、菲莉帕·格雷戈里(Philippa Gregory) 的《白王后》(*The White Queen*, 2009)、伊恩·麦克尤恩(Ian McEwan) 的《赎罪》(*Atonement*, 2001) 和《甜牙》(*Sweet Tooth*, 2012) 等作品是其中翘楚。麦克尤恩的《赎罪》尤其值得关注，它以史上著名的敦刻尔克大撤退为历史背景，采用不同叙述视角，通过内嵌文本呈现小说虚构叙事与

---

① 刘国清：《曼布克奖与当今英国历史小说热》，《外国文学动态》2010 年第 6 期。

② 参见曹莉：《历史尚未终结：论当代英国历史小说的走向》，《外国文学评论》2005 年第 3 期。

历史叙事的对话和互动。这部具有元小说特征的作品以现实主义的笔触描绘场景和细节，用后现代主义的理念质疑、反思和探寻历史事实的"真相"。石黑一雄（Kazuo Ishiguro）的《长日将尽》《上海孤儿》等小说也经常以战争为历史背景，刻画战争带来的历史记忆和心灵创伤。麦克尤恩和石黑一雄等当代英国小说界的主将都不约而同地选择通过各具特色的叙述模式去吸纳和博采经典历史小说之众长，同时又融合了后现代主义的理念和写作技巧，铸就了历史小说的新形态。历史小说在 20 世纪后期以来有了复兴，司各特等人在摄政时期创造的洪流再次喷涌而出，形成蔚为壮观的新景象。可以断言，历史小说仍然是英国当代小说长河中的重要流脉，它的文学基因和文化滋养力仍然在继续奔腾流淌。

附录 I:
司各特历史小说年表

（1）"威弗莱"系列小说年表（按出版顺序）①

英文书名	中文译名	出版年份
Waverley	《威弗莱》	1814
Guy Mannering	《盖伊·曼纳令》	1815
The Antiquary	《古董家》	1816
The Black Dwarf	《黑侏儒》	1816
Old Mortality	《修墓老人》(《清教徒》)	1816
Rob Roy	《红酋罗伯》(《罗布·罗伊》《红毛大侠》)	1818
The Heart of Midlothian	《中洛辛郡的心脏》(《爱丁堡监狱》)	1818
The Bride of Lammermoor	《沼地新娘》	1819
A Legend of Montrose	《蒙特罗斯传奇》	1819
Ivanhoe	《艾凡赫》(《撒克逊劫后英雄略》《黑甲骑士》)	1819
The Monastery	《修道院》	1820
The Abbot	《修道院长》(《女王越狱记》)	1820

---

① 参见 May Rogers, *The Waverley Dictionary: An Alphabetical Arrangement of All the Characters in Sir Walter Scott's Waverley Novels*. Chicago: S. C. Griggs and Company, 1885, p. 7; Alexander Welsh, *The Hero of the Waverley Novels: With New Essays on Scott*, p. xv; 文美惠等: 《司各特小说故事总集》, 上海译文出版社 1995 年版; 杨恒达: 《司各特精选集》, 山东文艺出版社 1998 年版, 第 727~730 页。

（续表）

英文书名	中文译名	出版年份
Kenilworth	《肯纳尔沃思堡》	1821
The Pirate	《海盗》	1822
The Fortunes of Nigel	《尼格尔的家产》	1822
Peveril of the Peak	《贝弗利尔·皮克》(《峰区的贝弗利尔》)	1823
Quentin Durward	《城堡风云》(《昆廷·杜瓦德》《惊婚记》)	1823
St. Ronan's Well	《圣罗南的泉水》	1824
Redgauntlet	《雷德冈脱利特》	1824
The Betrothed	《约婚夫妻》(《待嫁的新娘》《剑底鸳鸯》)	1825
The Talisman	《十字军英雄记》(《符箓石传奇》)	1825
Woodstock	《皇家猎宫》	1826
The Two Drovers	《两个赶牛人》(短篇)	1827
The Highland Widow	《高原的寡妇》(短篇)	1827
The Surgeon's Daughter	《一个医生的女儿》(短篇)	1827
The Fair Maid of Perth	《珀思丽人》	1828
My Aunt Margaret's Mirror	《玛格丽特姑妈的镜子》(短篇)	1828
The Tapestried Chamber	《有挂毯的卧室》(短篇)	1828
Death of the Laird's Jock	《地主少爷乔克之死》(短篇)	1828
Anne of Geierstein	《盖厄斯坦的安妮》	1829
Count Robert of Paris	《巴黎的罗伯特伯爵》	1831
Castle Dangerous	《危险城堡》	1831

（2）"威弗莱"系列小说年表（按故事发生时间为序）①

英文书名	中文译名	时间	在位君主
Count Robert of Paris	《巴黎的罗伯特伯爵》	1090	威廉二世
The Betrothed	《约婚夫妻》（《待嫁的新娘》《剑底鸳鸯》）	1187	亨利二世
The Talisman	《十字军英雄记》（《符箓石传奇》）	1193	理查一世
Ivanhoe	《艾凡赫》（《撒克逊劫后英雄录》《黑甲骑士》）	1194	理查一世
Castle Dangerous	《危险城堡》	1306~1307	爱德华一世
The Fair Maid of Perth	《珀思丽人》	1402	亨利四世
Quentin Durward	《城堡风云》（《昆廷·杜瓦德》《惊婚记》）	1470	爱德华四世
Anne of Geierstein	《盖厄斯坦的安妮》	1474~1477	爱德华四世
The Monastery	《修道院》	约1559	伊丽莎白一世
The Abbot	《修道院长》（《女王越狱记》）	约1568	伊丽莎白一世
Kenilworth	《肯纳尔沃思堡》	1575	伊丽莎白一世
Death of the Laird's Jock	《地主少爷乔克之死》（短篇）	1600	伊丽莎白一世
The Fortunes of Nigel	《尼格尔的家产》	1620	詹姆斯一世
A Legend of Montrose	《蒙特罗斯传奇》	1645~1646	查理一世
Woodstock	《皇家猎宫》	1653	英联邦
Peveril of the Peak	《贝弗利尔·皮克》（《峰区的贝弗利尔》）	约1660	查理二世
Old Mortality	《修墓老人》（《清教徒》）	1679~1690	查理二世、威廉三世和玛丽二世
The Pirate	《海盗》	约1700	威廉三世和安妮女王

---

① 参见 May Rogers, *The Waverley Dictionary: An Alphabetical Arrangement of All the Characters in Sir Walter Scott's Waverley Novels*, p. 8; Alexander Welsh, *The Hero of the Waverley Novels: With New Essays on Scott*, p. xvi; 文美惠等：《司各特小说故事总集》；杨恒达：《司各特精选集》，第727~730页。

（续表）

英文书名	中文译名	时间	在位君主
My Aunt Margaret's Mirror	《玛格丽特姑妈的镜子》（短篇）	1700	威廉三世
The Bride of Lammermoor	《沼地新娘》	1700	威廉三世
The Black Dwarf	《黑侏儒》	1708	安妮女王
Rob Roy	《红酋罗伯》（《罗布·罗伊》《红毛大侠》）	1715	乔治一世
The Heart of Midlothian	《中洛辛郡的心脏》（《爱丁堡监狱》）	1736~1751	乔治二世
Waverley	《威弗莱》	1745	乔治二世
The Highland Widow	《高原的寡妇》（短篇）	1755	乔治二世
The Surgeon's Daughter	《一个医生的女儿》（短篇）	1750~1770	乔治二世和乔治三世
Guy Mannering	《盖伊·曼纳令》	1750~1770	乔治二世和乔治三世
Two Drovers	《两个赶牛人》（短篇）	1765	乔治三世
Redgauntlet	《雷德冈脱利特》	1770	乔治三世
The Tapestried Chamber	《有挂毯的卧室》（短篇）	1780	乔治三世
The Antiquary	《古董家》	1798	乔治三世
St. Ronan's Well	《圣罗南的泉水》	1800	乔治三世

（3）"威弗莱"系列小说时间轴

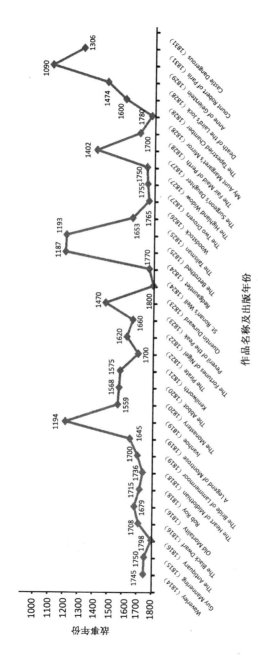

附录 II:

英国早期历史小说年表(1762~1813)^①

年份	作者	书名
1762	Thomas Leland 托马斯·利兰	*Longsword, Earl of Salisbury: A Historical Romance* 《隆斯沃》
1764	Horace Walpole 霍勒斯·沃波尔	*The Castle of Otranto: A Gothic Story* 《欧权托城堡》
1772	William Hutchinson 威廉·哈钦森	*The Hermitage; a British Story* 《修道院》
1777	Clara Reeve 克拉拉·里夫	*The Champion of Virtue: A Gothic Story* (retitled *The Old English Baron*) 《美德捍卫者》(后改名《英国老男爵》)
1783	Sophia Lee 索菲亚·李	*The Recess; or, a Tale of Other Times* 《幽屋》
1784	William Godwin 威廉·戈德温	*Imogen: A Pastoral Romance, from the Ancient British* 《伊默锦》
1785	Alexander Thomson 亚历山大·汤姆森	*Memoirs of a Pythagorean: In Which Are Delineated the Manners, Customs, Genius, and Polity of Ancient Nations* 《毕达哥拉斯主义者回忆录》
1786	Anne Fuller 安妮·富勒	*Alan Fitz-Osborne: An Historical Tale* 《艾伦·菲茨-奥斯本》

---

① 参见 Anne H. Stevens, *British Historical Fiction Before Scott*, pp. 16–18。

（续表）

年份	作者	书名
1786	Martha Hugill（Mrs. Harley）玛莎·赫吉尔（哈利夫人）	*St. Bernard's Priory: An Old English Tale*《圣伯纳德修道院》
1787		*William of Normandy: An Historical Novel*《诺曼底的威廉》
1788	Martha Hugill（Mrs. Harley）玛莎·赫吉尔（哈利夫人）	*The Castle of Mowbray: An English Romance*《莫布雷堡》
1789		*The Duke of Exeter: An Historical Romance*《埃克塞特公爵》
1789	Anne Fuller 安妮·富勒	*The Son of Ethelwolf: An Historical Tale*《埃塞尔沃夫之子》
1789	James White 詹姆斯·怀特	*Earl Strongbow, or the History of Richard de Clare and the Beautiful Geralda*《斯特朗博伯爵》
1789	Ann Radcliffe 安·拉德克里夫	*The Castles of Athlin and Dunbayne: A Highland Story*《阿思林堡和邓贝恩堡》
1790		*Historic Tales: A Novel*《历史故事》
1790		*Eloisa de Clairville: An Historical Novel*《埃洛伊莎·德·克莱维尔》
1790		*Gabrielle de Vergy: An Historic Tale*《加布里埃尔·德·韦尔吉》
1790	Rosetta Ballin 罗塞塔·巴林	*The Statue Room: An Historical Tale*《雕像室》
1790	Anna Maria Mackenzie 安娜·玛丽亚·麦肯齐	*Monmouth: A Tale, Founded on Historic Facts*《蒙茅斯》
1790	James White 詹姆斯·怀特	*The Adventures of John of Gaunt, Duke of Lancaster*《兰开斯特公爵冈特约翰历险记》

年份	作者	书名
1791		*Edwy, Son of Ethelred the Second: An Historic Tale* 《埃塞雷德二世之子埃德威》
1791		*Lady Jane Grey: An Historical Tale* 《简·格雷夫人》
1791	Joseph Fox 约瑟夫·福克斯	*Tancred: A Tale of Ancient Times* 《坦克雷德》
1791	Anna Maria Mackenzie 安娜·玛丽亚·麦肯齐	*The Danish Massacre: An Historic Fact* 《丹麦大屠杀》
1791		*The Duchess of York: An English Story* 《约克公爵夫人》
1791	Henry Siddons 亨利·西登斯	*Leon: A Spartan Story* 《莱昂》
1791	Henry Siddons 亨利·西登斯	*William Wallace; or, the Highland Hero: A Tale, Founded on Historical Facts* 《威廉·华莱士》
1791	James White 詹姆斯·怀特	*The Adventures of King Richard Coeur-de-Lion* 《狮心王理查一世历险记》
1792	E. Cornelia Knight E. 科妮莉亚·奈特	*Marcus Flaminius; or, a View of the Military, Political, and Social Life of the Romans: In a Series of Letters from a Patrician to his Friend; in the Year DCC. LXII from the Foundation of Rome, to the Year DCC. LXIX* 《马库斯·弗拉米尼乌斯》
1792	John Thelwall 约翰·瑟沃尔	*The Rock of Modrec: An Ethical Romance* 《莫德雷克之石》
1793		*The Minstrel; or, Anecdotes of Distinguished Personages in the Fifteenth Century* 《吟游诗人》
1793	Anna Millikin 安娜·米利金	*Corfe Castle, or Historic Tracts: A Novel* 《科夫城堡》
1793	Clara Reeve 克拉拉·里夫	*Memoirs of Sir Roger de Clarendon* 《克拉伦登爵士回忆录》

（续表）

年份	作者	书名
1794		*Edward de Courcy: An Ancient Fragment* 《爱德华·德·库西》
1794	Stephen Cullen 斯蒂芬·卡伦	*The Haunted Priory, or the Fortunes of the House of Rayo: A Romance* 《被诅咒的修道院》
1795		*Arville Castle: An Historical Romance* 《阿维尔城堡》
1795		*The Cypriots: A Miniature of Europe in the Fifteenth Century* 《十五世纪的塞浦路斯人》
1795		*Montford Castle; or, the Knight of the White Rose: An Historical Romance of the Eleventh Century* 《蒙特福德城堡》
1795	E. M. Foster E. M. 福斯特	*The Duke of Clarence: An Historical Novel* 《克拉伦斯公爵》
1795	Anna Millikin 安娜·米利金	*Eva: An Old Irish Story* 《伊娃》
1795	Agnes Musgrave 阿格尼丝·马斯格雷夫	*Cicely, or the Rose of Raby: An Historic Novel* 《西塞莉》
1795	Ann Yearsley 安·伊尔斯利	*The Royal Captives: A Fragment of Secret History* 《王室囚徒》
1797		*Days of Chivalry: A Romance* 《骑士精神的年代》
1797		*The Knights; or Sketches of the Heroic Age: A Romance* 《骑士》
1797	Agnes Musgrave 阿格尼丝·马斯格雷夫	*Edmund of the Forest: An Historical Novel* 《森林中的埃德蒙》
1798		*Godfrey de Hastings: A Romance* 《戈弗雷·德·黑斯廷斯》
1798	John Broster 约翰·布罗斯特	*Castle of Beeston, or, Randolph Earl of Chester: An Historical Romance* 《比斯顿城堡》

（续表）

年份	作者	书名
1798		*A Northumbrian Tale* 《诺森布里亚传奇》
1799	Cassandra Cooke 卡桑德拉·库克	*Battleridge: An Historical Tale, Founded on Facts* 《巴特尔里奇》
1799	William Godwin 威廉·戈德温	*St. Leon: A Tale of the Sixteenth Century* 《圣莱昂》
1799	Mrs. F. C. Patrick F. C. 帕特里克夫人	*The Jesuit, or the History of Anthony Babington, Esq.: An Historical Novel* 《耶稣会士》
1799	Susanna Rowson 苏珊娜·罗森	*Reuben and Rachel, or Tales of Old Times: A Novel* 《鲁本和瑞秋》
1799	James Brewer 詹姆斯·布鲁尔	*A Winter's Tale* 《冬天的故事》
1800	Maria Edgeworth 玛利亚·埃奇沃思	*Castle Rackrent: An Hibernian Tale. Taken from Facts, and from the Manners of the Irish Squires, Before the Year 1782* 《拉克伦特堡》
1800		*The Lord of Hardivyle: An Historical Legend of the Fourteenth Century* 《哈迪维尔之主》
1800		*Midsummer Eve, or the Country Wake: A Tale of the Sixteenth Century* 《仲夏夜黄昏》
1800	Helen Craik 海伦·克雷克	*Henry of Northumberland, or, the Hermit's Cell: A Tale of the Fifteenth Century* 《诺森伯兰的亨利》
1800	A. Kendall A. 肯德尔	*Tales of the Abbey: Founded on Historical Facts* 《修道院的故事》
1800	Anna Maria Mackenzie 安娜·玛丽亚·麦肯齐	*Feudal Events, or, Days of Yore: An Ancient Story* 《封建事件》
1801	T. J. Horsley Curties T. J. 霍斯利·柯蒂斯	*Ancient Records, or the Abbey of Saint Oswythe: A Romance* 《往事录》

（续表）

年份	作者	书名
1802	Anna Millikin 安娜·米利金	*Plantagenet; or, Secrets of the House of Anjou: A Tale of the Twelfth Century* 《金雀花王朝》
1803	John Nott 约翰·诺特	*Sappho: After a Greek Romance* 《萨福》
1805		*Edmund Ironside, or the Cave of Osmer: A Legend of the Ninth Century* 《埃德蒙·艾恩赛德》
1806	Sydney Owenson 西德尼·欧文森	*The Novice of St. Dominick* 《圣道明修道院的初学修女》
1806	Leslie Armstrong 莱斯利·阿姆斯特朗	*The Anglo-Saxons; or, the Court of Ethelwulph* 《盎格鲁-撒克逊人》
1807	W. H. Ireland W. H. 爱尔兰	*The Catholic: An Historical Romance* 《天主教徒》
1807	Henrietta Mosse 亨丽埃塔·莫斯	*A Peep at Our Ancestors: An Historical Romance* 《窥视我们的先祖》
1808	Sarah Green 莎拉·格林	*The Private History of the Court of England* 《英格兰宫廷秘史》
1808	Joseph Strutt 约瑟夫·斯特拉特	*Queenhoo-Hall: A Romance* 《呼后庄园》
1808		*The Royal Legend: A Tale* 《皇家传奇》
1808	Caroline Maxwell 卡罗琳·马克斯韦尔	*Alfred of Normandy; or, the Ruby Cross: An Historical Romance* 《诺曼底的阿尔弗雷德》
1808	Agnes Musgrave 阿格尼丝·马斯格雷夫	*William de Montfort; or, the Sicilian Heiress* 《威廉·德·蒙特福特》
1809	Egestas 杰斯塔	*Old Times Revived: A Romantic Story of the Ninth Age: With Parallels of Characters and Events of the Eighteenth and Nineteenth Centuries* 《旧时重现》

（续表）

年份	作者	书名
1809	Anna Maria Porter 安娜·玛丽亚·波特	Don Sebastian; or, the House of Braganza: An Historical Romance 《塞巴斯蒂安传》
1809	R. H. Wilmot R. H. 威尔莫特	Scenes in Feudal Times: A Romance 《封建时代场景》
1810	Jane Porter 简·波特	The Scottish Chiefs: A Romance 《苏格兰酋长》
1810	John Agg 约翰·阿格	MacDermot, or, the Irish Chieftain: A Romance, Intended as a Companion to the Scottish Chiefs 《麦克德莫特》
1811	Sydney Owenson 西德尼·欧文森	The Missionary: An Indian Tale 《传教士》
1811	Sarah Wigley 萨拉·威格利	Glencarron: A Scottish Tale 《格伦卡伦》
1811	John Agg 约翰·阿格	Edwy and Elgiva: An Historical Romance of the Tenth Century 《埃德威和埃尔吉瓦》
1811	James Brewer 詹姆斯·布鲁尔	An Old Family Legend; or One Husband and Two Wives: A Romance 《古老家族的传说》
1812	Elizabeth Strutt 伊丽莎白·斯特拉特	The Borderers: An Historical Romance, Illustrative of the Manners of the Fourteenth Century 《边区人》
1812	Jane West 简·韦斯特	The Loyalists: An Historical Novel 《保皇党人》
1813	James Brewer 詹姆斯·布鲁尔	Sir Ferdinand of England: A Romance 《英格兰的费迪南德爵士》

附录 III：
19 世纪前期的英国文学家与中国事务

在英国小说兴起时，笛福的《鲁滨逊漂流记续编》(*The Farther Adventures of Robinson Crusoe*, 1719）以及《鲁滨逊感想录》(*Serious Reflections During the Life and Surprising Adventures of Robinson Crusoe*, 1720）等小说中都涉及对中国的历史想象，谈到南京、长城、孔子等中国文化因素。到了历史小说发源的 18 世纪末 19 世纪初之际，历史的因缘际会让中英两国的交流变得更加频繁。马戛尔尼 (George Lord Macartney) 1793 年率领使团访华，在热河与乾隆皇帝会面。在此事的直接促进下，中英交流话题在英国的报纸和社会生活中曝光率显著提高，使团随行人员陆续出版回忆录，其中较为著名的是使团副使斯当东 (Sir George Staunton) 的《英使谒见乾隆纪实》(*An Authentic Account of an Embassy from the King of Great Britain to the Emperor of China*, 1797）。这些文字都是英国作家从异域的角度观察中国文化，里面夹杂着不少傲慢与偏见，但客观上也促进了中国文化在英国的传播。英国文学家们加深了对中国的理解和印象，并在自己的文学世界里与中国建立联系，这批历史小说家们也不例外。埃奇沃思在小说《奥蒙德》中一掠而过地提到中国。埃奇沃思不仅是小说家，还是教育家，早在 1798 年就出版了儿童教育学著述《实用教育》一书，其中就提到中国的教育，以及传教士在中国因为语言不通而经历的趣事。

　　阿美士德勋爵(Lord William Pitt Amherst)于 1816 年率领使团再次访华，因文化差异和政治姿态问题，这次外交行动以失败告终。1817年阿美士德使团随行翻译约翰·戴维斯(John Francis Davis)出版了"第一部直接译成英文的中国戏剧《老生儿》(Laou-Seng-Urh, or, An Heir in His Old Age)"，这部杂剧由元代武汉臣所撰，伦敦《每季评论》1817 年 1 月刊登了书评，① 和它在同一期发表的还有司各特假借朋友威廉·厄斯金(William Erskine)之手写的对自己"威弗莱"系列小说《黑侏儒》和《修墓老人》的书评。② 《每季评论》由司各特的合作伙伴、出版商默里创办，司各特是主要撰稿人，也是相关利益人。司各特对《老生儿》必然是有所了解的，他在阿博茨福德的家庭图书馆就收藏了一本，然而司各特与中国的文化邂逅并不止于此。

　　现存资料显示，司各特似乎并没有直接地接触过中国事务。和19 世纪绝大多数主流作家一样，因为关注焦点和题材选择问题，司各特在他的小说中也没有正面涉及中国，但是他在《威弗莱》、《海盗》(The Pirate, 1822)、《圣罗南的泉水》等作品中还是提到了瓷器和茶叶等中国元素。在 19 世纪初英国人生活的世界里，"中国"已经是一个不容忽略的话题，司各特在众多书信中都提及中国。尤其值得注意的是，司各特在耗费他毕生心血建造的阿博茨福德宅邸里面使用了大量中国风元素，除了二十件左右中国瓷器、象牙筷子等物件以外，宅邸的主要会客室和两间寝室是用中国壁纸装饰的，"这捆一共二十四张以绿色为底的壁纸是在广州当地手绘而成，当中的彩绘图案包含一般民众男女老幼、中国传统凉亭、牡丹花以及多种中国特有树

　　① 葛桂录：《中英文学关系编年史》，上海三联书店 2004 年版，第 74~75 页。
　　② William John Fitzpatrick, Who Wrote the Earlier Waverley Novels? London：Effingham Wilson, 1856, p. 88.

木、鸟类和昆虫，流露出浓厚、和谐的中国乡村静谧气氛"。① 壁纸和瓷器都是当时他在东印度公司当船长的堂弟休·司各特（Hugh Scott）购买并送来的，他曾多次到访中国。更值得我们注意的是，司各特的藏书中有九本属于中国主题，其中包括《论中印国家语言与文学》（*Dissertation on the Language and Literature of the Indo-Chinese Nations*，1810），此书是司各特的好友莱顿所著，他们曾合作编写《苏格兰边区歌谣集》。除此以外，还有托马斯·珀西编辑出版的《好逑传》（*Hau Kiou Choaan, or The Pleasing History*，1761）、马士曼（Joshua Marshman）的《孔子全集》（*The Works of Confucius*，1809）、亨利·埃利斯（Sir Henry Ellis）的《阿美士德使团出使中国日志》（*The Journey of the Proceedings of the Late Embassy to China*，1817）、明末清初李渔的短篇小说集《十二楼》，当然还有一本上文提到的《老生儿》。②

　　英国小说兴起之时的文学虚构与历史真实的关系值得关注。笛福有多部作品的副标题都带有"history"（历史），假托故事讲述者的真实生活经历，以增加故事可信度。故此，笛福的小说在发表之初一度不被视为小说，而被当作历史。正如罗伯特·迈耶所言："笛福成了史学家，他在历史话语中写小说，让虚构变得具有历史意味。"③ 英国小说的另外两位奠基人亨利·菲尔丁和塞缪尔·理查森都是司各特历史小说直接取法的前辈，他们的小说同样沿袭了 18 世纪流行的文学样式，将自己的作品冠以"史"的称谓，如菲尔丁的《约瑟夫·安德鲁斯的经历》（*The History of the Adventures of Joseph Andrews, and of*

　　① 邱刚彦：《"帝国的储藏室"：司各特的中国相关书写、收藏及阅读》，《文山评论：文学与文化》2017 年第 11 卷第 1 期。

　　② 邱刚彦：《"帝国的储藏室"：司各特的中国相关书写、收藏及阅读》。

　　③ Robert Mayer, *History and the Early English Novel: Matters of Fact from Bacon to Defoe*. Cambridge：Cambridge University Press, 1997, p. 196.

His Friend Mr. Abraham Abrams, 1742）和《汤姆·琼斯》（*The History of Tom Jones, a Foundling*, 1749），理查森的《查尔斯·格兰迪森爵士传》（*The History of Sir Charles Grandison*, 1753）以及未完成的遗作《博蒙夫人传》（*The History of Mrs. Beaumont*）。这些作品都受法国"秘史小说"（secret history）影响，用传记的形式叙述虚构人物的生活史，掩盖小说的虚构特性，意图达到逼真的文学效果。① 待到历史小说在 18 世纪后半期开始萌芽时，文学同历史与哲学之间的关系变得越发密切。谈历史小说这种文学类型，就不能不谈历史学家。新历史主义兴起以后，数个世纪以来将历史视为对过去真实事件客观描述的思维范式被颠覆，文学和历史之间坚不可摧的壁垒被摧毁，二者均被视为一种文本存在和叙事方式。从盎格鲁-撒克逊时期的圣比德（Saint the Venerable Bede）、阿尔弗雷德大帝（King Alfred the Great）到 18 世纪的爱德华·吉本，再到 19 世纪前期历史小说兴起之后的沃尔特·司各特和托马斯·卡莱尔，还有更为晚近的丘吉尔和罗伯特·格雷夫斯（Robert Graves），他们都是英国文学史上跨越文学和史学两界的双栖明星。司各特除了写作"威弗莱"系列小说和大量诗歌之外，还写了两卷本的《苏格兰史》（*The History of Scotland*, 1829~1830）、《拿破仑传》（*Life of Napoleon Buonaparte*, 1827）和给儿童看的通俗版《听爷爷讲故事：法国史》（*Tales of a Grandfather: History of France*, 1831）等作品。此外，文学家兼政治学家威廉·戈德温也写了《英吉利共和国史》（*History of the Commonwealth of England*, 1824~1828）等史学专著。若论 19 世纪前期最著名的英国史学家，当数麦考利。

　　1839 年 6 月林则徐虎门销烟，严厉打击英国鸦片贸易，维护了

---

① 　Richard Maxwell, *The Historical Novel in Europe, 1650-1950*, pp. 11-58.

中华民族的尊严和利益，但是触怒了英国，成为鸦片战争的导火索。1840 年 6 月 28 日，英国海军少将懿律（George Elliot）率领的舰队抵达广州，封锁珠江口，后又北上进犯浙江舟山，第一次鸦片战争正式爆发。这是中英两国鸦片贸易问题长期矛盾积累的结果。从 1840 年第一次鸦片战争开始，到 1860 年第二次鸦片战争结束，英国《泰晤士报》等媒体发表了多篇社论和系列报道，讨论鸦片贸易和战争状况。马克思和恩格斯移居英国之后，在第二次鸦片战争期间撰写了《新的对华战争》《对华贸易》等大量文章，批评英国侵略者在两次鸦片战争中的海盗式掠夺暴行。相比之下，英国文学界对两次鸦片战争基本都采取沉默姿态，导致英国文学史上关于鸦片战争的记述并不多见。颇具讽刺意味的是，两次鸦片战争所在的 19 世纪 40 年代至 60 年代是英国文学史上的大繁荣时期，以狄更斯、萨克雷、乔治·艾略特、特罗洛普和勃朗特姐妹为翘楚的一大批现实主义小说家成为历史天空中熠熠发光的明星，然而他们只是偶尔在作品中谈到中国瓷器、茶叶和丝绸，对当时激战正酣的鸦片战争却鲜有提及。英国黄金一代文学家在鸦片战争中对中国事务的态度上到底呈现出怎样的样貌，值得我们关注。

　　凡是研究 19 世纪英国文学，就不能不提托马斯·卡莱尔，他是维多利亚时代前期和中期影响力最大的文人。卡莱尔在多部作品中剖析了现代化进程的负面效应，批判西方民主的缺点和议会制的弊端。鸦片战争硝烟刚起之时，卡莱尔连续发表了 6 场演说，次年结集出版，名为《论英雄与英雄崇拜》（*On Heroes and Hero Worship*）。他在其中多处提到中国，对中国的文人官职机制评价很高，认为这样可以使得有才智和能力的人居于高位，真正为人民谋福祉。在中英两国因为鸦片贸易问题剑拔弩张的非常时刻，卡莱尔推崇中国古代文明，对中国文化有深刻认同，无疑显示出他作为思想家的独立思考和慧眼识珠。卡莱尔对中国文化的青睐是一以贯之的。第一次鸦片战争刚结束不久，他出版了《文明的忧思》(*Past and Present*，1843)，再次谈及中国文化当中的仪式感和家国管理问题，给予中国文化充分的尊重。第二次鸦片战争爆发时，卡莱尔对英国军队入侵中国的行为仍然持批评态度。

卡莱尔在当时英国文学和文化界拥有崇高地位，他的文风和政治姿态在一定程度上影响了整整一代人，其中自然包括他的好友萨克雷。萨克雷此时还是一个年轻的新闻记者，发表了《加哈甘少校历险记》(*Major Gahagan*)、《凯瑟琳》(*Catherine*)等作品，刚开始文学创作生涯。萨克雷的代表作《名利场》和《亨利·艾斯芒德》都具有鲜明的历史小说特征。他在《名利场》里多处提到鸦片，《纽卡姆一家》更是直接谈到中国和鸦片贸易问题，但是并未深入。崇拜卡莱尔的还有另一位杰出作家乔治·艾略特。艾略特的小说以情感细腻和严肃的道德感著称，她的创作高峰期恰恰始于第二次鸦片战争期间，在 1859 年出版了《亚当·比德》(*Adam Bede*)，1860 年出版了《弗洛斯河上的磨坊》(*The Mill on the Floss*)。艾略特主要描写英国生活，对殖民和战争等问题不甚关注，但是她对中国人民的不幸遭遇深表同情。她在讨论民族和种族问题的文章《现代反犹思潮的叫嚣》中提倡不同民族之间的共存与和谐相处，表达了对中国的关心与尊重："我并非一定要像对待同胞一样对待中国人，但一定不要用鸦片让他们意志消沉，一定不要以他不够向外界开放为借口来毁灭和掠夺他的劳动成果，一定不要以此强迫他接受我们的意志。"① 艾略特此处指的就是英国采用战争形式侵略中国，迫使清政府接受鸦片贸易。

---

① George Eliot, "The Modern Hep! Hep! Hep!", in *The Works of George Eliot: Impressions of Theophrastis Such*. Edinburgh and London: William Blackwood, 1880, pp. 255-266.

凡是讨论文学与鸦片问题，自然离不开托马斯·德·昆西这个英国文学史上著名的瘾君子。他是 19 世纪前期英国浪漫主义散文的杰出人物，代表作《鸦片吸食者的自白》(*Confessions of an English Opium Eater*, 1821) 就是记录自己常年吸食鸦片之后的各种幻觉与感受，在当时影响力甚广，在世界文学范围内亦成为浪漫主义时期散文的典范。其实除此之外，德·昆西还写了《鞑靼人起义记》(*Revolt of the Tartars*, 1837)，以及大量关于历史和古代文化方面的论文，涉及西塞罗、凯撒、柏拉图和古罗马史等话题。1840 年 3 月至 6 月鸦片战争正式开始前夕，德·昆西在著名的《布莱克伍德杂志》发表了《鸦片与中国问题》("The Opium and the China Question") 等多篇讨论鸦片与中国问题的文章，赞成对华用兵。随着战争的进展，德·昆西对中国的评价变得越发负面。1841 年 11 月，他同样在这本杂志发表文章《广州远征与条约》("Canton Expedition and Convention")，评议英国驻华商务总监义律 (Charles Elliot) 提出议和的《穿鼻草约》。德·昆西这篇 12 页的长文旁征博引，从古希腊伯罗奔尼撒战争中雅典远征西西里和凯撒大帝远征不列颠说起，纵论世界历史和欧洲列强势力范围。他在文中表达了对英国军队的不满，更对中国充满敌意和蔑视，从称呼到措辞，从总体评价到具体细节，通篇透出居高临下的傲慢与狂妄，不堪入目。此时，德·昆西的长子霍勒斯隶属的卡梅伦高地第 26 步兵团刚刚离开苏格兰，准备进行侵华战争。霍勒斯抵达中国不久后，即感染疟疾去世。1857 年 2 月至 7 月，德·昆西在《泰坦》(*Titan*) 杂志上发表了多篇讨论第二次鸦片战争的文章，反华基调仍未改变。

19 世纪英国小说的标志性人物狄更斯在 19 世纪 30 年代后期凭借连载《匹克威克外传》和《雾都孤儿》(*Oliver Twist*, 1837~1839) 等作品成为英国风头正劲的青年作家。狄更斯在 1841 年出版了历史小说《巴纳比·拉奇》，1859 年出版了更为著名的历史小说《双城记》。《双城记》于当年 4 月至 11 月在狄更斯自己主编的杂志《一年四季》(*All the Year Round*) 分 31 期连载，它以法国大革命为背景，用卡莱尔 1837 年的《法国大革命》(*The French Revolution: A History*) 为历史底本进行创作。值得一提的是，《双城记》不仅是知名度最高的历史小说之一，而且在销量上或许还是历史上除了《圣经》之外销量最高的书。[①] 狄更斯的小说故事世界主要以伦敦和英国乡村为背景，并未在小说中直接涉及太多中国因素，他对鸦片战争的话题保持沉默。第一次鸦片战争爆发时，他的《老古玩店》(*The Old Curiosity Shop*) 刚刚开始连载。第二次鸦片战争爆发时，狄更斯已经成为最受欢迎的国民作家，他的新作《小杜丽》(*Little Dorrit*) 正在如火如荼地连载。狄更斯在其中加入一些中国元素，较为隐晦地提及书中人物亚瑟·克莱门曾在中国居住和做生意 20 余年，极有可能涉及鸦片贸易。这个话题在《董贝父子》(*Dombey and Son*, 1848) 和《远大前程》(*Great Expectations*, 1861) 等小说中一脉相承。在狄更斯的小说故事世界里，中国在遥远的天边外。狄更斯曾在《观察家》(*Examiner*) 和《家常话》(*Household Words*) 刊登过《中国船》("The Chinese Junk") 和《世博会与小展会》("The Great Exhibition and the Little One") 等讨论中国的文章。从公开发表的文章来看，狄更斯总体上没有摆脱所在时代英国人对中国或东方持有的偏见，然而这并不妨碍他钟爱喝茶，并且在第二次鸦片战争结束前夕送长子查理到中国香港和内地贩茶，去体验生活和历练一番。狄更斯的态度在当时的文学界极具代表性。

如果说卡莱尔、萨克雷、乔治·艾略特、德·昆西、狄更斯等人

---

① Regenia Gagnier, *Literatures of Liberalization: Global Circulation and the Long Nineteenth Century*. Cham, Switzerland: Palgrave Macmillan, 2018, p. 111.

属于较为纯粹的文人，19 世纪前期的英国文坛还活跃着另一个阵营——文人政治家，其中最有代表性的是麦考利、威廉·格莱斯顿（William Gladstone）、布尔沃-利顿和本杰明·迪斯累里（Benjamin Disraeli）。麦考利是当时极负盛名的年轻批评家、散文家和史学家。1839 年 3 月，麦考利正式开始写作名垂青史的代表作《英格兰史》（History of England）。当年 9 月，他的仕途也有了飞跃——被任命为军务大臣和枢密院成员，成为英国政坛冉冉升起的明星。1839 年 10 月 1 日，英国首相墨尔本子爵召集内阁与核心幕僚在温莎堡密谈商讨对华鸦片贸易危机问题。麦考利曾在印度最高法院工作多年，对亚洲局势和历史较为了解，又身为军务大臣，具有较大话语权。据印度事务大臣霍布豪斯撰写的日记和回忆录，在讨论陷入僵局时，刚上任数天的麦考利锋芒毕露，"反华陈词极其雄辩，坚决主张采取敌对措施"。① 麦考利极力主张维护所谓英国荣誉，迫使中国政府赔款，并对华诉诸军事行动。在他和外交大臣帕默斯顿子爵的推动下，此次会议最终决定正式向中国发兵。1840 年 4 月 7 日至 9 日，英国下议院围绕内阁对华政策和鸦片战争是否得当问题展开了长达 17 小时的大辩论。麦考利发表"对华战争"的演说，再次运用自己的历史学知识和文学修辞才能滔滔不绝地捍卫英国在鸦片贸易冲突中的权益，引导了舆论。最终下议院投票以 271∶262 的微弱优势推翻了反对党提出的不信任案，墨尔本内阁的对华侵略政策得以继续执行。历史学研究人员出身的麦考利对发动鸦片战争的态度始终鲜明而坚决，和帕默斯顿一起成为英国政府军事侵略中国的幕后主要推手，在很大程度上直接推动了第一次鸦片战争的爆发。

---

① John Cam Hobhouse, *Recollections of a Long Life*. Cambridge：Cambridge University Press, 2011, p. 228.

与麦考利形成鲜明对比的是威廉·格莱斯顿。格莱斯顿极力反对麦考利等人推动的鸦片战争，认为没有正当理由的战争是可耻的战争，他在日记里将英国的侵华军事行动称为"罪行"，更在1840年4月的那场国会辩论中与麦考利进行针锋相对的辩论。格莱斯顿慷慨陈词道："我从不知道，也从未听过，有这样一种战争，它在根源上就是不正义的，这样处心积虑地推动战争，将让我们的国家蒙受耻辱。"① 如果说第一次鸦片战争时期的格莱斯顿身微言轻，到第二次鸦片战争后期阶段，他已经成为财政大臣，主管国家经济。格莱斯顿始终没有改变自己反对鸦片战争的立场，批判英国的侵华行为。就文学活动而言，格莱斯顿在第一次鸦片战争时期出版了《国家及其与教会的关系》(*The State in Its Relations with the Church*)，在第二次鸦片战争时期出版了《荷马与荷马时代研究》(*Studies on Homer and the Homeric Age*)，还翻译过古罗马诗人贺拉斯的《颂歌》。格莱斯顿一生中曾四度出任首相，与他齐名的另一位文人政治家是迪斯累里。迪斯累里曾三度出任财政大臣，两度出任首相。他们是政界对手，纵然在诸多事务上政见迥异，但是在反对鸦片战争一事上却步调一致。迪斯累里在1826~1881年发表了12部小说。第一次鸦片战争爆发时，迪斯累里刚成为下议院议员不久，领导着"青年英格兰"政治团体。迪斯累里在19世纪40年代出版了代表作"青年英格兰三部曲"——《康宁斯比》(*Coningsby*, 1844)、《西比尔》(*Sybil*, 1845) 和《坦克雷德》(*Tancred*, 1847)，这几部小说为迪斯累里在英国文学史上获得了一席之地。除此之外，早在1833年时，29岁的迪斯累里就出版过以12世纪中东为背景的历史小说《阿尔罗伊惊奇录》(*The Wondrous Tale of*

---

① Peter Ward Fay, *The Opium War, 1840-1842*. Chapel Hill: University of North Carolina Press, 2000, p. 203.

Alroy）。在《西比尔》中，迪斯累里用讽刺的笔调寥寥几笔就刻画了一个回到英国的鸦片贩子的形象。此人名叫麦克杜拉奇，刚从广州回来，他"富可敌国，每个口袋里都装着一百万鸦片款子，开口鼓吹贸易自由，闭口抨击腐败贿赂"。[1] 第二次鸦片战争爆发时，迪斯累里已经是英国政坛风云人物。在 1857 年 2 月底国会关于亚罗号事件与对华政策的辩论中，他跟德比伯爵、理查德·科布登（Richard Cobden）、格莱斯顿等人组成反抗帕默斯顿政府的联合战线，批评帕默斯顿政府推行的鸦片战争，对中国给予尊重与同情。

1857 年 3 月 25 日，马克思在《纽约每日论坛报》发表《议会关于对华军事行动的辩论》和《帕默斯顿内阁的失败》等文章，引用了大段迪斯累里的辩论发言。1858 年 2 月 26 日，马克思在写作《德比内阁。——帕默斯顿的假辞职》一文时更是明确指出："而与他［外交大臣约翰·罗素，帕默斯顿的盟友］敌对的人马大部分都曾站在迪斯累里的旗帜下。"[2] 此时的迪斯累里是德比内阁的财政大臣和众议院领袖，成为主管鸦片战争期间英国政府经济工作和政治工作的核心成员。与迪斯累里一同进入德比内阁的还有著名作家爱德华·布尔沃-利顿。布尔沃-利顿堪称当时英国文坛影响力最大的小说家，他曾经和狄更斯并驾齐驱，在 19 世纪 30 年代凭借《尤金·阿拉姆》、《雷拉：格拉纳达围城》(*Leila; or, The Siege of Granada*, 1838)、《庞贝末日》等历史题材小说"成为英格兰在世的最伟大的小说家"。[3] 第一次鸦片战争爆发时，他已经享誉文坛，第二次鸦片战争时更是位居文坛

---

① Benjamin Disraeli, *Sybil: Or, The Two Nations*. London：Longman, Green and Co., 1920, p. 54.

② 马克思：《得比内阁。——帕默斯顿的假辞职》，载《马克思恩格斯全集》（第 12 卷），人民出版社 1962 年版，第 434 页。

③ Rufus Wilmot Griswold, *The Poets and Poetry of England in the Nineteenth Century*. Philadelphia：Henry Carey Baird, 1853, p. 401.

领袖。1859 年版的《大不列颠百科全书》之"罗曼司"词条里，时任英国政府殖民地大臣的布尔沃-利顿再度被冠以"当之无愧为当世最伟大的小说家"的评语。[①] 麦考利、格莱斯顿、布尔沃-利顿和迪斯累里等文人政治家对待中国的态度错综复杂，他们都是 19 世纪英国帝国主义政策的强力推动者，在鸦片战争问题上自然维护英国的根本利益。迪斯累里 1847 年发表的《坦克雷德》第 2 卷第 16 章里面有一句话可以高度概括历代西方殖民主义者内心的强烈冲动："东方，那是一项事业。"（The East is a career.）[②]

　　鸦片战争这个重大历史事件发生于摄政时期刚刚结束、维多利亚时代刚刚开始的交替转型阶段，在中英政治与文化关系历史上是一道无法忘却的历史伤疤，也是中华民族近代历史记忆中难以磨灭的惨痛经历。当时英国政府为强迫清政府购买鸦片而掀起的侵华战争属于非正义行为，英国文学家们在作品中大都因为民族情感问题不愿提及。我们不能用过高的道德标准苛求他们，站在他们的意识形态的立场也尚可理解。从司各特、埃奇沃思、简·波特等历史小说家虚构和现实掺杂的叙事可以看到，英国历史上英格兰、苏格兰、爱尔兰之间没有停止过内部争斗和纠纷，同时与欧洲大陆的法国、德国和意大利等大国也有战火和明争暗斗。历史小说关注的就是人类生活中非常态的生活经历，包括饥荒、战争、突发灾难、重大事件等可以载入史册、值得铭记的历史存在。近代英国历史小说的起点《威弗莱》围绕苏格兰詹姆斯党人 1745 年叛乱的历史事件展开故事，《艾凡赫》也是依托"狮心王"查理一世和弟弟约翰亲王的王位争夺战进行铺陈，埃奇沃

---

　　① 转引自 Andrew Brown, "Bulwer's Reputation", in Allan Conrad Christensen (ed.), *The Subverting Vision of Bulwer Lytton: Bicentenary Reflections*, p. 30。

　　② Benjamin Disraeli, *Tancred, Or, The New Crusade*. London: Longmans, Green and Co., 1880, p. 141.

思的《拉克伦特堡》等作品也都涉及家族传承危机和民族冲突问题。文学无法离开生活，同样也无法摆脱政治。

文学作品没有国界，但文学家有国界。回顾英国 19 世纪经典作家们当时对中国事务的不同态度与立场，可以让中国学者以更加理性的态度对待 19 世纪英国的历史学界和文学界，更加全面地考察 19 世纪英国文学与中国政治、文化、社会之间的冲突和磋商，在客观冷静的基础上做出符合中华民族立场的价值判断，从而更好地从中国学者的视角把握文学研究过程中必不可缺的民族气节和价值立场。

参考文献

中文论著

巴特勒，玛里琳：《浪漫派、叛逆者及反动派：1760—1830 年间英国文学及其背景》，黄梅、陆建德译，辽宁教育出版社/牛津大学出版社 1998 年版。

鲍沃尔-李敦，爱德华：《庞贝城的末日》，裴因、陈漪、西海译，上海译文出版社 1985 年版。

布鲁姆，哈罗德：《影响的焦虑》，徐文博译，生活·读书·新知三联书店 1989 年版。

曹莉：《历史尚未终结：论当代英国历史小说的走向》，《外国文学评论》2005年第 3 期。

陈礼珍：《〈克兰福德镇〉的"雅致经济"》，《外国文学评论》2011 年第 1 期。

——.《〈爱丁堡评论〉反浪漫主义潮流探源：文学期刊与文化领导权之战》，《北京第二外国语学院学报》2014 年第 4 期。

——.《盖斯凯尔小说中的维多利亚精神》，商务印书馆 2015 年版。

——.《"身着花格呢的王子"：司各特的〈威弗莱〉与乔治四世的苏格兰之行》，《外国文学评论》2017 年第 2 期。

——.《市场经济中的司各特：文学出版业与历史小说的兴起》，《英美文学论丛》2018 年第 1 期。

——.《再论司各特在〈艾凡赫〉的历史小说转型：政治与审美的伦理混成》，《文学跨学科研究》2020 年第 4 卷第 4 期。

——.《伦敦腔、都市情怀与帝国中心：文学消费市场中的〈匹克威克外传〉》，《外国文学》2021 年第 5 期。

——.《文明的冲突与融汇：从"民族故事"看历史小说源流》，《山东社会科学》2024 年第 9 期。

——.《火山灰烬、考古发掘与文学想象：〈庞贝末日〉的历史虚构法》，《外国文学评论》2025 年第 1 期。

——.《历史哥特小说〈圣道明修道院的初学修女〉的伦理取位》,《外国文学研究》2025 年第 2 期。

陈榕:《哥特小说》,《外国文学》2012 年第 4 期。

陈恕:《玛利亚·埃奇沃思》,载钱青主编:《英国 19 世纪文学史》,外语教学与研究出版社 2012 年版。

——.《爱尔兰文学》,云南人民出版社 2011 年版。

陈彦旭、陈兵:《〈艾凡赫〉骑士精神对 19 世纪初英国矛盾的消解》,《西南大学学报(社会科学版)》2015 年第 5 期。

陈彦旭:《重读〈艾凡赫〉:一个"王权"的视角》,《外国文学》2016 年第 1 期。

——.《〈海盗〉中的北欧文化书写:司各特的英国国家身份建构观》,《外国文学评论》2020 年第 3 期。

程巍:《隐匿的整体:程巍自选集》,河南大学出版社 2009 年版。

费伯,迈克尔:《浪漫主义》,翟红梅译,译林出版社 2019 年版。

费伦,詹姆斯:《作为修辞的叙事:机巧、读者、伦理、意识形态》,陈永国译,北京大学出版社 2002 年版。

高继海:《历史小说的三种表现形态:论传统、现代、后现代历史小说》,《浙江师范大学学报》2006 第 1 期。

高灵英:《苏格兰民族形象的塑造:沃尔特·司各特爵士的苏格兰历史小说主题研究》,博士学位论文,河南大学,2007 年。

葛桂录:《中英文学关系编年史》,上海三联书店 2004 年版。

郭宏安:《历史小说:历史和小说》,《文学评论》2004 年第 3 期。

郭军:《总体》,载赵一凡、张中载、李德恩编:《西方文论关键词》,外语教学与研究出版社 2006 年版。

韩加明:《简论哥特小说的产生和发展》,《国外文学》2000 年第 1 期。

——.《司各特论英国小说叙事》,《外国文学评论》2003 年第 2 期。

侯维瑞、李维屏:《英国小说史》,译林出版社 2005 年版。

贾彦艳、陈后亮:《英国传统罪犯传记小说研究》,武汉大学出版社 2020 年版。

金雯:《情感时代:18 世纪西方启蒙思想与现代小说的兴起》,华东师范大学出版社 2023 年版。

兰瑟，苏珊：《虚构的权威：女性作家与叙述声音》，北京大学出版社 2002 年版。

李昆峰：《从司各特〈艾凡赫〉看小说的史诗性》，《长春工业大学学报（社会科学版）》2014 年第 26 卷第 1 期。

李晚婷：《司各特历史小说的传统道德观探微》，硕士学位论文，华中师范大学，2007 年。

利维斯，F. R.：《伟大的传统》，袁伟译，生活·读书·新知三联书店 2009 年版。

凌昌言：《司各特逝世百年祭》，《现代》1932 年第 2 卷第 2 期。

刘国清：《曼布克奖与当今英国历史小说热》，《外国文学动态》2010 年第 6 期。

刘意青主编：《英国 18 世纪文学史》，外语教学与研究出版社 2012 年版。

罗晨：《程序诗学视阈下英国历史小说文类的发展与嬗变》，博士学位论文，福建师范大学，2014 年。

马克思、恩格斯：《马克思恩格斯全集》（第 12 卷），人民出版社 1962 年版。

聂珍钊：《文学伦理学批评导论》，北京大学出版社 2014 年版。

欧南：《瓦格纳的创作之路：从〈黎恩济〉到〈歌手〉》，《歌剧》2013 年第 8 期。

蒲若茜：《哥特小说中的伦理道德因素——以〈修道士〉为例》，《外国文学研究》2006 年第 2 期。

邱刚彦：《"帝国的储藏室"：司各特的中国相关书写、收藏及阅读》，《文山评论：文学与文化》2017 年第 11 卷第 1 期。

桑德斯，安德鲁：《牛津简明英国文学史》下册，高万隆等译，人民文学出版社 2000 年版。

莎士比亚：《威尼斯商人》，朱生豪译，湖北教育出版社 1998 年版。

施米特，卡尔：《政治的浪漫派》，冯克利、刘锋译，上海人民出版社 2004 年版。

石梅芳：《婚姻与联盟：〈威弗莱〉的政治隐喻》，《外国文学研究》2011 年第 5 期。

司各特：《艾凡赫》，刘尊棋、章益译，人民文学出版社 1978 年版。

——.《威弗莱》，石永礼译，人民文学出版社 1987 年版。

苏耕欣：《自我、欲望与叛逆——哥特小说中的潜意识投射》，《国外文学》2005 年第 4 期。

——.《美学、感情与政治——司各特小说的平衡与回避笔法》，《国外文学》2013 年第 4 期。

孙晓雅：《颅相学：两个世纪的魅影》，《成都师范学院学报》2015 年第 5 期。

瓦特，伊恩：《小说的兴起——笛福、理查逊、菲尔丁研究》，高原、董红钧译，生活·读书·新知三联书店 1992 年版。

万信琼：《司各特小说的历史叙事研究》，硕士学位论文，武汉大学，2004 年。

汪熙：《约翰公司：东印度公司》，上海人民出版社 2007 年版。

王弘源：《沃尔特·司各特历史小说与同期历史学研究的跨学科互动：以〈古董家〉和〈米特洛西恩监狱〉为例》，硕士学位论文，上海外国语大学，2020 年。

王侃：《林译〈撒克逊劫后英雄略〉的"民族主义"索隐》，《中国现代文学研究丛刊》2019 年第 6 期。

王卫新：《苏格兰小说史》，商务印书馆 2017 年版。

王雯：《莎士比亚戏剧中骷髅头意象的文化探究》，《外国语言与文化》2017 年第 2 期。

文美惠：《司各特研究》，外语教学与研究出版社 1982 年版。

——.《司各特小说故事总集》，上海译文出版社 1995 年版。

邬国义编注：《〈昕夕闲谈〉：校注与资料汇辑》，上海古籍出版社 2018 年版。

武雁飞：《司各特的小说叙述模式》，硕士学位论文，四川大学，2007 年。

徐晓东：《伊卡洛斯之翼：英国十八世纪文学伪作研究》，北京大学出版社 2014 年版。

亚里士多德：《诗学》，陈中梅译注，商务印书馆 1996 年版。

杨恒达：《司各特精选集》，山东文艺出版社 1998 年版。

杨琨、陈晓律：《18 世纪上半叶苏格兰詹姆斯党叛乱及其后果》，《英国研究》（第一辑），南京大学出版社 2011 年版。

於鲸：《从边缘到中心——国外英国哥特小说研究史述评》，《国外文学》2008 年第 1 期。

余晴、葛桂录：《外国文学学术史研究的视野层面与方法路径》，《外国语言文学》2023 年第 4 期。

张和龙、李翼：《中国司各特研究的百年流变》，《外语研究》2014 年第 1 期。

张箭飞：《风景与民族性的建构：以华特·司各特为例》，《外国文学评论》2004 年第 4 期。

张秀丽：《创伤、遗忘与宽恕：论〈威弗利〉的记忆书写》，《外国文学研究》
　　2018 年第 5 期。

——.《“斯图亚特神话”的建构与解体：论〈威弗利〉中的苏格兰情感共同体
　　书写》，《外国语文研究》2020 年第 2 期。

张旭春：《革命·意识·语言：英国浪漫主义研究中的几大主导范式》，《外国
　　文学评论》2001 年第 1 期。

张耀平：《瓦尔特·司各特“苏格兰小说”叙事修辞研究》，博士学位论文，
　　北京大学，2012 年。

赵鹏：《〈红酋罗伯〉中的如画美学与现代英国社会变革问题》，《北京第二外
　　国语学院学报》2018 年第 2 期。

英文论著

Allardyce, James. *Historical Papers Relating to the Jacobite Period, 1699-1750*,
　　vol. 1. Aberdeen: Milne and Hutchison, 1895.

Allibone, S. Austin. "Sketch of Lord Macaulay's Life and Writings", in Thomas Ba-
　　bington Macaulay, *The History of England from the Accession of James II*,
　　vol. 5. New York: Cosimo, 2009.

Anderson, Michael. "The Demographic Factor", in T. M. Devine and Jenny Wormald
　　(eds.), *The Oxford Handbook of Modern Scottish History*. Oxford: Oxford Uni-
　　versity Press, 2012.

Anonymous. *Narrative of the Visit of George IV to Scotland in August 1822*. Edin-
　　burgh: Macrediem Skelly & Co., 1822.

Anonymous. "A Wild Irish Girl", in *Temple Bar: A London Magazine for Town and
　　Country Readers*, vol. 58. London: Richard Bentley & Sons, 1880.

Austen, Jane. *Letters of Jane Austen*, ed. Lord Brabourne, vol. 2. London: Richard
　　Bentley & Son, 1884.

——. *Jane Austen's Letters*, ed. Deirdre Le Faye. Oxford: Oxford University Press,
　　2011.

Bakhtin, M. M. *The Dialogic Imagination: Four Essays*, ed. Michael Holquist,
　　trans. Caryl Emerson and Michael Holquist. Austin: University of Texas Press,
　　1981.

Ballantyne, *The History of the Ballantyne Press and Its Connection with Sir Walter*

Scott. Edinburgh: The Ballantyne Press, 1871.

Bermann, Sandra. "Introduction", in Alessandro Manzoni, *On the Historical Novel*, trans. Sandra Bermann. Lincoln and London: University of Nebraska Press, 1984.

Bisset, Andrew. *Essays on Historical Truth.* London: Longman, Green and Co., 1871.

Blackwood, William. "Glengarry Versus the Celtic Society", in *Blackwood's Edinburgh Magazine*, vol. 12. Edinburgh: William Blackwood, 1822.

Blaustein, Richard. *The Thistle and the Brier: Historical Links and Cultural Parallels Between Scotland and Appalachia.* Jefferson and London: Mcfarland, 2003.

Bloom, Harold. *Jane Austen's Pride and Prejudice.* Philadelphia: Chelsea House Publishers, 2004.

Bohls, Elizabeth A. *Romantic Literature and Postcolonial Studies.* Edinburgh: Edinburgh University Press, 2013.

Bollt, Robert. "Archaeology", in H. James Birx (ed.), *21st Century Anthropology: A Reference Handbook*, vol. 1. Los Angeles and London: SAGE Publications, 2010.

Bontty, Monica M. *Ancient Rome: Facts and Fictions.* Santa Barbara: ABC-CLIO, 2020.

Bragg, Tom. *Space and Narrative in the Nineteenth-Century British Historical Novel.* London and New York: Routledge, 2016.

Bridges, Meilee D. "Objects of Affection: Necromantic Pathos in Bulwer-Lytton's City of the Dead", in Shelley Hales and Joanna Paul (eds.), *Pompeii in the Public Imagination from Its Rediscovery to Today.* Oxford: Oxford University Press, 2001.

Bright, James Franck. *English History: For the Use of Public Schools, Period 3.* London: Rivingtons, 1877.

Brown, Andrew. "Bulwer's Reputation", in Allan Conrad Christensen (ed.), *The Subverting Vision of Bulwer Lytton: Bicentenary Reflections.* Newark: University of Delaware Press, 2004.

Brown, Ian. *Edinburgh History of Scottish Literature: Modern Transformations: New Identities (from 1918)*, vol. 3. Edinburgh: Edinburgh University Press, 2007.

——. *From Tartan to Tartanry: Scottish Culture, History and Myth*. Edinburgh: Edinburgh University Press, 2010.

Bulwer-Lytton, Edward. *England and the English*. London: Richard Bentley, 1833.

——. *The Critical and Miscellaneous Writings of Sir Edward Lytton*, vol. 1. Philadelphia: Lea & Blanchard, 1841.

——. *The Novels and Romances of Sir Edward Bulwer Lytton, Bart., M. P.* London: Routledge, Warne and Routledge, 1862.

——. *Lord Lytton's Miscellaneous Works*. London: George Routledge and Sons, 1876.

——. *Rienzi: The Last of the Roman Tribunes*. New York: Charles Scribner's Sons, 1904.

Burwick, Frederick. *Romanticism: Keywords*. Chichester, West Sussex: John Wiley & Sons, 2015.

Butler, Marilyn. *Maria Edgeworth: A Literary Biography*. Oxford: Clarendon Press, 1972.

——. "Culture's Medium: The Role of Review", in Stuart Curran (ed.), *The Cambridge Companion to British Romanticism*. Cambridge: Cambridge University Press, 1995.

Byron, George Gordon. *The Works of Lord Byron: Letters and Journals*, vol. 6. London: John Murray, 1901.

Cameron, Ed. *The Psychopathology of the Gothic Romance: Perversion, Neuroses and Psychosis in Early Works of Genre*. Jefferson: McFarland, 2010.

Carver, Terrell. *The Life and Thought of Friedrich Engels*. Cham, Switzerland: Palgrave Macmillan, 2020.

——. *Engels Before Marx*, Cham, Switzerland: Palgrave Macmillan, 2020.

Chakravarty, Gautam. *The Indian Mutiny and the British Imagination*. Cambridge: Cambridge University Press, 2005.

Chen Lizhen. "From Classics to Canon Formation: British Literature midst Changes in the Idea of Culture", *Interdisciplinary Studies of Literature*, vol. 6, no. 1 (2022).

——. "Wilkie Collins and Scott", in William Baker and Richard Nemesvari (eds.), *Wilkie Collins in Context*. Cambridge: Cambridge University Press, 2023.

Clair, William St. "Publishing, Authorship and Reading", in Richard Maxwell and Katie Trumpener (eds.), *The Cambridge Companion to Fiction in the Romantic Period*. Cambridge and New York: Cambridge University Press, 2008.

Coates, Victoria C. Gardner. "Making History Pliny's Letters to Tacitus and Angelica Kauffmann's Pliny the Younger and His Mother at Misenum", in Shelley Hales and Joanna Paulpp (eds.), *Pompeii in the Public Imagination from Its Rediscovery to Today*. Oxford: Oxford University Press, 2011.

Cochran, Kate. " 'The Plain Round Tale of Faithful Thady': Castle Rackrent as Slave Narrative", *New Hibernia Review*, no. 5 (2001).

Cockburn, Henry Thomas. *Life of Lord Jeffrey: With a Selection from His Correspondence*, vol. 1. Colchester: Lexden Publishing Limited, 2004.

Collins, Wilkie. *The Letters of Wilkie Collins*, eds. William Baker and William M. Clarke. London: Macmillan, 1999.

Connolly, Claire. *Cultural History of the Irish Novel, 1790–1829*. Cambridge: Cambridge University Press, 2002.

Connolly, Peter. *Pompeii*. Oxford: Oxford University, 1990.

Cosgrove, Peter. "History and Utopia in *Ormond*," in Heidi Kaufman and Christopher J. Fauske (eds.), *An Uncomfortable Authority: Maria Edgeworth and Her Contexts*. Newark: University of Delaware Press, 2004.

Costas, P. S. and T. V. E. Brogan. "Epic", in Stephen Cushman et al. (eds.), *The Princeton Encyclopedia of Poetry and Poetics*. Princeton and Oxford: Princeton University Press, 2012.

Cox, Jeffrey N. *Poetry and Politics in the Cockney School: Keats, Shelley, Hunt, and Their Circle*. Cambridge: Cambridge University Press, 1992.

Cox, Robert. "Objections to Dr. Spurzheim's Classification and Nomenclature of the Mental Faculties", *The Phrenological Journal and Miscellany*. vol. 10. Edinburgh: Macmillan and Stewart, 1837.

Craig, Cairns. "Scott's Staging of the Nation", *Studies in Romanticism*, no. 1 (2001).

Crawford, Joseph. *Gothic Fiction and the Invention of Terrorism: The Politics and Aesthetics of Fear in the Age of the Reign of Terror*. London: Bloomsbury, 2013.

Daiches, David. *Sir Walter Scott and His World*. New York: Viking Press, 1971.

Dailey, Donna. *Charles Dickens*. Philadelphia: Chelsea House, 2005.

Dallas, George Mifflin. *A Series of Letters from London*. Philadelphia: J. B. Lippincott & Co., 1869.

Darley, Gillian. *Vesuvius: The Most Famous Volcano in the World*. London: Profile Books, 2011.

David, Deirdre. "Making a Living as an Author", in Stephen Arata et al. (eds.), *A Companion to the English Novel*. Malden: John Wiley & Sons, 2015.

Davis, Philip. *The Victorians*. Beijing: Foreign Language Teaching and Research Press, 2007.

De Carolis, Ernesto. *Vesuvius, A. D. 79: The Destruction of Pompeii and Herculaneum*. Los Angeles: Getty Publications, 2003.

Deleuze, Gilles. *Nietzsche and Philosophy*, trans. Hugh Tomlinson. London and New York: Continuum, 2006.

Dennis, Ian. *Nationalism and Desire in Early Historical Fiction*. Houndmills: Macmillan, 1997.

Disraeli, Benjamin. *Sybil: Or, The Two Nations*. London: Longman, Green and Co., 1920.

——. *Tancred, Or, The New Crusade*. London: Longmans, Green and Co., 1880.

Dodsley, J. *The Annual Register: Or a View of the History, Politics and Literature of the Year 1832*. London: Thomas Curson Hansard, 1833.

Donovan, Julie. *Sydney Owenson, Lady Morgan and the Politics of Style*. Palo Alto, CA: Academica Press, 2009.

Draper, Hal. *Karl Marx's Theory of Revolution*, vol. 3. New York: Monthly Review Press, 1986.

Duffy, Christopher. *The Fortress in the Age of Vauban and Frederick the Great 1660–1789*, vol. 2. London: Routledge & Kegan Paul, 1985.

Duncan, Ian. "Introduction", in Walter Scott, *Ivanhoe*. Oxford: Oxford University Press, 1996.

——. "Romance", in Paul Schellinger (ed.), *Encyclopedia of the Novel*, vol. 2. London and New York: Routledge, 1998.

——. "Hume and the Scottish Enlightenment", in Susan Manning, Ian Brown, Thomas Owen Clancy et al. (eds.), *The Edinburgh History of Scottish Litera-*

ture. Edinburgh: Edinburgh University Press, 2007.

Dwyer, Eugene J. *Pompeii's Living Statues: Ancient Roman Lives Stolen from Death*. Ann Arbor: The University of Michigan Press, 2010.

Eagleton, Terry. *The English Novel: An Introduction*. Malden: Blackwell, 2005.

Easson, Angus. " 'At Home' with the Romans: Domestic Archeology in *The Last Days of Pompeii*", in Allan Conrad Christensen (ed.) , *The Subverting Vision of Bulwer Lytton: Bicentenary Reflections*. Newark: University of Delaware Press, 2004.

Edgeworth, Maria. *Moral Tales for Young People*, vol. 1. London: J. Johnson, 1806.

——. *Letters for Literary Ladies*. London: J. John & Co., 1814.

——. *Memoirs of Richard Lovell Edgeworth*, vol. 2. London: R. Hunter, 1820.

——. *The Life and Letters of Maria Edgeworth*. Cambridge, Boston: The Riverside Press, 1895.

——. *Castle Rackrent*. Indianapolis and Cambridge: Hackett Publishing Company, 2007.

Edgeworth, Richard. "To the Reader", in Maria Edgeworth, *Harrington*. Peterborough: Broadview, 2004.

Egenolf, Susan B. *The Art of Political Fiction in Hamilton, Edgeworth, and Owenson*. Farnham and Burlington: Ashgate Publishing, 2009.

Eliot, George. "The Modern Hep! Hep! Hep!", in *The Works of George Eliot: Impressions of Theophrastis Such*. Edinburgh and London: William Blackwood, 1880.

Faflak, Joel and Julia M. Wright (eds.) , *A Handbook of Romanticism Studies*. Malden: Wiley Blackwell, 2016.

Fay, Peter Ward. *The Opium War, 1840 – 1842*. Chapel Hill: University of North Carolina Press, 2000.

Feather, John. "The Book Trade, 1770-1832", in J. A. Downie (ed.) , *The Oxford Handbook of the Eighteenth-Century Novel*. Oxford: Oxford University Press, 2016.

Ferber, Michael. *Romanticism: A Very Short Introduction*. Oxford: Oxford University Press, 2010.

Fernando, Leonard and G. Gispert-Sauch. *Christianity in India: Two Thousand Years of Faith*. Navi Munbai: Penguin Books, 2004.

Ferris, Ina. *The Romantic National Tale and the Question of Ireland*. Cambridge: Cambridge University Press, 2004.

——. "Authorizing the Novel: Walter Scott's Historical Novel", in J. A. Downie (ed.), *The Oxford Handbook of the Eighteenth-Century Novel*. Oxford: Oxford University Press, 2016.

Fischer, Norman Arthur. "The Modern Meaning of Georg Lukács' Reconstruction of Walter Scott's Novels of Premodern Political Ethics", in Michael J. Thompson (ed.), *Georg Lukács Reconsidered: Critical Essays in Politics, Philosophy and Aesthetics*. London and New York: Continuum International Publishing Group, 2011.

Fisher, Richard V. *Out of the Crater: Chronicles of a Volcanologist*. Princeton and Oxford: Princeton University Press, 1999.

Fitzgerald, Percy Hetherington. *The Life of George the Fourth*. New York: Harper & Brothers, 1881.

Fitzpatrick, William John. *Who Wrote the Earlier Waverley Novels?* London: Effingham Wilson, 1856.

——. *The Friends, Foes, and Adventures of Lady Morgan*. Dublin: W. B. Kelley, 1859.

Fladmark, J. M. *Heritage and Museums: Shaping National Identity*. Abingdon: Routledge, 2014.

Fleishman, Avrom. *The English Historical Novel: Walter Scott to Virginia Woolf*. Baltimore and London: Johns Hopkins Press, 1971.

Flower, Sibylla Jane. *Bulwer-Lytton: An Illustrated Life of the First Baron Lytton, 1803–1873*. Aylesbury: Shire Publications, 1973.

Franklin, Caroline. "Poetry, Patriotism and Literary Institutions", in David Duff and Catherine Jones (eds.), *Scotland, Ireland, and the Romantic Aesthetic*. Lewisburg: Bucknell University Press, 2007.

Frye, Northrop. *Anatomy of Criticism: Four Essays*. Princeton: Princeton University Press, 2020.

Furness, Raymond. *Richard Wagner*. Glasgow: Reaktion Books, 2013.

Gagnier, Regenia. *Literatures of Liberalization: Global Circulation and the Long Nine-*

teenth Century. Cham, Switzerland: Palgrave Macmillan, 2018.

Gibbon, Edward. *The History of the Decline and Fall of the Roman Empire*, vol. 12. London: A. Straham and T. Cadell, 1790.

Godwin, William. *Caleb Williams*. Peterborough, Ontario: Broadview, 2000.

Goldhill, Simon. "A Writer's Things: Edward Bulwer Lytton and the Archeological Gaze; or, What's in a Skull?", *Representations*, vol. 119, no. 1 (2012).

——. *The Buried Life of Things: How Objects Made History in Nineteenth-Century Britain*. Cambridge: Cambridge University Press, 2015.

Goode, Mike. "The Walter Scott Experience: Living American History After *Waverley*", in Jacques Khalip and Forest Pyle (eds.), *Constellations of a Contemporary Romanticism*. New York: Fordham University Press, 2016.

Green, Jonathan. "Introduction", in Jonathon Green and Nicholas J. Karolides (eds.), *Encyclopedia of Censorship*. New York: Facts on File, 2005.

Griffel, Margaret Ross. *Operas in German: A Dictionary*, vol. 1. Lanham: Rowman & Littlefield, 2018.

Griswold, Rufus Wilmot. *The Poets and Poetry of England in the Nineteenth Century*. Philadelphia: Henry Carey Baird, 1853.

Haggerty, George E. "Queer Gothic", in Paula R. Backscheider and Catherine Ingrassia (eds.), *A Companion to the Eighteenth-Century English Novel and Culture*. Malden: Wiley Blackwell, 2009.

Hale, Sarah Josepha Buell. *Woman's Record: Or, Sketches of All Distinguished Women, from the Creation to AD 1868*. New York: Harper and Brothers, 1874.

Hall, Catherine. *Macaulay and Son*. New Haven and London: Yale University Press, 2012.

Hamnett, Brian. *The Historical Novel in Nineteenth-Century Europe: Representations of Reality in History and Fiction*. Oxford: Oxford University Press, 2011.

Harman, Claire. *Jane's Fame: How Jane Austen Conquered the World*. New York: Henry Holt and Company, 2010.

Harris, Jason Marc. *Folklore and the Fantastic in Nineteenth-Century British Fiction*. Aldershot: Ashgate, 2008.

Harris, Judith. *Pompeii Awakened*. London: I. B. Tauris, 2007.

Hazlitt, William. *Lectures on English Poets & The Spirit of the Age*. London, Toronto and New York: J. M. Dent & Sons, 1910.

Head, Dominic. *The Cambridge Guide to Literature in English*. Cambridge: Cambridge University Press, 2006.

Hegel, Georg Wilhelm Friedrich. *Lectures on the Philosophy of World History*, vol. 1. Oxford: Clarendon Press, 2011.

Hill, Richard J. *Picturing Scotland Through the Waverley Novels: Walter Scott and the Origins of the Victorian Illustrated Novels*. London and New York: Routledge, 2016.

Hobhouse, John Cam. *Recollections of a Long Life*. Cambridge: Cambridge University Press, 2011.

Hollingworth, Brian. *Maria Edgeworth's Irish Writing: Language, History, Politics*. New York: Macmillan, 1997.

Horsman, Alan. *The Victorian Novel*. Oxford: Clarendon Press, 1990, p. 276.

Howard, Susan Kubica. "Introduction", in Maria Edgeworth, *Castle Rackrent*. Indianapolis/Cambridge: Hackett Publishing Company, 2007.

Howsam, Leslie. *The Cambridge Companion to the History of the Book*. Cambridge: Cambridge University Press, 2015.

Hutton, Richard Holt. *Sir Walter Scott*. London: Macmillan, 1881.

Irons, Roman. "Forward", in John Sibbald Gibson (ed.), *Edinburgh in the '45: Bonnie Prince Charlie at Holyrood*. Edinburgh: The Saltire Society, 1995.

Jacobs, Edward. "Circulating Libraries", in David Scott Kastan (ed.), *The Oxford Encyclopedia of British Literature*, vol. 2. Oxford: Oxford University Press, 2006.

Jeffares, A. Norman. "Introduction", in Maria Edgeworth, *Ormond*. Shannon: Irish University Press, 1972.

Jeffrey, Francis. "Thalaba the Destroyer: A Metrical Poem", *Edinburgh Review*, no. 1 (1802).

——. *Contributions to the Edinburgh Review*. Boston: Philips, Sampson and Company, 1854.

Johns, Adrian. *Piracy: The Intellectual Property Wars from Gutenberg to Gates*. Chicago and London: The Unviersity of Chicago Press, 2009.

Keating, Peter. *Cranford and Cousin Phillis*. Harmondworth: Penguin, 1976.

Keats, John. *Letters of John Keats to His Family and Friend*. London: Macmillan, 1891.

Kimbell, David R. B. *Italian Opera*. Cambridge: Cambridge University Press, 1991.

Kirkpatrick, Kathryn. "Introduction", in Maria Edgeworth, *Castle Rackrent*. Oxford: Oxford University Press, 1995.

——. "Introduction", in Sydney Owenson, *The Wild Irish Girl: A National Tale*. Oxford: Oxford University Press, 1999.

Knight, Charles. *The Popular History of England*, vol. 5. New York: John Wurtele, 1880.

Kshīrasāgara, Rāmacandra. *Dalit Movement in India and Its Leaders, 1857 – 1956*. New Delhi: M. D. Publications Pvt. Ltd. 1994.

Lang, Andrew. "Editor's Introduction", in *Waverley Novels: the Betrothed and the Talisman*, vol. 19. London: John C. Nimmo, 1899.

——. "Editor's Introduction", in Andrew Lang (ed.), *The Novels and Poems of Sir Walter Scott: Guy Mannering*. Boston: Dana Estes and Company, 1892.

——. "Editor's Introduction to *Ivanhoe*", in Walter Scott, *Ivanhoe*. Boston: Estes and Lauriat, 1893.

Lauerwinkel, V. "Remarks on the Periodical Criticism of England: In a Letter to a Friend", *Blackwood's Edinburgh Magazine*, no. 2 (1817−1818).

Lawless, Emily. *Maria Edgeworth*. New York: Macmillan, 1904.

Lazer, Estelle. *Resurrecting Pompeii*. London and New York: Routledge, 2009.

Lee, Yoon Sun. *Nationalism and Irony: Burke, Scott, Carlyle*. New York: Oxford University Press, 2004.

Lennon, Joseph. *Irish Orientalism: A Literary and Intellectual History*. Syracuse: Syracuse University Press, 2004.

Lew, Joseph W. "Sidney Owenson and the Fate of Empire", *Keats-Shelley Journal*, vol. 39 (1990).

Li Silan and Chen Lizhen, "Self-Fashioning and Moral Maturity in *Evelina*", *Interdisciplinary Studies of Literature*, vol. 5, no. 3 (2021).

Lockhart, John Gibson. *Memoirs of the Life of Sir Walter Scott, Bart*, 10 vols., Edinburgh: Robert Cadell/London: Houlston and Stoneman, 1848.

Lockhart, John Gibson and Henry Irwin Jenkinson. *Epitome of Lockhart's Life of*

Scott. Edinburgh: Adam and Charles Black, 1873.

Logan, James. *The Scottish Gaël; Or, Celtic Manners: As Preserved Among the High-landers*. Hartford: S. Andrus and Son, 1843.

———. *The Clans of the Scottish Highlands: Illustrated by Appropriate Figures Displaying Their Dress, Tartans, Arms, Armorial Insignia, and Social Occupations*. London: Ackermann & Co. Strand, 1845.

Lukács, Georg. *The Historical Novel*, trans. Hannah and Stanley Mitchell. London: Merlin Press, 1989.

Lytton, Edward Robert Bulwer. *My Novel, or Varieties in English Life*. Edinburgh and London: William Blackwood and Sons, 1860.

———. *Novels of Sir Edward Bulwer Lytton*, vol. 10. Boston: Little, Brown and Company, 1893.

———. *The Life, Letters and Literary Remains of Edward Bulwer, Lord Lytton*. Cambridge: Cambridge University Press, 2014.

Mabie, H. W. "The Most Popular Novels in America", in *The Publishers' Circular and Booksellers' Record of British and Foreign Literature*, vol. 59. London: Sampson Low, Marston & Company, 1893.

Macaulay, Thomas Babington. *History of England*, vol. 3. Philadelphia: E. H. Butlers, 1856.

MacCracken-Fleisher, Caroline. *Possible Scotlands: Walter Scott and the Story of To-morrow*. New York: Oxford University Press, 2005.

MacDonell, A. Rn. "To the Editor of the Edinburgh Observer", in *Blackwood's Edinburgh Magazine*, vol. 12, Edinburgh: William Blackwood, 1822.

Mackenzie, Robert Shelton. *Sir Walter Scott: The Story of His Life*. Boston: James R. Osgood and Company, 1871.

Macleod, Donald. *Life of Sir Walter Scott*. New York: Charles Scribner, 1852.

Manly, Susan. "A Note on the Text", in Maria Edgeworth, *Harrington*, Peterborough: Broadview. 2004.

Maxwell, Richard. *The Historical Novel in Europe, 1650–1950*. Cambridge: Cambridge University Press, 2009.

———. "Historical Novel", in Peter Melville Logan et al. (eds.), *The Encyclopedia of the Novel*. Malden, MA: Wiley-Blackwell, 2011.

——. "The Historical Novel", in John Kucich and Jenny Bourne Taylor (eds.), *The Oxford History of the Novel in English*, vol. 3. Oxford: Oxford University Press, 2012.

Maxwell-Scott, Mary Monica. *Abbotsford: The Personal Relics and Antiquarian Treasures of Sir Walter Scott*. London: Adam and Charles Black, 1893.

Mayer, Gertrude Townshend. *Women of Letters*. London: Richard Bentley & Son, 1894.

Mayer, Robert. *History and the Early English Novel: Matters of Fact from Bacon to Defoe*. Cambridge: Cambridge University Press, 1997.

McCrone, David. *Understand Scotland: The Sociology of a Nation*. London: Routledge, 1992.

McNeil, Kenneth. *Scotland, Britain, Empire: Writing the Highlands 1760 – 1860*. Columbus: The Ohio State University Press, 2007.

——. "Time, Emigration and the Circum-Atlantic World: John Galt's *Bogle Corbet*", in Regina Hewitt (ed.), *John Galt: Observations and Conjectures on Literature, History, and Society*. Lewisburg: Bucknell University Press, 2012.

Meaney, Gerardine, Mary O'Dowd and Bernadette Whelan. *Reading the Irish Woman: Studies in Cultural Encounters and Exchange, 1714 – 1960*. Liverpool: Liverpool University Press, 2013.

Miers, Richenda. *Scotland's Highlands and Islands*. Enfield: New Holland, 2006.

Millgate, Jane. "Making It New: Scott, Constable, Ballantyne, and the Publication of *Ivanhoe*", *Studies in English Literature, 1500 – 1900*, vol. 34, no. 4 (1994).

Millington, Barry. "Rienzi, Der Letzte Der Tribunen", in Stanley Sadie (ed.), *New Grove Book of Operas*. Oxford: Oxford University Press, 2009.

Mitchell, Leslie George. *Bulwer Lytton: The Rise and Fall of a Victorian Man of Letters*. London and New York: Hambledon and London, 2003.

Morton, Graeme. "Identity within the Union State, 1800 – 1900", in T. M. Devine and Jenny Wormald (eds.), *The Oxford Handbook of Modern Scottish History*. Oxford: Oxford University Press, 2011.

Mowry, Melissa. "Appendix", in Daniel Defoe, *Roxana: or, The Fortunate Mistress*. Peterborough: Broadview, 2009.

Mudie, Robert. *A Historical Account of His Majesty's Visit to Scotland*. Edinburgh:

Oliver & Boyd, 1822.

Mullan, John. "Sentimental Novels", in John Richetti (ed.) , *The Cambridge Companion to the Eighteenth-Century Novel.* Cambridge: Cambridge University Press, 1996.

Murphy, James H. *Irish Novelists and the Victorian Age.* Oxford: Oxford University Press, 2011.

Mussell, Kay. *Women's Gothic and Romantic Fiction.* Westport, CT: Greenwood Press, 1981.

Newton, Michael. " Paying for the Plaid: Scottish Politics in Nineteenth-century North America Gaelic Identity", in Ian Brown (ed.) , *From Tartan to Tartanry: Scottish Culture, History and Myth.* Edinburgh: Edinburgh University Press, 2010.

Nicholson, Robin. *Bonnie Prince Charlie and the Making of a Myth: A Study in Portraiture, 1720-1892.* London: Associated University Press, 2002.

Norton, Rictor. *Gothic Readings: The First Wave, 1764 - 1840.* London and New York: Leicester University Press, 2000.

Oliphant, Margaret. *The Literary History of England in the End of the Eighteenth and Beginning of the Nineteenth Century*, vol. 2. London and New York: Macmillan, 1895.

Orr, Marilyn. "Real and Narrative Time: *Waverley* and the Education of Memory", *Studies in English Literature, 1500-1900*, vol. 31, no. 4 (1991).

Owenson, Sydney. *The Novice of St. Dominick.* London: Richard Phillips, 1806.

——. *The Wild Irish Girl: A National Tale.* Hartford: Silas Andrus & Son, 1855.

——. *O'Donnel: A National Tale.* London: David Pryce, 1856.

——. *Lady Morgan's Memoirs: Autobiography, Diaries, and Correspondence*, vol. 1. Leipzig: Bernhard Tauchnitz, 1863.

——. *The Missionary.* Peterborough: Broadview, 2002.

Page, Michael R. "Bulwer-Lytton, Edward", in Frederick Burwick (ed.) , *The Encyclopedia of Romantic Literature.* West Sussex: Wiley-Black, 2012.

Parrinder, Patrick. *Nation and Novel: The English Novel from Its Origin to the Present Day.* Oxford: Oxford University, 2006.

Pettitt, Clare. *Serial Forms: The Unfinished Project of Modernity, 1815-1848.* Oxford: Oxford University Press, 2020.

Phelps, William Lyon. *The Beginnings of the English Romantic Movement: A Study in Eighteenth Century Literature*. Boston: Ginn & Company, 1893.

Pittock, Murray G. H. "Historiography", in Alexander Broadie (ed.), *The Cambridge Companion to the Scottish Enlightenment*. New York: Cambridge University Press, 2003.

Plassart, Anna. *The Scottish Enlightenment and the French Revolution*. Cambridge: Cambridge University Press, 2015.

Pliny the Younger. *Pliny the Younger: Complete Letters*, trans. P. G. Walsh. Oxford: Oxford University Press 2006.

Pliny. *Natural History*, trans. H. Rackham. Cambridge: Harvard University Press, 1938–1942.

Praver, S. S. *Karl Marx and World Literature*. Oxford: Oxford University Press, 1978.

Price, Fiona. "Introduction" and "Jane Porter: A Brief Chronology", in Jane Porter, *The Scottish Chiefs*. Peterborough: Broadview, 2007.

Punter, David. *The Literature of Terror: A History of Gothic Fictions from 1765 to the Present Day*, vol. 2. New York and London: Longman, 1996.

Ragussis, Michael. "Writing Nationalist History: England, the Conversion of the Jews, and Ivanhoe", *ELH*. vol. 60, no. 1 (1993).

Rajan, Balachandra. *Under Western Eyes: India from Milton to Macaulay*. Durham and London: Duke University Press, 1999.

Raleigh, John Henry. "What Scott Meant to the Victorians", *Victorian Studies*. vol. 7. no. 1 (1963).

Rao, Parimala V. *Beyond Macaulay: Education in India, 1780 – 1860*. London and New York: Routledge, 2020.

Regier, Alexander. *Exorbitant Enlightenment: Blake, Hamann, and Anglo-German Constellations*. Oxford: Oxford University Press, 2018.

Reid, Stuart. *The Scottish Jacobite Army 1745 – 46*. Oxford: Ospery Publishing, 2006.

Rezek, Joseph. *London and the Making of Provincial Literature: Aesthetics and the Transatlantic Book Trade, 1800–1850*. Philadelphia: University of Pennsylvania

Press, 2015.

Richards, Jeffrey. *The Ancient World on the Victorian and Edwardian Stage*. New York: Palgrave Macmillan, 2009.

Richardson, Brian. "Introduction", in Brian Richardson (ed.), *Narrative Dynamics: Essays on Time, Plot, Closure, and Frames*. Columbus: The Ohio State University Press, 2002.

Ridgway, David. "Sir William Gell", in Nancy Thomson de Grummond (ed.), *Encyclopedia of the History of Classical Archaeology*. London and New York, Routledge, 1996.

Ritchie, Anne Thackeray. "Introduction", in Maria Edgeworth, *Ormond: A Tale*. London: Macmillan & Co., 1895.

Robb, Kenneth A. "Historical Novel", in Sally Mitchell (ed.), *Victorian Britain: An Encyclopedia*. New York: Routledge, 2011.

Roberson, Ritchie, "Thomas Mann (1875-1955): Modernism and Ideas", in Michael Bell (ed.), *The Cambridge Companion to European Novelists*. Cambridge: Cambridge University Press, 2012.

Rogers, May. *The Waverley Dictionary: An Alphabetical Arrangement of All the Characters in Sir Walter Scott's Waverley Novels*. Chicago: S. C. Griggs and Company, 1885.

Ross, Alexander M. *The Imprint of the Picturesque on Nineteenth-Century British Fiction*. Waterloo: Wilfrid Laurier University Press, 1986.

Ross, David R. *On the Trail of Bonnie Prince Charlie*. Edinburgh: Luath Press Limited, 2000.

Rowlinson, Matthew. *Real Money and Romanticism*. Cambridge: Cambridge University Press, 2010.

Royle, Trevor. "The Military Kailyard: The Iconography of the Nineteenth-century Soldier", in Gerard Carruthers, David Goldie and Alastair Renfrew (eds.), *Scotland and the 19th-Century World*. Amsterdam: Rodopi, 2012.

Rutherford, Richard. *Classical Literature: A Concise History*. Malden: Blackwell, 2005.

Schmitt, Carl. *Political Romanticism*, trans. Guy Oakes. Cambridge, Massachusetts: MIT Press, 1986.

Scott, Walter. *The Monastery: A Romance*. Paris: A. and W. Galignali, 1821.

——. *Hints Addressed to the Inhabitants of Edinburgh, and Others, in Prospect of His Majesty's Visit*. Edinburgh: William Blackwood, Waugh and Innes, and John Robertson, 1822.

——. *Autobiography of Sir Walter Scott*. Philadelphia: Carey & Lea, 1831.

——. *The Prose Works of Sir Walter Scott*, supplementary volume. Paris: A. and W. Galingnani, 1834.

——. *The Miscellaneous Prose Works of Sir Walter Scott, Bart*. Edinburgh: Robert Cadell, 1834-1835.

——. *Tales of a Grandfather: History of Scotland*. Edinburgh: Robert Cadell, 1846.

——. *The Journal of Sir Walter Scott*, vol. 1. Edinburgh: David Douglas, 1890.

——. *The Complete Poetical Works of Sir Walter Scott*. New York: Thomas Y. Crowell & Co., 1894.

——. *Familiar Letters of Sir Walter Scott*, vol. 2. Edinburgh: Houghton Mifflin, 1894.

——. *The Letters of Sir Walter Scott*. London: Constable, 1932-1937.

——. *Waverley: or 'Tis Sixty Years Since*. Oxford and New York: Oxford University Press, 1986.

——. *Ivanhoe*. Oxford: Oxford University Press, 1996.

——. *Ivanhoe*. Mineola and New York: Dover Publications, 2004.

——. *Waverley*. Oxford: Oxford University Press, 2015.

Sessa, Anne Dzamba. *Richard Wagner and the English*. London: Associated University Press, 1979.

Shaw, Harry E. *The Forms of Historical Fiction: Sir Walter Scott and His Successors*. Ithaca and London: Cornell University Press, 1983.

Showalter, Elaine. *A Literature of Their Own: British Women Novelists from Brontë to Lessing*. Princeton: Princeton University Press, 1977.

Sigurdsson, Haraldur and Rosaly Lopes-Gautier. "Volcanoes in Literature and Film", in Haraldur Sigurdsson et al. (eds.), *Encyclopedia of Volcanoes*. San Diego: Academic Press, 1999.

Simmons, James C. *The Novelist as Historian: Essays on the Victorian Historical Novel*. The Hague and Paris: Mouton, 1973.

Simpson, James. *Letters to Sir Walter Scott, Bart., on the Moral and Political Character and Effects of the Visit to Scotland in August 1822 of His Majesty King George IV.* Edinburgh: Waugh and Innes, 1822.

Sinclair, John. *An Account of the Highland Society of London, from Its Establishment in May 1778 to the Commencement of the Year 1813.* London: McMillan, 1813.

Sorenson, Janet. "Writing Historically, Speaking Nostalgically: The Competing Languages of Nation in Scott's The Bride of Lammermoor", in Jean Pickering and Suzanne Kehde (eds.), *Narratives of Nostalgia, Gender, and Nationalism.* New York: New York University Press, 1997.

St. Clair, William and Annika Bautz. "The Making of the Myth: Edward Bulwer-Lytton's *The Last Days of Pompeii* (1834)", in Victoria C. Gardner Coates (ed.), *The Last Days of Pompeii: Decadence, Apocalypse, Resurrection.* Los Angeles: Getty Publications, 2012.

Stevens, Anne H. *British Historical Fiction Before Scott.* Houndmills: Palgrave Macmillan, 2010.

Sutherland, John. *The Stanford Companion to Victorian Fiction.* Stanford: Stanford University Press, 1989.

Sydney, William Connor. *The Early Days of the Nineteenth Century in England, 1800–1820*, vol. 2. London: George Redway, 1898.

Thackeray, William Makepeace. *The Newcomes.* London: Smith, Elder & Co., 1884.

Thompson, J. Charles. "Introduction", in James Grant (ed.), *Scottish Tartans in Full Color.* New York: Dover Publications, 1992.

Tillotson, Kathleen. *Novels of the Eighteen-Forties.* Oxford: Oxford University Press, 1954.

Townshend, Dale and Angela Wright. "Preface", in *Ann Radcliffe, Romanticism and the Gothic.* Cambridge: Cambridge University Press, 2014.

Tracy, Thomas. *Irishness and Womanhood in Nineteenth-Century British Writing.* Farnham: Ashgate, 2009.

Trevor-Roper, Hugh. "The Invention of Tradition: The Highland Tradition of Scotland", in Eric Hobsbawm and Terence Ranger (eds.), *The Invention of Tradition.* Cambridge: Cambridge University Press, 1983.

Trollope, Anthony. *An Autobiography*. New York: Harper & Brothers, 1883.

———. *Thackeray*. London and New York: Macmillan and Co., 1887.

Trumpener, Katie. "National Character, Nationalist Plots: National Tale and Histori-
cal Novel in the Age of Waverley, 1806–1830", *ELA*, vol. 60, no. 3 (1993).

———. *Bardic Nationalism: The Romantic Novel and the British Empire*. Princeton:
Princeton University Press, 1997,

Tuckerman, H. T. "Allusions to Phrenology in ' *The Last Days of Pompeii* ' ", *An-
nals of Phrenology*, vol. 1. Boston: Marash, Capen & Lyon, 1834.

Tuite, Clara. "Historical Fiction", in M. Spongberg, A. Curthoys and B. Caine
(eds.), *Companion to Women's Historical Writing*. Houndmills: Palgrave Mac-
millan, 2005.

Turner, Cheryl. *Living by the Pen: Women Writers in the Eighteenth Century*. London
and New York: Routledge, 2002.

Vance, Norman. *Irish Literature Since 1800*. London and New York: Routledge,
2002.

Ward, A. W. et al. *The Cambridge Modern History*, vol. 1. Cambridge: Cambridge
University Press, 1909.

Welsh, Alexander. *The Hero of the Waverley Novels*. Princeton: Princeton University
Press, 1992.

White, James. *Robert Burns and Sir Walter Scott: Two Lives*. London: G. Routledge,
1858.

Wiggin, Kate Douglas. "Introduction", in Jane Porter, *The Scottish Chiefs*. New
York and London: Charles Scribner's Sons, 1941.

Wright, Julia M. "Introduction", in Sydney Owenson, *The Missionary*. Peterbor-
ough: Broadview, 2002.

Zissos, Andrew. "Vesuvius and Pompeii", in Andrew Zissos (ed.), *A Companion to
the Flavian Age of Imperial Rome*. Malden: Blackwell, 2016.

后　记

　　写一本研究英国历史小说的专著，是我由来已久的梦想。这个梦想起源于何时何地，难以确定，似乎很遥远，远到从我二十多年前接触英国文学时就已在心里生根发芽，又似乎近在昨日，亲切而又具象。"英国历史小说源流"这个名字在全书动笔之前就已经有了，它一直在我心里。研究英国历史小说的起源与发展并非易事，需要阅读大量写作和出版于19世纪前期的英国历史小说，更需要对相关的学术史有深刻的了解。研究历史小说而不懂历史小说研究的学术史，无异于黑夜无灯而行。脱离历史来研究历史小说，就无法理解其中潜藏的各种复杂因由；脱离文本来研究历史小说的发展走向，也无法真正理解其真实面貌。我想做的是透过学术史看文学文本，同时以文学文本核验学术史的命题，在文本和历史之间找到一个适度的平衡点，使之既有思想史的厚度，也有历史文献赋予的丰度，更试图通过研究抵达一定的学术深度。

　　本书从最初的正式酝酿到最终出版，整整经历了十年。李白曾感慨道："夫天地者，万物之逆旅也；光阴者，百代之过客也。而浮生若梦，为欢几何？"能研究心仪已久的英国历史小说，能和众多学界前辈老师和学友同仁共谈此事，也算是人生快事。在繁忙的工作之余，每当觅得闲暇进行写作，只需一秒钟，所有外物瞬间便让位于阅读、思考和文字。每一个文字，每一个标点，都是某年某月某日某时某刻思维凝固而成的痕迹。此书研究的内容宽广，但并非没有裁剪；体系架构疏朗，但并未疏于设计；篇章布局驰纵，但并不缺乏厚度。

历史小说写作和批评史跨度有两百余年，即便是此书所聚焦的19世纪前期四十余年，涉及的作家和作品也不可胜数。要把这些事无巨细地在一本书中进行全盘描述与研究，是一项难以完成的任务。英国历史小说研究中，有很多未竟的议题，有很多值得关注的作家，有很多有趣的历史故事，但无法面面俱到，只能留待有缘后续。我在书中选择重点考察司各特、埃奇沃思、欧文森、简·波特、霍格、高尔特、安斯沃思和布尔沃-利顿，这些历史小说家的小说艺术成就最高，在当时的文学市场上占据了最多的份额，拥有最大的号召力，同时对后世的影响也最深远。我将英国历史小说版图中的这些标志性人物作为支柱，构筑起本书的基本架构。全书共分12个部分，除绪论和余论之外，主体部分由7章构成，体系上意在自成小小的圆满，书末另有附录3篇，让读者可以更加直观地认识英国历史小说的整体历史图景。

要想触摸到"真实"而厚重的历史，何其难也。作为学术历史长河中一朵小小的浪花，愿此书对英国历史小说研究有所裨益。这将是我的幸运，也是书的幸运。本人学力有限，不足之处还请读者批评指正。

感谢一路走来对我栽培和关爱有加的各位老师和前辈，尤其是我三生有幸在硕士、博士和博士后阶段遇到的导师：殷企平教授、申丹教授和聂珍钊教授。

感谢家人的支持和陪伴。

在本书写作期间，众多学界同仁对我进行过指导帮助，请恕我在此无法一一指出。他们若有机会看到拙著，将心领神会，想起跟我的时光交集；若不能一睹此书面貌，亦无大碍，我们的学术情谊已然凝固在字里行间，作为彼此的见证。

本书的前期阶段性研究成果以论文形式发表在《外国文学评论》《外国文学》《外国文学研究》《山东社会科学》《英美文学研究论丛》《北京第二外国语学院学报》《中国社会科学报》以及《文学跨学科研究》(*Interdisciplinary Studies of Literature*)等期刊上，并有部分章节被人大复印报刊资料和《高等学校文科学术文摘》转载，感谢各期刊的大力支持和指导意见。

感谢商务印书馆编辑的辛勤编校与帮助，他们的深厚学识和严谨态度让本书在各方面更加规范和完备。

本书为国家社科基金青年项目"英国摄政时期历史小说叙事伦理研究"（15CWW018）的结项成果。感谢全国哲学社会科学工作办公室和2015年担任国家社科基金通讯评审和会议评审的专家们，承蒙抬爱，批准申报计划。在研究和出版过程中还得到杭州市"万人计划"青年拔尖人才项目和杭州师范大学"登峰工程"经费支持。谨在此一并致谢！

陈礼珍

2024 年 12 月 1 日于杭州溪水园

图书在版编目 (CIP) 数据

英国历史小说源流 / 陈礼珍著. -- 北京 : 商务印
书馆, 2025. -- ISBN 978-7-100-24083-3

Ⅰ. I561.074

中国国家版本馆 CIP 数据核字第 2024YF7736 号

英国历史小说源流

陈礼珍 著

商 务 印 书 馆 出 版
（北京王府井大街 36 号　邮政编码 100710）
商 务 印 书 馆 发 行
南京鸿图印务有限公司印刷
ISBN 978-7-100-24083-3

2025 年 5 月第 1 版　　　开本 880×1240　1/32
2025 年 5 月第 1 次印刷　　印张 9⅞

定价：68.00 元